Calla Henkel
Ein letztes Geschenk

UNVERKÄUFLICHES LESEEXEMPLAR
Erscheint im Juli 2024
Sperrfrist: Bitte nicht vor dem 12.07.2024 besprechen
Herzlichen Dank!

Kontakt Presse:
Julia von Hardenberg, mondello GmbH Berlin
j.hardenberg@keinundaber.de
Tel. 0049 30 246 311 40

Ann-Kristin Müller, mondello GmbH Berlin
a.mueller@keinundaber.de
Tel. 0049 30 246 311 43

Kontakt Vertrieb:
Lea Kurtz, l.kurtz@keinundaber.ch
Tel. 0041 44 297 12 32

Calla Henkel

Ein letztes Geschenk

Roman

Aus dem Amerikanischen
von Verena Kilchling

KEIN & ABER

Für K.R.

Ebenfalls von Calla Henkel:
Ruhm für eine Nacht

Die Originalausgabe erschien 2024 unter dem Titel
Scrap bei Sceptre, an imprint of Hodder & Stoughton,
an Hachette UK Company, London

Deutsche Erstausgabe

Cover: Maurice Ettlin
Satz: Dörlemann Satz, Lemförde
Druck und Bindung: GGP Media GmbH, Pößneck
ISBN 978-3-0369-5043-3
Auch als eBook erhältlich
www.keinundaber.ch

Es ist der zwanghafte, nicht nachlassende Wunsch, zu archivieren, ein nicht zu unterdrückendes Verlangen danach, zum Ursprung zurückzukehren, ein Heimweh, eine nostalgische Sehnsucht nach der Rückkehr zum archaischsten Ort, dem Anbeginn aller Dinge.

Jacques Derrida

Die monotone Stimme eines Soziopathen aus den Computerlautsprechern hatte etwas an sich, das mich während des Buchbindens in einen Zustand tiefer Konzentration versetzte. Irgendjemand ist immer schuldig – das ist der Grundgedanke, der jedem True-Crime-Podcast innewohnt. Nach unzähligen Stunden des Zuhörens war ich Expertin in Sachen Handymasten, Leichenspürhunde, skrupellose Hellseher, Ahnenforscher, Textilfasern und Kreditkartenspuren. Ich erkannte einen Mörder am Sprachmuster und war aufs Intimste vertraut mit dem teuflischen Funkeln, das private Ermittler im Auge eines Serienkillers wahrzunehmen glaubten. Rückblickend könnte man meinen, ich hätte mich mit meiner Leidenschaft für True Crime auf Naomis Ermordung vorbereitet, hätte im übertragenen Sinne Gewichte gestemmt und meine Muskeln gestählt.

1

Es war Anfang Juni, und ich trug Jeans und mein einziges gutes Hemd. Meine Ziele für den heutigen Abend waren simpel und ein wenig eigennützig: Ich wollte meinen Verlobungsring vorzeigen, meinen alten Uni-Freunden von meinem Haus in den Bergen und der zum Atelier umgewandelten Scheune erzählen und beiläufig erwähnen, dass meine Verlobte und ich Nachwuchs planten. Alle sollten wissen, dass es mir gut ging. Ich war auf dem Weg der Besserung. Während ich ein Glas Weißwein hinunterstürzte, beobachtete ich, wie die immer gleichen einstudierten Sätze von den Lippen oberflächlicher Bekannter perlten: »Ich liebe die Ausstellung!« »Gratulation!« »Memphis, du bist wirklich ein Genie!« Ich empfand die Kunstwelt als surreales, erstickendes Konstrukt voller performativer Affirmationen – unglaublich, dass ich es sieben Jahre in New York ausgehalten hatte!

Ich zog mein Handy hervor und schrieb Jessica eine Nachricht: *Vermisse dich.* Es war der letzte Abend des vierwöchigen Schmiedelehrgangs – sie war Expertin für Silber-Emaillierung –, den sie in Oregon leitete. Vermutlich saß sie gerade mit den Teilnehmerinnen zusammen, knabberte Salzstangen und trank Light-Bier.

Ich zwang meinen Mund, sich zu einem Lächeln zu verziehen, und sah Memphis dabei zu, wie sie sich vor einem ihrer riesigen kubistischen Palmwedel-Gemälde mit einem Typen in der typischen Hafenarbeiterkluft der meisten Künstler unterhielt – Carhartt-Hose und zu kleine Wollmütze. Es fiel mir nicht schwer, das altbekannte Aufflackern von Neid beiseitezuschieben, das mich immer überkam, wenn ich Memphis ansah. Im Grunde war ich ihr dankbar – sie war einer der wenigen Menschen, die nach dem Vorfall nicht den Kontakt zu mir abgebrochen hatten. Obwohl sie heute von Kopf bis Fuß in Gucci steckte, war sie immer noch dasselbe Mädchen, das im ersten Studienjahr betrunken in meinen Wäschekorb gepinkelt hatte. Als Memphis Emerald mich zu ihrer Vernissage eingeladen hatte, hatte sie mich wirklich dabeihaben wollen. *Sie* hielt mich nicht für verrückt.

Die Galerie-Assistentin löschte die Beleuchtung und fing an, die etwa hundert Anwesenden auf die Straße hinauszuscheuchen. Ich freute mich auf das anschließende Dinner bei Franco's. Das italienische Lokal war seit Collegezeiten Memphis' Lieblingsrestaurant, mit Ziegelwänden und einem Koch, der in der einsehbaren Küche handgemachte Pasta zauberte. Am Eingang stand immer irgendein wunderschönes, distanziert wirkendes Model, das die Gäste zum Tisch brachte und durch sie hindurchstarrte wie durch ein Busfenster.

Die auserwählten vierzig, die zu besagtem Dinner geladen waren, verteilten sich auf eine Flotte wartender Uber-Taxis. Memphis wurde in den vordersten Wagen gezogen, und ich fand mich einige Fahrzeuge dahinter wieder, eingeklemmt zwischen zwei stark parfümierten Frauen in steifen Designerjacken, einer Blondine und einer Rothaarigen. Naomi und Natalia. Ich kramte gerade nach meinem Handy, als sie sich vorstellten, und bekam daher nicht mit, welcher Name zu welcher Dame gehörte. N plus N. Beide waren Ende vierzig, vielleicht auch Anfang fünfzig, und eindeutig steinreich – von der Sorte, die Zweihundert-Dollar-Kerzen anzündete und Fünfthäuser besaß. Ich starrte unverwandt aus dem Autofenster, in der Hoffnung, auf diese Weise einem Gespräch zu entgehen. Nachdem wir an einer roten Ampel halten mussten und den Anschluss an die Kolonne verloren, bog unser Uber-Fahrer auch noch falsch ab, und so kamen wir erst bei Franco's an, als alle anderen schon an ihren Tischen saßen. Das Empfangsmädchen, langbeinig und ätherisch wie immer, mit weit auseinanderstehenden Augen und einer breiten Zahnlücke, begleitete uns. Ich entdeckte Memphis und erspähte zu meiner Erleichterung einen freien Platz direkt neben ihr. Nachdem ich mich umgedreht hatte, um mich von den beiden Ns zu verabschieden, tauchte die Galeristin Sylvia Burton mit ihrem Anna-Wintour-Bob auf und ließ sich neben Memphis nieder. Ich erstarrte.

»Ich glaube, unser Spot ist dort drüben«, sagte die Rothaarige und zog mich energisch ans entgegengesetzte Ende des Restaurants, wo uns die letzten drei leeren Stühle blieben. Die Abendgesellschaft war platziert.

Ich kaschierte meinen Frust mit einem Lächeln und folgte ihr. Natürlich musste ich den Abend mit diesen beiden oberflächlichen Schnepfen verbringen. Wir nickten den anderen Gästen höflich zu. Ich entdeckte meinen Namen in Kursivschrift auf einem kleinen, in der Mitte gefalteten Rechteck, das irgendeine übereifrige Praktikantin beschriftet haben musste, und wir setzten uns.

»Sie sind also Künstlerin?«, fragte mich die Rothaarige laut, um das Stimmengewirr des angrenzenden Tischs zu übertönen.

Ich nickte nur, weil ich keine Lust auf nähere Erklärungen hatte.

»Wie schön.«

Die Restaurantluft legte sich schwer um unsere Schultern. Es würde ein langer Abend werden. Ich riss mir ein Stück Brot ab und kaute. Die beiden Ns hatten angefangen, sich in rasendem Tempo zu unterhalten, und warfen mit Namen und Orten um sich, die in meinen Ohren wie eine Geheimsprache klangen – »Whitneys COO war vorher bei Delta« – »Abe bringt Marc zu Alec«. Ich zog mein Handy hervor und schrieb Jessica: *Sitze hier mit zwei obszön reichen Tussis fest, rette mich!* Ein paar Minuten später fing das Telefon der Blonden an, eine Reihe von Brumm- und Piepstönen auszustoßen. Sie griff danach, lauschte einen Moment, gab ein gemurmeltes »Verdammt!« von sich, das Kinn vom Display beleuchtet. »Hm, ja, verstanden.« Sie blickte zu der Rothaarigen auf und zog eine entschuldigende Grimasse. Nachdem sie das Gespräch beendet hatte, wandte sie sich an uns beide: »Es tut mir wirklich leid, aber es ist ein Notfall – ich muss weg.«

Dem Ernst ihrer Stimme nach zu urteilen, würde sie in Kürze einen Tumor aus dem Vorderlappen eines Kindergehirns operieren, was – das verriet mir ihr Outfit – mit Sicherheit nicht der Fall war.

»Kein Problem. Viel Glück!«, antwortete die rothaarige N.

Ihre blonde Freundin machte sich auf den Weg zur Tür, wobei ihre Chanel-Stiefel über den gefliesten Boden klapperten.

»Sie arbeitet in der PR-Branche«, erklärte die Zurückgelassene mit einem wissenden Lächeln.

Schweigen breitete sich zwischen uns aus. »Ein gutes Buch«, sagte die Rothaarige irgendwann und zeigte auf *Cry Baby – Scharfe Schnitte* von Gillian Flynn, das aus meinem am Stuhl hängenden Jutebeutel ragte. Ich hatte das Buch bei The Strand gekauft, um mir die Zeit bis zur Vernissage zu vertreiben. Es war ein Geschenk für Jessica, die Thriller liebte und – in Jogginghose auf dem Sofa ausgestreckt und mit der Nase dicht vorm Handydisplay – verkündet hatte, dass sie diesen Roman unbedingt lesen wolle.

Ich nickte. »Entschuldigen Sie, wie war noch mal Ihr Name?«

»Gillian Flynn«, antwortete sie mit einem Grinsen und wies mit dem Kinn auf das Buch.

Ich brauchte eine Sekunde, bis ich den Witz verstand. Dann stieß ich ein gezwungenes Lachen aus.

»Nein, Spaß beiseite. Ich bin Naomi. Und Sie sind Esther Ray, oder?«

Ich nickte, konnte mich jedoch nicht erinnern, ihr meinen Nachnamen genannt zu haben. Mein Tischkärtchen war aus ihrem Blickwinkel auch nicht lesbar, glaubte ich zumindest. Unbehagliches Schweigen machte sich zwischen uns breit. Ich zupfte an der Tischdecke. Kurz darauf erschien ein Typ mit abgewetztem *Grateful-Dead*-Shirt hinter Naomis Schulter, und mein Herz hüpfte vor Freude: Er würde sich zu uns setzen und den Smalltalk übernehmen, uns von Sound Effects für E-Gitarren und Schallisolierung aus Eierkartons erzählen.

»Ist der noch frei?«, fragte er und zeigte auf den Stuhl neben Naomi.

Wir nickten. Der Typ grunzte ein erleichtertes »Danke!«, hob den Stuhl über seinen Kopf und stapfte davon. Es gab kein Entrinnen für mich.

»Gefällt Ihnen das Buch?«, fragte Naomi und wies erneut mit dem Kinn auf *Cry Baby*.

»Ist für meine Lebensgefährtin. Sie steht auf Trivialliteratur.«

»*Gone Girl* ist mein absolutes Lieblingsbuch. Die Handlung hat so etwas Fieberhaftes, das gefällt mir. Und es ist zwar peinlich, aber ich stehe auf Dan Brown. Ich verschlinge alles, was er schreibt. Oder Stephen King, oder David Baldacci, oder – Oh Gott – Donna Leon! Ihre Krimis spielen alle in Venedig. Aber *Gone Girl* ist herausragend, das müssen Sie unbedingt lesen!«

»Ich ziehe wahre Kriminalfälle vor«, erwiderte ich nüchtern. Ich hatte noch nie nachvollziehen können, wie man sich für Fiktion erwärmen konnte. Wie sollte man mitfiebern, wenn die dargestellte Gewalt nicht echt war, wie sich in Figuren hineindenken, deren Ruf nach Gerechtigkeit nicht der Realität entsprach?

Naomi schwieg und wirkte seltsam enttäuscht – als hätte mich mein mangelndes Interesse für *Gone Girl* als Gesprächspartnerin disqualifiziert.

»Was machen Sie beruflich?«, fragte ich, um die Leere zu füllen.

»Ich bin Geschäftsführerin von WAC, einer gemeinnützigen Organisation. Wir bauen Brunnen in Ländern, in denen extreme Armut herrscht: Madagascar, Nepal, auf der ganzen Welt.«

Eine vornehme Umschreibung für Hausfrau. Ich verlagerte das Gewicht auf meinem Stuhl und warf einen flüchtigen Blick auf Naomis golddurchwirkten Sari im indischen Stil, der mich an den MoMA Design Store erinnerte.

»Und woher kennen Sie die Künstlerin – Memphis?«, fragte Naomi.

»Wir haben zusammen studiert.«

»Ah. Welche Art von Kunst machen *Sie*?«

»Ich mache keine Kunst, sondern Kunsthandwerk.«

Naomi legte den Kopf schräg. »Was ist der Unterschied?«

»Bei Letzterem geht es um den Herstellungsprozess und den späteren Nutzen, bei Ersterem um den Marktwert und ums Ego.« Ich hielt inne und sah mich im Restaurant um. »Beim Kunsthandwerk gibt es kein Ego – jeder kann es erlernen und darin zum Meister werden. Kunst beruht auf der Isolierung eines Genies, wohingegen Kunsthandwerk … integer ist.«

Naomi schob ihre Unterlippe vor. »Sie halten das alles hier also für Schwachsinn?«

Ich nickte.

»Ich auch«, gluckste sie. Dann senkte sie die Stimme: »Ich bin nur hier, weil Sylvia Burton, die Galeristin, bei mir im Vorstand sitzt.« Sie nippte an ihrem Weinglas. »Wobei ich Memphis' Bilder schon toll finde.«

»Ich ja auch«, pflichtete ich ihr bei und machte es mir ein wenig bequemer auf meinem Holzstuhl. Mir fiel einer der Sätze ein, die ich vorhin in der Galerie aufgeschnappt hatte: »Memphis ist unübertroffen.«

Naomi winkte dem Kellner und bestellte noch eine Flasche Wein. Ich beobachtete sie beim Reden. Ihre Lippen waren in einem dezenten, natürlichen Farbton geschminkt, und auch sonst kam sie mir seit Natalias Aufbruch bodenständiger und weniger glamourös vor. Dass manche Leute sich selbst schöner fühlten, wenn sie sich mit Schönheit umgaben, war etwas, das ich schon als Kind gelernt hatte. Meine Mutter Caroline war der Typ Betty Draper gewesen, eine Blondine mit Engelsgesicht. Sie hatte genau gewusst, welchen Gefallen sie der Welt allein durch ihre Anwesenheit tat, denn diese Welt schleckte ihr gutes Aussehen auf wie Eiscreme. Ich berührte die Fettansammlung unter meinem Kinn. Immer wenn ich an meine Mutter dachte, ergriff ich unwillkürlich diese durch kein Training der Welt zu beseitigende Speckfalte. Wir sahen uns überhaupt nicht ähnlich.

Ich trank einen Schluck Wasser und starrte Naomi an. Sie war eine kleine Frau mit hohen, schimmernden Wangenknochen und kleinen tiefliegenden Augen, die in Sand gedrückten Murmeln glichen. Sie hatte diesen gewissen prophetischen New-Age-Look, eine Mischung aus Florence Welch und Möchtegern-Jane-Goodall. Um den Hals trug sie einen großen, in Silber gefassten Rosenquarz, und wenn sie nach ihrem Glas griff, rutschten ungefähr ein Dutzend Armreifen klimpernd an ihrem Handgelenk auf und ab.

»Und wo üben Sie Ihr Kunsthandwerk aus?«, fragte sie, nachdem sie ihren pissgelben Biowein wieder abgestellt hatte.

»In Hammersmith in den Blue Ridge Mountains. Dort habe ich zusammen mit meiner Verlobten ein Haus mit Atelier gekauft.«

»In der Nähe von Asheville?«

»Ja, ungefähr eine Stunde entfernt.« Es überraschte mich, dass sie den Ort kannte. Andererseits war Asheville ein Hotspot für gut betuchte Hippie-Rentner. Ich zupfte an dem gefalteten Kartonrechteck herum, auf dem mein Name stand.

»Ich bin neuerdings auch oft in Asheville. Mir gefällt, dass dort das Leben pulsiert, obwohl es so abgeschieden liegt. Meine Astrologin hat mir zu diesem Ort geraten. Ich interessiere mich sehr für Astromapping. Haben Sie das auch schon mal probiert?«

Ich schüttelte den Kopf.

»Na ja, dabei ist jedenfalls herausgekommen, dass Asheville ein guter Ort für mein neuestes Projekt ist«, fuhr sie fort.

»Hat es mit Ihrer Brunnenbau-Organisation zu tun?«, fragte ich.

»Nein, allerdings spielt Hydrokultur eine Rolle«, antwortete sie mit einem Zwinkern, dessen Sinn sich mir nicht erschloss. Vielleicht ein Marihuana-Witz?

»Nein, WAC hat gar nichts damit zu tun«, schob sie hinterher und beugte sich dann vor, als würde sie mir ein Geheimnis verraten. »Es ist ein ganz *besonderes* Projekt.«

Es klang obszön, wie sie *besonders* aussprach – zu geschmeidig und warm. An den anderen Tischen war Ruhe eingekehrt, alle waren mit ihren Gnocchi beschäftigt. Ich schielte verstohlen zu Naomi, während die ihre Serviette auf den Schoß legte. Obwohl sie leicht nach Patschuli roch, war sie extrem gepflegt, als wäre jedes rote Härchen an ihrem Körper genauestens erfasst und registriert. Wahrscheinlich gab es gleich mehrere Personen in dieser Stadt, die es gemerkt hätten, wenn eine Strähne fehl am Platz gewesen wäre. Ihre Stylistin, ihre Dermatologin. Ihr Friseur. Womöglich ein Ehemann. Worüber sollten wir während der nächsten Stunde reden? Naomi warf einen Blick auf ihre schmale goldene Uhr und dachte dabei vermutlich dasselbe.

»Haben Sie Kinder?«, fragte ich und legte dabei unwillkürlich die Hand auf meinen leeren Uterus. Dabei tauchte ein Eintrag aus unserem Küchenkalender vor meinem inneren Auge auf, in Jessicas Schrift: *Kinderwunschklinik, 12:30 Uhr.*

»Ja, eine Tochter – Tabitha, sie ist neunzehn.«

»Wie schön«, sagte ich und wusste nicht, was ich noch hinzufügen sollte.

»Welches Kunsthandwerk üben Sie denn aus?«

»Ich bin Buchbinderin.«

Naomi lächelte und setzte sich aufrechter hin. »Ja, erzählen Sie mir doch von Ihren Büchern!«

»Na ja, ich schöpfe das Papier und hefte die Seiten mit Faden zusammen. Der Einband besteht aus mit Leinen bespanntem Karton. Jedes Buch ist ein Einzelstück. Ich persönlich finde es schön, diese blanken Seiten zu erschaffen, die erst später mit Inhalt gefüllt werden. Wissen Sie, was ich meine? Früher war ich fotorealistische Malerin. Es tut gut, zur Abwechslung etwas Inhaltloses herzustellen. Leere statt Chaos.«

»Großartig«, sagte Naomi. Ihre Haltung veränderte sich, sie war jetzt voll auf das Gespräch konzentriert und bombardierte mich mit Fragen, die mir vorkamen, als läse sie sie von einer vorbereiteten Liste ab: Wie groß mein Atelier sei? Wie viele Seiten meine Bücher im Schnitt hätten? Wie schwer das von mir verwendete Papier sei? Ob ich bei meiner Arbeit auf Nachhaltigkeit achte? Ob ich Lagermöglichkeiten hätte? Ob diese diebstahlsicher seien? Welche Auftragsumfänge ich gewohnt sei? Ob ich nach Kundenwunsch fertige? Irgendwann beugte sich Naomi so weit über den Tisch, dass ihr Rosenquarz fast das mit Kokosraspeln bestreute Tiramisu berührte. »Ich hätte einen Vorschlag.«

Ich sah sie an und lächelte unsicher. Sie legte ihre rechte Hand auf meine, und ihre dunkelbraunen Augen öffneten sich wie aus dem Boden schießende Pilze. »Ich glaube an Schicksal. Meiner Meinung nach lernt man Menschen immer aus einem bestimmten Grund kennen. Als Natalia vorhin gegangen ist, habe ich überlegt, ob ich auch vorzeitig von hier verschwinden soll. Warum noch hier herumsitzen, dachte ich mir.« Sie hielt inne. »Darf ich ehrlich zu Ihnen sein?«

Ich nickte und wünschte mich an einen anderen Ort.

»Jetzt kommt das Entscheidende: Ich sammle Emotionen.« Sie sagte es, als würde sie sich gerade bei einem Treffen der Anonymen Alkoholiker vorstellen.

Nirgendwo wird so viel Zeit vergeudet wie an der Peripherie der Kunstwelt, wo ein Strudel aus sinnlosen Gesprächen alles mit sich in die Tiefe reißt. Ehemänner von Kunsthändlerinnen, Töchter von Sammlern, Vorstandskolleginnen von Galeristinnen – mir blieb nichts anderes übrig, als Naomi schwafeln zu lassen. »Mein Mann ist in fast allen Lebensbereichen ein extremer Minimalist«, fuhr sie fort. »Unsere Wohnung hat schwarzen Parkettboden und weiße Wände, keine Kunst, keine Fotos, gar nichts. Größtenteils begeistert mich das. Wir sind zwar keine Amish, aber wir mögen es clean. Er betrachtet unser Zuhause als ästhetische Oase, aber wir witzeln manchmal, dass sein Purismus schon an Faschismus grenzt. Wie auch immer, seit meine Tochter auf der Welt ist, hebe ich … na ja … ich habe noch nie jemandem davon erzählt.«

Sie trank einen Schluck Wein, raffte ihren Mut zusammen.

»Ich habe einen Lagerraum in unserem Wohngebäude gemietet und hebe alles auf.«

»Hm«, brummte ich vage.

»Schulaufgaben, Notizen, Fotos, Briefe. Manchmal drucke ich sogar E-Mails und Handy-Nachrichten aus. Es kommt alles in eine Aufbewahrungsbox aus Plastik, die ich in meinem Arbeitszimmer stehen habe. Mein Mann denkt, es gäbe nur diese eine, aber ich bringe sie jedes Mal, wenn sie voll ist, in den Lagerraum, ersetze sie durch eine identische Box und fange von vorn an. Inzwischen habe ich … ach, bestimmt zweihundert solcher

Boxen. Gesegnet sei der Container Store, ich bin seine beste Kundin.«

Ich nickte und hatte keine Ahnung, warum sie mir das erzählte.

»Ich will aus diesen Boxen, oder vielmehr diesem Archiv, schon länger Familienalben kreieren. Sie sollen ein Überraschungsgeschenk für meinen Mann werden, zu seinem sechzigsten Geburtstag. Könnten Sie sich vorstellen, diese Scrapbooks für mich zu erstellen?«

Ich biss mir auf die Innenseite meiner Lippe und bemühte mich um Höflichkeit: »Oh, das ist wirklich eine interessante Idee. Aber es entspricht leider gar nicht dem, was ich tue. Ich verdiene mein Geld mit handgefertigter Alltagskunst.« Das Wort *handgefertigt* erinnerte mich an ein exklusives Möbelgeschäft, aber ich hoffte, dass es verdeutlichte, was ich meinte.

Naomi wirkte schockiert.

»Ich könnte Ihnen die Boxen zuschicken lassen, und Sie könnten sich Zeit lassen und in Ihrem eigenen Atelier arbeiten.«

Ich holte Luft. »Tut mir leid. Ich mache keine Scrapbooks.«

»Geld spielt keine Rolle.«

Ich lachte über diese abgedroschene Maraschino-Kirsche von einer Aussage. Natürlich spielte Geld keine Rolle. Dann sah ich sie in Naomis Augen flimmern: eine Verzweiflung, die mir Angst machte. Ich setzte mich aufrecht hin.

»Solche Aufträge nehme ich grundsätzlich nicht an«, erklärte ich bestimmt. Als ich ihr erzählt hatte, ich sei

Kunsthandwerkerin, hatte sie offenbar Glitzer und Klebestifte vor Augen gehabt, nicht die alte Tradition, nützliche Gegenstände mit Sorgfalt und Liebe von Hand herzustellen. Naomis Angebot beleidigte mich, schließlich war ich stolz darauf, nichts und niemanden zu brauchen. Ich wollte Memphis' Galeristin nicht kennenlernen und mich auch nicht bei Kunstsammlern einschmeicheln. Und ich erkannte Künstlerinnen und Künstler als das, was sie waren: Hofnarren, die mit ihren Gemälden Schwung in schicke Villen bringen und deren Besitzer bei Laune halten sollten. Darauf hatte ich keine Lust. Ich wollte nicht mehr den Clown für die kriminell Reichen dieser Welt spielen. Meine Bücher sollten für jeden erschwinglich sein. Naomi ließ meine Hand los, als könnte sie meine Gedanken hören. Sie kramte in ihrer Tasche und zog ein weißes Kärtchen hervor. »Bitte behalten Sie unser Gespräch für sich. Und rufen Sie mich an, falls Sie Ihre Meinung ändern.« Ich erhob mich unbeholfen von meinem Stuhl, als sie aufstand, um zu gehen. Während sie das Restaurant verließ, blickte ich ihrer zierlichen Gestalt hinterher.

Dann zog ich mein Handy heraus und schrieb Jessica erneut: *Babe, du glaubst nicht, was mir eine der reichen Ladys gerade vorgeschlagen hat.* Ich holte tief Luft und ließ den Blick durch den Raum schweifen. Ein Platz in der Nähe von Memphis war freigeworden, also schnappte ich mir meine Sachen und zog um.

»Hey, Es, mit wem bist du am Tisch gelandet?«, fragte Memphis und goss mir Champagner ins Weinglas.

»Naomi …« Ich brach ab und fischte die Visitenkarte aus meiner Tasche. »Duncan.«

»Oh *fuck,* die ist steinreich. Wusstest du, dass sie sogar …«

Memphis wurde von Mitch unterbrochen, einem unserer ehemaligen Kommilitonen, der mit einer Wodkaflasche in Totenkopfform an unserem Tisch auftauchte.

Eine Stunde später zog der engere Kreis noch ins Sly Fox weiter, eine zum Ukrainian National Center gehörende Kellerbar an der Second Avenue. Memphis bestellte drei Pitcher mit Bier für alle.

»Esther, schön, dich zu sehen!«, sagte Slade, ein Bildhauer, der sein Geld damit verdiente, Penthouse-Wohnungen mit venezianischem Putz zu versehen.

»Schön, wieder hier zu sein«, antwortete ich.

»Wo ist dein Gothic-Look geblieben?«, fragte er lachend.

»Meine Slipknot-Shirts habe ich bedürftigen Jugendlichen gespendet«, versuchte ich mich an einer schlagfertigen Erwiderung.

Slade lächelte. Aus den Lautsprechern ertönte George Michael.

»Wie ist es dir ergangen, seit …« Mitch brach ab.

In meinem Magen rumorte es. Mitch war anzumerken, dass er an den Vorfall in Michael Valentines Atelier dachte, aber er bog elegant ab und bat mich, ihm Fotos von meinem Haus in den Bergen zu zeigen. Nachdem er angemessen über unsere zum Atelier umgewandelte Scheune gestaunt hatte, zeigte er mir Bilder von seinen neuesten Skulpturen, surrealistischen, in Beton gegossenen Körpern. Nun war ich mit dem Staunen an der

Reihe. Als er aufstand, um noch eine Runde zu bestellen, schrieb ich Jessica:

Bereit, nach Hause zurückzufliegen?

Ich freue mich schon so, dich in weniger als vierundzwanzig Stunden zu sehen!

Gerade hat mich jemand mit Bier übergossen.

»Unglaublich, dass du in einer Berghütte wohnst und noch ein Klapphandy hast«, sagte Memphis lachend und zeigte auf den alten Klotz, auf dem ich gerade meine Nachricht tippte. »Die Einsiedlerin, wie sie leibt und lebt.«

Ich zuckte mit den Schultern und ließ das Handy in meine Tasche zurückgleiten.

»Ich möchte gern mein Glas erheben!«, verkündete Memphis kurz darauf und streckte ihren Drink zur tiefhängenden Lampe hinauf.

Es wurde still am Tisch.

»Und zwar auf einen namenlosen Mann. Als ich vor zehn Jahren in New York ankam, teilte mir nämlich ein völlig zugekokster Banker mit, mein eigentlicher Name – Katie Jones – wäre scheiße. Wenn ich eine erfolgreiche Künstlerin werden wolle, müsse ich mich nach einer Stadt und einem Edelstein benennen. Ich fragte ihn nach dem Grund, und er meinte, reiche Leute könnten zwei Dingen nicht widerstehen: schicken Immobilien und Klunkern. Dreist wie ich bin, nahm ich mir seinen Rat zu Herzen und benannte mich in Memphis Emerald um. Es scheint funktioniert zu haben, deshalb trinke ich heute auf ihn! Prost!«

Der Tisch brach in Gelächter aus. Sogar ich fand die Anekdote lustig, nur auf Slades Stirn war eine gequälte

Falte zu erkennen. Er steckte noch mitten im Kampf um Aufmerksamkeit, versuchte verzweifelt, Galerien auf sich aufmerksam zu machen und überall der interessanteste Mann im Raum zu sein. Am liebsten hätte ich ihn geschüttelt und ihm gesagt, dass venezianischer Putz um Längen interessanter war als jedes abstrakte Gebilde, das er als Bildhauer zustande bringen konnte. Warum kapierte er nicht, dass nützliche Dinge ihren ganz eigenen Wert hatten?

Am nächsten Morgen wachte ich auf Memphis' unbequemem Designer-Sofa auf. Ich wusste, dass sie eine »Verabredung« zum Kaffee mit einem Reporter der *New York Times* hatte und längst aufgebrochen war. Wir hatten uns schon in der Nacht beschwipst in der Küche voneinander verabschiedet. Der Abend hatte in Tränen geendet. Nachdem wir die Bar verlassen hatten, waren wir den kaugummi-gesprenkelten Gehweg entlanggeschlendert, und Mitch hatte Memphis ein Foto von Ivanka Trump in deren Wohnzimmer in Palm Beach gezeigt. Donald Trumps Tochter posierte gekünstelt vor einem von Memphis' älteren Gemälden, was diese – betrunken und emotional erschöpft nach der Ausstellungseröffnung – als Demütigung aufgefasst hatte. Aber so war nun mal das Spiel. Sobald ein Kunstwerk vom Kapital davongespült worden war, hatte man keinen Einfluss mehr darauf, wo es landete. Bei Tränengas-Produzenten, Bauunternehmern, die erschwinglichen Wohnraum plattwalzten, den verwöhnten Urenkeln von Nazi-Kollaborateuren, Rassisten. Oder allen gleichzeitig.

Ich spürte die Nachwirkungen des Alkohols. In der U-Bahn zum Flughafen zog ich mein Handy hervor. Noch immer keine Antwort von Jessica. Ihr Flug war am frühen Morgen gegangen, also war sie vielleicht schon zu Hause und hatte sich hingelegt. Ich schloss die Augen und malte mir aus, wie sie zusammengerollt in unserem Bett lag, ein Kissen zwischen die Beine geklemmt, damit sich ihre Knie nicht berührten. Ich versuchte trotzdem, sie anzurufen. Sie ging nicht dran.

Als ich in Asheville ankam, fühlte ich mich seltsam ausgeruht. Ich bezahlte die Gebühr bei dem wie Elvis Presley aussehenden Parkwächter und rauschte in meinem ramponierten alten Pick-up davon. Aus dem Autoradio dudelte näselnder Südstaaten-Country, und mich überkam eine innere Ruhe, mit der ich vor meinem Ausflug nach New York niemals gerechnet hätte. Das hatte ich Jessica zu verdanken. Als sie vor zwei Monaten die Einladungskarte mit Memphis' exzentrischer Handschrift im Mülleimer gefunden hatte, hatte sie sie an den Kühlschrank gehängt, versehen mit einem Klebezettel, auf dem stand: *Hingehen!* Sie hatte keine Ausflüchte gelten lassen – es sei Zeit, mich meiner Vergangenheit zu stellen. Sogar das Flugticket hatte sie für mich gebucht.

Nach vierzig Minuten Fahrt bog ich in die kleine unbefestigte Straße ein, die zu unserem Haus führte. Es lag hinter einer Christbaum-Plantage am Ende einer steilen Auffahrt. Wie immer raubte mir der Anblick unseres wunderschönen Siebzigerjahre-Bungalows mit den abgeschrägten Fenstern und den dicken Kiefernholzbalken den Atem. Ed, der Vorbesitzer, war Schreiner, daher glänzte alles vor Liebe und Holzlack. Nicht einmal in meinen kühnsten Träumen hätte ich mir früher ein solches Leben für mich vorstellen können. Ich war in einer heruntergekommenen Doppelhaushälfte in Dayton, Ohio, aufgewachsen, bei meiner attraktiven alkoholkranken Mutter und einem Vater, der fast nie da war. Als Teenager war ich so selten wie möglich zu Hause gewesen, hatte am frühen Abend oft meine Runden durch die reicheren Viertel gedreht und mich in die hell erleuchteten Wohnzimmer der stattlichen Backsteinvillen hineingeträumt, bis ich die auf den Sofas bereitliegenden Wolldecken um meine Schultern gespürt hatte. Und nun wohnte ich selbst in einem Traum von einem Haus in den Blue Ridge Mountains.

An der Hammersmith Craft School waren jedes Jahr im Winterhalbjahr zwölf Artists-in-Residence untergebracht. Ich hatte mich als Buchbinderin beworben, Jessica als Kunstschmiedin. Bei der Einführungsveranstaltung hatte ich sie das erste Mal gesehen – sie trug ein mit Gänseblümchen bedrucktes Sommerkleid über einer Leggings, ich wie üblich Jeans und T-Shirt. Wir waren die einzigen Lesben weit und breit und stürzten uns sofort in eine intensive, alles verschlingende Liebesbeziehung. Jessica war das genaue Gegenteil von mir: laut und witzig. Der Schmuck, den sie herstellte, war auffällig und hatte eine große Fangemeinde bei Etsy und Pinterest, wohingegen ich mir mit meinen Büchern eine stillere, aus Großmüttern und Hobbylyrikern bestehende Anhängerschaft aufgebaut hatte. Wir wurden dennoch unzertrennlich, und als nach dem Winter der Schnee taute, hätten wir am liebsten die Augen verschlossen vor den ersten Schmelzwassertropfen und Narzissen, weil die Craft School für uns zum heiligen Zufluchtsort geworden war. Eines Sonntags – ich arbeitete gerade in der Cafeteria – beobachtete ich, wie Moyra, die örtliche Immobilienmaklerin, eine Verkaufsanzeige ans Schwarze Brett hängte: Bungalow in Hanglage, zwei Hektar Land, hundertzehntausend Dollar. Sobald Moyra weg war, riss ich das Exposé von der Pinnwand und starrte es schmachtend an. Schon ein paar Stunden später trafen wir auf der Terrasse von Jessicas Wohnheimzimmer unsere Entscheidung.

Ich parkte den Pick-up und öffnete die Fahrertür, genoss das vertraute Knirschen des Kiesbelags auf dem Weg zum Haus. Es war mein Kuhglockenläuten, mein wohliges Abendessen-ist-fertig-Geräusch. Ich stellte meine Reisetasche im Vorraum ab, wo mir sofort auffiel, dass alles viel zu ordentlich war. Wenn Jessica von einer Reise zurückkam, sah es hier normalerweise aus, als wäre ihr Koffer explodiert. Auch der Inhalt ihrer Handtasche war nicht auf die Bank gekippt. Ich betrat das Wohnzimmer – weder Erdnussbutterspuren auf dem Tisch noch Schmutzwäsche auf dem Boden. Nachdem ich die wenigen Stufen zu unserer Schlafempore hinaufgegangen war, sah ich, dass Jessicas dekorativ verteilte Schuhsammlung verschwunden war, genau wie unsere gesteppte Überdecke. Waren wir ausgeraubt worden? Ich blickte nach rechts. Auch die Eichenkommode, in der Jessica ihren schweren Silberschmuck aufbewahrte, war leer. Ich riss die Türen und Schubladen des Kleiderschranks auf: Meine Sachen waren noch da, ihre nicht. Weder Unterwäsche noch Sommerkleider noch Jogginghosen. Es mussten Einbrecher im Haus gewesen sein.

Auf einmal zuckte es mir heiß durch den Körper. Ich rannte in die Küche, um nachzusehen, ob die einzigen materiellen Dinge, die mir etwas bedeuteten, noch da waren: vier Polaroid-Aufnahmen, die mit Klebeband an der Oberseite der Küchenschublade befestigt waren. Voller Panik schob ich die Hand hinein und ertastete die Kanten der Fotos. Sie waren noch da. Ich seufzte erleichtert. Nicht mal Jessica wusste von ihrer dunklen, heimlichen Existenz im Inneren der Schublade. Ich ließ den Blick durch die Küche schweifen und entdeckte in der handgetöpferten Keramik-Obstschale eine getippte Nachricht, auf Jessicas himmelblauem Briefpapier.

Esther,
ich komme mir furchtbar feige vor, weil ich es auf diese Weise durchziehe, aber ich habe beschlossen, in Oregon zu bleiben. Ich halte den Druck einfach nicht mehr aus. Das gemeinsam gekaufte Haus, die Verlobung, unsere Nachwuchspläne, die Arbeit – es wächst mir alles über den Kopf. Ich habe völlig verlernt, auf mich selbst zu achten, die Verbindung zu mir ist verlorengegangen. Erst der räumliche Abstand hat mir klargemacht, wie unglücklich ich in letzter Zeit war.
Ich hoffe, deine Reise nach New York war heilsam für dich. Ich bin sehr stolz auf dich, weil du den Mut hattest, dorthin zurückzukehren. Deine Probleme haben mir viel abverlangt. Mir hat es viel bedeutet, dir bei diesem wichtigen Schritt auf deinem persönlichen Weg zu helfen, aber jetzt muss auch ich mich weiterentwickeln. Für die nächsten eineinhalb Monate werde ich mich

in einem Ashram in den Bergen von allem zurückziehen. Mein Anteil der nächsten beiden Kreditraten ist bezahlt. Danach würde ich das Haus gern verkaufen. Ich habe mit der Maklerin gesprochen, sie meinte, es sollte kein Problem sein, Käufer zu finden. Die Besitzurkunde hängt am Kühlschrank.
Ich habe Melanie aufgetragen, den Großteil meiner Sachen zusammenzupacken und dir diesen Brief hinzulegen. Es gibt noch ein paar Umzugskartons, die ich zu einem späteren Zeitpunkt abholen werde. Mein Handy ist ausgeschaltet. Wenn ich wieder aus dem Ashram auftauche, können wir gerne reden. Ich hoffe aus tiefstem Herzen, dass es dir gelingt, nach vorn zu blicken.
In Liebe,
Jess

Ich rief sie an. Vergeblich. Es klingelte einfach endlos, ohne dass die Mailbox ansprang. Also legte ich auf und versuchte es erneut. Das Freizeichen zog mich in die Tiefe, raubte mir die Luft zum Atmen. Ich setzte mich in die schwindelerregende Leere der Küche und starrte auf die Besitzurkunde für den Bungalow, die mit einem Magnet in Teekannenform am Kühlschrank befestigt war. Das schlaffe gelbe Papier schien mich zu verhöhnen, als handelte es sich um eine Lotterieniete. Wo war Jessica? Saß sie im Schneidersitz auf einem Berggipfel? Meditierte sie gerade in einer Schwitzhütte? Ich spielte die vergangenen Wochen in Gedanken durch, erinnerte mich an unsere Gespräche. Sie waren selten gewesen und meist von mir ausgegangen, das wurde mir rückblickend klar. Wie lange hatte Jess schon gewusst, dass sie mich verlassen würde? Wann hatte sie mit der Maklerin gesprochen? Und wann hatte sie ihrer idiotischen Hilfsstudentin Melanie aufgetragen, ihre Sachen zu packen? Ich stieß eine Reihe tiefer, heiserer Schluchzer aus.

Meine Gedanken zogen immer weitere Schlieren, eine sich ausbreitende Ölpest. All die Zukunftsvisionen, die wir gemeinsam geschaffen hatten, unser ganzes Leben, schwappte in grellen, giftigen Wellen davon. Wir hatten Pläne gehabt. Sie hatte mir Versprechungen gemacht, meine Hand genommen, wenn ich beim Abendessen mit bebender Stimme das Thema Kinder – Klimaerwärmung, Mikroplastik, Russland – angesprochen hatte. Sie hatte mir tief in die Augen gesehen und gesagt: »Dann lass uns unserem Leben zusammen einen Sinn verleihen, Baby.« War das etwa nie passiert? *Unser Leben.* Ich dachte daran, wie sie mir vom Bett aus die Arme entgegenstreckte, wie sie vor dem ersten Kaffee am Morgen schlechte Laune verbreitete, wie sie das Wort *Fuck* in die Länge zog wie Gummi. An die leeren Einkaufstüten, die sie unter der Spüle aufbewahrte, an die Art, wie sie nach dem Verfassen von E-Mails seufzte. Sie hatte doch mir gehört, mitsamt ihren Gewohnheiten. Wie konnte sie jetzt dort draußen losgelöst durchs Universum kreisen?

Dann sah ich aus dem Augenwinkel etwas Dunkles durchs Schlafzimmer kriechen und unter der Kommode verschwinden. Mit einem spitzen Schrei rannte ich wieder zurück in die Küche. Ich hatte panische Angst vor Schlangen. Jessica hatte die Kriechtiere immer in aller Ruhe mit einem Besen von der Veranda gepflückt, oder aus dem Wäschetrockner, oder aus der Scheune, und sich darüber amüsiert, dass ich bibbernd in meinem Versteck gekauert hatte. Ich machte laute Musik an und überlegte, ob ich Chester anrufen sollte, den immer fröhlichen Töpfer, der rund zwei Kilometer entfernt wohnte. Vielleicht kam er vorbei und legte sich mit der Schlange an? Andererseits wollte ich ihn nicht sehen. Ich wollte ihn umbringen. Ich wollte alle Menschen umbringen. Ohne Jessica sollte die Menschheit aufhören zu existieren und mit ihr jede Zeit und Vernunft.

Nachdem ich mich auf die Veranda geflüchtet hatte, trank ich zitternd eine alte Flasche Supermarktwein, der schon fast wie Essig schmeckte, die Knie ans Kinn hochgezogen, noch immer geschüttelt von den pechschwarzen Wogen der Ölkatastrophe, in die sich *unser Leben* verwandelt hatte. Was sollte ich denn jetzt tun? Ich stieß einen Klagelaut aus. Dann noch einen. Es waren große, südländische Erschütterungen, die mich erfassten. Ich rief Jessica dreiundvierzig Mal an. Es klingelte und klingelte, die Töne quälten mich wie Waterboarding. Endlich kam mir der Gedanke, stattdessen die Nummer ihrer Schwester Alisha zu wählen.

»Ich weiß, ich weiß«, antwortete sie und war bereits genervt, bevor ich etwas gesagt hatte. Jemand kreischte im Hintergrund. Wahrscheinlich war sie gerade in der Methadonambulanz in Chicago, in der sie arbeitete.

»*Was* weißt du?«, fragte ich unter Tränen.

»Ich weiß, dass Jessica dich verlassen hat. Und ich weiß, dass sie es nicht von Angesicht zu Angesicht getan hat, aber …«

»Wie konnte sie … mich verlassen?«, platzte ich heraus.

»Da fragst du die Falsche.«

»Alisha, bitte.«

Schweigen. Dann: »Sie hat sich richtig schlecht gefühlt deswegen. Es hat sie innerlich zerrissen. Ach, keine Ahnung.«

»Sag mir, warum.«

»Kann ich nicht.«

»Bitte!«, flehte ich.

»Sie war einfach … Ich vermute, sie fand einfach, dass du zu …« Sie verstummte.

»Was?«

Alisha schnalzte mit der Zunge.

»Sag es einfach«, drängte ich.

»Also gut. Dass du zu *intensiv* bist, oder so.«

»Intensiv?«

»Tu dir selbst einen Gefallen und nimm dir die Sache nicht so zu Herzen. Vielleicht meditiert sie eine Weile, und dann ist alles wieder gut. Stell ihr nicht nach, und mach auch sonst nichts Extremes. Ich bin bei der Arbeit und muss Schluss machen, okay?«

»Alisha, warte. Wo ist sie?«

»Nein, Esther, keine Chance.«

Sie legte auf.

Weil ich nicht wusste, wohin mit meiner Wut, warf ich die fast leere Flasche Wein gegen die Hauswand. Sie bekam einen Sprung und landete mit einem dumpfen Knall auf dem Boden, nachdem sie einen dunkelroten Schmierstreifen am Bungalow hinterlassen hatte. Es kam mir passend vor, dass es nun so aussah, als würde unser Haus bluten. *Intensiv.* Ich überlegte, ob ich Alisha erneut anrufen sollte, aber sie war meine einzige Verbindung zu Jessica. Ich wollte sie nicht gegen mich aufbringen. Jedenfalls noch nicht. Inzwischen war ich mehr als angetrunken, und mein Kiefer schmerzte, weil ich meine Zähne vor Wut zusammenbiss. Ich sammelte all meinen Mut und spähte noch einmal ins Schlafzimmer.

Genau dort, wo ich vermeintlich das Reptil gesehen hatte, lag ein geflochtener Ledergürtel auf dem Boden. Ich holte tief Luft. Es gab keine Schlange. In dieser Nacht schlief ich trotzdem auf dem Sofa, eingewickelt in Bettlaken und Strandhandtücher. Immer wieder schreckte ich aus dem Schlaf und hatte das Gefühl, in Treibsand zu versinken, weil Jessica nicht mehr da war.

Am nächsten Morgen fühlte sich das Haus riesig und leer an, wie ausgebombt. Wenn ich nicht gerade weinte, hörte ich mir True-Crime-Podcasts an. Ich kam auf die Klassiker zurück, Jeffrey Dahmer und Ted Bundy, suchte Trost in der außerirdischen Welt ihres soziopathischen Verhaltens und redete mir ein, dass Jessica im Grunde auch nicht besser war. Genau wie die Opfer dieser Serienmörder war ich eine in den Bergen zurückgelassene Frau, auch wenn ich – strenggenommen – noch lebte. Jess hatte von Anfang an ein Funkeln in den Augen gehabt. Vielleicht war mir nur nicht aufgefallen, wie mordlustig es war. Um sechs Uhr abends rappelte ich mich dazu auf, mir eine Packung Mikrowellen-Popcorn zu machen. Ich aß es in großen, im Rachen kratzenden Portionen. Dabei dachte ich darüber nach, mich umzubringen. Ich dachte darüber nach, mir im Walmart eine Knarre zu kaufen und damit nach Oregon zu fahren. Es fiel mir leicht, mich in Rachefantasien zu verlieren.

Einige unglückliche Stunden später zog ich mir meine Schuhe an und stapfte zur Cafeteria der Craft School hinunter, um mich ins WLAN einzuloggen. An die Müllcontainer des Parkplatzes gelehnt klickte ich sämtliche Ashrams im Fünfhundert-Kilometer-Umkreis von Portland an und grenzte die Auswahl schließlich auf vier ein. Ich durchsuchte Jessicas Instagram-Account und stellte fest, dass sie seit zwei Wochen nichts mehr gepostet hatte. Das sah ihr gar nicht ähnlich. Sie teilte sonst regelmäßig Einblicke in ihre Arbeitswelt, um mit ihren Kunden »in Kontakt zu bleiben«. Offenbar versuchte sie, irgendetwas zu verbergen. Ich ging auf die Seite der Craft School, für die sie ihre Lehrgänge abhielt, und fand mehrere Beiträge, auf denen Teilnehmerinnen sie markiert hatten. Da war sie: Sie grinste mir von drei Gruppenfotos entgegen, auf denen sie jeweils neben einer jungen Frau mit dunklen Mandelaugen und roten Lippen saß. Die bildschöne Dunkelhaarige war getaggt. *greenchristina1*. Ich klickte ihren Account an. Und tatsächlich, nachdem ich zwei Fotos nach unten gescrollt hatte, sah ich Jessica allein auf einer nächtlichen Picknickbank sitzen, in ihrem kurzen gelben Sommerkleid, mit strahlenden Augen. Am liebsten hätte ich diese Christina mit Nachrichten und Kommentaren terrorisiert, aber dann hörte ich Alishas Stimme in meinem Kopf. Ich musste cool bleiben.

Ich war ersetzt worden. Und ich würde wahrscheinlich immer wieder ersetzt werden, denn Jessica würde weitere Frauen vögeln. Ihre Eroberungen würden sich stapeln, und jede einzelne würde irgendetwas beherrschen, worin ich versagt hatte, würde eine Verbesserung von mir darstellen. Ich zoomte das Gesicht von *greenchristina1* näher heran. Sie schien gern zu lachen und wirkte gutherzig. Wahrscheinlich traf sie sich gern mit großen Freundesgruppen zum Essen und beschwerte sich nie über ihren Einkommenssteuerbescheid. Auf dem Weg zurück nach Hause beschloss ich, dass ich mich davorwerfen würde, falls ein Auto auftauchte.

Es tauchte keins auf. Am nächsten Morgen zog ich noch im Schlafanzug meine Stiefel über und stapfte mit einem Hammer ins Atelier hinunter. Nachdem ich den Stromschalter der Scheune betätigt hatte, wurde auch die Bluetooth-Verbindung aktiviert, über die ich am Vorabend meinen Bundy-Podcast gehört hatte. Der große Raum, der Jessica und mir so viel bedeutet hatte, füllte sich mit einer Beschreibung der Gegenstände, die die Polizei in Bundys Auto gefunden hatte: eine Brechstange, eine Packung große grüne Plastikmüllbeutel, ein Eispickel, eine Taschenlampe, ein Paar Handschuhe, ein zerrissenes Laken. Ich sah mich im Atelier um. Die meisten Werkzeuge von Jessica waren verschwunden, aber der Amboss war noch da. Ich streifte den Verlobungsring ab, den sie für mich geschmiedet hatte, und legte ihn vorsichtig darauf, dann hob ich den Hammer an und schlug so lange auf den Ring ein, bis er nur noch ein formloser Silberstreifen war. Als ich von ihm abließ, hörte ich Autoreifen, die sich auf dem Schotter der Zufahrtsstraße drehten, und mein Herz flatterte aus meinem Mund wie ein Schmetterling auf Amphetaminen. Das musste sie sein! Sie hatte gemerkt, dass es ein Fehler gewesen war, mich zu verlassen. Ich würde ihr verzeihen. Wir würden uns zusammen ein Bad einlassen, und sie würde mir einen neuen Ring schmieden. Ich rannte los und riss die Tür auf.

Das Auto bog gerade auf Höhe der Nelson-Hütte von der Zufahrtsstraße ab. Es war ein ramponierter Jeep Cherokee, auf dem ein bordeauxroter Fernsehsessel aus Leder festgezurrt war. In der Hütte wohnte angeblich niemand. Ich hatte mit George vom Postamt gesprochen, und er hatte erzählt, der alte Nelson sei vor sechs Jahren gestorben. Ich nutzte immer die Abkürzung über sein Grundstück, um zum Fluss zu gelangen, und Jessica und ich hatten sogar gewitzelt, dass wir die Hütte dazukaufen könnten. Sie war uralt, ein appalachisches Relikt, und bestand aus einem einzigen Raum mit durchhängendem Dach und morschen Holzpfeilern, die immer tiefer im Boden versanken. Wohnte jetzt doch plötzlich jemand darin? Ich verlor gerade alles, was mir lieb war, sogar meine Privatsphäre.

Nachdem ich ins Haus zurückgekehrt war, rollte ich mich auf dem Bett zusammen, von wo aus ich immer noch den Hang mit den Christbäumen sehen konnte, genau wie den Steinpfad, der sich den Berg hinunterschlängelte, und meinen chaotischen Garten. Ich wollte den Bungalow nicht verkaufen und damit das einzige Leben aufgeben, das mir je gefallen hatte. Außerdem wusste ich, dass noch eine winzige Chance darauf bestand, dass Jess zurückkehrte, solange ich das Haus hatte. Aber allein würde ich niemals die Hypothek bedienen können. Alles um mich herum schien sich zu verengen und mich einzuschließen. Mir fiel das weiße Rechteck in meiner Jackentasche ein – Naomi Duncan.

Am nächsten Morgen ging ich zur Cafeteria und googelte sie. Da war sie, mit rotglänzendem Haar an einem Lunch-Tisch, der über und über mit Petunien geschmückt war. In einem hellbraunen Kleid auf einer Veranda. Auf einem roten Teppich neben einem Mann, der wie eine seltsame Mischung aus Nathan Lane und Benicio del Toro aussah. Vermutlich ihr Ehemann. Ich scrollte noch mehr Fotos durch, die sie bei Benefizveranstaltungen oder Einweihungspartys zeigten, und las dann ihren Wikipedia-Eintrag. Sie war in Connecticut geboren, als Erbin eines Würzsoßen-Imperiums. Verheiratet war sie mit Bryce Duncan, dem CEO von Red Rock Capital. Sie gärtnerte gern und hätte sich als Skiläuferin beinahe für die Olympischen Spiele qualifiziert, wenn sie den Sport nach dem Tod ihres Vaters nicht an den Nagel gehängt hätte, um das Familienunternehmen weiterzuführen. Ich zoomte Fotos von ihr heran, auf denen sie die Premiere von *Wicked* besuchte und mit ihrer Familie posierte. Tabitha Duncan, ihre einzige Tochter, war groß, hatte lange Haare, die ihr bis zur Taille reichten, und einen wütenden Blick. Ich zog mein Handy hervor und wählte Naomis Nummer.

2

Ich beobachtete, wie der Lastwagen, der keine Firmenaufschrift trug, die Schotterstraße heraufkeuchte. Im Laufe der letzten Woche hatte sich mein Stolz in meinem Magen eingenistet, hatte sich dort festgesetzt wie ein versehentlich verschlucktes Kaugummi. Je näher der Transporter kam, desto steifer wurde mein Rücken und desto dünner wurde die Luft. Ich war wieder die Hofnärrin, die auf das Wohlwollen der Reichen angewiesen war, und das, obwohl ich mir nach unzähligen Porträtgemälden im Auftrag von Michael Valentine geschworen hatte, mich nie wieder vertraglich an irgendwelche wohlhabenden Mäzene zu binden. Ich rief mir in Erinnerung, dass ich mit Naomi genug Geld ausgehandelt hatte, um für die nächsten zwei Jahre meine Hypothekenzahlungen zu leisten. Das war es wert.

Sobald er den Lastwagen geparkt hatte, stieg der Fahrer aus, ein kleiner, gedrungener Mann mit Klemmbrett unter dem Arm und mürrischer Miene. »Sind Sie Gillian Flynn?«, fragte er mich mit kehligem New Yorker Akzent.

Fast hätte ich gelacht, aber ich hielt mich noch rechtzeitig zurück und ging mit klappernden Stiefeln die Holztreppe hinunter. Naomi hatte mir bereits am Telefon erklärt, dass sie für die Zustellung der Kisten ein

Pseudonym verwenden würde, um die Überraschung nicht zu gefährden. Angeblich bekam ihr Mann Bryce *einfach alles heraus.*

»Ich werde etwa eine halbe Stunde fürs Ausladen brauchen, aber zuerst müssen Sie das hier unterschreiben«, sagte der Fahrer und hielt mir einen dünnen Tablet-Computer hin. Ich scrollte durch die Seiten und stellte rasch fest, dass es sich nicht um eine schlichte Empfangsbestätigung handelte, sondern um eine fünfseitige Vertraulichkeitsvereinbarung, die Naomi bei unserem Telefonat unterschlagen hatte. Und in dieser Vereinbarung stand mein echter Name. Keine Spur mehr von augenzwinkernder Heimlichtuerei anlässlich eines runden Geburtstags. Dieser Vertrag war rechtlich bindend. Ich sah den Lieferanten mit hochgezogenen Augenbrauen an, und er zuckte mit den Schultern.

Ein kalter Schauder breitete sich über meine Schulterblätter aus. Nach dem Vorfall in Michaels Atelier hatte ich ebenfalls eine Vertraulichkeitsvereinbarung unterschrieben, daher kannte ich die Konsequenzen. Man verlor jedes Recht darauf zu reden, durfte nur noch denken. Es war die Hölle. Das endlose Grübeln steckte in einem fest wie ein aus der Balance geratenes Ökosystem, fand kein Ventil, wie sehr es einen auch belastete. Ich hob den Blick zur Scheune, versuchte, meine Optionen gegeneinander abzuwägen. Dann musste ich lachen: Naomi schien tatsächlich zu glauben, dass die Klassenfotos ihrer Tochter eine Vertraulichkeitsvereinbarung rechtfertigten. Helikoptermutter war bei ihr offenbar noch stark untertrieben. Ich nahm den Eingabestift und unterschrieb.

»Wo wollen Sie die Kisten haben?«, fragte der Fahrer. Ich schob das Scheunentor auf und zeigte auf die lange, leere Wand auf Jessicas Seite des Ateliers. Der Fahrer warf einen prüfenden Blick auf den unebenen Kiesbelag zwischen Lastwagen und Scheune und entschied sich dafür, die Kisten von Hand auszuladen. Ich ignorierte seine Proteste und half ihm. Die Boxen bestanden alle aus weißem Kunststoff, waren mittelgroß und verjüngten sich nach unten hin leicht. Sie fassten etwa fünfzig Liter und waren unterschiedlich schwer. Wir stellten sie in einer Reihe nebeneinander und stapelten sie anschließend, so hoch es ging. Insgesamt waren es etwas mehr als zweihundert Boxen. Der Fahrer verschwand in seinem Lastwagen und kam mit einem Werkzeugkoffer aus Metall wieder heraus.

»Ich habe den Auftrag, das Gebäude zu sichern.«

»Was?«

»Ich muss gewährleisten, dass sämtliche Fenster und Türen diebstahlsicher verschließbar sind.«

»An der Scheunentür befindet sich ein Holzriegel«, protestierte ich. »Das reicht doch.«

Wieder zuckte er nur mit den Schultern.

Als er sich daranmachte, eine Reihe von glänzenden Bolzenschlössern und Riegeln am Rolltor und am Fenster anzubringen, dämmerte mir, dass er kein gewöhnlicher Lieferant war. Nachdem er fertig war, übergab er mir die Schlüssel und zückte erneut den Tablet-Computer. »Letzte Unterschrift.«

Ich vollzog einen Schnörkel mit dem Eingabestift, woraufhin der Fahrer mir einen Umschlag überreichte und zum Abschied salutierte wie ein Soldat. Ich wartete, bis der Umzugswagen verschwunden war, bevor ich den Umschlag öffnete. Darin befand sich ein kleinerer weißer Umschlag, der die erste Rate von dreißigtausend Dollar enthielt. Am Telefon hatte ich Naomi aufs Geratewohl eine Summe genannt, die ich für unverschämt hoch gehalten hatte, mit der Begründung, es klinge ganz danach, als müsse ich die Arbeit eines vollen Jahres in sieben Monate zwängen. Sie hatte den Betrag ohne jedes Zögern verdoppelt. Ich drückte das Bündel Banknoten so fest ich konnte an mich und genoss die Erleichterung, die mich überkam.

Meine Liebe,
ich hoffe, es geht Ihnen gut. Wenn Sie das hier lesen, haben Sie bereits das Material für unser gemeinsames Projekt erhalten. Ich kann es kaum erwarten, dass es losgeht, aber vorher muss ich Ihnen noch ein paar Dinge erklären: Was Sie für mich herstellen, muss in jedem Fall unter uns bleiben, daher die Sicherheitsmaßnahmen. Ich empfinde es als ideal, dass Sie die Kisten in der Abgeschiedenheit der Blue Ridge Mountains zu Scrapbooks verarbeiten werden. Die Vertraulichkeitserklärung war hoffentlich kein allzu großer Schock für Sie. Keine Sorge, so etwas ist absolut üblich. Ich muss leider streng sein, was diesen Punkt angeht. Unter keinen Umständen darf der Inhalt der Kisten oder der daraus hergestellten Bücher nach außen dringen. Selbst wenn Mutter Teresa an Ihre Ateliertür klopft: Weisen Sie sie bitte freundlich ab! Und halten Sie sich an den Zeitrahmen, es ist unerlässlich, dass die Bücher bis zum einunddreißigsten Januar fertig werden. Ich werde gegen Ende des Projekts einen Besuch

bei Ihnen arrangieren, um das Endprodukt in Augenschein zu nehmen.
Nun, da wir das Organisatorische hinter uns haben, werden Sie uns aufs Intimste kennenlernen. Unser ganzes Leben steckt in diesen Kisten. Das von Tabitha, Bryce und mir. Jedes Stück Papier, das während der vergangen beiden Jahrzehnte durch unsere Hände gegangen ist. Tabitha wäre es sicher furchtbar peinlich, wenn sie wüsste, was Sie alles zu sehen bekommen. Aber das ist ja gerade das Schöne daran, ich wünsche mir ein ehrliches Porträt unserer Familie. Unsere Familienchronik soll 1998 beginnen, dem Jahr, in dem Tabitha geboren wurde.
Wie bereits besprochen hätte ich gern mindestens zwei Bücher pro Jahr: Frühling-Sommer und Herbst-Winter. Es sollen Schulaufgaben, Fotos, E-Mails und auch zwanglose Notizen miteinbezogen werden. Ich habe die Kisten nach dem Einlagern nie wieder durchgesehen, sie enthalten also sicher die eine oder andere Überraschung. Die Fotos habe ich häufig mit Anmerkungen versehen, und alles, was mit einem hellblauen Zettel markiert ist, muss auf jeden Fall in die Bücher. Ich bin leider ein sehr pedantischer Mensch, daher ist mir eine strikte Chronologie wichtig, genau wie eine ordentliche Strukturierung durch Überschriften.
Ich habe im Laufe der Jahre recht viele Fotos ausgedruckt, daher ist eine kurze Liste der wichtigsten Personen beigelegt, damit Sie die Übersicht behalten. Es findet sich auch eine Liste der Orte im Umschlag, an denen wir für gewöhnlich Urlaub machen, sowie wichtige Anlässe wie Geburtstage oder Jahrestage.
Ich würde mir wünschen, dass Sie so viel Material wie möglich integrieren. <u>Auf keinen Fall dürfen Sie irgendetwas wegwerfen!</u> Ich werde nach Erfüllung des Auftrags dafür sorgen, dass die übrig gebliebenen Dinge wieder abgeholt werden.

Wenn Sie irgendwelche Fragen haben, zögern Sie bitte nicht, sich bei mir zu melden. Für unsere Kommunikation habe ich ein Mobiltelefon beigefügt, in dem die Nummer eingespeichert ist, unter der Sie mich erreichen. Ich weiß, das ist alles wie bei James Bond, aber Bryce findet – ich sagte es bereits – einfach alles heraus!
Ich bin Ihnen unendlich dankbar. Dass wir uns begegnet sind, war wirklich Schicksal, davon bin ich überzeugt.
Herzlich,
N.

Ich zog das Mobiltelefon aus dem größeren Umschlag. Es war ein schmales Samsung mit integrierter Kamera, viel besser als mein eigenes Handy. Ich ging auf Kontakte und sah, dass nur eine Nummer eingespeichert war, unter N. Diese Vorsichtsmaßnahme und die Vertraulichkeitsvereinbarung erschienen mir reichlich übertrieben, aber das Bündel Banknoten war beruhigend genug, um meine Bedenken zu zerstreuen. Ich nahm das Geld und verstaute es im Gefrierfach, dann holte ich ein Glas Essiggurken aus dem Kühlschrank. Ich setzte mich auf die Veranda und starrte zur Scheune. Wie sollte ich anfangen? Sollte ich mir einfach wahllos irgendeine Kiste vornehmen? Eigenartig, dass Naomi, die doch angeblich so pedantisch war, die Boxen weder datiert noch nummeriert hatte.

Ich hatte ihr gesagt, dass ich das Material zuerst sichten und dann ein Beispielbuch erstellen wolle. Im Kopf überschlug ich die vor mir liegende Arbeit: Zwei Scrapbooks pro Jahr seit Tabithas Geburt – das ergab fast vierzig Alben. Auch ohne Inhalt erforderten die Bücher wochenlanges Zusammenheften, Falten, Leimen und Binden. Ich aß noch drei Essiggurken, duschte und verbrachte eine halbe Stunde damit, in meinem Download-Ordner einen Podcast zu finden, der mir zusagte. Schließlich entschied ich mich für eine Reportage über zwei junge Mädchen, die Mitte der Neunzigerjahre auf dem Parkplatz eines Waffle-House-Schnellrestaurants umgebracht und zerstückelt worden waren.

Sobald der grausige Tod der Mädchen in der Scheune aus den Lautsprechern schallte, entfernte ich den weißen Kunststoffdeckel von der Box, die mir am nächsten stand. Sie enthielt einen chaotischen Haufen farbiges Papier. Das erste, was ich herauszog, war eine Erdkundeaufgabe. Tabithas Name, der in blauer Tinte über drei mit Buntstiften ausgemalten Landkarten prangte – Amerika, Europa, Australien. War diese Schulaufgabe wichtig? Woher sollte ich das wissen? Auf der Rückseite stand ein Datum: *2. März 2007.*

Ich holte tief Luft und lauschte dem Podcast, in dem erklärt wurde, warum eins der Mädchen erst nach fünf Tagen vermisst gemeldet worden war – es hatte irgendetwas mit der bevorstehenden Scheidung der Eltern zu tun. Ich seufzte und beschloss, den Inhalt der Boxen zunächst nach Jahreszahlen zu sortieren. Später würde ich die Haufen dann in Monate unterteilen. Ich schnappte mir einen Stift und einen Block Klebezettel und schrieb *1998, 1999, 2000* und so weiter, bis zum Jahr *2019.* Dann legte ich die Zettel auf dem Boden aus.

Ich kehrte zur ersten Box zurück und zog einen Satz Musiknoten heraus, offenbar von Tabithas Geigenunterricht. Oben in eine Ecke hatte ihr Lehrer oder ihre Lehrerin geschrieben: *Tabitha, das ist schon der zweite Bogen, den du diesen Monat zerbrochen hast. Es bringt niemandem etwas, wenn du deine Aggression an deinem Instrument auslässt. Statt wütend zu werden, solltest du lieber deine Einstellung ändern und Hindernisse als etwas betrachten, das du überwinden kannst. An Herausforderungen kannst du wachsen. Bitte nimm deine Geige dieses Jahr mit in den Weihnachtsurlaub, damit du üben kannst.* Darunter folgte ein betrübter Smiley. Mein Interesse war geweckt, bis mir einfiel, dass Tabitha nur eins dieser verwöhnten Treuhandfonds-Kids war, die keinerlei Bezug zu Geld hatten und niemals verstehen würden, wie viel ein neuer Geigenbogen kostete. War die in die Ecke geschriebene Nachricht wichtig? Naomi hatte betont, sie wolle ein ehrliches Familienporträt. Ich beschloss, noch zu warten, bevor ich irgendetwas als wichtig oder unwichtig einschätzte. Der Großteil des Materials aus der ersten Box stammte aus dem Jahr 2012, aber nicht alles war datiert. Ich eröffnete daher einen Stapel mit dem Titel Unbekannt.

Dann machte ich eine Pause. Der Podcast legte absichtlich falsche Fährten, um die Spannung bei der Suche nach den zerstückelten Mädchen zu erhöhen. Ich ließ den Blick über die Boxen schweifen und hatte Naomi vor Augen, wie sie Tabithas Schultasche leerte, bevor die Familie zu irgendeinem Urlaub davonflog. Wenn Naomis Mann diese Art von Andenken hasste, warum sollte er sich dann über einen ganzen Berg voll belanglosem Kram zum Geburtstag freuen? Ich nahm die Listen, die Naomi für mich erstellt hatte, und blätterte sie durch. Etwa ein

Dutzend Seiten war mit kleinen Porträtaufnahmen versehen, die mir bei der Identifizierung von Familienmitgliedern, Lehrern, Freunden, Nachbarn und Kollegen helfen sollten. Ich legte sie beiseite und ging die Liste mit Urlaubsorten durch.

- *Weihnachten: The Little Nell in Aspen mit der erweiterten Familie – Bryce' Schwester Danielle Brudall und deren Mann Peter Brudall (Vice President der UBS-Bank) mit ihren drei Söhnen Mike, Bradley und Tobias.*
- *Frühjahrsferien: The Ranch in Rock Creek (Montana) (Bryce ist begeisterter Fliegenfischer und nimmt normalerweise seinen alten Freund Conor Copeland mit, Police Commissioner bei der New Yorker Polizei.)*
- *Sommerferien: Unser Haus in den Hamptons, Gin Lane 271. Unsere dortigen Nachbarn sind Robert und Chrissy Ash (Chrissy ist Scheidungsanwältin und hat viele prominente Mandanten, Robert ist Führungskraft bei der NBC) mit ihren beiden Kindern Eloise und Earnest.*
- *Pam Gorson war unser Hauptkindermädchen, das uns auf sämtlichen Reisen begleitet hat.*
- *Elena Tester war unser Ersatzkindermädchen, das Pams freie Tage abgedeckt hat.*

Dass Naomi auch die Berufe von Bekannten und Nachbarn hinzugefügt hatte, erschien mir haarsträubend. Mit einem abfälligen Schnauben legte ich die Liste beiseite und widmete mich wieder der Box. Nach mehreren Multiplikations-Arbeitsblättern aus Tabithas Matheunterricht stolperte ich über meinen ersten Packen Fotos, der noch in einem Papierumschlag von Duane Reade steckte. Die Hochglanzaufnahmen schienen alle am selben sonnigen Tag entstanden zu sein – drei Kinder, die um einen azurblauen Pool rannten, eine Wasserpistole, die in einem im Boden eingelassenen Whirlpool trieb, im Vordergrund eine Frau mit weißem Kleid und blonden Haaren. Vermutlich die Hamptons. Vielleicht war die Frau Chrissy Ash, die Promi-Anwältin. Der Rasen sah aus, als wäre er mit der Schere gestutzt, und das Haus war hellblau, hatte elegant verwitterte Dachschindeln und rundgeschnittene Büsche. Auf dem nächsten Foto waren vier Kinder auf Barhockern in einer glänzendweißen Küche aufgereiht, umgeben von edlen Edelstahlgeräten. Wie so oft überkam mich ein Anfall von Immobilien-Neid.

Ich legte eine Pause ein. Es dämmerte bereits, und ich ging den Pfad nach Hammersmith hinunter. Sobald ich in Reichweite des Cafeteria-WLAN war, zog ich ohne nachzudenken mein iPad heraus und gab die Hamptons-Adresse der Duncans bei Zillow ein. Siebzehn Komma sechs Millionen. Wie im Fieber scrollte ich durch die gelisteten Immobilien, wohlwissend, dass ich mich damit nur selbst quälte, klickte Fotos von Villen mit Meerblick, schweren Stoffvorhängen und Kinderbettchen in Segelbootform an.

Ich kehrte in die Scheune zurück und mutierte zum Roboter. Ohne die Fotos genauer anzusehen, sortierte ich alles strikt nach Datum. Eine Person auf den Aufnahmen fiel mir dennoch auf: Elena Tester, das Ersatzkindermädchen. Wann immer sie erschien, hielt ich inne, und mein Gaydar fing leise an zu piepsen. Sie war jung, etwa Anfang zwanzig, mit dickem schwarzem Eyeliner und zu dunkel geschminkten Lippen. Auf einem Foto, auf dem sie Tabitha von einer Schaukel hob, erhaschte ich einen Blick auf ihren Oberkörper, den offenbar zahlreiche Tätowierungen zierten. Vielleicht war sie eine Lesbe.

Ich blätterte noch mehr Schulaufgaben durch – Hauptstädte der amerikanischen Bundesstaaten, US-Präsidenten, Tabithas nicht bestandene Französisch-Tests. Außerdem endlose Zahlenreihen, unter denen das Logo von Red Rock Capital prangte. Sie alle waren mit hellblauen Klebezetteln versehen und somit wichtig. Meine Aufmerksamkeit wanderte zwischen den zerstückelten Leichen des Podcasts und den zu sichtenden Dokumenten hin und her. Diese Art von Langeweile fiel mir leicht. Seit ich mit dem Malen aufgehört und mit dem Buchbinden angefangen hatte, war ich es gewohnt, stumpfsinnig vor mich hin zu arbeiten. Präzision war mir wichtig, Emotionen nicht. Ich steckte nie ganz mit drin.

Ich förderte einen zweiundvierzigseitigen Bankauszug von 2011 zutage, seufzte resigniert und sah mich in der Scheune um. Was sollte dieser ganze Mist? Wozu all die Finanzunterlagen und Quittungen? Die Fotos verstand ich, sogar die Hausaufgaben, aber die Finanzunterlagen ergaben keinen Sinn. Sollte ich wirklich die ganzen zweiundvierzig Seiten in ein Scrapbook integrieren? Ich hatte plötzlich das quälende Bedürfnis, Naomi zu fragen. Also kramte ich das Samsung-Handy unter einem Papierstapel hervor und wählte die einzige eingespeicherte Nummer.

Es klingelte und klingelte. Keine Antwort.

Zehn Minuten später ließ mich der ungewohnte Klingelton erschrocken zusammenzucken.

»Hallo?«

»Hallo, meine Liebe«, meldete sich Naomi. Im Hintergrund war die Sirene eines vorbeifahrenden Krankenwagens zu hören.

»Hi, Naomi, ich fange gerade mit dem Sichten an und …« Ich verstummte und ließ den Blick über die Papierstapel auf meinem Zementboden gleiten. »Was soll ich mit den Kontoauszügen und Quittungen machen? Wollen Sie wirklich, dass ich die alle …«

Naomi unterbrach mich: »Esther, ich beneide Sie nicht. Haben Sie meinen Brief gelesen?«

»Habe ich, aber …«

»Tja, mehr kann ich Ihnen zu diesem Thema auch nicht sagen. Alles, was ich aufgehoben habe, ist für mich von Bedeutung. Es hat alles seinen Platz in dem großen Wandteppich, den Sie für mich knüpfen. Vertrauen Sie einfach dem Prozess. Und werfen Sie bloß nichts weg!«

Wieder heulte im Hintergrund ein Krankenwagen vorbei. Als die Sirene verstummt war, fuhr sie fort: »Wissen Sie, ich habe viel über das Thema Vermächtnis nachgedacht.« Sie zögerte. »Und über Reinkarnation.«

»Oh …«

»Ich habe Ihnen die Wolle gegeben, verweben müssen *Sie* sie. Ich kann Ihnen auch nicht sagen, wie das Endergebnis aussehen wird. Und jetzt entschuldigen Sie mich, ich muss los. Ich hoffe, ich konnte Ihnen weiterhelfen. Es war Schicksal, denken Sie immer daran.«

»Schicksal, ja. Bis dann.«

Reiche Leute redeten gern von Schicksal, denn es bedeutete, dass ihr Wohlstand vorherbestimmt und rechtmäßig war. Ich setzte mich auf meinen Holzhocker. Die Wandteppich-Metapher hatte kein bisschen Klarheit gebracht, was das Chaos vor meiner Nase anging. Warum hatte Naomi über das Thema Vermächtnis nachgedacht? Ich wusste, dass reiche Leute mehr über den Tod nachgrübelten als normale Menschen. Sie besaßen Testamente und Vermögenswerte, Stiftungen, Anwälte und Begünstigte. Trotzdem erschien mir die Wortwahl bizarr, Naomi war schließlich erst Mitte fünfzig. Und diese ganze Reinkarnationsgeschichte verwirrte mich erst recht. Ich seufzte und machte mich wieder ans Sortieren, ließ mich vom Strom der Duncans mitreißen.

In der nächsten Box fand ich eine Nachricht von Tabithas Schule, in der ihre Eltern darüber informiert wurden, dass sie eine Mitschülerin mit ihrem metallenen Stiftetui ins Gesicht geschlagen hatte. Bei der Vorstellung von einem rechteckigen Abdruck auf der Wange eines anderen Mädchens lief es mir kalt über den Rücken. Hastig durchsuchte ich die übrigen Dokumente in der Box, in der Hoffnung, auf nähere Details zu stoßen, aber da war nichts. Stattdessen fand ich Fotos von Tabithas Fünftklässler-Abschlussball. Sie posierte allein vor einem Hintergrund mit Strand-Thema, die Augen wild, die Stirn fettglänzend im grellen Licht des Kamerablitzes. Es konnte eben kein Reichtum der Welt verhindern, dass elf ein schwieriges Alter war. In der nächsten Aufbewahrungsbox fand ich meine Antwort: dutzende Beurteilungsbögen von Tabithas Kinderpsychologen, einem gewissen

Ben Kenworth. In einer Beurteilung wurde unter anderem der Vorfall mit dem Stiftetui aufgegriffen, und Tabitha wurde als launisch und sprunghaft beschrieben. Ich warf einen Blick auf das Datum: Damals war sie dreizehn gewesen. Wer war mit dreizehn nicht launisch und sprunghaft? Und warum sollte jemand wollen, dass solche Psychologenbriefe in ein Scrapbook geklebt wurden?

Ich arbeitete weiter. Noch mehr Urlaubsfotos. Bryce blickte so gut wie nie in die Kamera, wohingegen sich Naomi ihrer stets bewusst zu sein schien. Jede Pose war genau einstudiert, die Sonnenbrille saß immer im perfekten Winkel auf der Nase. Tabitha hatte zum Zeitpunkt der Aufnahmen eine Zahnspange getragen. Es gab Fotos von der Familie im Privatjet und von Bryce, der verärgert mit der Hand wedelte, während er in sein Mobiltelefon sprach. Was die Penthouse-Wohnung der Duncans in Manhattan anging, hatte Naomi nicht gelogen: Sie war fast völlig leer, von ein paar Möbelstücken aus geflochtenem Leder abgesehen. Überall nur Holz und Glas, und auf dem Balkon Bonsai-Bäumchen auf Marmorsockeln, die den Blick auf den Central Park einrahmten. Nirgendwo eine Spur von Teppichen oder Bildern. Keine Kunst. Nicht einmal ein Buch.

Ich schloss die Augen und widmete meine Aufmerksamkeit für eine Weile dem Podcast. Der Erzähler schwärmte vom neuen Lieblingstool jedes Amateurdetektivs: der Genealogie. 23andMe und zahlreiche andere Unternehmen trugen die Daten von Millionen Amerikanern zusammen, die dumm genug waren, für viel Geld in ein Reagenzglas zu spucken. Was veranlasste alle diese Menschen dazu, auf Abruf ihren Speichel abzusondern? Der Wunsch, in Erfahrung zu bringen, ob ihr Urgroßvater irischer Abstammung war oder ob sie fünf Hundertstel Neandertalerblut in sich trugen? In meinen Augen waren das höchst banale Informationen, vollkommen unerheblich für den menschlichen Alltag. Aber vor einigen Jahren hatte eine Frau, die als Kind entführt worden war, die Idee gehabt, mithilfe der Ahnenforschung ihre Verwandten ausfindig zu machen, und so hatte die forensische DNA-Ahnenforschung ihren Anfang genommen. Das Ganze funktionierte auch umgekehrt – indem man die DNA von Mördern zu deren Angehörigen zurückverfolgte. Speichelproben-Datenbanken waren zum Mikrowellenofen geworden, in dem sich ungeklärte Kriminalfälle schnell und unkompliziert wieder aufwärmen ließen.

Es war fast acht Uhr abends. Ich hatte in sechs Stunden erst neun Boxen durchgearbeitet. Als ich die Steinstufen zurück zum Haus hinaufging, erdrückten mich die Wärme und Einsamkeit des Bergs. Normalerweise mied ich die Stille, wann immer ich konnte. Selbst wenn Jessica nur vorübergehend weggewesen war, weil sie einen Lehrgang abhielt oder vielleicht auch nur im Supermarkt einkaufte, hatte ich panische Angst vor der Leere der Nacht gehabt. Ich vermisste ihr Geklapper in der Küche, ihre laute Stimme am Telefon. Ihre Unordnung. Wie gelähmt blieb ich auf dem Gartenweg stehen und lauschte den spärlichen Abendgeräuschen, den Tieren, dem Wind, dem Nichts. Dann blickte ich die Zufahrtsstraße hinunter, wünschte mir sehnlich, ihr Auto würde auftauchen.

Mir war klar, dass es in unserer Beziehung ein Ungleichgewicht gegeben hatte: Sie hatte zu viele Pläne geschmiedet, ich überhaupt keine. Sie hatte einen Hund aus dem Tierheim holen wollen, sich Kisten von Landwirtschaftskooperativen schicken lassen, nach Montauk fahren, den Sommer in Bali verbringen, Jura studieren wollen.

Vor meiner Zeit in Hammersmith hatte ich schon eine Reihe anderer Craft Schools besucht: Haystack, Arrowmont, Anderson Ranch, Shakerag. Ich hatte Kurse im Töpfern, Körbeflechten, Textilfärben und Buchbinden belegt und mir, wann immer es ging, durch Jobs etwas dazuverdient. Trotzdem waren die Seminare erschreckend teuer gewesen. Teilgenommen hatten hauptsächlich Rentnerinnen und Rentner, die schon immer etwas mit ihren Händen hatten erschaffen wollen – ehemalige Buchhalter, Hausfrauen und Mütter, deren Söhne inzwischen erwachsen waren, Lehrerinnen und Lehrer, Uni-Dozentinnen, Justizangestellte. Sie alle wuchsen in den langen Werkstattstunden fern des Alltags zu einem verschworenen Haufen zusammen, der sich aus den unterschiedlichsten Persönlichkeiten zusammensetzte. Es gab immer einen wütenden Mann, eine einsame Witwe, Anfang Zwanzigjährige, die keine Lust hatten, aufs College zu gehen. Ich gab den Großteil meiner Abfindung dafür aus, alles wieder zu verlernen, was ich mir in New York angeeignet hatte. Eine Seminarleiterin in Arrowmont erklärte uns, was auch immer wir berührten, würde auch uns berühren. Ich wusste, dass ich in Michael Valentines Atelier mit Bösem in Berührung gekommen war, mit einem düsteren Strudel aus Gier, Macht und Ego. In meinen

Kunsthandwerkskursen hobelte ich nach und nach die Schichten der Wut ab, die sich während meiner kurzen Laufbahn als Malerin im Big Apple angesammelt hatten.

Ich trat mit einem Glas Rotwein auf die Veranda hinaus. Die Nachtluft fühlte sich gut an. Ich starrte zur Scheune hinunter. In meinem Töpferseminar in Haystack hatte ich einen Mann kennengelernt, der Dave hieß und sein ganzes Leben lang in einem nuklearen Endlager in Aiken, South Carolina, gearbeitet hatte. Daves Aufgabe hatte darin bestanden, die türkisfarbenen Wasserbecken zu überwachen, die die benutzten nuklearen Brennstäbe kühlten. »Wie Homer Simpson«, hatte er gewitzelt. Ich hörte ihm gern dabei zu, wie er von seiner Arbeit erzählte – den gelben Schutzanzügen, der pulsierenden Gefahr am Grund der Becken. Ich erkannte gewisse Parallelen zu meiner mit Naomi Duncans Aufbewahrungsboxen gefüllten Scheune. Am liebsten hätte ich sie hermetisch abgeriegelt, damit ihr Gift nicht in mein Leben sickerte. Ich spürte bereits den Sog, das Verlangen danach, mich meiner Besessenheit hinzugeben. Die Nähe zum Wohlstand konnte einem den Verstand rauben, das wusste ich aus Erfahrung. Schon bald würde ich mich dabei ertappen, im Internet die Preise von Edelstahlkühlschränken zu vergleichen. Ich schwor mir, dass ich mich morgen nicht auf Zillow herumtreiben würde. Ich würde mich auf meinen Podcast konzentrieren und einen gelben Schutzanzug tragen, wie Dave.

3

Am nächsten Morgen machte ich einen Spaziergang und kürzte den Weg zum Fluss wie immer über das Nelson-Grundstück ab. Dabei sah ich den Jeep Cherokee in der Einfahrt stehen. Der Fernsehsessel war nicht mehr auf dem Dach festgeschnallt. Ich duckte mich schnell hinter einen Baum und folgte dem Lauf des trüben Flusses, der von einem Kohlekraftwerk hundertfünfzig Kilometer flussaufwärts verschmutzt war. Wieder zu Hause frühstückte ich und fühlte mich unerträglich allein. Ich dachte darüber nach, ob ich zur Cafeteria hinuntergehen und mir Tinder herunterladen sollte. An diesem Berghang gab es keine queeren Frauen, aber in Asheville wimmelte es von Lesben. Der inoffizielle Werbeslogan der Stadt, der während eines Indigo-Girls-Konzerts in den Neunzigern entstanden war, lautete: *Zehntausend Lesben können nicht falsch liegen.* Und natürlich brauten sich alle diese Frauen Kombucha-Tee, aßen von selbstgetöpfertem Geschirr, glaubten an Astrologie und »wanderten gern«. Mit den meisten dieser Vorlieben und Hobbys konnte ich leben, aber Astrologie war mir zu nah am Schicksalsglauben. Mir behagte die Vorstellung nicht, dass alles vorgezeichnet war, mit dickem Permanentmarker in den Kosmos geschrieben. Und überhaupt: Mein Aszendent ließ sich nicht ermitteln, weil ich keine Ahnung hatte, um wie viel Uhr ich geboren war, und es auch nicht mehr herausfinden konnte. Schließlich war meine Mutter tot. Diese beiden Tatsachen hatten schon bei mehreren ersten Dates für unbehagliches Schweigen gesorgt.

Obwohl ich immer noch hoffte, dass Jessica gleich durch die Tür schweben würde, durchsuchte ich das Haus, zog Schubladen auf, spekulierte darüber, was noch da war und was nicht. Ich machte Inventur. Die guten Sachen waren fast alle verschwunden: der Schmortopf von Le Creuset, die Überdecke, das ayurvedische Gesichtsöl, die Kupferpfannen, die Shibori-Sets und Jessicas Keramikgeschirr. Für mich blieb der Schrott übrig: eine Stirnlampe, eine kaputte Sonnenbrille, von Badewannenlektüren aufgequollene Krimis, Flip-Flops, eine halb volle Flasche Lavendel-Flüssigseife von Dr. Bronners. Jeder Gegenstand war wie eine kleine Landmine. Er bestätigte zweierlei: ihre einstige Anwesenheit und ihre jetzige Abwesenheit. Ich griff nach der Flasche mit der Lavendelseife und warf sie im hohen Bogen durchs Badezimmer. Sie landete mit einem befriedigenden Knall im Mülleimer. Das Geräusch war wie ein dumpfer, vertrauter Paukenschlag. Nach dem Tod meiner Mutter war mein Vater wochenlang durchs Haus gestreift und hatte ihre Sachen in den metallenen Abfalleimer in der Küche geworfen. Ihren Lockenstab – rums. Eine Haarbürste. Alte Jahrbücher – peng. Innerhalb von knapp vier Monaten hatte er ihre Existenz komplett ausgelöscht. Ich selbst behielt nichts von ihr, war wie gelähmt von der methodischen Schroffheit meines Vaters.

Nun stellte ich fest, dass ich längst nicht so radikal war

wie er. Ich pirschte mich durchs Haus, sammelte Jessicas Treibgut ein und legte es in eine von Naomis leeren Aufbewahrungsboxen, um diese anschließend ordentlich, wenn auch mit passiv-aggressiver Attitüde, zu beschriften: *Js Kram*. Tapfer kämpfte ich gegen den Drang an, die Box hinters Haus zu tragen und ihren Inhalt in die Feuerstelle zu kippen. Wie gern hätte ich dabei zugesehen, wie alles verbrannte, wie die Flammen ihre Überreste verformten, sie in homogene Asche verwandelten. Aber ich hoffte immer noch, dass sie zurückkam. Also schleppte ich die Box zur Scheune und lud sie auf den Stapel mit Jessicas zurückgelassenen Umzugskartons. Diese wiederum stellte ich auf meinen stabilen Aktenschrank aus Metall, in dem ich meinen Pass und verschiedene andere wichtige Dokumente aufbewahrte. Das Ganze sah aus wie ein Totempfahl. Bevor ich zurück zum Haus ging, starrte ich die Box mit *Js Kram* wehmütig an. Mich überkam plötzlich das Gefühl, dass ich Jessica mithilfe ihres Inhalts vielleicht hätte rekonstruieren können – eine Frankenstein-Braut aus halb benutzten Nagellackfläschchen, Flip-Flops und Nährhefe.

Zurück in der Küche schenkte ich mir noch einen Kaffee ein und suchte einen neuen Podcast aus, über einen ungelösten Vermisstenfall von vor siebzehn Jahren in Kanada. Rein ethisch betrachtet waren ungelöste Fälle die einzig akzeptablen True-Crime-Podcasts. Sie waren oft die letzte Hoffnung von Familien, die sich nach Aufklärung sehnten, um mit ihrem Verlust abschließen zu können. Ich ging ins Atelier, aktivierte die Bluetooth-Lautsprecher und gab mich dem Podcast hin. Schon in den ersten fünf Minuten wurde qualvoll offensichtlich, dass die verschwundene junge Frau von ihrem Freund umgebracht worden war, aber es gab keine Leiche, keine Mordwaffe, keine handfesten Beweise. Am Tag ihres Verschwindens ging jedoch auch eine Hockeytasche des Freunds verloren, und jemand hämmerte ein Loch in ihre Badezimmertür. Später beobachtete ein Nachbar den jungen Mann dabei, wie er unförmige Mülltüten herumschleppte. Außerdem tauchte der Autoschlüssel der Verschwundenen bei ihm auf. Er log die Polizei an, versuchte später, sich umzubringen. Eine andere junge Frau, mit der er zeitgleich eine Affäre gehabt hatte, berichtete, sie habe Bissspuren und Kratzer an seinem Rücken gesehen. Und trotzdem war dieser Mann bis heute auf freiem Fuß. Ich war so wütend, dass ich mich bis vierzehn Uhr durch acht von Naomis Boxen durchpflügte.

Zu Mittag aß ich zwei Mozzarella-Sticks. Ich musste dringend meine Vorräte auffüllen, aber der Gedanke, Lebensmittel nur für mich einzukaufen, war zu deprimierend. Wahrscheinlich hätte ich wieder nur das besorgt, was Jessica schmeckte, schließlich wollte ich, dass sie den Kühlschrank wiedererkannte, falls sie zurückkam. Dann sollte es nach Kichererbsen riechen, die auf dem Herd blubberten. Ich ignorierte meinen Hunger und machte mich wieder an die Arbeit, versuchte mehreren Dokumenten ein Datum zuzuordnen, während meine Gedanken um das verschwundene kanadische Mädchen kreisten.

Um neun Uhr abends machte ich Feierabend, nachdem ich eine ansehnliche Kerbe in die aufgereihten Boxen geschlagen hatte. Inzwischen schwebte mir ein mittelschweres eierschalenfarbenes Recylingpapier für die Bücher vor, von denen sich die meist auf weißem Papier verfassten »Scraps« gut abheben würden. Ich musste mir Gedanken darüber machen, wie ich sie am besten an den Buchseiten befestigte, was wiederum die Frage aufwarf, wie archivarisch die Bücher tatsächlich sein mussten. Wer würde sich in hundert Jahren noch für Tabithas schlechte Französisch-Noten interessieren? Und was sollte ich mit Dokumenten machen, die doppelseitig bedruckt oder beschriftet waren? Ich überlegte, ob ich mit Fotoecken arbeiten sollte, aber die waren kompliziert zu handhaben. Während ich mich über die Spüle beugte und ein Glas Oliven in mich hineinstopfte, scrollte ich durch eine Reihe zuvor geöffneter Registerkarten und informierte mich in den Scrapbooking-Blogs gelangweilter Soccer-Moms über säurefreie Fotokleber.

In der Scrapbooking-Szene wimmelte es offenbar von traurig wirkenden Frauen, die sich in schlecht beleuchteten Wohnzimmern selbst filmten oder fotografierten. Dabei schien es unerlässlich zu sein, dass auf dem Tisch ein dekoratives Durcheinander herrschte: Gold- und Silberstifte in sämtlichen Varianten, mit Tee auf alt getrimmtes Papier, aus Jutesäcken geschnittene Namensschilder, laminierte Hochzeitseinladungen, Aufkleber, Stempel, Papierblumen. Ich googelte, wo die Ursprünge des Scrapbookings lagen: Es hatte im neunzehnten Jahrhundert damit angefangen, dass viele Familien Fotos, Nachrufe und Geburtsanzeigen in ihre Bibeln klebten – bisweilen auch Haarlocken, was all die Amateur-Ahnenforscher und Hobby-Forensiker der heutigen Zeit sicher entzückte. Im Grunde waren diese Alben eine Möglichkeit gewesen, die Familiengeschichte darzustellen. Die Vorstellung, meine sorgsam gebundenen Bücher mit dem Familienmüll der Duncans vollstopfen zu müssen, schmerzte mich. Ich wollte generell nicht wissen, wie die Leute die von mir hergestellten Produkte verwendeten. Früher hatte ich noch keine derartige Sehnsucht nach Leere gekannt, zumindest nicht während des Kunststudiums.

Als ich zur Uni ging, war ich komplett naiv. Alle Erstsemester waren komplett naiv, aber ich sah noch dazu wie Monica Lewinsky in wütend und dünn aus, wie Memphis mir netterweise mitgeteilt hatte, als wir an unserem ersten Uni-Wochenende zusammen auf ein paar Drinks ins La Caverna gegangen waren. Damals hatte ich mein Outing zwar bereits hinter mir, kam jedoch nicht mal ansatzweise mit meiner Homosexualität oder auch nur mir selbst klar – mit meiner Körpergröße, meiner inneren Anspannung oder der Art, wie meine Stimme in einem Seminarraum klang. Ich war mir der Form meiner Schultern schmerzhaft bewusst, jedes schwarzen Härchens an meinem Körper, meiner zu weiten Gothic-Klamotten. Mein Gesicht war zu hell geschminkt, und an meinem Hals türmten sich die Silberketten. Ich war alles andere als cool. Meist hing ich mit den Auslandsstudenten oder den »Pipe School«-Leuten ab – »Pipe Schools« waren Highschools mit Schwerpunkt Kunst, die die üblichen Schulfächer vernachlässigten, ihre Schüler jedoch militärisch drillten, was Formen und Maltechniken anging, woraufhin sie direkt an die New Yorker Kunsthochschulen weitergeleitet wurden. Die »Pipe Kids« waren nicht unbedingt die angesehensten. Die meisten standen genau wie ich auf Fotorealismus.

Ich konnte eine Kaffeetasse so perfekt dreidimensional zeichnen, dass man unwillkürlich danach griff, konnte den Kondenswasser-Schimmer auf einer geschnittenen Erdbeere ebenso täuschend echt darstellen wie den Schleier aus Äderchen am Rand eines Augapfels oder ein Knäuel verfilzter Haare. Der Trick bestand darin, nie wegzuschauen, sondern die Form eines Gegenstands so unverwandt anzustarren, dass man sie vollkommen durchdrang. Die Kaffeetasse trat an meine Stelle, die Erdbeere wurde zu mir. Ich hatte mit Buntstiften angefangen, bis mir Mrs. Galloway, meine sehr engagierte Kunstlehrerin an der Highschool, Ölfarben zur Verfügung gestellt hatte. Damit ging es los. Ich konnte von allem, was ich mir vornahm, eine perfekte Kopie erstellen. Ich war eine Bankräuberin – jeder Gegenstand, jede Person war ein Safe, den ich problemlos knacken konnte. Was auch immer mir gefiel, ich machte es mir zu eigen, konsumierte es. Dass es nicht reichte, mit dem Pinsel umgehen zu können, war mir bewusst. Zumindest nicht für die Kunsthochschule, und schon gar nicht für New York. Man musste ein Konzept haben, einen Plan, eine Story. Eine Philosophie hinter dem, was man auf die Leinwand brachte. Ich gab mir Mühe, die Klassiker zu lesen und mit den anderen mitzuhalten. Adorno. Clement Greenberg. Baudrillard. Derrida. In Wahrheit war der Prozess des Malens das Einzige, was ich genoss, das Mir-zu-eigen-Machen einer Form.

Am nächsten Morgen war ich wie erschlagen. Der Vollidiot mit dem Jeep Cherokee, der die Nelson-Hütte bezogen hatte, ließ ab vier Uhr morgens seine Kettensäge heulen und zersägte in wütenden Schüben Kleinholz, bis die Sonne aufging. Ich hatte einen Meth-Junkie vor Augen, der Mountain Dew aus der Dose schlürfte. Einen Hinterwäldler auf Schmerzmitteln, einen koksenden Hip-Hop-Veteranen. Wer sonst war um vier Uhr morgens wach und fuchtelte mit einer Kettensäge herum? Wenn ich Konfrontationen nicht gehasst hätte, wäre ich im Schlafanzug den Hang hinuntergestapft. Stattdessen drehte ich mürrisch und deprimiert meine Regenwaldgeräusche auf und versuchte, wieder einzuschlafen. Vergeblich. Nachdem ich im Stehen einen Becher Kaffee getrunken hatte, stapfte ich das kurvige Schottersträßchen hinunter zum Bastelladen in Hammersmith und bestellte eierschalenfarbenes Recyclingpapier.

Dann hockte ich mich neben die Müllcontainer der Craft School und checkte gierig meinen E-Mail-Account. Als Jessica noch hier war, fühlte es sich gut an, keinen Internetanschluss zu haben. Sie besaß ein iPhone, und wenn wir ein Foto von Kristen Stewarts neuer Freundin sehen wollten, hatte sie es innerhalb von Sekunden über mobile Daten abgerufen. Ohne sie war ich vollkommen von der Außenwelt abgeschnitten. Ich hatte keine neuen E-Mails. Weil ich so einsam war, las ich meine SPAM-Nachrichten: HOT GIRLS SÜSSE ACHTZEHN. PENISVERLÄNGERUNG FÜR SIE, ESTHER. *6969* K. E. T. O. S. L. I. M. Die auf bizarre Weise aneinandergereihten Buchstaben und Zahlen in den Betreffzeilen kamen mir wie winzige außerirdische Stripperinnen vor, die tänzelnd und rufend um meine Aufmerksamkeit heischten. Irgendwie wirkte ihre unorthodoxe Prosa beruhigend auf mich, ich war dankbar dafür, dass wenigstens sie sich für mich interessierten. Vielleicht wollte ich ja wirklich einen größeren Penis oder heiße Girls. Nein, alles, was ich wollte, war Jessica. *Jessica, Jessica, Jessica.* Ich konnte nicht aufhören, ihren Namen auszusprechen. Wie ich mich danach sehnte, die Hand auszustrecken und ihren schwangeren Bauch zu berühren! Meinen Kopf auf ihre seidig weichen Oberschenkel zu legen.

Ich hatte mir nicht immer eine Familie gewünscht. Mein männlicher Anteil war zu groß, als dass ich mir hätte vorstellen können, meine Gebärmutter fürs Kinderkriegen zu nutzen, wie es die Natur vorgesehen hatte. Aber Jessica hatte den Keim in mir gelegt. Ungefähr zur Zeit unseres Einzugs in den Bungalow hatte sie angefangen, über ein gemeinsames Kind zu sprechen, und dieses Kind hatte sich in meine Tagträume geschlichen wie ein funkelnder Lichtstreifen am Horizont, wie ein Hoffnungsschimmer in einer Welt, die so düster war, dass ich es kaum über mich brachte, die Nachrichten zu lesen. Ich hatte angefangen, bei jeder Gelegenheit die Hand auf Jessicas Bauch zu legen, hatte mir Weihnachtsstrümpfe am Kaminsims und Familienausflüge in die städtische Bibliothek ausgemalt. Und als sie den Termin in der Kinderwunschklinik vereinbart hatte, begannen wir, ernsthaft über infrage kommende Samenspender nachzudenken. Auf einem Notizblock, den wir eigentlich für Einkaufslisten in der Küche liegen hatten, erstellten wir eine Liste unserer männlichen Freunde mitsamt ihren Vorzügen und Fehlern.

Greg: Sinn für Humor, kaut mit offenem Mund, verkrampftes Konkurrenzgehabe
Nathan: gutaussehend, groß, fragwürdiger Charakter
Ben: sexy, miserabel in Mathe, Geschwister, die die Republikaner wählen

Nachdem ich wieder in die Scheune zurückgekehrt war, räumte ich meinen Arbeitstisch frei und fing an, mit einer Klinge den Karton für die Einbände zurechtzuschneiden. Es gab noch jede Menge zu tun, bevor das Papier eintraf. Ich spannte ein indigoblaues Stück Leinen für das Cover auf, während ich einem von Hackbrett-Geklimper untermalten Interview mit einem Mann lauschte, der mit eigenen Augen gesehen hatte, wie seine Schwester von ihrem Mann verprügelt worden war, und nichts davon zur Polizei gesagt hatte, auch nicht nach deren Verschwinden.

Dem Inhalt der Duncan-Boxen gegenüber war ich erfolgreich abgestumpft. Die Jahresstapel wuchsen und wuchsen, eine Ansammlung bedeutungsloser Papierfetzen. Ich arbeitete vor mich hin wie eine Briefsortiererin bei der Post, in geistigem Dämmerzustand, aber dennoch effizient. In den neueren Boxen fand ich sogar noch mehr Kontoauszüge und Finanzunterlagen. Das erschien mir äußerst merkwürdig. In welchem Geisteszustand Naomi wohl gewesen war, als sie ein Dokument nach dem anderen in den Kunststoffschlund der Boxen geschoben hatte? Vielleicht war sie betrunken gewesen oder vollgepumpt mit Schlafmitteln. Oder sie hatte die Box mit der Recyclingtonne verwechselt. Nach zwei weiteren dumpfen Tagen des Sortierens traf die Papierlieferung ein, und ich begann, die Signaturen vorzubereiten, mit dem Falzbein die Knicke glattzustreichen und mit meiner Ahle mit Holzgriff die Löcher zu stanzen. Es fühlte sich gut an, zu dieser Arbeit zurückzukehren. Meine Hände bewegten sich wie im Fieber.

Als ich fertig war, betrachtete ich das vor mir liegende Beispielbuch. Es wirkte sauber und schlicht – in meinen Augen war es wunderschön. Ich schlug es in Seidenpapier ein und schob es in einen der Umschläge, mit denen Jessica ihren Schmuck verschickt hatte. Dann adressierte ich es an das Postfach, das Naomi mir genannt hatte. Nun, da alle Vorbereitungen getroffen waren, kehrte meine Unsicherheit zurück. Ich hatte keine Ahnung, wie es weitergehen sollte. Naomi hatte mich angewiesen, einen Wandteppich zu erstellen. Wenn in den Boxen nur Familienfotos gewesen wären, hätte ich vielleicht verstanden, was sie damit meinte, aber der Inhalt war eine derart konfuse Mischung. Das meiste war meines Erachtens Abfall, und einige Dokumente, zum Beispiel die Notizen von Tabithas Psychologen, empfand ich als verstörend. Was für eine Geschichte sollte ich hier erzählen? Schon bald würde ich redaktionelle Entscheidungen treffen müssen, die über eine streng chronologische Anordnung hinausgingen, und das ging nur, wenn ich verstand, was ich vor mir hatte.

Der vierte Juli stand bevor. Ingles, der einzige Supermarkt im Ort, war mit amerikanischen Plastikfähnchen geschmückt, und die Schaufenster waren mit roten, weißen und blauen Streifen besprüht. Ich lebte schon seit einiger Zeit nur noch von Mikrowellen-Burritos – es gab abwechselnd die Geschmacksrichtungen Indisch und Schwarze Bohnen –, die ich beim Sortieren der Papiere in mich hineinschlang. Auch jetzt fühlte ich mich vollkommen uninspiriert, als ich in den Gängen des Supermarkts stand. Schließlich kaufte ich wieder nur einen Einkaufswagen voll Burritos. Essen machte mir keinen Spaß mehr. Jessica hatte allein das Ritual des Tischdeckens mit so viel Freude aufgeladen: Leinenservietten, Bienenwachskerzen, Fleur de Sel. Seit sie weg war, betrachtete ich meinen Magen wie einen Benzintank. Er musste hin und wieder aufgefüllt werden, mehr nicht.

Als ich mir an diesem Abend eine Badewanne einlassen wollte und den Hahn aufdrehte, kam kein Tropfen Wasser.

»Dieser Dreckskerl.«

Ich wusste sofort, was los war. Nachdem ich wieder in meine Kleider geschlüpft war, schnappte ich mir eine Taschenlampe und stürmte den Berg hinunter. Direkt hinter meiner Grundstücksgrenze hob ich die große graue Sperrholzplatte an, mit der der Wassertank abgedeckt war, und betete, dass die Schlangen woanders waren, sich vielleicht auf den bevorstehenden Feiertag vorbereiteten. Kein Wasser – der Tank war leer. Ich seufzte. Der Wassertank versorgte nicht nur mein Haus, sondern auch die Nelson-Hütte. Jessica wäre einfach fröhlich zu unserem neuen Nachbarn spaziert und hätte vielleicht ein kleines Geschenk mitgebracht, ein paar Blumen, einen Zucchino oder einen Salatkopf aus dem Garten. Ich holte angespannt Luft. Dann machte ich kehrt und stapfte weiter den Hang hinunter. Mir blieb keine andere Wahl. In der Abenddämmerung leuchteten die schmalen, rechteckigen Fenster der Hütte in einem wüstenartigen Orange. Ich musste an die Tür klopfen und mit diesem Idioten reden. Als ich nur noch fünfzehn Meter entfernt war, blieb ich zögernd stehen und überlegte, ob ich umkehren sollte. In diesem Moment ging mit einem gespenstischen Knarren die Tür auf. Ein kleiner Mann mit weißem Schnurrbart und blauem Polohemd erschien. Er war älter, als ich erwartet hatte, mit tiefen Furchen im Gesicht und gebräunten Unterarmen. Als er die rechte Hand hob, sah ich, dass er eine kleine silberne Pistole darin hielt.

»Wer ist da?«, rief er mit schwerfälligem Südstaatenakzent. »Sie befinden sich auf Privatgrund.«

»Ich heiße Esther und wohne oben im Bungalow. Der Wassertank ist leer.«

Der Mann schnaubte verärgert, seine Schultern sackten nach unten.

»Läuft bei Ihnen vielleicht irgendwo das Wasser?«, fragte ich, wobei ich mich um einen ruhigen Tonfall bemühte.

»Was?«

»Vielleicht ist Ihre Toilettenspülung kaputt, oder Ihr Wasserhahn tropft.«

»Nein«, sagte er mit sanfter, ungläubiger Stimme.

Es folgte angespanntes Schweigen. Wir starrten uns an. In meinem Inneren verhärtete sich etwas. Wer zieht eine Waffe, wenn die Nachbarin vor der Tür steht? Wer sägt um vier Uhr morgens Holz klein? Wer sagt auf diese Weise »Nein«?

»Ich habe gesehen, dass Sie über mein Grundstück gelaufen sind.«

»Was?«, fragte ich.

»Lassen Sie das bitte in Zukunft.«

Ich konnte es nicht glauben. Dass Menschen, die allein in den Bergen lebten, ein eigenartiges Völkchen waren, wusste ich. Ich selbst hatte mir dieses Leben nicht ausgesucht. Es war eine lesbische Cottagecore-Fantasie gewesen, die mir sang- und klanglos durch eine Nachricht in der Obstschüssel wieder entrissen worden war. Ich hatte nie vorgehabt, ein Ted Kaczynski zu werden, der in seiner Berghütte vor sich hinvegetierte. Dieser Kerl hier offenbar schon. Ein Anflug von Angst überkam mich, gefolgt von Wut. Er hatte eine Waffe in der Tasche, also konnte ich nicht einfach auf ihn losgehen. Das Verhältnis zwischen der »einheimischen Bevölkerung« und den zugezogenen Kunsthandwerkern war bisweilen angespannt, das war mir bewusst. Ich hatte schon davon gehört, dass Jugendliche aus der Gegend Töpferwerkstätten abgefackelt hatten, unter dem Vorwand, darin würde »der Teufel angebetet«. Dann entdeckte ich es: Aus einem Schlauch in einer Ecke des Gartens plätscherte Wasser. Ich stapfte zur Außenwand der Hütte und drehte den goldglänzenden Hahn ab, der dort angebracht war.

»Einen schönen Abend noch«, zischte ich und trat den Heimweg an. Zu Hause drehte ich die Musik so laut auf, dass mein neuer Nachbar sie auf jeden Fall hören musste. Ich versuchte zu ignorieren, wie die Begegnung in meinem Körper nachhallte. Es fühlte sich an, als würde der Berg gerinnen, als würde alles gleichzeitig verderben.

Ein Teil von mir wünschte sich, das Beispielbuch, das ich für Naomi hergestellt hatte, wäre auf dem Postweg verloren gegangen. Das ganze Projekt kam mir erdrückend vor, und so sehr ich mich auch bemühte, die Distanz zu meinem Material zu wahren, die Duncans schlichen sich immer tiefer in meine Gedanken. Ich verbrachte einen ganzen Abend damit, Red Rock Capital zu googeln, den Hedgefonds der Familie, den Bryce und Naomi Ende der Neunziger mit dem Geld von Naomis Vater gegründet hatten. Die beiden hatten auf den noch neuen Internethandel gesetzt und gewonnen.

Ich bekam eine Bestätigungsmail, die mir verriet, dass mein Päckchen in Naomis Postfach eingetroffen war. Sonst hörte ich nichts. Keine gut gelaunte Sprachnachricht von ihr: *Fangen Sie gerne an, das Buch ist toll!* Es war ein langes Wochenende, daher grillten die Duncans wahrscheinlich gerade Rippchen neben ihrem Pool in den Hamptons. Von Fotos vergangener Unabhängigkeitsfeiern wusste ich, dass sie ihre Terrasse mit rot-weiß-blauen Kreppbändern schmückten und eine überdimensionale Torte bei Carissa's The Bakery bestellten. Während sich mein Burrito in der Mikrowelle drehte, versuchte ich mir vorzustellen, wie es wohl wäre, Teil ihrer Familie zu sein. Ich könnte zum Beispiel eine Tante oder ältere Schwester sein, jemand, der mit in diese maßlos überteuerten Urlaube fuhr und Sechshundert-Dollar-Weine trank. Ein schrilles Piepsen verkündete das bevorstehende

Ende der Karussellfahrt meines Burritos und riss mich aus meinen Tagträumen.

Als ich zu meinem Abendspaziergang nach Hammersmith aufbrach, kürzte ich bewusst über das Nelson-Grundstück ab. Dieser Hinterwäldler konnte mich mal. In der Craft School wimmelte es von neu eingetroffenen Teilnehmern der Sommerkurse. Ich spürte einen Stich, als ich an die Wolke aus Möglichkeiten dachte, die mich bei meinem Eintreffen umgeben hatte. All diese potenziellen neuen Freunde. *Jessica.* Ich setzte mich auf die Treppe und loggte mich ins Internet ein, starrte auf mein iPad und zwang mich, in meine frühere Rolle als hocheffiziente Atelierassistentin zu schlüpfen. Ich bestellte Klebestifte, Plastikhüllen und Post-it-Blöcke in rauen Mengen. Auch Derridas *Dem Archiv verschrieben* und ein Coffee-Table-Buch über die Geschichte des Scrapbookings orderte ich. Aus einem Impuls heraus bestellte ich außerdem die Tagebücher von Kurt Cobain, was ich vor mir selbst damit rechtfertigte, dass »es wichtig sei, sich auch alternative Formate anzusehen«. Amazon schlug mir daraufhin die Tagebücher von Frida Kahlo, Peter Beard, Anne Frank und Zelda Fitzgerald vor, und ich saß in der Dunkelheit und klickte auf KAUFEN, KAUFEN, KAUFEN. Ich hatte ganz vergessen, in welchen Rausch man geraten konnte, wenn man alles als notwendige Ausgaben verbuchen konnte, als Teil der Recherche. Ich würde die Kosten dafür erstattet bekommen. Wenn ich bei Einkäufen für mich selbst dabei zusah, wie meine Debitkarte durch einen Kartenleser gezogen wurde, fühlte ich mich immer, als würde mir ein Körperteil abgehackt.

Vier Tage vergingen, und ich hörte noch immer nichts von Naomi. Verärgert fuhr ich zum Postamt hinunter, um eine meiner Bestellungen abzuholen. Die altertümlichen Postfächer mit ihren Glasfronten und Zahlenschlössern aus Messing erinnerten an den längst vergangenen Bergbau-Boom. Heutzutage wurde das aus zwei Räumen bestehende, vor sich hin gammelnde Gebäude nur noch von Klebeband und Metallflicken zusammengehalten. George, der fast blind war und seit über vierzig Jahren hier arbeitete, steckte den Kopf aus dem Hinterzimmer.

»Sind Sie das, Esther? Ach, hallo, ich hab was für Sie«, sagte er mit schleppendem Akzent.

»Danke.« Ich hielt kurz inne, um möglichst beiläufig zu wirken. »Wer wohnt eigentlich neuerdings in der Nelson-Hütte? Wissen Sie das zufällig?«

»Oh ja, ich konnte es überhaupt nicht glauben! Es war doch noch ein Nelson übrig. Als Shelt gestorben ist, dachte ich, das wars mit der Familie. Aber Patrick ist offenbar Shelts Neffe auf Seiten seiner Schwester.« George beugte den Kopf über die hölzerne Trennwand, woraufhin Schuppen auf den Boden rieselten. »Ein netter Kerl. Allerdings bekommt er viel Post aus dem Gefängnis.«

»Verstehe«, sagte ich leichthin. George brauchte nichts von unserem Nachbarschaftskonflikt zu wissen. Die Neuigkeit bestätigte meine erste Vermutung: Ted Kaszynski mit Mountain Dew. Ich nickte George noch einmal zu, nahm mein Paket und wandte mich zum Gehen.

»Es tut mir übrigens sehr leid, dass Jessica mit Ihnen Schluss gemacht hat.«

Ich fuhr verblüfft zu ihm herum, wich jedoch verlegen seinem Blick aus. »Woher …«

»Sie hat veranlasst, dass ihr ihre Post nachgesendet wird.«

Mit heißen Wangen sah ich ihn an. George mit seinem opossum-grauen Haarschopf machte unwillkürlich einen Schritt nach hinten, als wollte er sagen: *Ich darf Ihnen nicht verraten, wohin, also fragen Sie erst gar nicht.* Ich tat es nicht.

Auf der Fahrt nach Hause machte ich an der Craft School Halt und googelte *Patrick Nelson* auf meinem iPad. Nichts. War er ein ehemaliger Häftling? Ich versuchte es erneut: *Patrick Nelson Insasse Strafanstalt North Carolina.* Das einzige Suchergebnis war eine Versicherungsagentur in Greenville. Ich gab es auf. Vielleicht war er Fan jener Websites, die Brieffreundschaften mit einsamen Knastbrüdern vermittelten. Ich fröstelte und zog das Coffee-Table-Buch, das ich bestellt hatte, aus seinem Pappumschlag.

Das Buch war ungewöhnlich geformt und durchgestylt bis ins kleinste Detail. Wonach suchte ich? Großformatige Hochglanzbilder starrten mir entgegen, viktorianische Ladys auf Fahrrädern, alte Bonbonverpackungen, die jemand neben Musiknoten geklebt hatte. Tanzkarten. Fünf Mädchen, die auf einem Holzstamm saßen. Ein Mann in Airforce-Uniform. Alles war stark stilisiert – ein nett anzusehender Retro-Look, der mich unbefriedigt zurückließ. Was sollte ich aus Naomis Durcheinander machen? Eine Anleitung zum Reichwerden? Einen Erziehungsratgeber für missratene Gören der Upper East Side?

Ein Who's who der wohlhabenden Elite in den Hamptons? Ganz hinten im Buch stand in großen Buchstaben ein Zitat von Ezra Pound, das meine eigenen Gedanken zum Thema Scrapbooking perfekt auf den Punkt brachte: *Wir erfahren die Vergangenheit nicht als chronologisch geordnete Zeitachse. Es mag bequem sein, alles anästhesiert auf dem Tisch auszubreiten, hier und da mit einem Datum versehen. Aber was wir wissen, wissen wir durch Wellen und Spiralen, die von uns und unserer Zeit ausgehend in die Vergangenheit reichen.*

Wenn ich weiterarbeiten wollte, musste ich wissen, was Naomi von dem Probebuch hielt, das ich ihr geschickt hatte. Ich quälte mich noch zwei Tage herum, verlor dann die Geduld und fuhr hinunter nach Hammersmith, um nach dem Büro von WAC zu googeln. Nachdem ich die Kontaktdaten eruiert hatte, wählte ich kurzerhand die angegebene Nummer. Vielleicht hatte Naomi ihr Wegwerfhandy verlegt und sich deshalb nicht bei mir gemeldet. Meine Unsicherheit rührte daher, dass ich wieder in meine frühere Rolle als hocheffiziente Atelierassistentin geschlüpft war. Ich wollte gefallen, wollte, dass mir jemand den Kopf tätschelte, mich lobte.

»Büro von Naomi Duncan, Fern Sawyer am Apparat«, meldete sich schließlich eine gehetzte Stimme.

»Hallo, ich würde gern mit Naomi sprechen.«

»Darf ich fragen, wer dran ist?«

»Esther Ray.«

Es folgte eine Pause, dann war ein Klicken zu hören.

»Warum rufen Sie mich hier im Büro an?«, fragte Naomi mit eisiger Stimme.

»Ich wollte wissen, ob Ihnen das Buch gefällt.«

»Ich hatte Ihnen doch ganz konkrete Anweisungen bezüglich unserer Kommunikation gegeben, Esther.«

Ich schluckte das Unbehagen herunter, das in mir aufstieg. »Tut mir leid. Ich hatte nichts von Ihnen gehört, und …«

»Hier geht es gerade drunter und drüber. Ich habe das Buch erhalten, es ist perfekt. Entschuldigen Sie bitte, dass ich mich nicht früher gemeldet habe.«

Meine Brust schwoll an vor Stolz. »Das freut mich zu hören. Inzwischen habe ich das Problem gelöst, das ich in dem beiliegenden Brief angesprochen habe. Für die doppelseitig bedruckten Dokumente werde ich selbstklebende Folien benutzen.«

»Einverstanden. Hauptsache, Sie werfen nichts weg.« Ihre Stimme verhärtete sich wieder, als sie leise hinzufügte: »Rufen Sie nie wieder bei WAC an.«

»Warum?«, fragte ich, ohne nachzudenken.

Naomi hielt inne und erklärte dann mit einer Unbekümmertheit, die ein wenig gezwungen wirkte: »Weil es doch eine Überraschung werden soll.«

»Ach ja«, antwortete ich und imitierte ihre gekünstelte Unbeschwertheit. »Melden Sie sich einfach, wenn Sie Verbesserungsvorschläge haben.«

Ich fuhr nach Hause und fühlte mich wie ein ungezogenes Kind, das sich eine Standpauke eingehandelt hatte. Immer wieder ging ich das Telefonat und Naomis wechselnde Tonfälle durch, während ich nach Hause fuhr. Auf halber Strecke trat ich so abrupt auf die Bremse, dass mein ganzer Körper erst nach vorn und dann wieder nach hinten ruckte. An einem großen Baum, der die Abzweigung zur Nelson-Hütte flankierte, hingen zwei große neue Holzschilder, auf die jemand mit roter Farbe gepinselt hatte: BETRETEN VERBOTEN! PRIVATGRUNDSTÜCK! Ich machte die Fahrertür auf, kletterte auf die Ladefläche meines Pick-ups, riss die Schilder herunter und warf sie nacheinander in den Straßengraben.

4

Das Gefühl rauschte heran wie auf einem blinkenden Highway, mit der Intensität einer Filmszene: Ich saß in Lederkluft auf einem Pferderücken, in vollem Galopp. Ich war der Cop in einem schlechten Film, ein Gangster auf Rachefeldzug, der nichts mehr zu verlieren hatte. Mein Ziel war Gerechtigkeit.

Das erste Mal hatte ich dieses Gefühl, als meine Mutter starb. Es war ein schöner warmer Tag, der einundzwanzigste Juni 2002. Mein Vater war irgendwo in Nebraska und verkaufte Traktorteile, und ich saß in meinem Zimmer und fertigte Skizzen in meinem Spiralblock an, während im Hintergrund Jerry Springer lief. Mit halbem Ohr hörte ich ihm dabei zu, wie er erläuterte, welche Gäste auf seiner kleinen Talkshowbühne die Eltern eines sabbernden Kleinkinds waren. Meine eigene Mutter hatte den Großteil des Vormittags damit verbracht, einen Berg farbenfroher Kleidungsstücke anzuprobieren, die sie bei Kohl's gekauft hatte und an denen noch die Preisschilder hingen. Eitel musterte sie sich im Spiegel. Mit ihren langen blonden Locken, ihrer olivbraunen Haut und den übernatürlich blaugrünen Augen hatte sie allen Grund, in ihr eigenes Spiegelbild verliebt zu sein. Im Supermarkt starrten ihr die Männer hinterher, im Restaurant wurden ihr die Türen aufgehalten, und in der Bankfiliale öffneten

Kassenschalter erneut, obwohl sie längst geschlossen waren. Meine Mutter war sich ihrer Wirkung bewusst und zelebrierte ihre Schönheit regelrecht, indem sie sich täglich mit Cremes und Ölen einrieb, deren Rückstände ihre Bettwäsche befleckten. Sie weigerte sich sogar, ihre Stirn in ihre Mimik einzubeziehen, ließ Emotionen nicht auf körperliche Weise an sich heran. Ihren Hals drehte sie nur langsam, damit sich keine Falten bildeten.

Als sie mit zwanzig Jahren meinen Vater heiratete, glaubte sie, er wäre reich. Doch Greg Ray, der junge Vertriebsangestellte, hatte gelogen, oder ihr zumindest nicht die ganze Wahrheit gesagt. Er verbrauchte die kleine Erbschaft von seiner Tante Mildred im Handumdrehen, indem er meine Mutter mit Reisen nach Chicago bei Laune hielt, ihr Kleider bei Saks kaufte und ihr einen Verlobungsring mit dickem Klunker ansteckte. Es war die Pantomime eines Lebens, das er nicht lange aufrechterhalten konnte. Meine Mutter war bereits schwanger mit mir, als sie herausfand, dass das gemeinsame Bankkonto so gut wie leer war. Da sie zu stolz war, um sich scheiden zu lassen, musste sie mit den Gegebenheiten zurechtkommen. Sie bestrafte ihn, indem sie Alkoholikerin wurde, legte sich eine Kreditkarte nach der anderen zu und gab Geld aus, das er nicht hatte.

An jenem schönen warmen Sommertag wollte meine Mutter zu Madeline Lancaster. Madeline war ihre beste Freundin aus Kindheitstagen, eine Gin-Süchtige, die sieben Appaloosa-Pferde besaß und regelmäßig Partys bei sich veranstaltete, weil sie nicht gern allein soff und einen Vorwand brauchte, um eisgekühlte Drinks in sich hineinzuschütten. Also war bei ihr wie jede Woche Ladys' Night, um sechzehn Uhr sollte es losgehen. Meine Mutter ließ sich die Gelegenheit nur selten entgehen. Madelines Mann Wayne war Inhaber mehrerer Ford-Autohäuser und wohnte mit seiner Frau in einem weitläufigen, zusammengestückelten Vorstadtkomplex. Die beiden hatten sogar ein Schwimmbad mit Wasserrutsche und daneben eine von Fackeln gesäumte Bar. Meine Mutter beneidete Madeline um ihren Wohlstand, und ich wusste, dass sie körperliche Schmerzen litt, wenn sie den begehbaren Kleiderschrank ihrer Freundin betrat oder deren knallrote KitchenAid-Küchenmaschine betrachtete oder die vielen MAC-Lippenstifte sah, die auf der Schminkkommode aufgereiht waren wie erotische Munition. Madeline fand es toll, ihre Gäste herumzuführen und mit ihrem Hab und Gut anzugeben, und meine Mutter hatte sich angewöhnt, verbittert zu murmeln: »Irgendwann fackle ich ihr ganzes Haus ab, das schwöre ich.«

Madeline mochte – für Ohio-Verhältnisse – wohlhabend sein, aber sie war klein und hatte ein Gesicht, das permanent verkniffen wirkte. »Das kann kein MAC-Lippenstift der Welt beheben«, hatte meine Mutter einmal spitzzüngig zu mir gesagt, als ich in Madelines mit Eiffeltürmen tapeziertem Badezimmer gepinkelt hatte. Die beiden versuchten ständig, sich gegenseitig zu übertrumpfen, weshalb sich meine Mutter vor den Damenpartys besonders sorgfältig zurechtmachte. Wenn ich die Augen schließe, sehe ich Madelines Reich heute noch vor mir: die beschlagenen bodentiefen Fenster, den Gestank nach Chlor und Mentholzigaretten, dazu Neil Diamond oder die Beach Boys aus den Boxen. Ein Chor der Geistlosigkeit. Die Musik vermischte sich mit Frauengerede über Haarentfernung per Laser, und ein brummender Mixer zwang Ananas, Rum und Eis zur Unterwerfung. Madeline hatte keine Kinder – Wayne wollte keine, und ihr machte es nichts aus. Es gefiel ihr, dass sie tun und lassen konnte, was sie wollte.

Als kleines Mädchen hatte ich den Indoor-Pool genauso geliebt wie die Albernheit der anwesenden »Ladys« mit ihren glasigen Augen und ihrem zu lauten Gelächter. Meist lichteten sich die Reihe bereits wieder, wenn es dunkel wurde, weil die Frauen ihre Männer besänftigen oder ihre Kinder ins Bett bringen mussten. Da mein Vater oft auf Geschäftsreise war, tat meine Mutter, was sie wollte, und übernachtete nach den Partys in einem von Madelines Gästezimmern. Sie hatte mich im Schlepptau, bis ich ungefähr zwölf war. Danach weigerte ich mich, mitzukommen. Plötzlich hasste ich alles, was mit Madelines Einladungen zu tun hatte. Von der Sekunde an, in der sie die Haustür aufmachte, nötigte sie meiner Mutter ein alkoholisches Getränk nach dem anderen auf. Sie zog es vor, wenn ihre beste Freundin betrunken war. »Beschickert ist sie viel lustiger«, hatte sie mir einmal mit korallenrot geschminkten Lippen mitgeteilt, während sie Malibu in den Mixer gegossen hatte. Ich hatte damals nicht gewusst, was »beschickert« bedeutete. Wenn meine Mutter doch einmal vorzeitig gehen wollte, machte Madeline garantiert eine Flasche Champagner auf, und egal wie weggetreten meine Mom bereits war: Dazu konnte sie nicht Nein sagen. Ich fand es widerlich, wie sie sich bewegte, wenn sie betrunken war – als würde sie zusätzliches Gewicht mit sich herumschleppen. Dann tropfte ihr der Speichel aus dem Mund, ihr Lippenstift verschmierte, und sie lallte. Alles, was mir peinlich war, verstärkte sich noch.

An jenem letzten Nachmittag drehte sich meine Mutter in der Tür unserer Doppelhaushälfte zu mir um, bevor sie zu Madeline fuhr, um mich zu fragen, wie sie aussah. Mir kam ihr himbeerrotes Kleid billig und stillos vor, aber dieses Urteil verkniff ich mir.

»Du siehst toll aus.«

Sie strahlte.

»Ich bin morgen gegen Mittag wieder da. Im Kühlschrank steht Lasagne.«

Ich nickte, ohne auch nur von Jerry Springer aufzublicken.

Wenn Lasagne für mich im Kühlschrank gewesen war, warum war ihr Auto dann um kurz nach Mitternacht gegen die Mittelleitplanke geprallt? Warum hatte sie versucht, noch nach Hause zu fahren? Was war passiert? Ich hatte gespürt, wie ein rotglühendes Bedürfnis in mir erwachte und sich spiralförmig zu kursiven Neonschriftzügen ausbreitete: *Gerechtigkeit*.

Wie viele Drinks hatte Madeline ihr aufgenötigt? Der zeitliche Ablauf jenes Abends wurde zur Obsession für mich. Nach der Beerdigung rief ich Madeline täglich an. Zuerst verfiel sie noch in einen zuckersüßen Tonfall, wenn sie meine Stimme erkannte, weinte mit mir zusammen – vermutlich betrunken – und grub alte Geschichten über meine Mutter aus. Ich hingegen wollte immer nur wissen, was an jenem Abend passiert war.

»Schätzchen, es war alles haargenau so wie bei jeder anderen Ladies' Night. Wir haben uns ein paar Drinks gegönnt und sind dann ins Bett gegangen. Ich habe gar nicht mitbekommen, dass sie wieder aufgestanden und losgefahren ist.«

Am nächsten Tag rief ich erneut an und stellte ihr die gleichen Fragen, lauerte auf eine Abweichung in ihrer Schilderung, auf irgendeinen Hinweis.

»Was ist alles passiert? Worüber habt ihr geredet?«

»Ach, ich weiß auch nicht so genau, Liebes. Unter anderem über diesen George-Clooney-Film mit den Aliens. Das habe ich dir doch schon gesagt.«

Nach ein paar Wochen wurde sie wütend. »Hör auf, mich anzurufen, Esther. Inzwischen habe ich dir alles tausend Mal erzählt. Auch ich habe meine Freundin verloren, also lass mich in Ruhe.«

Ich besorgte mir die Telefonnummern der anderen Frauen, die an jenem Abend dagewesen waren: Justine, Karen, Melissa-Lee, Eleanor, Susan. Alle waren früher gegangen als meine Mutter, und alle bestätigten, dass der Abend ganz normal gewesen sei, fast schon langweilig. Justine hatte Fotos von ihrem Urlaub in Wisconsin Dells gezeigt, und Karen hatte einen Rührkuchen mitgebracht. Ich kehrte wieder zu meinen Anrufen bei Madeline zurück, weckte sie manchmal mitten in der Nacht, in der Hoffnung, dass sie etwas Neues sagte, wenn sie schlaftrunken war, vielleicht sogar ein Geständnis ablegte.

Hatten die beiden Freundinnen sich gestritten? Hatte Madeline meine Mutter dazu getrieben, nachts noch ins

Auto zu steigen? Als ich das nächste Mal anrief, hatte sich Madeline eine neue Nummer zugelegt.

Sobald ich den Führerschein hatte, fuhr ich zu ihr nach Hause, klingelte an der Tür und wartete auf dem schräg abfallenden Rasen ihres Vorgartens. Nach mehreren solchen ungebetenen Besuchen ließ sie eine Kamera über der Tür installieren, und vier Monate später erwirkte sie eine einstweilige Verfügung gegen mich. Ich versuchte es auf andere Weise: indem ich einen Anwalt beauftragte. Es gab ein Gesetz von 1862, das besagte, dass derjenige, der Alkohol verkaufte, für Schäden an oder durch seine Kunden haftbar gemacht werden konnte. In einer Einkaufsstraße, die nach Gummi roch, stöberte ich eine kleine, mit Teppichboden ausgestattete Anwaltskanzlei auf und argumentierte, Madeline habe in ihrem Haus eine professionell ausgestattete Bar inklusive Fackelbeleuchtung, weshalb das Gesetz auf sie anwendbar sei. Ein großer Mann mit hagerem Gesicht erklärte mir daraufhin, das Gesetz gelte nur für lizenzierte Spirituosenhändler. Es gebe keinerlei Grundlage für eine Anklage gegen Madeline Lancaster.

»Du kannst den Unfall nicht Madeline in die Schuhe schieben«, sagte mein Vater und verzog genervt das Gesicht, als ich vom dritten Einkaufsstraßen-Anwalt zurückkam. »Caroline ist betrunken Auto gefahren. Das geht allein auf ihre Kappe.«

Bei Menschen, die unter Alkoholeinfluss verunglücken, hält sich die Anteilnahme meist in Grenzen. Schließlich hätten sie einen Schulbus voller christlicher Kinder töten, einen Jogger überrollen, eine Schwangere umwerfen oder ein Auto von der Straße stoßen können, in dem Schüler auf dem Weg zu einem Debattierwettbewerb saßen. Dass meine Mutter lediglich sich selbst umgebracht hatte, galt als glimpfliches Ende. Das sagte zwar niemand, aber alle dachten es.

Mein Vater war von nun an noch seltener zu Hause. Er war noch nie besonders liebevoll gewesen, hatte sich auf seine wortkarge Weise um das Nötigste gekümmert. Caroline hingegen hatte er angebetet. Jetzt war er mürrisch und leicht erregbar. Ich konnte seine Launen nicht vorhersehen. Wir sprachen kaum noch miteinander, drückten uns in der Küche aneinander vorbei. Welche Wärme je in seinem Herzen gewohnt haben mochte, sie war eingefroren.

Ich begann, die Doppelseiten für das erste Buch auszulegen. Tabitha Duncans erste Tage waren extrem detailliert dokumentiert. Der Stapel des Jahres 1998 lag an der Nordwand der Scheune und enthielt Krankenhaus-Unterlagen, Abdrücke ihrer winzigen Füße auf edlem Karton, Ammen-Empfehlungen, dazu Dutzende Fotoumschläge von Duane Reade. Ich öffnete den ersten: Naomi sah jung aus, hatte rote Wangen und saß in einem weißen Krankenhausbett. Kurz darauf fotografierten Bryce und Naomi sich selbst in einem mit Spiegeln verkleideten Aufzug, zwischen sich den mit weißen Tüchern verhängten Kinderwagen. Das obere Viertel des Fotos war überbelichtet, aber ich erkannte gerade noch die kleine silberne Kamera, die Naomi in der Hand hielt. Was Bryce wohl geglaubt hatte, wo alle diese Aufnahmen gelandet waren? Ahnte er, dass seine Frau sie genau wie alles andere aufbewahrt hatte?

Sobald ich anfing, die Buchseiten zu bekleben, wurde es unmöglich für mich, Distanz zu dieser Familie zu wahren. Jedes Foto, jede Quittung, jede krakelige Buntstiftzeichnung starrten mir mit schwer zu ignorierender Einzigartigkeit entgegen. Tabitha war ein pummeliges Baby mit rundem Kopf und braunem Haarschopf, geboren im New York Presbyterian Hospital am neunten November um 7:10 Uhr morgens. Sternzeichen Skorpion. Während meiner Mittagspause fuhr ich nach Hammersmith hinunter, ging auf Jessicas Lieblings-Astrologie-Seite und gab Tabithas Geburtsstunde ein. Ihr Aszendent war ebenfalls Skorpion. Sie war eine Bewohnerin Slytherins in der Welt der Astrologie. Skorpione sind berüchtigt dafür, düstere, missgünstige Wesen zu sein. Als ich einmal versucht hatte, Jessicas Faszination für Astrologie mit meinem eigenen Faible für True Crime zu verbinden, hatten wir einen ganzen Abend auf dem Sofa verbracht und die Sternzeichen berühmter Serienmörder recherchiert. Überraschenderweise landete Skorpion an zweiter Stelle, direkt hinter den sanften, ängstlichen, vertrauensseligen Fischen. Aber Charles Manson war ein Skorpion, genau wie der Golden State Killer und Nannie Doss, eine meiner – weniger bekannten – Lieblingsmörderinnen, der man den genialen Beinamen »die Selfmade-Witwe« verpasst hatte.

Als ich zurückkam, riss ich noch mehr Duane-Reade-Umschläge auf. Zwischen Bryce und Naomi hatte zu jener Zeit eine unbeschwerte Leichtigkeit geherrscht, eine deutlich spürbare Freude. Mindestens zweihundert

Glückwunschkarten von Freunden, Bekannten und Angehörigen hatte Naomi in einem wiederverschließbaren Plastikbeutel aufbewahrt – einige stilvoll auf Briefpapier mit Monogramm, andere kitschig mit aufgedruckten Störchen und Windelwitzen. Sogar einige Modehäuser wie Givenchy und Yves Saint Laurent hatten zur Geburt gratuliert. Fast alles auf diesem Stapel war hübsch anzusehen: Großeltern, die sich entzückt über ihre Enkeltochter beugten, fröhliche Familienmitglieder beim Brunchen, Tabithas Taufe, Urlaub an den Sandstränden von St. Barts. Im Haushalt der Duncans gingen gefühlt zehntausend Menschen ein und aus: Kindermädchen, persönliche Assistenten, Fahrer, Tanten, Cousinen und Cousins – alles kreiste um dieses einzigartige Kind. Nachdem ich sieben Stunden sortiert und geklebt hatte, war ich vollkommen erschöpft.

Ich verbrachte den Abend in meiner Küche, weit weg von den Fotoumschlägen und Papierstapeln, und hörte mir einen Podcast über eine junge Frau an, die aus einem Hippiestädtchen in Colorado verschwunden war, das Hammersmith auf eigenartige Weise ähnelte. Obwohl auch ich in einer Berghütte lebte, Palo-Santo-Späne anzündete und Toilettenpapier aus Bambusfasern verwendete, waren mir Hippies nicht ganz geheuer. Ich wusste, dass der innere Sonnenschein der selbst ernannten Heiler und Freigeister oft mit übertriebenem Libertarismus einherging – jeder war sich selbst der nächste. Die junge Frau aus Colorado war nach einem Trommelkreis verschwunden, woraus der Podcast akustisch Kapital schlug, indem er die von verschiedenen Anwohnern vorgebrachten

Erklärungen, in der Gegend spreche niemand gern mit der Polizei, die Leute hier nähmen viele Drogen, und alle würden sich nur unter ihrem Spitznamen kennen – Barboy, Windgrip, Big Cat –, mit Bongo-Klängen untermalte.

Das war vielleicht das Wichtigste am True-Crime-Genre und einer der Gründe dafür, dass ich es so liebte: dass Typen mit Steppwesten, Kondensatormikrofonen und überdimensionalen Kopfhörern die Ermittlungen führten. Es handelte sich um Amateurjournalisten oder Wochenendpsychologen, um Lebensmittelhändler im Ruhestand, die sich mit Internetrecherche auskannten. Podcaster waren keine Polizisten. Sie saßen auf der Veranda von Mordverdächtigen herum oder warteten mit eingeschaltetem Mikro vor McDonalds-Toiletten, ohne sich um bürokratische Hürden zu scheren oder erst eine Genehmigung »von oben« einholen zu müssen. Sie wurden mitten in der Nacht von den Angehörigen der Opfer angemailt, die der Meinung waren, dass die Strafverfolgungsbehörden nicht genug unternahmen. Sie wurden von betrunkenen Verdächtigen angerufen und gingen Hinweisen nach, die zu aberwitzig klangen, um in den Notizbüchern offizieller Ermittler auch nur Erwähnung zu finden. Trotz des offenkundigen Fetischs für Forensik herrschte in der Podcast-Szene ein unterschwelliger Hass auf Polizisten, denn dass der Fall noch nicht aufgeklärt war, lag unweigerlich entweder an der Faulheit der zuständigen Bullen, oder ihrem Rassismus, oder ihrer Fixiertheit auf den falschen Verdächtigen, oder an der mangelnden Bereitschaft, Prostituierte als Menschen zu betrachten. Oder es handelte sich einfach um gute alte Polizisten-Stümperei.

Ich war ruhelos und musste aus dem Haus. Also stapfte ich mit Jessicas Stirnlampe den Pfad nach Hammersmith hinunter. Auf dem Parkplatz der Craft School checkte ich mit der Gier einer Verdurstenden meine Nachrichten. Ich hatte eine Mailing-Einladung zu einem Batik-Workshop in Idaho und einen Ausstellungshinweis von einer Galerie in Brooklyn erhalten. Nichts, was wirklich mir persönlich gegolten hätte. Ich war nur eine von einem @-Zeichen unterbrochene Aneinanderreihung von Buchstaben, die andere für Werbezwecke nutzten. Verzweifelt aktualisierte ich meinen Posteingang. Nichts. Ich hörte Stimmen von der großen Terrasse auf der anderen Seite der Cafeteria. Die Leute saßen wahrscheinlich zusammen und aßen die übrig gebliebenen Chips und M&Ms von der Kennenlernparty am Freitagabend. Ich hätte einfach ums Gebäude herumgehen und Hallo sagen können. Vielleicht waren auch Carston oder Lily dabei, Menschen, die ich kannte. Aber sie hätten mich bestimmt nach Jessica gefragt.

Also wandte ich mich wieder den Duncans zu und googelte nach Fotos von Naomi. Ich klickte mich durch eine Reihe von Aufnahmen, auf denen sie vor fertiggestellten Brunnen an sandigen, verdorrt wirkenden Orten stand. Ich war beeindruckt. WAC hatte die Grabung von elfhundert Brunnenschächten finanziert und beaufsichtigt, die »allesamt in enger Zusammenarbeit mit den umliegenden Gemeinden konzipiert wurden, um die Entstehung nachhaltiger Wassersysteme zu ermöglichen«.

Ich musste zugeben, dass ein Leben, das der Versorgung der Ärmsten mit Trinkwasser gewidmet war, gar nicht so übel war für eine Frau, die direkt am Central Park residierte. Wenigstens veranstaltete sie keine Rassehunde-Ausstellungen oder sammelte Edelstahlskulpturen, die an Ballontiere erinnerten. Ich überlegte, ob auch Tabitha auf Facebook war. Nachdem ich ihren Namen in das blaue Eingabefeld getippt hatte, erhielt ich den Hinweis, dass es sich um einen privaten Account handelte.

Bei Google war das oberste Suchergebnis der Link zu ihrem Instagram-Account. Fast hätte ich mein iPad fallen gelassen, als mir ihr rundes Profilbild entgegenstarrte. Sie stand lächelnd in einem Sonnenblumenfeld und trug ein türkisgrünes, bauchfreies Schlauchoberteil sowie eine Sonnenbrille mit winzigen Gläsern, die ihr das Aussehen eines Topmodels aus den Neunzigern verlieh. Zwei Komma sechs Millionen Follower. Ich scrollte nach unten, vorbei an Fotos von ihr in einem Privatjet mit zwei Blondinen, alle drei mit Champagnergläsern zwischen den in Pastelltönen lackierten langen Fingernägeln. Es folgte eine Slideshow von vier Fotos, auf denen sie vor der nächtlichen Skyline Manhattans posierte. Es sah aus, als würde sie eine bunte Mütze tragen, weil um ihren Kopf ein Heiligenschein aus gebrochenem Licht tanzte. Als Nächstes erschienen Fotos von Frozen Yogurts, dann ein Caffè Latte, der neben einer kleinen beigefarbenen Birkin Bag auf einer Marmorplatte stand. Und schließlich Tabitha, wie sie eingeölt und im Bikini auf einer schneeweißen Yacht lag. Aus irgendeinem Grund hatte ich sie mir nie als Erwachsene vorgestellt, das Bild von ihr als gesichtsloses Kind war wie eingefroren. Jetzt betrachtete ich ihren sonnengebräunten Körper und ihren listigen Blick aus leuchtendgrünen Augen. Ihre vielen Follower ließen nur einen Schluss zu: Tabitha Duncan war eine Berühmtheit. Mir erschien dieser Umstand absurd, aber Amerika liebte die Zurschaustellung von Reichtum, zumal wenn dieser von einer Generation zur anderen weitergegeben wurde. Ich ging zurück nach Hause, während Tabithas Körper der Jetzt-Zeit vor meinem inneren Auge blinkte wie eine Signalleuchte.

Am nächsten Morgen gab ich mir Mühe, die heutige, sexy Tabitha aus meinen Gedanken zu verbannen. Ich fing an, Fotos von ihrem ersten Vorschultag einzukleben. Sie lächelte strahlend, voller Vorfreude. Auf einem Bild kauerten Bryce und Naomi neben ihrer kleinen Tochter auf der Treppe der Schule. Bryce trug einen Anzug, Naomi ein gestärktes weißes Hemd. Auf die Fotos folgte ein Willkommensschreiben mitsamt wichtigen Informationen auf hellorangefarbenem Papier, darunter die Einzugsermächtigung für die Schulgebühren. 49700 Dollar pro Jahr, Ausgaben für Ausflüge noch nicht eingerechnet. Wie konnte eine Vorschule derart teuer sein? In dem Papierstoß fand sich auch ein dreifach gefalteter Brief, in dessen Mitte stolz das Wappen der Schule prangte. Offenbar stammte er von Tabithas Klassenlehrerin.

Mrs. und Mr. Duncan,

zunächst möchte ich Sie noch einmal herzlich an unserer Schule willkommen heißen! Wir haben Tabitha sehr lieb gewonnen und

freuen uns über ihr lebhaftes Wesen und ihre Energie – es war ein toller erster Monat mit ihr. Dennoch schreibe ich Ihnen heute, weil Ihre Tochter mehrfach handgreiflich geworden ist. Sie scheint zu Jähzorn zu neigen, und wir würden gern mit Ihnen darüber sprechen, ob es sinnvoll wäre, auch verhaltenstherapeutische Sitzungen in ihren morgendlichen Stundenplan zu integrieren. So etwas ist vollkommen normal, schließlich ist es für die Kinder eine große Umstellung, zum ersten Mal eine Schule zu besuchen. Wir glauben, dass Tabitha mit ein wenig Unterstützung zurück auf den richtigen Weg finden wird. Wenn Sie zu Beginn der kommenden Woche, am Montag oder Dienstag, bei mir vorbeikommen könnten, würde ich mich sehr freuen! Dann unterhalten wir uns persönlich darüber.
Vielen Dank für Ihre Kooperation. Ich freue mich auf ein wunderbares Schuljahr mit Tabitha!
Mrs. Ronaldo

Meine Gedanken wanderten zurück zu ihrem pastelligen Instagram-Account, zu der sorgfältig kuratierten Art, mit der sie sich und ihren Reichtum dort präsentierte. Inmitten all der gedämpften Beige- und Rosatöne wirkte ihre Neigung zu Gewalt noch absurder. Es klopfte laut und aggressiv am Scheunentor. Ich erstarrte und überlegte fieberhaft, ob ich so tun sollte, als wäre ich nicht da. Wahrscheinlich war es mein neuer Nachbar. Wieder erklang das Klopfen, diesmal schneller und dringlicher. Dann rief eine Männerstimme meinen Namen.

»Esther Ray, sind Sie da?«

Ich öffnete langsam das Rolltor. Vor mir standen zwei Polizisten.

»Einen schönen Nachmittag, Miss Ray.«

Mein Blick wanderte zu den nutzlosen Bierbäuchen der Männer, unter denen martialische Waffen festgezurrt waren.

»Ma'am, Ihr Nachbar Patrick Nelson hat Beschwerde gegen Sie eingereicht.«

»W-was?«, stammelte ich.

»Er behauptet, Sie hätten sein *Betreten-verboten*-Schild niedergerissen.«

»Habe ich nicht.«

»Falls doch, wäre es Zerstörung privaten Eigentums.«

»Ich habe Ihnen doch schon gesagt, dass ich es nicht war«, wiederholte ich mit der trotzigen Vehemenz eines Schulkinds.

Die Beamten sprachen eine Verwarnung aus und gingen wieder. Ich blieb vor Wut kochend zurück. Das Bedürfnis, mich zu rächen, kribbelte in meinem ganzen Körper.

Trotz der hereinströmenden frischen Morgenluft nahm ich am nächsten Tag noch immer den abgestandenen Atem der beiden dämlichen Bullen in der Scheune wahr. Mein Hass auf die Polizei war nach dem Tod meiner Mutter in mir erwacht. Meine ganze Welt war damals aus den Fugen geraten, ich weigerte mich, Hausaufgaben zu machen oder auch nur zu duschen. Statt zum Unterricht zu gehen, trieb ich mich im Kunstraum am hinteren Ende des Schulgebäudes herum, frischte immer wieder meinen schwarzen Lippenstift auf und brütete vor mich hin. Nicht mal auf Malen oder Zeichnen hatte ich noch

Lust. Meine Kunstlehrerin Mrs. Galloway, die mit Clogs herumlief und krause rote Locken hatte, sah großzügig darüber hinweg, dass ich schwänzte. Geduldig hörte sie sich meine endlosen Tiraden gegen die Polizei an, meine Versessenheit darauf, in Madeline die Täterin zu sehen und sie ihrer gerechten Strafe zuzuführen. Mrs. Galloway brachte mir Leinwände, Öl- und Acrylfarben und sogar ihre eigenen abgenutzten Bücher über Van Gogh und Klimt mit, um mich wieder zum Malen zu bewegen. Vergeblich. Dann gab sie mir eines Nachmittags im November eine Anleitung zum Zeichnen von Phantombildern mit. Zuerst hielt ich es für einen Versuch, meine Suche nach Gerechtigkeit mit dem Thema Kunst zu verbinden. Inzwischen weiß ich, dass es ein Trick war, um mein Vertrauen in das Justizsystem wiederherzustellen.

Zuerst hätte ich ihr den Hardcover-Band am liebsten ins Gesicht geworfen – keine Zeichnung, wie lebensecht auch immer, konnte mir meine Mutter zurückbringen. Aber ich bedankte mich murmelnd, und ein paar gelangweilte Wochenenden später wühlte ich das Buch aus meiner Tasche. Nachdem ich es von vorn bis hinten durchgelesen und anhand der Beispieltexte im letzten Kapitel einige Probezeichnungen angefertigt hatte, wusste ich, dass ich Talent hatte. Ich konnte die Beschreibung des versuchten Vergewaltigers mittleren Alters mühelos in Bleistiftstriche übersetzen. Mein fotorealistisches Können diente endlich einem Zweck. Es besaß einen Wert. Am meisten Spaß machten mir die Alterungsbilder – man musste abschätzen, wie schlaff ehemals straffe Stirnmuskeln inzwischen waren, wie viel überschüssige Haut über den Augenlidern hinzugekommen war, wie sehr die Wangen zu hängen begonnen hatten. Dabei behielt ich stets das Diktum des Buchs im Hinterkopf: »Alles wird weicher, aber die Augen verändern sich nie.«

Was ich nicht wusste, war, dass Mrs. Galloway einer alten Polizistenfamilie angehörte. Sie steckte meine Bilder in einen Umschlag und nahm sie mit zum Abendessen bei ihrem Bruder. Vermutlich wartete sie, bis die Stimmung durch ein oder zwei Gläser Bier gelockert war, bevor sie meine Kohlezeichnungen auf den Tisch legte. Drei Wochen später erhielt ich jedenfalls einen Anruf von der Polizeiwache. Ein schroff klingender Beamter namens Hank Horner erklärte, er sei beeindruckt von meinen Bildern, ob ich Interesse hätte, ihn und seine Kollegen bei der Suche nach Vermissten zu unterstützen.

An einem kalten Freitagmorgen traf ich daher in einer frisch gewaschenen schwarzen Hose und einem ungewohnt schicken Samtblazer aus dem Secondhandladen auf der Wache ein. Die Mitarbeiterin am Empfang führte mich in einen fensterlosen Raum mit einem Tisch aus Holzimitat, wo ich saß, bis Hank Horner, Mrs. Galloways Onkel, ein dicker Mann mit extrem buschigen Augenbrauen, hereinkam und mir ausführlich beschrieb, welche Aufgabe auf mich wartete. Es ging um vermisste Kinder, die vor über zehn Jahren verschwunden waren und für die ich Alterungsbilder anfertigen sollte.

»Normalerweise arbeiten wir mit unseren polizei-internen Zeichnern zusammen, aber deren Bilder haben nichts ergeben.«

Ich nickte zu allem und gab mir Mühe, wie eine ernst zu nehmende Erwachsene zu wirken.

»Was passiert anschließend mit den Zeichnungen?«, fragte ich irgendwann.

»Sie werden an Telefonmasten gehängt oder an Anschlagbretter in Postämtern. Vielleicht zeigen wir sie im Fernsehen. Alles ist möglich.«

Hank zog aufs Geratewohl drei Fotos aus einem weißen Umschlag. Das erste zeigte einen blonden, etwa zwölfjährigen Jungen auf einem silbergrauen Mountainbike. Hank hielt mir das Rechteck näher vors Gesicht. Ich starrte in die braunen Augen des Jungen und fand, dass er wie ein Klassenclown aussah, ein Unruhestifter. So jemand warf einen Baseball durch ein Fenster, wurde mit einer selbstgebastelten Wasserpfeife erwischt oder der Schule verwiesen, weil er jemandem einen Streich mit Sekundenkleber gespielt hatte. Wie ein vermisstes Kind sah er nicht aus.

»Dylan Henderson. Er wurde zuletzt vor zehn Jahren auf dem Parkplatz von Dave's Markets gesehen. Heute wäre er dreiundzwanzig.«

Ich nickte.

Als Nächstes war ein kleines Mädchen mit schwarzen Zöpfen an der Reihe, das zuletzt mit rosa Jacke und goldenen Stiefelchen im elterlichen Garten gesehen worden war. Hatte die ältere Schwester einen Moment nicht aufgepasst? Oder hatten die Eltern das Mädchen vielleicht stundenlang allein gelassen? Ich wusste, dass es mir nicht zustand, diese Fragen zu stellen. Wie gern hätte ich das kleine Mädchen auf dem Foto in den Arm genommen, ihm gesagt, dass alles gut werden würde. Sein Verschwinden war schon länger her, es wäre inzwischen fünfunddreißig Jahre alt. Das nächste Bild, das Hank hervorzog, war das eines Mädchens im Teenie-Alter. Ich erkannte ihre Angst wieder, ihren dicken schwarzen Lidstrich und den schwarzen Kapuzenpullover. Sie sah aus wie ich. Maria Delgado war zuletzt dabei gesehen worden, wie sie das Haus ihrer Freundin in Marietta verlassen hatte.

»Heute wäre sie einundzwanzig.«

Ich platzte fast vor Stolz und Ehrgeiz. Ich würde diese Kinder finden.

»Du kannst die Fotos mit nach Hause nehmen«, sagte Hank und wedelte mit der Hand. Bevor er den Raum verließ, drehte er sich noch einmal um. »Ich kann dir leider nicht versprechen, dass wir deine Zeichnungen verwenden. Sie müssen erst intern genehmigt und anschließend von den Familien abgesegnet werden.«

Die nächsten Tage verbrachte ich an meinem Schreibtisch und verlieh den drei Gesichtern mehr Reife und Gewicht. Ich stellte mir jahrelanges Kauen und Hochziehen von Augenbrauen vor, überlegte, ob die drei Vermissten Überstunden in einem grell beleuchteten Holzlager machten, ob sie gern lachten, ob sie rauchten oder um fünf Uhr morgens aufstanden, um im Gemeindeschwimmbad ein paar Bahnen zu schwimmen. Ich versuchte, das Verstreichen der Zeit nachzubilden, mir das leichte Hängen einer dreißigjährigen Wange auszumalen. Und ich fing an, ihre Gesichtszüge überall zu sehen. Marias sanft geschwungene Nase. Dylans schmale Lippen.

Ich lieh mir Jahrbücher in der Schulbibliothek aus und betrachtete die Gesichter meiner Mitschülerinnen und Mitschüler, suchte diejenigen heraus, die den vermissten Kindern ähnelten. Dann verfolgte ich die Entwicklung ihrer Züge von der Grundschule bis zur Highschool. Georgie Werther, der im letzten Jahr seinen Abschluss gemacht hatte, hatte die gleiche Kinnpartie wie Dylan. Ich nahm jedes Klassenfoto von Georgie genau unter die Lupe, ahmte die kleinen Aknenarben und den Schwung seines jugendlichen Halses nach. Das runde Gesicht von Maria Delgado erkannte ich in Elisabeth Carlton wieder, die mit mir zusammen im Schwerpunktkurs Chemie saß. Elisabeth war vor zwei Jahren plötzlich dick geworden. War auch Maria nicht mehr schlank? Lebte sie überhaupt noch?

Neun Tage später gab ich meine Zeichnungen bei der Polizeiwache ab. Es dauerte elf Wochen, bis die interne Freigabe erfolgte, und eine weitere Woche, bis die Angehörigen ihr Okay gaben. Nachdem ich von Hank erfahren hatte, dass die Phantombilder jetzt öffentlich waren, fuhr ich zu jedem Postamt im Umkreis von achtzig Kilometern und sah auch an Telefonmasten und den Korkpinnwänden von Supermärkten und Tankstellen nach. Alles in allem entdeckte ich nur vier von meinen Zeichnungen. Vier armselige Schwarz-Weiß-Zettel, die neben Anzeigen für gebrauchte Boote und Klavierunterricht hingen.

»Warum wurden nicht mehr Phantombilder aufgehängt?«, fragte ich Hank, nachdem ich endlich zu ihm durchgestellt wurde.

»Wir verschicken sie nur. Ob sie aufgehängt werden, wird vor Ort entschieden. So läuft das nun mal.«

»Was bringt das Ganze dann überhaupt?«, fragte ich wütend. »Wie hoch ist die verdammte Wahrscheinlichkeit, dass jemand sie auf vier lächerlichen Aushängen erkennt?«

»Tja, ich kann es nicht ändern.«

»Das ist doch Wahnsinn. Wie können Sie …«

Er war ungehalten und versuchte mich abzuwimmeln, ich bombardierte ihn mit Fragen.

»Hör zu: Niemand erwartet, dass diese vermissten Kinder gefunden werden«, fuhr er mir schließlich in die Parade.

»Warum habe ich dann die Phantombilder gezeichnet?«

Er zögerte, sog scharf die Luft ein. »Sarah ist meine Nichte. Ich wollte ihr einen Gefallen tun. Sie hat mich angefleht …«

Ich brauchte einen Moment, bis ich kapierte, wer Sarah war. Dann fiel mir ihr Vorname ein: Mrs. Galloway. *Sarah.* Ich beendete abrupt das Telefonat, fuhr zu Office Max und druckte auf eigene Faust dreihundert Exemplare. Dann tackerte ich sie an Bäume, klebte sie an Bushaltestellen, klemmte sie entlang der Army Post Road unter die Scheibenwischer der geparkten Autos. Keins der Kinder tauchte je wieder auf. Ich lernte durch diese Erfahrung, dass die Polizei sich einen Dreck darum scherte, ob Vermisste wieder auftauchten oder Fälle gelöst wurden. Wie viele Vergewaltigungen enden in den USA mit einer Verurteilung? Fünf von tausend. Es gibt derzeit zweihundertfünfzigtausend ungeklärte Mordfälle. Wenn man von einem Cop erschossen wird, stehen die Chancen eins zu zweitausend, dass er dafür zur Rechenschaft gezogen wird. Die heutige amerikanische Polizei ist im Grunde nichts anderes als eine dystopische Fortsetzung der Sklavenpatrouillen – sie ist nur dazu da, das Eigentum der Reichen zu schützen. Die Beamten mögen dem Protokoll folgen, aber das Protokoll verlangt nur das Allernotwendigste.

5

Ich hatte meinem Drang nachgegeben und saß wieder in meinem Pick-up neben der Laderampe der Craft-School-Cafeteria und scrollte durch Tabithas Instagram-Account. Inzwischen war ich richtiggehend besessen von ihrem aalglatten Profil. Ich schämte mich oft für meine Faszination für schöne Dinge, aber ich war nun mal Künstlerin und konnte nicht anders. Also starrte ich Tabithas Grübchen auf einem Bild an, auf dem sie lächelnd neben dem Pool der Familienvilla in den Hamptons lag, die Haare nach hinten frisiert bis auf zwei Strähnchen, die stylish ihr Gesicht einrahmten – das Foto war Sponsored Content für Pantene. Der Filter war so perfekt gewählt, dass ich mir neben Tabitha vorkam, als enthalte meine Gesichtshaut keinerlei Collagen. Auch was die Details anging, war Naomis Tochter eindeutig Profi: Die Gläser neben dem Pool waren mit Slushy Piña Colada in genau dem richtigen Pastellgelb gefüllt, um ihren Hals waren mehrere Lagen unglaublich dünner Goldkettchen drapiert, und ihr Gesichtsausdruck verriet selbstkritische Ironie.

Das Ganze erinnerte mich daran, wie verblüffend geschickt Jessica ihren Schmuck für Instagram inszenierte – mit Tischtüchern aus Leinen, Kerzen aus Sojawachs und halb geschälten Klementinen, die den Hintergrund für die schmuckverzierten Hände bildeten. Was verkauften sie und Tabitha eigentlich genau? Shampoo? Schmuckstücke aus Golderz? Sich selbst? Mich hatten Jessicas Inszenierungen immer abgestoßen. Wie konnte sie sich derart erniedrigen? In meinen Augen räkelte sie sich auf dem Esstisch von fremden Leuten und ließ zu, dass diese Stücke aus ihrem Körper herausschnitten, als wäre er eine Torte mit Kirscheingeweiden. Überhaupt übertrieb sie es, postete Fotos von mir ohne meine Erlaubnis, stellte andauernd Selfies und Werkstattfotos online, die ihren »Arbeitsprozess« dokumentierten. Alle sollten wissen, wer sie war. Anfangs hielt ich ihre Offenheit für einen Akt der radikalen Transparenz, später stufte ich sie als Naivität ein, wie sie typisch war in der Welt des Kunsthandwerks. Es dauerte eine Weile, bis ich meine Lebensgefährtin durchschaut hatte. Sie wusste genau, was sie tat, und ihr Personenkult, der sich in einem Sonnensystem höflicher Millenial-Fantasien bewegte, kam mir genauso verdorben vor wie die hyperkapitalistische Kunstwelt. Warum konnte etwas nicht einfach nur schön sein, ohne auf einem Podest rotieren zu müssen?

Zurück in der Scheune versuchte ich mich ganz auf das Einkleben von Fotos und Dokumenten zu konzentrieren. Aber es war zu spät. *Jessica. Jessica. Jessica.* Ihr Name rüttelte an meinen Gedanken wie ein Frettchen an den Gitterstäben seines Käfigs. Tabitha war inzwischen sieben, und bis zu Bryce' sechzigstem Geburtstag waren es nur noch knapp sechs Monate. Ich würde ein bis zwei Bücher pro Woche produzieren müssen, um rechtzeitig fertig zu werden. Also arbeitete ich ohne Pause durch den Nachmittag.

Beim Anlegen der Stapel hatte ich mich bemüht, alles so akkurat wie möglich zu datieren. Trotzdem schien das Material durcheinandergeraten zu sein. Normalerweise hatte Naomi die Duane-Reade-Umschläge ungefähr einen Monat nach Aufnahme der Fotos in die Boxen gelegt. Hin und wieder tauchte ein Umschlag jedoch erst Jahre später in einer ganz anderen Box auf, und ich musste ihn dem Stapel zuordnen, auf den er eigentlich gehörte. Das passierte mir immer wieder mit Fotos, auf denen Naomi mit Tabitha schwanger war. Naomi mit zurückgekämmten Haaren und knallrotem Lippenstift – sie hatte sich zu dieser Zeit wie Carolyn Bessette-Kennedy gestylt, Calvin Klein trifft Armani Exchange. Die reduzierte Coolness schien so gar nicht zu der Frau mit den vielen Armreifen und Rosenquarz-Ketten zu passen, die ich beim Abendessen nach Memphis' Vernissage kennengelernt hatte. Nachdenklich blätterte ich den neuesten Stapel Fotos durch. Naomi stand am Rand eines Spielplatzes, und ihr gewaltiger Babybauch ragte unter einem wallenden weißen Hemd hervor, das einen starken Kontrast zu ihrem leuchtend roten Lippenstift bildete. Auf dem nächsten Bild hatte sie Tabitha an der Hand. Und war immer noch schwanger.

Es gab also ein zweites Kind! Ich fühlte mich, als hätte mir jemand ins Gesicht geschlagen. Wie hatte mir das bisher entgehen können? Was war mit dem Baby passiert? Hatte Naomi eine Fehlgeburt erlitten? Eine Familientragödie? Ich setzte mich mit dem Foto in der Hand auf meinen Hocker, und mein Fuß stieß gegen etwas Weiches. Ich sprang auf wie von der Tarantel gestochen. Diesmal war es keine Einbildung, kein geflochtener Ledergürtel. Diesmal war es eine dicke braune Schlange, die sich um das Holzbein des Hockers schlängelte. Jessica hatte mir beigebracht, dass schwarze Schlangen wie Eichhörnchen waren: niedliche Nagetiere, nur mit langem Schwanz. Braune Schlangen mit dreieckigen Köpfen waren hingegen giftig. Ich hatte mich im Internet über sie informiert und war mir sicher, dass es sich bei diesem Exemplar um eine Copperhead-Schlange handelte, die im westlichen North Carolina überall vorkam. Mein ganzer Körper wurde von einem opernartigen Schrei erschüttert, ein Güterzug voller Oktaven raste durch meine Kehle. Ich kletterte auf die Werkbank. Der muskulöse Körper der Schlange bäumte sich auf, reckte sich in meine Richtung. Wenn ich aus der Scheune wollte, musste ich an ihr vorbei. Ich steckte in einer bizarren Patt-Situation fest, konnte nichts anderes tun als schreien.

Voller Verzweiflung schloss ich die Augen. Minuten, vielleicht auch nur Sekunden später wurde das Rolltor aufgeschoben. Dann ertönte ein ohrenbetäubender Knall. Ich riss die Augen auf, und mein Blick fiel auf eine Blutspur auf dem Boden. Vor lauter Hysterie bekam ich Schluckauf und rang keuchend nach Luft. Nachdem ich mich etwas beruhigt hatte, erkannte ich Patrick Nelson, der in der Tür stand und auf seine Hand starrte. Seine Körperhaltung wirkte, als wäre er in tiefer Trauer versunken. Erst da merkte ich, dass er eine Pistole zwischen den Fingern hielt. Ich blickte auf die sich windende Schlange hinunter, und mir wurde schwindelig. Der Raum versank in Dunkelheit.

»Geht es Ihnen gut?«, fragte seine Stimme zum zweiten, vielleicht auch zum dritten Mal.

Ich brachte immer noch kein Wort heraus.

»Hätten Sie Appetit auf einen Teller Suppe?«, erkundigte er sich besorgt, während ich nach und nach das Bewusstsein wiedererlangte.

»Was?«, stieß ich krächzend hervor.

»Ich koche gerade Tortilla-Suppe. Sie steht in meiner Hütte auf dem Herd.«

Ich nickte und kletterte zitternd von der Werkbank, zu benommen, um zu wissen, wie ich sonst reagieren sollte. Außerdem war ich begierig darauf, aus der Scheune zu kommen, weg von der sterbenden Schlange. Schweigend gingen wir nebeneinander die Kieszufahrt hinunter, mit im Gleichtakt knirschenden Schritten.

Ich schmeckte immer noch die metallische Galle meiner Angst in der Kehle, als Patrick die knarrende Tür aufschob. In der Hütte roch es nach Knoblauch, Gemüse und modrigem Holz. Ich sah mich um. Es handelte sich tatsächlich um eine Art Zeitkapsel mit bauchigem Ofen und auf dem Kaminsims lehnenden Daguerreotypien, die frühere Bewohner dieser abgelegenen Bergregion zeigten. Einzig ein neuer Kühlschrank, ein kleiner Flachbildfernseher und ein Streifen bläulich leuchtender LEDs gaben einen Hinweis darauf, dass wir uns in diesem Jahrhundert befanden. Patrick machte sich an dem Inhalt des großen Topfs auf dem Herd zu schaffen, und ich setzte mich auf einen wackligen Stuhl am runden Eichentisch. Kurz darauf kam mein Gastgeber mit zwei weißen Schüsseln voll kochend heißer Suppe herüber.

»Ich bin Patrick«, sagte er, während er sich unbeholfen zu mir setzte.

»Und ich bin Esther.«

Wir saßen stumm da, gelähmt von der Merkwürdigkeit der Situation.

»Wohnen Sie allein hier?«, stieß ich schließlich hervor, um höfliche Konversation bemüht.

»Ja«, antwortete er leise.

Natürlich wohnte er allein.

Wir aßen schweigend vor uns hin. Mir war nicht bewusst gewesen, wie viel Hunger ich hatte. Die Suppe war überraschend würzig, ich hatte im Handumdrehen meinen Teller geleert. Patrick wirkte erfreut, dass es mir schmeckte, und bot mir eine zweite Portion an. Ich nickte und beobachtete ihn heimlich dabei, wie er geriebenen Cheddar über meine Schüssel streute. Er war um die sechzig und hatte einen krummen Rücken und dunkle Augen, die wie zwei ausgeknipste Taschenlampen wirkten.

»Sie haben also Angst vor Schlangen«, stellte er trocken fest und schob meine zweite Portion zu mir hinüber.

Bei der Erinnerung an den zuckenden Kadaver auf dem Scheunenboden musste ich tief Luft holen. Dann nickte ich. »Woher wussten Sie, dass … ich wirklich Hilfe brauche?«, fragte ich und zeigte mit meinem Löffel Richtung Scheune.

Patrick blickte aus dem Fenster. »Durch Ihren Schrei. Ich dachte, jemand würde versuchen, Sie umzubringen.«

Ich nickte. Vielleicht hörte er sich auch zu viele True-Crime-Podcasts an.

Er senkte den Blick auf seine Hände und schwieg.

»Danke.«

»Ich hätte sie nicht erschießen dürfen.«

»Sie sind ein guter Schütze.«

»Früher war ich Hobbyjäger.« Wieder eine Pause. »Tut mir leid, dass wir so einen schlechten Start hatten als Nachbarn.« Er fummelte an einem Zipfel seines Pullovers herum. »Es ist einfach so, dass ich gern ungestört bin. Ich habe Probleme mit … anderen Menschen«, fügte er hinzu. »Am liebsten bin ich allein. Ich hätte trotzdem nicht die Polizei rufen sollen.«

»Dass Sie gern ungestört sind, verstehe ich. Bei mir ist es meistens genauso«, sagte ich.

»Wenn Sie über mein Grundstück abkürzen wollen, können Sie das in Zukunft gerne tun.«

Ich lächelte. »Danke. Keine Sorge, ansonsten lasse ich Sie in Ruhe.«

Wir aßen schweigend weiter, bis Patrick aufstand, um den Tisch abzuräumen.

»Ich muss wieder los«, verkündete ich mit vorgetäuschter Eile.

Er gab ein zustimmendes Grunzen von sich.

Statt mich mit dem Schlangenkadaver auseinanderzusetzen, mied ich die Scheune eine Woche lang. Das Rätsel um das zweite Kind der Duncans ließ mir keine Ruhe, aber ich zuckte schon vor Angst zusammen, wenn ich nur in Richtung Atelier *blickte*. Die Erinnerung war noch zu frisch, und ich malte mir aus, dass die Schlange womöglich überlebt und sich erholt hatte. Oder aber ihr Geist spukte noch in der Scheune herum. Wie auch immer, ich war nicht bereit, diesbezüglich ein Risiko einzugehen. Also beschloss ich, stattdessen das Haus zu putzen und ein paar Besorgungen zu machen.

Auch wenn man hier draußen in den Bergen lebte und Wolle spann oder töpferte oder irgendein anderes Rohmaterial zu Alltagsgegenständen verarbeitete, auch wenn man von tiefstem Herzen glaubte, im Einklang mit der Natur zu leben – man fand sich doch irgendwann im Walmart wieder. Der Parkplatz lag im Spätsommerlicht vor mir und bildete die übliche bunte Autoaufkleber-Mischung aus Phish-Fans, Konföderierten-Fahnen, Trump-Anhängern und *Mein anderes Auto ist ein Hexenbesen*. Im Supermarkt schlenderte ich zunächst zum äußersten Gang, um Klebstoff zu kaufen, und lud meinen Einkaufswagen dann mit Lebensmitteln und einem Sixpack Miller-Bier für Patrick voll – als kleines Dankeschön für seine Rettungsaktion.

Auf der Rückfahrt nach Hause konnte ich nicht anders: Ich hielt in Hammersmith und googelte wieder einmal Tabitha, durchkämmte ihren Make-up-Content, ihre Schminkanleitungen und die Videos, die sie unter Variationen der Überschrift *Ich werde immer wieder nach meiner Hautpflege-Routine gefragt* gepostet hatte. Ein paar Klicks weiter stolperte ich über einen Clip von ihr, der offenbar schnell viral gegangen war. Darin stand sie mit einem winzigen Schmetterlingskleid in ihrer Küche und machte sich über den jamaikanischen Akzent ihrer Haushälterin lustig. Ich spürte, wie sich mein Magen zusammenkrampfte. Aus den Kommentaren war herauszulesen, dass es Forderungen gegeben hatte, ihren Account zu löschen. Eine Woche später hatte sie ein tränenreiches Entschuldigungsvideo online gestellt, und inzwischen schien sie dank der Kurzlebigkeit des digitalen Gedächtnisses wieder voll rehabilitiert zu sein. Tabitha war kein guter Mensch. Was ich gerade gesehen hatte, war der Beweis.

Ich hinterließ Patricks Sixpack an der Abzweigung zu seiner Hütte. Zu Hause angekommen nahm ich meinen ganzen Mut zusammen, betrat mit einem langen Bambusstock die Scheune und entfernte mit ruckartigen Bewegungen den schreckenerregenden Kadaver, der viel schwerer war, als ich ihn mir vorgestellt hatte. Ich warf ihn so tief ich konnte ins Dickicht hinter meinem Haus. Dann verbrannte ich ein wenig von Jessicas Salbei, um den Gestank zu vertreiben, und kehrte zu meiner Arbeit zurück. Als Erstes versuchte ich, den zeitlichen Ablauf zu rekonstruieren. Offenbar war Naomi im Winter des Jahres 2006 erneut schwanger gewesen, irgendwann um Weihnachten herum. Ich stellte mir vor, wie Bryce und sie auf schneeweißen Hotelbettlaken miteinander schliefen, während es vor den Fenstern in dicken Flocken schneite und das *Bitte-nicht-stören*-Schild am goldenen Türknauf baumelte. Es gab jede Menge Fotos von Naomi mit Babybauch in Tabithas Schule und später zusammen mit Bryce' Eltern in einer Limousine oder auf einer Bank vor dem Rockefeller Center. Für die Arbeit bei Red Rock Capital kleidete sie sich immer noch in maßgeschneiderten Kostümen und benutzte einen steifen Sac de Jour von Yves Saint Laurent als Aktentasche.

2007, kurz vor der Geburt des zweiten Kindes, tauchte

der übliche Papierkram bezüglich Arztterminen und Ultraschallbildern auf, dazu ein zweiter verschließbarer Plastikbeutel voller Glückwunschkarten. Es folgte ein Stapel Duane-Reade-Fotos, darunter ein Bild von einer müde aussehenden Naomi in einem grauen Krankenhausbett, umgeben von Blumen und Luftballons, den Blick auf ein rosiges, schreiendes Baby gesenkt. Dann die Kopie einer Geburtsurkunde, ausgestellt auf Marcella-Marie Alistair Duncan. Ich fand ungefähr vier Monate lang die typischen Babyfotos, bis der Strom abrupt abriss. Es tauchte noch eine Comic-Katzenzeichnung auf einer Feinkosttüte auf, bevor ich eine Vertraulichkeitsvereinbarung in den Händen hielt, unterschrieben von Elena Tester, dem lesbisch aussehenden Ersatzkindermädchen, das anschließend einen Zahlungseingang über fünfundzwanzigtausend Dollar schriftlich bestätigte.

Es folgte ein Zeitungsausschnitt aus der New York Times, in der die Duncans eine großzügige Spende für die Prävention von plötzlichem Kindstod ankündigten und als Begründung angaben, ihr zweites Kind an dieses Syndrom verloren zu haben, das zweitausenddreihundert Babys pro Jahr betraf. Warum hatte das Kindermädchen Schweigegeld erhalten, wenn Marcella-Marie an plötzlichem Kindstod verstorben war? Wie als Antwort fand ich eine Reihe zusammengehefteter, auf dünnem cremeweißem Papier verfasster Empfehlungen eines Spezialisten für kindliche Verhaltensstörungen, der Naomi und Duncan empfahl, Tabitha in einem Therapiezentrum in Connecticut anzumelden. Ich spürte, wie sich der blinkende Highway wieder vor mir auftat – ich steckte in einem Leder-Outfit und galoppierte in einer mondlosen Nacht dahin. Dann stand ich mit einem Hawaiihemd bekleidet tief im Dschungel und hatte ein Maschinengewehr vor der Brust. Als Nächstes trug ich einen Catsuit und schwang ein Samurai-Schwert. Und ich war Hamlet und umklammerte meinen Dolch. Tabitha und ihr Hang zur Gewalt mussten etwas mit dem Tod des Babys zu tun haben.

Meine blutrünstigen Podcasts hörte ich unter anderem deshalb, weil sie mir ein Ventil für meine eigenen mordlustigen Gedanken boten – dessen war ich mir bewusst. Das Gute daran war, dass mich die vielen Stunden, in denen ich mich mit Mord und Todschlag beschäftigte, gelehrt hatten, genau hinzusehen. Bei der Durchsicht der Duncan-Dokumente hatte ich auch bisher schon fossile Fragmente entdeckt, durchschimmernde Hinweise auf ein Geheimnis, verblichene, mit Erde bedeckte Reste. Aber was ich jetzt vor mir hatte, war der Hauptfund, das Dinosaurierskelett. Und es war nicht zerteilt, sondern erhob sich fertig aufgebaut, wie ein Exponat im Naturkundemuseum. Plötzlich spürte ich eine eigenartige Zielstrebigkeit in mir. Was auch immer mit Marcella-Marie geschehen war, es bildete den Ausgangspunkt von allem und war der Grund dafür, dass Naomi mich für das Erstellen der Scrapbooks engagiert hatte – dessen war ich mir sicher.

Ich ließ meinen Hals knacken und arbeitete mich dann im Eiltempo durch die noch verbliebenen Papierstapel, nur um festzustellen, dass es eine auffällige, nicht zu übersehende Lücke gab: Zwei Jahre lang hatte

Naomi keinen einzigen Papierfetzen aufgehoben. Warum hatte sie so abrupt mit dem Sammeln aufgehört? Ich musste ins Internet. Also fuhr ich wieder hinunter zur Craft School und parkte hinter der Cafeteria. Terrence, einer der Köche, winkte mir von der Laderampe aus zu. Ich hob einen einzelnen Finger vom Lenkrad, um ihn zurückzugrüßen und gleichzeitig zu signalisieren, dass ich meine Ruhe wollte. Nachdem ich mein iPad hervorgezogen hatte, gab ich *Marcella-Marie Duncan* ein. Nichts. Ich überlegte fieberhaft. Dann versuchte ich es mit dem Namen des Kindermädchens: *Elena Tester.* Ohrenbetäubende Stille – die Suchmaschine spuckte keine Links aus, auch keinen Facebook-Account. Es gab weder einen aufgegebenen SuicideGirls-Account, noch eine uralte, grellbunte MySpace-Seite.

Ich kehrte zur Scheune zurück und begutachtete die Landschaft aus Papier, die sich vor mir erstreckte. Welche Empfindungen Naomi auch zu konservieren versuchte, sie kamen mir nun düster und trostlos vor. Ich fing an, nach irgendeiner Spur von Marcella-Marie zu suchen – vielleicht einem Grabstein im Miniaturformat oder einem vertrockneten Kranz aus Rosenknospen. Da war nur gähnende Leere, bis zwei Jahre später, im Juni, ein ganzer Berg von Duane-Reade-Umschlägen auftauchte. Die Veränderung innerhalb der Familie war nicht zu übersehen. Naomi kleidete sich vollkommen anders, ihre engen schwarzen Kostüme waren fließenden Leinenkleidern und Halstüchern in Juwelenfarben gewichen. Genau zwei Jahre und drei Monate nach der Spende für die Prävention von plötzlichem Kindstod gründete Naomi

WAC. Zur Eröffnung trug sie ein besticktes Kleid im mexikanischen Stil und dazu mehrere Glasperlenketten. Ich starrte auf die Fotos von der Einweihungsfeier. Naomi drehte sich auf jedem einzelnen von Bryce weg – die Distanz zwischen ihnen war neu, aber deutlich spürbar.

Am nächsten Morgen erwachte ich mit dem nagenden Bedürfnis, das Gothic-Kindermädchen aufzuspüren. Einerseits, weil ich auf sie stand, und andererseits, weil ich wusste, dass sie mir Näheres über Marcella-Maries Schicksal erzählen konnte. Schließlich hatte sie damals eine Abfindung bekommen, der Beweis lag mir vor. Sie musste also irgendetwas wissen. Ich stapfte nach Hammersmith hinunter und gab erneut *Elena Tester* in die Suchmaschine ein – Fehlanzeige. Wie konnte es sein, dass sie einfach so verschwunden war? Meine Informationen über sie waren spärlich, alles, was ich hatte, waren ein Name und die ungefähre Zeitspanne, in der sie in New York City gewohnt hatte. Wie lief es in den Podcasts in so einer Situation? Es wurden Privatdetektive angeheuert.

Ich googelte *private investigator North Carolina* und war verblüfft von der schieren Menge an privaten Ermittlern in der Gegend. Was machten diese Leute alle? Nachdem ich einige Einträge gelesen hatte, wusste ich, dass die meisten von ihnen untreuen Ehepartnern hinterherschnüffelten oder vorgetäuschte Arbeitsunfälle aufdeckten, damit die Versicherung nicht zahlen musste. Der Großteil der Privatdetektive war männlich. Ich wollte mich aber nicht mit einem Mann auseinandersetzen. Unter den Suchergebnissen war auch die Homepage einer gewissen Brenda Millwater. Mir gefiel ihr Porträtfoto –

sie hatte eine *Dog-der-Kopfgeldjäger*-Ausstrahlung, war eine dieser Frauen, die auf Männer standen, aber aussahen wie sonnenverbrannte Kampflesben. Ich schrieb ihr eine E-Mail: *Wie viel kostet es, jemanden aufspüren zu lassen?* Große Hoffnungen machte ich mir nicht. Vielleicht war Elena Tester längst tot. Wie sonst konnte es sein, dass eine Frau meines Alters keinen digitalen Fußabdruck im Netz hinterlassen hatte?

Zurück im Bungalow legte ich mich zu einem Schläfchen hin und erwachte in einer Blase der Glückseligkeit, die schon nach wenigen Sekunden zerplatzte. Ich hatte vergessen, dass Jessica mich verlassen hatte. Wie ein untergehendes Schiff, das im Eiltempo versank, kehrte ich auf den Grund des Ozeans zurück, ein Tiefseewesen, das sich durch die Trümmer eines einst strahlenden Lebens schlängelte. Nachdem ich einen Kaffee geschlürft hatte, fuhr ich nach Hammersmith hinunter, um meine Mails zu checken. Noch keine Antwort von der Kampflesben-Detektivin. Ich lehnte den Kopf ans Fenster meines Pick-ups. Sollte ich nach Hause fahren, mir mein Wegwerfhandy schnappen und versuchen, eine Frage bezüglich Marcella-Marie zu formulieren? Nach der kühlen Atmosphäre meines letzten Telefonats mit Naomi riet mir mein Instinkt, es nicht zu tun. Ich musste selbst hinter das Geheimnis kommen.

Aber zunächst fuhr ich zum Postamt, um sechs Pakete Plastikhüllen mit Klebestreifen abzuholen.

»Esther, meine Liebe, schön, Sie zu sehen«, begrüßte mich George, als er am Schalter auftauchte. »Ich habe ein paar Briefe und Pakete für Sie.«

»Oh, super. Warten Sie, ich nehme sie Ihnen ab.« Es schmerzte mich zu sehen, wie seine schlaffen Greisenarme die schweren Pakete auf die Ausgabe hinaufwuchteten.

»Bald regnet es, das spüre ich«, sagte er und zeigte zum Fenster, um mich von seinem Keuchen abzulenken.

»Wie aus Kübeln«, ergänzte ich mechanisch.

George lachte, und ich lud die Pakete auf die Ladefläche meines Pick-ups. Auf dem Rückweg nach Hause hielt ich erneut hinter der Cafeteria. Noch immer nichts von der privaten Ermittlerin. Ich rief Instagram auf. Tabitha war in meinem Kopf gefangen, summte dort herum wie eine Fliege. Mit ihren neuesten Fotos promotete sie eine Tour durchs Land, auf der sie eine von ihr kreierte Nagellack- und Make-up-Palette vorstellen wollte. Ihre manikürten Finger verdeckten halb ihr Gesicht, und ein Auge mit goldschimmerndem Lidschatten spähte durch sie hindurch in die Kamera. Auf dem nächsten Foto trug sie einen Cowboyhut, und darüber prangte die Überschrift: *Nashville – MORGEN sehen wir uns und feiern zusammen die Einführung meiner #GoldenGodPalette! Am DONNERSTAG bin ich in Atlanta!* Ich vergewisserte mich: Der Post stammte von gestern, Tabitha war also ganz in meiner Nähe. Nur fünf Autostunden entfernt. Es kam mir vor wie ein Zeichen.

Ich verließ den Parkplatz und fuhr Richtung Westen zur Interstate 40. Es war, als würde ich von einem Magneten angezogen. Im Vorjahr war ich für einen Workshop zum Thema Pflanzenfarbstoffe nach Nashville gefahren. Die Kursleiterin war eine füllige Frau mit zarter Stimme und unerbittlichem Auge fürs Detail gewesen. Als ich nun an den Workshop zurückdachte, geriet mein Inneres in Wallung. Geduldig hatte ich getrocknete Avocadokerne auf dem großen weißen Herd köcheln lassen und darauf gewartet, dass das Wasser rosa wurde. Die Lehrerin hatte uns endlose Vorträge über das Streben nach Ganzheit gehalten, darüber, wie alles miteinander verbunden sei – von der Erde, in der die Avocados wuchsen, über den Holzlöffel, mit dem wir im Topf rührten, bis zu der Herkunft des Metalls, aus dem jener Topf hergestellt war. Sie erklärte, unsere Gefühlslage könnte die Farbe des Pflanzensuds verändern, und ließ uns Gesänge anstimmen, bevor wir selbst an die Töpfe durften. Mich hatte die zum Herstellen der Farben benötigte Ruhe große Anstrengung gekostet. Und jetzt war ich im Begriff, den Halt zu verlieren. Nicht einmal meinen Garten wässerte ich mehr, so besessen war ich von den Duncans. Ich drehte das Radio auf, um das laute Rauschen meiner Gedanken zu übertönen.

Es war drei Uhr nachmittags, als ich in Nashville ankam. Ich hielt vor einem Starbucks und loggte mich ins WLAN ein, fand heraus, dass Uncommon James, das Geschäft, in dem Tabitha ihre Palette vorstellte, im Viertel The Gulch lag. Nachdem ich einen Häuserblock entfernt geparkt hatte, zog ich mir eine Baseballkappe auf und ging auf die jungen Frauen zu, die vor dem Laden warteten und allesamt Oberteile in pastelligen Farben und dazu Yogahosen oder zu enge Jeans trugen. Die Schlange reichte um das halbe Gebäude herum. Ich reihte mich hinter einer durchtrainierten Brünetten und ihrer mürrischen Tochter ein. Die Mutter sah mich an und lächelte. Ich nickte und tat so, als würde ich etwas auf meinem Handy checken.

»Kristin muss jeden Moment hier sein, also keine Sorge, es geht gleich los«, sagte die Brünette überfreundlich zu mir.

»Wer?«, fragte ich.

»Kristin Cavallari«, antwortete sie.

Ich hatte keine Ahnung, wie ich darauf reagieren sollte.

»Ihr gehört der Laden.«

»Oh …«, sagte ich.

Meine Begriffsstutzigkeit schien die Frau zu schockieren.

»Sie ist ein Reality-Star!«

»Ich bin nur hier, um …« Mir fiel kein guter Grund ein. »… eine Gold-Palette zu kaufen.«

Die Frau nickte, offenkundig zufrieden mit meiner Aussage, obwohl ich mit meiner zerrissenen Hose, meinen Wanderstiefeln und meinem weißen XXL-T-Shirt wahrlich nicht wie jemand aussah, der eine Lidschatten-Palette kaufen wollte oder bereit war, Schlange zu stehen, um einen Reality-Star kennenzulernen. Es ging nicht voran. Ich geriet ins Schwitzen und merkte, dass ich Hunger hatte und pinkeln musste. Ich überlegte, ob ich abhauen sollte. Dann bewegte sich die Warteschlange doch langsam vorwärts, und ich sah sie. Alle körperlichen Bedürfnisse waren plötzlich vergessen.

Tabitha war eine große, strahlende Erscheinung mit langen, zu üppigen Wellen frisierten Haaren. Sie trug einen kurzen goldenen Lederrock, ein enganliegendes cremefarbenes Top und den dämlichen Cowboyhut, den sie schon in ihrem Instagram-Post aufgehabt hatte. Mein Herz setzte einen Schlag aus, als ich sah, wie sie vor einem Hintergrund aus funkelnden Pailletten posierte und sich mit jungen Frauen fotografieren ließ, die wie billige Kopien ihrer selbst wirkten. Sie streckte die Zunge heraus, als wären sie alle beste Freundinnen und würden sich auf einem Junggesellinnenabschied amüsieren. Um ein Haar hätte ich laut ihren Namen gerufen, schließlich kannte ich sie vom Tag ihrer Geburt an, zumindest von Fotos. Ich wusste, wie ihre Handschrift als Jugendliche gewesen war und dass sie Roggenbagel mit Erdbeerfrischkäse mochte. Ihren ersten Kuss hatte sie mit Hunter Wisedale im Französisch-Ferienlager erlebt. Und unter ihrer schönen, makellosen Haut schimmerte eine gewalttätige Ader. Sollte ich sie direkt mit meinem Verdacht konfrontieren? Ich hatte keinerlei Beweise dafür, dass sie Marcella-Marie etwas angetan hatte, nur eine quälende Vermutung. Allmählich rückte ich bis zum Ende der Schlange vor. Eine blonde Frau, die hinter einem mit Make-up-Produkten beladenen Tisch saß, teilte mir mit, dass ich für ein Foto mit Tabitha mindestens siebzig Dollar für Kosmetik und ein Umstyling ausgeben müsse.

»Was?«

»Jede, die sich mit Kristin oder Tabitha fotografieren lässt, wurde vorher von einer unserer Visagistinnen geschminkt. Es dauert nur eine knappe Viertelstunde.«

»Oh.«

Ich suchte mir die beworbene Lidschatten-Palette

in Goldnuancen und einen dunkelroten Lippenstift aus. Keins der Produkte würde ich jemals benutzen.

»Sie liegen immer noch neun Dollar unter dem Mindestbetrag«, sagte die Blondine, ohne aufzublicken.

»Gut, dann nehme ich noch ein Rouge.«

»Das Rouge ist super.«

Ich tastete nach meinem Geldbeutel. Zum Glück hatte ich zweihundert Dollar von Naomis Geld dabei, weil ich noch vier Packen Papier im Laden der Craft School hatte kaufen wollen. Ob Tabitha, die nur wenige Meter entfernt stand, spüren würde, dass ich die druckfrischen Banknoten ihrer Mutter in der Hand hielt?

Ich drückte der Blondine drei Zwanzigdollarscheine und einen Zehner in die Hand und wurde an eine Rothaarige in Skinny Jeans verwiesen, deren riesige Brüste in einem winzigen schwarzen T-Shirt mit der Aufschrift *#GoldenGod* steckten.

»Hi, ich bin Desirée und zaubere dir heute einen natürlichen Glow ins Gesicht.«

Ich lächelte gezwungen und folgte ihr zu einem Regiestuhl, der vor einem Spiegel stand.

»Wie schminkst du dich denn normalerweise?«

»Gar nicht.«

Ich bin ein langhaariges Mannweib, das früher mal gothicmäßig unterwegs war, hätte ich am liebsten erzählt. *Und ich wurde gerade sitzengelassen. Außerdem sagt mir mein Bauchgefühl, dass Tabitha ihre kleine Schwester umgebracht hat.* Machte man es als Frau nicht so, wenn man eine schmerzhafte Trennung hinter sich hatte? Saß man nicht in von Chemikalien durchtränkter Luft herum, ließ sich einen schwarzen Kleiderschutz umlegen und schüttete Frauen wie Desirée sein Herz aus? Sie nahm mir die Baseballkappe ab und legte sie vor mir auf den Schminktisch. Ich fühlte mich entblößt.

»Ich finde es toll, wenn ich eine leere Leinwand vor mir habe und mich austoben kann«, sagte die Visagistin unbekümmert und trug mit einem Schwämmchen kaltes Glibberzeug auf meine Stirn auf.

Wenige Minuten später hatte die Foundation meine Züge komplett ausradiert, und Desirée machte sich daran, einzelne Partien meines Gesichts mit öligen dunkelbraunen Streifen zu versehen. Ich sah jetzt kubistisch aus.

»Keine Panik, das ist nur das Contouring«, erklärte sie lachend. Dann verwischte sie die Übergänge mit einem tropfenförmigen rosa Schwämmchen, und allmählich gewann mein Gesicht wieder an Schärfe, als hätte jemand Vaseline von einer Kameralinse gewischt.

»Jetzt fügen wir noch den *#GoldenGod*-Glow hinzu, und dann bist du fertig.«

Ich nickte. Desirées Hände rochen schwach nach Geflügelsalat. Es fühlte sich gut an, wieder berührt zu werden. Obwohl mir mein Spiegelbild nicht gefiel, wollte ich nicht, dass sie aufhörte. Was hätte sie wohl aus mir herausholen können, wenn ich eine Stunde hier gesessen hätte? Wie viele Versionen meines Gesichts konnte sie mit ihrem magischen Schwämmchen erzeugen? Meine Gedanken wanderten zu jenem Buch über forensische Zeichnungen zurück, und zu meinen Phantombildern der drei vermissten Kinder. Manchmal googelte ich ihre Namen, aber es tauchte nie etwas Neues auf. Vielleicht waren sie einfach von jemandem wie Desirée neu erfunden worden, hatten mithilfe von Foundation und Augenbrauenstift vollkommen andere Gesichtszüge erhalten und liefen irgendwo dort draußen herum, schimmernd und nicht wiederzuerkennen. Desirée machte ein schmatzendes Geräusch mit ihren rosa geschminkten Lippen, um mir zu signalisieren, dass sie fertig war. Ich stand auf und zwang mich zu einem Lächeln, während sie mich zum Wartebereich neben der Fotokulisse führte und mich einer kleinen Frau mit Kurzhaarschnitt übergab. Ich zog meine Baseballkappe wieder auf.

»Soll ich die Aufnahme mit deinem Handy machen?«, fragte mich die junge Frau.

»Was?«

»Damit du die Fotos gleich bei dir hast?«

»Mein Handy hat keine Kamera …«

»Ah, verstehe. Kein Problem, dann nehmen wir unsere Kamera und mailen dir die Fotos zu. Wenn du möchtest, dass Tabitha deine Einkaufstüte signiert, füllst du das hier bitte aus. Und vergiss deine E-Mail-Adresse nicht!«

»Okay«, murmelte ich und nahm einen Stift und einen Zettel entgegen. Desirées Berührungen hatten mich eingelullt, aber nun, so kurz vor der Begegnung mit Tabitha, fing mein Herz an zu rasen. Ich reihte mich hinter drei Teenagern ein, die alle genauso geschminkt waren wie ich. Irgendwann war das akne-verkrustete Mädchen vor mir an der Reihe und sollte sich rechts neben Tabitha aufstellen und in die Kamera lächeln. Zungen wurden herausgestreckt, der Kamerablitz leuchtete auf, dann eilte das Mädchen davon. Ich war dran.

Tabitha ließ ihre grünen Augen aufblitzen und zog mit der Koketterie eines Showgirls den Cowboyhut ein Stück tiefer. »Howdy!«

Peinlich berührt davon, dass mich die Symmetrie ihres Gesichts derart beeindruckte, stand ich da. Ich wusste, dass sie grausam und zu unterschwelligem Rassismus fähig war, vielleicht sogar zu Mord. Sie besaß Naomis Wangenknochen, war groß und schlank und hatte einen makellosen Teint. Bryce, ihr Vater, war Brasilianer. Auch Giselle Bündchen stammte aus Brasilien, genau wie Adriana Lima – all die unglaublich attraktiven Victoria's-Secret-Models, die ich früher immer auf dem hauchdünnen Papier der Modekataloge meiner Mutter bewundert hatte.

»Welchen Namen soll ich in die Widmung schreiben?«, fragte Tabitha und nahm mir den ausgefüllten Zettel aus der Hand. Sie las, was ich aufgeschrieben hatte: *Marcella-Marie.* Fasziniert sah ich dabei zu, wie sich ihr selbstbewusstes Cheerleaderinnen-Auftreten in Luft auflöste. Ein Ausdruck des Entsetzens huschte über ihr Gesicht, dann erstarrte sie vorübergehend, die Lippen zu einem »O« geformt. Das genügte mir als Beweis. Tabitha schüttelte die Vergangenheit ab und kehrte in die Gegenwart zurück. Sie stellte sich aufrecht hin und schrieb *Für Marcella-Marie xx Tab* auf meine weiße Einkaufstüte.

»Und jetzt in die Kamera schauen!«, flötete die kurzhaarige junge Frau und vertrieb die Anspannung.

Tabitha schlüpfte wieder in ihre Rolle und streckte für unsere zweisekündige Junggesellinnen-Party die Zunge heraus. Ich spürte die Hitze, die ihre nackten, gebräunten

Schultern verströmten, und wäre ihr gern noch nähergekommen, um sie nach ihrer Schwester zu fragen. Aber als ich gerade den Mund öffnen wollte, richtete Tabitha ihren Blick auf die junge Frau, die hinter mir gestanden hatte, und begann ihre Darbietung von vorn: »Oh, howdy!«

Ich verließ den Laden und ging eilig davon. Mein ganzer Körper vibrierte. In Gedanken spielte ich noch einmal das Entsetzen durch, das Tabitha beim Lesen des Namens erfasst hatte. Für mich gab es keinen Zweifel mehr: Sie hatte ihre Schwester auf dem Gewissen.

Als ich endlich die Fahrertür meines Pick-ups aufriss, holte mich der Druck auf meine Blase wieder ein, und ich hockte mich hinter den Vorderreifen und erleichterte mich, wobei ich mich wie beschwipst fühlte, als wäre ich gerade aus einer brechend vollen New Yorker Bar getaumelt. Ich wartete, bis das letzte Tröpfchen auf dem Boden gelandet war, und setzte mich dann hinters Steuer, von wo aus ich in die Papiertüte mit den gerade erstandenen Make-up-Produkten spähte. Ich öffnete die Lidschatten-Palette, als wäre die Antwort darauf, was ich als Nächstes tun sollte, in den Vierecken mit schimmerndem gepresstem Pulver zu finden. Was würde ein True-Crime-Podcaster jetzt tun? Vielleicht sollte ich noch einmal mit verdecktem USB-Mikro zum Geschäft zurückgehen und Tabitha mit meinem Verdacht konfrontieren? Vielleicht würde sie ja sogar zugeben, dass ich recht hatte. Und dann?

Nach einigem Zögern entschloss ich mich dazu, davonzufahren, und steuerte den McDonald's in der Nähe des Freeways an. Ich musste dringend etwas essen, musste versuchen, mich zu beruhigen. Und überlegen, wie es jetzt weitergehen sollte. Auf dem Parkplatz des Schnellrestaurants schaufelte ich heiße Pommes in meinen geschminkten Mund und sah geistesabwesend die Briefe durch, die ich am Morgen beim Postamt geholt hatte. Eine Heizkostenabrechnung, ein Spendenaufruf von Greenpeace und ein Brief von der Haftanstalt an Patrick Nelson – von *Jupiter A. Nelson.* Ich zog mein iPad hervor und loggte mich ins instabile WLAN der McDonald's-Filiale ein. Die ersten fünf Suchergebnisse waren fast identisch: Jupiter A. Nelson war der Name eines Amokläufers, der am 3. Oktober 1998 an der New Lake High School in Applemont, Virginia, drei Menschen erschossen und zwei verletzt hatte. Jeder Artikel wurde vom selben Foto begleitet – es zeigte einen traurigen Jungen im Teenager-Alter, der ein zu großes blaues Poloshirt und eine darunter hervorblitzende Muschelkette trug. Seine Hände waren hinter dem Rücken mit Handschellen fixiert.

Der gute alte George sah kaum noch etwas und hatte mir schon öfter versehentlich die falsche Post mitgegeben. Normalerweise handelte es sich um Postkarten für irgendjemanden von der Craft School, oder um einen Land's End-Katalog, der eigentlich an meinen Nachbarn Chester adressiert war. Mir war vollkommen klar, dass ich den Brief, den ich diesmal in den Händen hielt, nicht aufmachen und lesen durfte. Er war nicht für mich, sondern für Patrick, der mehr als deutlich gemacht hatte, wie wichtig ihm seine Privatsphäre war. Trotzdem, ich konnte einfach nicht anders und riss den Umschlag auf. Die Handschrift war krakelig, blauer Kugelschreiber auf gelbem, liniertem Papier. *Ich verstehe, was du meinst, Dad, aber ich bin der Meinung, dass der Transporter den gesamten Körper verschlingt. Wenn man Materie in Energie umwandeln will, muss man doch das Original eliminieren, verstehst du, was ich meine? Realistisch betrachtet sind sie also alle nur noch Kopien ihrer selbst … Wie auch immer. Die letzte Folge, die wir uns angeschaut haben, war* Planet der Unsterblichen.

Ich brauchte eine Weile, bis ich kapierte, worüber Jupiter A. Nelson schrieb: über *Star Trek*. Auch der Rest des Briefs war im Trekkie-Jargon verfasst. Ich kleckerte Ketchup auf die zweite Seite und versuchte vergeblich, den Fleck zu entfernen. Dann las ich weiter. Es folgte noch mehr Gefasel über galaktische Universen, dabei lauerte ich auf Horrorgeschichten über das gemeinschaftliche Duschen der Häftlinge oder über improvisierte Stichwaffen aus Pfefferminzbonbondosen, auf weitere geplante Amoktaten. Stattdessen erfuhr ich vollkommen banale Dinge: Zum Abendessen hatte es Kartoffeln und Erbsen gegeben und dazu Traubensaft; morgen standen Burger auf dem Speiseplan, die »gar nicht mal übel« waren.

Ich warf den Motor an und fuhr los, wobei ich abwechselnd an die Hitze dachte, die von Tabithas Schultern ausgegangen war, und an die Tatsache, dass Patrick Nelsons Sohn ein halbautomatisches Gewehr in seiner Sporttasche mit in die Schule gebracht und eine Lehrerin und zwei Schüler getötet hatte. Ich fing an, beim Fahren laut vor mich hinzureden, als würde ich beide Rollen in einem jener Podcasts sprechen, in dem zwei Freundinnen mit heiserer Stimme Mordfälle vergleichen, auf pornografische Weise über genetisches Material unter Fingernägeln und häusliche Gewalt sprechen und dabei einen selbstironischen Witz nach dem anderen reißen.

»Aber wie kann das sein?«, fragte ich mich selbst.

»Beide sind Kindsmörder«, antwortete ich.

»Aber nur einer sitzt im Knast.«

»Wie wahrscheinlich ist so was?«

Einige Stunden später – mir kamen sie wie Minuten vor – bog ich so schwungvoll wie Vin Diesel in meine Einfahrt ein, parkte und öffnete die Fahrertür. Erst da merkte ich, dass jemand im Schatten vor dem Haus stand. Mir blieb vor Schreck fast das Herz stehen. Die Gestalt machte einen Schritt nach vorn – es war Patrick, der einen Trainingsanzug trug und eine mehr schlecht als recht funktionierende Taschenlampe in der Hand hielt.

»Tut mir leid, wenn ich Sie erschreckt habe, aber ich habe hier gewartet, weil George vom Postamt meinte, dass …«

In diesem Moment sah er es: Im noch brennenden Innenraumlicht meines Pick-ups waren die sechs Briefseiten, die innerhalb eines Haufens von McDonald's-Verpackungen auf dem Beifahrersitz lagen, deutlich zu erkennen. Patricks Augen leuchteten ungläubig auf, als zu ihm durchdrang, was dieser Anblick bedeutete. Zuerst legte er verwirrt den Kopf in den Nacken, dann griff er um mich herum und schnappte sich die gelben Seiten.

»Warum? Wie ist …« Seine Stimme versagte, und er brach ab. Dann machte er kehrt und stürmte davon, verschwand in der stillen Dunkelheit der Zufahrt.

»Das Ganze war ein Missverständnis!«, rief ich und verstummte dann. Ich erhaschte einen Blick auf mein Spiegelbild im Fenster des Pick-ups. Mein Make-up war verschmiert, ich sah aus wie eine Geisteskranke.

6

»Um meine liebe Freundin M. C. Richards zu zitieren: *Zentrieren hat nichts mit einem Zentrum als Ort zu tun. Es geht darum, den Tonklumpen stabil und ohne zu eiern um seine eigene Achse rotieren zu lassen, sodass eine gleichmäßige Textur entsteht*«, dozierte Andra. Zusammen mit den anderen Kursteilnehmern sah ich gebannt dabei zu, wie ihre faltigen Hände einen Kegel aus feuchtem Ton auf der Töpferscheibe fixierten.

Inzwischen war es beinahe November. Es war drei Monate her, seit ich meine innere Mitte verloren hatte und ins Eiern geraten war. Niemals hätte ich nach Nashville fahren oder Patricks Post aufmachen dürfen. Genau dieses zwanghafte Verhalten hatte mich schon öfter in Schwierigkeiten gebracht. Mein Hang zum Obsessiven, meine Nancy-Drew-trifft-Nev-Schulman-Seite. Doch in Andras Abendkurs, unter der Neonbeleuchtung der tonbespritzten Töpferwerkstatt, hatte ich wieder das Gefühl, da zu sein, wo ich hingehörte. Ich hörte immer noch True-Crime-Podcasts und ließ mich von der Banalität fremden Kummers trösten, und ich verbrachte meine Tage immer noch in der Scheune und klebte die Ephemera der Duncans auf eierschalenfarbenes Papier, aber ich war fest entschlossen, der Gefahr nicht mehr zu nahe zu kommen, genau wie Dave bei seinen abgebrannten nuklearen Brennstäben.

Inzwischen gestaltete ich die Scrapbooks hauptsächlich nach Farben und Formen, schuf rauschhafte, unperfekte Flickenteppiche. Ich ließ mich von den Farbtönen des Papiers leiten, klebte gelbe Quittungen zusammen, kreierte eine Seite mit konzentrisch ausgerichteten U-Bahn-Tickets, fügte die Herbstankündigungen der Columbia Grammar School zu einem wellenförmigen Muster zusammen. Es folgte eine Prozession von Fotos, Geburtstage vermischten sich mit Urlauben. Ich achtete nach wie vor auf Chronologie, nahm die Details jedoch nicht mehr wahr – was die Duncans zu Abend aßen, oder wer neben wem saß. Nie wieder würde ich mich in irgendetwas hineinsteigern. Was auch immer Marcella-Marie zugestoßen war, es war nicht mein Problem. Vielleicht war sie ja tatsächlich an plötzlichem Kindstod gestorben. Ich hielt mich von Tabithas Instagram-Account fern und kürzte bei meinen Morgenspaziergängen nicht über Patrick Nelsons Grundstück ab. Jetzt wusste ich, warum er in dieser armseligen Hütte hauste. Er hielt sich von der Gesellschaft fern, weil niemand gern dem Vater eines Amokschützen ein Bier servierte oder das Auto volltankte. Die Hütte war sein Versteck, sein Rückzugsort. Ich googelte seinen Sohn nicht mehr und kämpfte gegen den Drang an, über die Motive für dessen Amoklauf nachzugrübeln.

Ich ernährte mich gesund und las mich jeden Abend in den Schlaf, arbeitete mich durch die Bücher über Scrapbooking, die ich bestellt hatte. Sie halfen mir dabei, objektiv zu bleiben. Derrida argumentierte, dass jedem Archiv ein Todestrieb anhafte, da der Prozess des Archivierens die Realität blockiere und jede Hoffnung auf echte Konservierung zunichtemache. Als ich das las, musste ich laut lachen. Damit, dass er in Pantoffeln herumgeschlurft war und die Sachen meiner Mutter in den Mülleimer geworfen hatte, hatte mein Vater demnach die gleiche Wirkung erzielt wie Naomi, die auch noch den kleinsten Papierschnipsel in ihre Aufbewahrungsboxen geschoben hatte. Beides hatte letztlich die Auslöschung vorangetrieben, auf welche Weise auch immer.

Ich las von Marion Stokes, einer Frau, die mehr als fünfunddreißig Jahre lang die Fernsehnachrichten aufgenommen hatte – achthundertvierzigtausend Stunden Material auf siebzigtausend VHS-Kassetten. Einerseits war sie eine gewöhnliche Sammelwütige gewesen und andererseits eine Wahrheitsliebende, der es darum ging, dass kein Aspekt der Wirklichkeit verloren ging. Tag und Nacht hatten Marion und ihr Mann immer wieder die Kassetten in ihren vierzehn Videorekordern ausgetauscht und sogar zusätzliche Wohnungen angemietet, um die vielen tausend Videobänder zu lagern. Was war der Antrieb hinter Naomis Sammelwut? Ich ermahnte mich, tief durchzuatmen und der Frage nicht weiter nachzugehen. Es spielte keine Rolle. Die Scrapbooks waren nur ein Auftrag.

Ich schickte Naomi Dutzende Fotos von fertigen Doppelseiten auf ihr Wegwerfhandy. Sie antwortete mir mit ihrem üblichen Trommelfeuer aus Sprachnachrichten:

Meine Liebe, ich bin begeistert! Ich freu mich schon so! Die Seiten sehen toll aus!

Ihre Stimme klang schrill und überdreht.

Ich noch mal. Ich bin gerade erneut die Fotos durchgegangen, und Sie haben auf der vierten Doppelseite Gregor Salloway mit Benjamin Molton verwechselt. Gregor ist der mit den grauen Haaren. Könnten Sie das noch nachträglich korrigieren?

Oh, und noch etwas: Das Restaurant, in dem wir auf Doppelseite zwölf waren, ist das City Oven an der dreiundzwanzigsten Straße. Noch mal vielen Dank! Ich freue mich schon riesig! Gerade bin ich dabei, mir ein bisschen Zeit freizuschaufeln, weil ich die Bücher so gerne selbst in Augenschein nehmen und ein paar persönliche Anmerkungen hinzufügen möchte! Ich muss mich auch noch um ein paar andere »wichtige Angelegenheiten« in Asheville kümmern. Ich rufe Sie heute Abend an, damit wir alles besprechen können.

Außerdem möchte ich noch einmal betonen, wie wichtig mir Geheimhaltung ist. Ich weiß, das habe ich Ihnen schon öfter gesagt, aber unter keinen Umständen darf jemals jemand diese Bücher sehen. Okay? Es muss alles wie besprochen ablaufen. Entschuldigen Sie, dass ich so darauf herumreite … Aber Sie wissen schon – der Geburtstag!

Dass sie offenbar vorhatte, sich die Bücher schon so bald persönlich anzusehen, brachte mich völlig aus dem Konzept. Würde sie mit gezücktem Korrekturstift sämtliche Seiten durchblättern, um Kommentare hinzuzufügen oder zu verbessern, was ich falsch oder überhaupt nicht beschriftet hatte? Naomis plötzliche Einmischung machte mir Angst. Ich hatte die letzten Monate in einer Art Trance verbracht und die Arbeit einfach dahinfließen lassen. Was, wenn sie der Meinung war, ich hätte alles falsch dokumentiert? Vielleicht gefiel ihr die Kreativität der neuesten Alben nicht. Würden wir zusammen zu Abend essen, wenn sie herkam? Erwartete sie, dass ich für sie kochte? *Ganz ruhig*, ermahnte ich mich selbst. Auf keinen Fall durfte ich mich in unbegründete Panik hineinsteigern. Ich würde meine zweite Rate ausgezahlt bekommen, und Ende Januar würde das Projekt beendet sein.

Andra, die Töpferkünstlerin, die mich ohne offizielle Anmeldung in ihren Abendkurs aufgenommen hatte, war schon über achtzig und trug wie die meisten Frauen in der Welt des Kunsthandwerks weite, fließende Kleider in erdigen Tönen, und darunter Leggings und Wanderschuhe. Sie hatte das Black Mountain College besucht und zusammen mit all den brillanten Köpfen von damals studiert – nicht lange nachdem die Alliierten Dresden zerbombt hatten und blutjunge Soldaten am Omaha Beach gelandet waren. Wenn ich in Andras Werkstatt saß und ihr dabei zuhörte, wie Josef und Anni Albers damals mit Merce Cunningham Spaghetti gegessen hatten, wurde mir ganz warm ums Herz. All diese großen Denker, die sich aus den Zwängen des Kapitalismus befreit hatten, um hier in den Appalachen Garn zu färben und barfuß zu tanzen. Ich hatte den einwöchigen Töpferkurs bisher dazu genutzt, Frühstücksschälchen zu töpfern. Es fühlte sich therapeutisch an, mich durch die leeren Oberschränke meiner Küche zu arbeiten und all die Stücke zu ersetzen, die Jessica mitgenommen hatte. Ich töpferte sogar einen grün lasierten Becher für Patrick Nelson, den ich für ihn beim Postamt hinterlassen wollte, zusammen mit einem langen, ehrlichen Brief, in dem ich ihm mein Abrutschen in zwanghaftes Verhalten erklärte und mich aufrichtig dafür entschuldigte, sein Vertrauen in mich zerstört zu haben.

Wir reinigten gerade unsere Arbeitsplätze, als mich Melis Khan, eine Bankangestellte im Ruhestand, fragte, ob ich im Genossenschaftsladen einen Ort weiter eine kunsthandwerkliche Ausstellung mitgestalten wolle.

»Wir werden ungefähr dreißig Künstlerinnen und Künstler sein und dachten, dass es schön wäre, auch ein oder zwei Bücher auszustellen.«

»Klar, gerne«, antwortete ich, ohne nachzudenken.

»Super. Wir legen alle zusammen für Wein und Käse.«

»Sagt mir einfach, wie viel.«

Melis lächelte und ging davon. Ihre Sandalen quietschten leise auf dem staubigen Boden. Ich war dankbar dafür, dass mich jemand dabeihaben wollte. Nur noch wenige Monate, dann war ich fertig mit Naomis Scrapbooks und musste mich wieder der Realität stellen.

Ich brachte meine Schälchen zum Trockengestell, hängte meine Schürze auf und trat in die Dunkelheit hinaus. Bevor ich den Campus verließ, checkte ich auf dem Parkplatz meine E-Mails. Fast hätte ich laut angefangen zu lachen: Brenda Millwater, die Privatdetektivin, die mich an Dog den Kopfgeldjäger erinnerte und der ich geschrieben hatte, um zu erfahren, wie viel sie dafür verlangte, das lesbisch wirkende Kindermädchen ausfindig zu machen, hatte geantwortet: *Der Basistarif beträgt tausendfünfhundert, unvorhergesehene Ausgaben nicht mitgerechnet. Bar oder mit Kreditkarte. Lassen Sie es mich wissen, wenn ich für Sie aktiv werden soll.* Ich schnaubte und wunderte mich über mich selbst. Wie hatte ich nur auf die Idee kommen können, eine Privatdetektivin zu kontaktieren? Ich verschob die E-Mail in den Junk-Ordner.

Der Himmel war lila vor lauter Sternen. Ein Gefühl des Friedens überkam mich. Nachdem ich etwa einen Kilometer gegangen war, durchbrach das schrille Klingeln meines Handys die Stille. Seit Naomi ihr Kommen angekündigt hatte, trug ich das Wegwerfhandy, das sie mir gegeben hatte, überall mit mir herum. Ich rechnete fest damit, dass sie es war. Aber es war mein normales Telefon, das klingelte. Auf dem Display leuchtete türkis der Name der Anruferin: *JESSICA*.

Sie wollte zu mir zurück! Sie vermisste mich! Ich musste zum Supermarkt, um Hummus zu kaufen, und die albernen Babykarotten, die sie so gerne aß. Außerdem musste ich das Bett frisch beziehen und den Müll rausbringen. Ich holte lange und meditativ Luft, bevor ich mich meldete.

»Hallo?«

»Hi, Es.«

»Jess.« Ihr Name prickelte wie Brausepulver auf der Zunge. *Jess. Jess. Jess. Jess.*

»Ich hoffe, ich störe dich nicht.«

»Ich gehe gerade den Berg zum Haus hoch«, sagte ich betont lässig.

Ich hoffte inständig, dass ich sie mit dem ruhigen Klang meiner Stimme zurückgewinnen konnte. Sie sollte mich auch vermissen, sollte sich nach meinem Wesen sehnen, den Ideen, die wie blinde Akrobaten in meinem Kopf herumhüpften. Sie sollte von dem Muttermal auf meiner rechten Hand und meinem Shampoo mit Minzduft träumen. Sie sollte weinen.

»Oh, ich vermisse den Berg.« Sie geriet ins Stocken. Ich wusste, dass sie daran zurückdachte, wie oft wir gemeinsam von Hammersmith nach Hause gegangen waren. An den dunklen Schotter der Zufahrtsstraße, die Blaubeerbüsche und die steile Kurve am oberen Ende.

»Wirklich schön, deine Stimme zu hören«, sagte sie leichthin.

Mein Herz explodierte. *Warum hast du mich dann verlassen?!,* hätte ich am liebsten geschrien.

»Deine auch«, erwiderte ich.

»Aber deshalb hab ich nicht angerufen. Wir müssen über das Haus sprechen.«

»Ich kann dich auszahlen«, verkündete ich nüchtern, verärgert über die bürokratische Wendung, die unser Gespräch genommen hatte.

»Echt? Das wäre super.« Jessica klang überrascht. Ich hörte ihr an, dass sie mehr wissen wollte.

»Und du, wie gehts dir?«, erkundigte ich mich, bevor sie weiter nachhaken konnte.

»Ganz gut«, antwortete sie höflich. »Danke der Nachfrage.«

Warum redete sie wie ein Roboter?

»Freut mich zu hören«, sagte ich genauso mechanisch.

Jessica räusperte sich. »Ich hatte Angst, dass du …«

»Was?« Ich spürte, wie mir meine Ruhe entglitt.

»Dass du sauer bist.«

Sie hatte auf hellblauem Briefpapier mit mir Schluss gemacht, und ich wurde seither jeden Morgen von einer Tragödie griechischen Ausmaßes überwältigt. Am liebsten hätte ich sie angebrüllt. Stattdessen dachte ich an das

Zitat zurück, mit dem Andra ihren Unterricht begonnen hatte, und versuchte, inmitten des Herumeierns meine Mitte zu finden. »Nein, mir gehts gut«, behauptete ich. Nach kurzem Zögern fügte ich mit ungezwungenem Sarkasmus hinzu: »Ich mache gerade einen Töpferkurs und ersetze das Geschirr, das du eiskalt entwendet hast.«

Jessica lachte. Mein Humor war ein Friedensangebot, das wusste sie.

Die Anspannung verflog, und plötzlich war es wieder fast so zwischen uns wie vor ihrer Flucht, als hätten wir eine Flussbiegung erreicht, nach der das Wasser wieder leichter floss. Ich fühlte mich high. Sie achtete darauf, nicht zu viel von ihrem neuen Leben preiszugeben. Oder vielmehr davon, mit welcher Frau sie jetzt zusammen oder nicht zusammen war. Aber sie wollte alles über den Nachbarn in der Nelson-Hütte wissen, über die anderen Teilnehmer des Töpferkurses, ob die Schule schon angefangen hätte, die neuen Faserkunst-Studios zu bauen. Es war eine Erleichterung, mit der echten Jessica zu sprechen statt immer nur mit der imaginären in meinem Kopf.

»Ich muss dir unbedingt von meinem Auftrag erzählen«, platzte ich heraus wie ein Teenager, der zu viel Koffein intus hatte.

»Ja, wie hast du es geschafft, genug für das Haus zu verdienen?«, fragte sie mit ihrem rauen Lachen.

»Ich mache Scrapbooks für diese reiche Tussi, die ich bei Memphis' Vernissage kennengelernt habe.«

Für einen kurzen Moment herrschte Stille, als hätte ich durchs Telefon einen Pfeil abgeschossen. Die Vernissage war an dem Wochenende gewesen, an dem sie mich verlassen hatte. Wir spürten beide einen Stich. Dann nahm Jessica den Gesprächsfaden wieder auf. »Du machst also Fotoalben für sie?«

»So ähnlich«, sagte ich vage. Ich hatte plötzlich Schuldgefühle, als würde ich Naomi verraten. Wenn ich jetzt nicht den Mund hielt, entschlüpfte mir noch, dass ich nach Nashville gefahren war, um Tabitha zu sehen. Oder ich erzählte ihr von meiner Theorie bezüglich Marcella-Marie, oder von meiner immer wieder aufflammenden Besessenheit von der Familie Duncan. Jessica hätte sofort gewusst, dass ich rückfällig geworden war.

Schweigen.

»Tut mir leid, dass die Umzugskisten mit meinen Sachen schon so lange bei dir rumstehen«, füllte Jessica die Stille.

»Ich habe sie runter in die Scheune gebracht.«

»Ich brauche einfach noch ein bisschen Zeit, um mir über alles klar zu werden.«

Ich gestattete mir ein Tic-Tac-großes Klümpchen Hoffnung, das sich fast sofort zu einem Felsbrocken vergrößerte. Vielleicht würde sie zu mir zurückkommen. *Mir über alles klar zu werden*. Vielleicht hatte meine Coolness etwas in ihr bewirkt.

»Hörst du dir wieder deinen Ekelkram an?«, fragte sie. So nannte Jessica meine True-Crime-Podcasts. Sie war kein Fan des Genres. In ihren Augen war es Katzenminze für unterstimulierte weiße Frauen, Snuff-Pornographie für Mütter.

»Einen guten kanadischen«, antwortete ich.

»Die kanadischen waren immer … Ach, Mist, ich

muss los«, verkündete Jessica. Ich hörte, wie es an ihre Tür klopfte. Sie bekam offenbar Besuch. Mir wurde das Herz schwer. »Aber lass uns bald wieder quatschen. Hat gutgetan.«

»Stimmt«, antwortete ich so herzlich ich konnte.

Sie legte auf.

Ich kochte mir mein Abendessen wie in einer Wolke, briet und würzte das Tempeh, wie Jessica es getan hätte, scharf und mit viel gelber Soße. Dazu trank ich Wein aus einem meiner neuen, ungleichmäßig geformten Becher. In der Küche breitete sich der Duft nach Currypulver und Kurkuma aus. Ich stellte mir Jessica vor, wie sie den Highway entlangraste, um möglichst schnell zu mir zu kommen. Mühsam kämpfte ich gegen den Drang an, sie zurückzurufen. Wie gern würde ich ihr erzählen, dass Patrick Nelson die Schlange erschossen und was Derrida über den Zusammenhang von Todestrieb und dem Drang, zu archivieren, geschrieben hatte. Mir fiel wieder ein, wie gut es sich anfühlte, mit jemandem zu reden. Statt ihre Nummer zu wählen, suchte ich mir einen heruntergeladenen Podcast über ein siebzehnjähriges Mädchen aus, das 2010 in Texas verschwunden war. Ich legte mich aufs Sofa und stellte die Flasche Wein auf den Wohnzimmertisch, um mir leichter nachschenken zu können.

Es war ein stümperhafter Podcast. Mir war sofort klar, dass der Typ, der die Geschichte erzählte, den Fall einfach in irgendeinem Internetforum ausgegraben hatte, Websleuths oder Reddit. Viel Trara, wenig dahinter. Der Erzähler betete atemlos einen ungeordneten Haufen pikanter Details herunter, die irgendwelche Leute im Netz gepostet hatten. Eidesstattliche Erklärungen zur Rechtfertigung von Durchsuchungsbefehlen, Links zu den Facebook-Accounts von Ex-Freunden der Verschwundenen, Aufnahmen aus Tankstellen-Überwachungskameras, bizarre Theorien und Mitschnitte von Telefonaten. Der Podcast bestand hauptsächlich aus aggressiven Unterstellungen und Spekulationen, aber immerhin, es bewegte sich was, es ging um Gerechtigkeit, und das beruhigte und tröstete mich. Werbung für ein Sicherheitssystem zur Diebstahlprävention unterbrach den Podcast. Ich hasste diese Art von Anzeigen, die allesamt mit – zumeist weiblichen – Ängsten spielten: Hauseinbruch, gerne auch dünner werdende Haare oder Halluxprobleme. Ich senkte die Lautstärke und füllte meinen Becher nach. In meinem angetrunkenen Zustand erschreckte mich die Stille des Hauses. Nachdem ich mein Handy hervorgezogen hatte, starrte ich auf Jessicas Namen auf meiner Kontaktliste. Mir war schwindelig. Hatte ich ihr vorhin gesagt, dass ich sie vermisste? Nein. Ich tippte die Worte ins Handy.

Danke, dass du heute angerufen hast.
Ich vermisse dich.

Ich schickte die Nachricht ab. Und wartete. Keine Antwort. Also drehte ich die Lautstärke wieder voll auf und ließ zu, dass die Mutter des verschwundenen Mädchens durchs ganze Haus schluchzte. Ich legte mein Handy in der Küche ab und drehte im Bad den Wasserhahn auf. Nachdem ich in die heiße Badewanne gestiegen war, versuchte ich, mich von dem Quell der Unruhe und

Angst zu lösen, den Jessica für mich darstellte. Mit rot angelaufener Haut rannte ich splitternackt in die Küche, um nachzusehen, ob sie geantwortet hatte. Noch immer nichts. Ich dachte an das leise Klopfen am Ende unseres Gesprächs, und das Geräusch kroch wie eine Nacktschnecke durch mein Gehör. Wer wohl vor der Tür gestanden hatte? Bestimmt *sie*. *@greenchristina1*. Wer auch immer diese Frau war. Noch immer nackt schenkte ich mir einen weiteren Becher Wein ein. Dass Jessica mich auch vermisste, wusste ich im Grunde längst – ich hatte es an ihrer Stimme erkannt. Außerdem: Warum hätte sie mich sonst anrufen sollen? Nein, das bildete ich mir nicht nur ein. Die vielen Dinge, die ich gern zu ihr gesagt hätte, flogen wie Konfetti durch meine Küche. Ich wollte die Worte vor mir sehen, jene Worte, die wir so oft ausgetauscht hatten wie zwei Kettenraucher ihr Feuerzeug.

Ich liebe dich.

Die bionischen Kräfte einer Betrunkenen wanderten durch meine Fingerspitzen und erreichten mein Handydisplay. Ich verschickte die Nachricht, warf mein Telefon in einen Stapel Schmutzwäsche und kroch ins Bett. Nicht einmal fünf Minuten später wühlte ich wie ein wildes Tier mein Handy wieder hervor und rief sie an. Sie ging nicht dran. Ich versuchte es ein zweites Mal. Und ein drittes. Und ein viertes. Irgendwann ertönte kein Freizeichen mehr, sie hatte mich blockiert.

Kurz darauf durchzuckte es mich wie ein Blitz: Mein Handy klingelte! Ich rannte hin. Aber das Klingeln ging nicht von meinem Alltagshandy, sondern von meinem Wegwerftelefon aus. Es war Naomi.

»Hallo?«, meldete ich mich und versuchte, meine Tränen hinunterzuschlucken.

»Oh, hallo, Esther! Was ist denn passiert?«, fragte sie besorgt.

Ich räusperte mich. Es nützte alles nichts, ich klang erbärmlich. »Tut mir leid. Meine Ex-Freundin … Ich habe ihr vorhin geschrieben, dass ich sie liebe. Daraufhin hat sie mich blockiert.«

»Ach je, Sie Ärmste … Das tut mir wirklich leid.«

Ich konnte mich nicht zurückhalten. Die ganze Geschichte mit dem Haus, mit *unserem Leben* brach aus mir hervor, mit dem Abschiedsbrief in der Obstschüssel und der Aussage von Jessicas Schwester Alisha, ich sei *zu intensiv*. Und Naomi, die meine Anrufe normalerweise an hektischen Straßenecken entgegennahm, hörte mir so geduldig zu, als säße sie abgeschieden und ungestört in einem mit Samt ausgekleideten Zimmer, das nur dazu da war, die Nervenzusammenbrüche geliebter Menschen zu erdulden.

Dann holte sie tief Luft und fing in strengem Ton an zu sprechen: »Lassen Sie niemals zu, dass irgendjemand Sie als verrückt abstempelt. Wenn jemand Sie für zu intensiv hält, bedeutet das nur, dass der- oder diejenige nicht intensiv genug für Sie ist. Darf ich offen und ehrlich zu Ihnen sein? Ich glaube nicht, dass Sie Jessica lieben. Sie lieben nur die Vorstellung, die Sie von ihr haben. Also sitzen Sie nicht herum und schmollen, sondern werden Sie aktiv! Richten Sie sich das Leben so ein, wie *Sie* es haben möchten. Wenn Sie das tun, regelt sich alles andere von selbst.«

Es klang, als würde sie eine Reihe von Tumblr-Zitaten abspulen. Ich war ihr trotzdem dankbar.

»Wie wäre es übrigens, wenn ich nach Weihnachten für ein paar Tage vorbeikäme? Dann können wir zusammen die Scrapbooks durchgehen und anschließend schick essen gehen. Ich reserviere uns einen Tisch!«

Ich zog die Nase hoch. »Das klingt doch gut.«

»Passen Sie auf sich auf. Schmieden Sie Pläne, ja? Niemand sonst kann Ihr Leben leben, nur Sie selbst.«

»Okay«, brachte ich noch hervor und legte dann auf.

Das Gespräch mit Naomi hatte mir neue Kraft verliehen. Voller Elan stellte ich die nächsten Scrapbooks fertig. Seit Monaten war niemand mehr so nett zu mir gewesen. Ich fühlte mich bemuttert und umsorgt und genoss es regelrecht, zur Scheune hinunterzugehen und von den Fotos der Familie Duncan umgeben zu sein. Fast kam ich mir vor, als würde ich dazugehören.

Während ich allein in der Küche stand und meine Burritos aß, malte ich mir Naomis bevorstehenden Besuch und unser gemeinsames Abendessen aus. Ich probierte Outfits an und betrachtete meine Spiegelung im Fenster, um herauszufinden, was ich zu dem Anlass anziehen wollte. Bestimmt würde sie ein Restaurant in Asheville vorschlagen, vielleicht Curaté oder Market Place. Sämtliche Kleidungsstücke, die ich besaß, kamen mir alt und ordinär vor, also fuhr ich zum Secondhandladen in Burnsville und kaufte mir ein schwarzes Hemd, das ich zu meiner schwarzen Stoffhose anziehen wollte. Wieder zu Hause stellte ich überrascht fest, dass ich tatsächlich sauber und adrett aussah, wie eine Person, die regelmäßig ihre Scheibenwischer auswechselt und all ihre Dokumente ordentlich sortiert auf einer externen Festplatte gespeichert hat. Nach der Vorspeise würde ich vorsichtig das Thema Marcella-Marie anschneiden, und Naomi würde mir ihr Herz ausschütten. Ich würde sie trösten und ihr vielleicht im Gegenzug von meiner Mutter erzählen.

Im Laufe der nächsten Wochen schickte ich Naomi Dutzende Nachrichten mit Detailfragen zu den Büchern und wartete sehnsüchtig auf ihre Antwort, auf ein erneutes Aufflackern der Fürsorge, die sie mir in unserem letzten Telefonat hatte zukommen lassen.

Noch mal vielen Dank, dass Sie mir neulich Abend zugehört haben, Naomi. Ich hänge Ihnen die letzten Seiten der 2015er-Bücher an, da ich nicht weiß, wer auf Seite 23 neben Bryce sitzt.

Nichts. Ein paar Tage später schrieb ich ihr erneut:

Hi, Naomi, ich hätte eine Frage zum Jahr 2017. Wenn wir im Zeitplan bleiben wollen, sollte ich die Bücher vor Ihrem Besuch fertig haben. Ich schicke Ihnen ein paar Beispielfotos. Da es sich hauptsächlich um Finanzberichte und Bilanzen handelt, würde mich interessieren, wie Sie sich das Layout vorstellen. Lassen Sie es mich wissen, ob Sie mit meinen Vorschlägen einverstanden sind. Danke! x E

Und noch einmal:

Es wäre toll, wenn ich wüsste, ob das alles so in Ordnung geht. Der Abgabetermin rückt immer näher. Ich freue mich schon sehr darauf, Sie zu sehen!

Wieder erhielt ich keine Antwort. Naomi ghostete mich inzwischen also auch. Es war fast Weihnachten, bestimmt hatten die Duncans mitsamt ihrer Armee von mit Monogramm versehenen Koffern längst im Little Nell in Aspen eingecheckt. Inzwischen hatte ich fast zwanzig ihrer jährlichen Hotelrechnungen durchgelesen und wusste, dass die Rosmarin-Gin-Tonics dreiundzwanzig Dollar kosteten und dass die Familie mit Vorliebe das Alpen-Fondue und die Trüffel Pommes frites bestellte. Ich wusste außerdem, dass ganze neun Zimmer auf den Namen Duncan gebucht waren, dass die erweiterte Familie jeden Morgen Ski fuhr und dem Skilift-Personal ein großzügiges Trinkgeld gab, damit es den Duncans die erste Fahrt nach oben reservierte. Die Vorstellung von den glücklichen Duncans in Aspen schmerzte mich mehr, als ich zugeben wollte. Nun, da ich mich wie ein Familienmitglied fühlte, kam mir Naomis Schweigen so vor, als würde man mich als Einzige ausschließen.

Der Weihnachtstag kroch dahin wie jeder andere Tag in den Bergen. Ich hörte mir einen Podcast über Prostituierte an, die in Arizona verschwunden waren, und klebte weiter Duncan-Papiere auf Scrapbook-Seiten. Als ich gerade auf dem Sofa saß und Makkaroni mit Käse aß, traf eine Nachricht von meinem Vater ein: *Frohe Weihnachten.* Ich antwortete: *Dir auch.* Dann seufzte ich, weil ich wusste, dass dieser kurze Austausch bis zum fünfzehnten Mai vorhalten musste, seinem Geburtstag. Ich überlegte, wie viele Scrapbook-Seiten ich mit den Überbleibseln meiner eigenen Kindheit und Jugend hätte füllen können. Fünf, vielleicht auch sechs? Wieder schrieb ich Naomi:

Ich wünsche Ihnen frohe Weihnachten! Wenn Sie irgendwann ein bisschen Zeit haben, geben Sie mir doch bitte eine Rückmeldung zu den Seiten, die ich Ihnen geschickt habe. So lange ackere ich mich schon mal durch den Rest des Materials, damit wir im Zeitplan bleiben ;) Ich kann es kaum erwarten, Sie hier in den Bergen willkommen zu heißen! Es gibt ein paar tolle Kunsthandwerksateliers, die wir uns zusammen anschauen könnten.

Ich hinterließ den klobigen Keramikbecher für Patrick Nelson zusammen mit dem Entschuldigungsbrief im Postamt und schlug an Silvester eine Einladung von Chester zu einer Karaoke-Party aus. Stattdessen klebte ich weiter Fotos und Dokumente in die Bücher. Tabitha ging längst auf die Highschool, und ich war zuversichtlich, die Alben pünktlich zu Bryce' sechzigstem Geburtstag fertig zu haben. Dass ich noch immer nichts von Naomi gehört hatte, entfachte ein Buschfeuer in meinem Inneren. Ich fühlte mich, als wäre ich ein zweites Mal verlassen worden. Hatte ich irgendetwas falsch gemacht? War Naomi aus irgendeinem Grund sauer auf mich? Ich rief zum wiederholten Mal auf ihrem Wegwerfhandy an. Keine Antwort. Irgendwann gab ich es auf und wählte stattdessen die Nummer von WAC.

»Hallo?«, meldete sich nach langem Klingeln eine Stimme.

»Hallo, ich würde gern mit Naomi sprechen.«

Das Gespräch geriet ins Stocken. Die Mitarbeiterin am anderen Ende der Leitung holte scharf Luft und seufzte dann.

»Es tut mir wirklich leid, Ihnen das mitteilen zu müssen, aber Naomi ist vorletzte Woche verstorben.«

»Was?«

»Gibt es irgendetwas, womit ich Ihnen behilflich sein kann? Hatte Naomi Duncan einen Termin bei Ihnen? Ich bin noch dabei, mich durch ihren Kalender zu arbeiten.«

Ich legte auf.

Das konnte nicht sein. Ich schnappte mir meine Tasche und sprang in den Pick-up. Auf dem Parkplatz der Craft School zog ich mein iPad hervor und googelte. Die *New York Times* hatte einen Nachruf veröffentlicht, dazu ein Foto von Naomi, auf dem sie lächelnd in einem hellblauen Kleid in ihrem Garten in den Hamptons stand. *Die als große Wohltäterin bekannte Society-Lady ist am Weihnachtsmorgen bei einem Skiunfall ums Leben gekommen.* Die Arbeit, die sie mit WAC geleistet hatte, wurde ebenso detailliert beschrieben wie die Anekdote, dass sie sich einst für die Olympiamannschaft im Alpinski qualifiziert hatte. Es folgten Statistiken über Todesfälle auf der Skipiste und ein Abriss ihres gesellschaftlichen Lebens in New York. Zum Schluss wurden die Menschen aufgezählt, die in Trauer zurückblieben, Tabitha Duncan und Naomis »treusorgender Ehemann Bryce Duncan«. Die Leute sollten von Blumen absehen und lieber an WAC spenden.

Ich aktualisierte immer wieder die Suchergebnisse. Mein Kopf dröhnte. Vielleicht war das Ganze ein Scherz? Ich las erneut den Nachruf in der *Times.* Ein Skiunfall war eine wahnsinnig mondäne Art, sich aus dem Leben zu verabschieden – wie ein Mitglied der Kennedy-Familie oder ein Filmstar. Einerseits wirkte es seltsam passend, und andererseits kam mir ihr tragisches Ableben dadurch umso abstrakter vor. Ich versuchte mich an die Frau zu erinnern, die mir bei Memphis' Dinner gegenübergesessen hatte, an das Schimmern ihrer Wangenknochen, die Wärme ihrer braunen Augen, die perfekt frisierten roten Haare. Daran, wie sie ihre Hand auf meine gelegt und von Schicksal und Wiedergeburt gesprochen hatte. Hatte sie damals schon eine Vorahnung gehabt? Ich überlegte, ob ich noch einmal bei ihrer Mitarbeiterin anrufen sollte, um ihr das mit den bestellten Scrapbooks zu erklären. Kurz entschlossen nahm ich mein Handy und wählte die Nummer, ließ es jedoch nur einmal klingeln. Mir war die Kälte in Naomis Stimme wieder eingefallen, als sie mich gewarnt hatte, unter keinen Umständen jemandem von den Büchern zu erzählen.

Fröstelnd saß ich auf dem Parkplatz. Ich wollte nicht nach Hause, wollte nicht in der Nähe der Papierstapel sein, auf denen Naomis Name stand, wollte nicht, dass mir ihr Gesicht von den Fotos entgegenstarrte. Die Neuigkeit hatte mich völlig überwältigt. Ich konnte nicht glauben, dass sie tot war. Ich brauchte Zeit und Abstand, um nachzudenken. Kurz entschlossen verließ ich den Parkplatz und fuhr nach Asheville. Es war kurz nach fünf Uhr nachmittags. Ich brauchte einen Drink, wusste aber nicht, wohin. Obwohl ich sonst ein großer Fan von kunsthandwerklich hergestellten Produkten war, hasste ich Craft Beer, und in Asheville gab es an jeder Ecke ausdrucksstarke, vor Individualität strotzende Brauereierzeugnisse. Letzten Endes parkte ich vor einer Schwulen- und Lesbenbar, von der ich wusste, dass sie dort noch Budweiser zapften.

Im Inneren des beinahe leeren Ladens war alles mit

Regenbogenfahnen dekoriert. Ich schüttete das Bier regelrecht in mich hinein. Drei halbe Liter Bier später fragte mich der Barkeeper, der aussah wie ein mit Glitzerpuder bestäubtes Teigmännchen, ob alles in Ordnung sei.

»Eine Freundin von mir ist gerade gestorben.« Das Wort *Freundin* kam mir nur schwer über die Lippen. War Naomi meine Freundin gewesen? Sie hatte mir zugehört, sich einfühlsam gezeigt, und dank der Scrapbooks wusste ich alles über sie und ihre Familie. Das alles zusammengenommen löste in mir tatsächlich das Gefühl aus, wir wären Freundinnen gewesen.

Der Barkeeper ließ die Schultern hängen, drehte sich um und tauchte wenige Sekunden später mit zwei Whiskeygläsern wieder auf.

»Mein Beileid«, sagte er voller Anteilnahme und schenkte uns je einen Whiskey ein. Das Fleischermesser, das er auf den Unterarm tätowiert hatte, war nun genau vor meiner Nase.

Wir stießen an. Ich trank einen Schluck und versuchte mir Naomis letzte Momente vorzustellen. Bestimmt hatte sie auf der Skipiste ihre glänzende rote Daunenjacke von Moncler getragen. War sie glücklich gewesen? Hatten die anderen mitangesehen, wie es passiert war? War sie gestürzt, hatte ihr Material versagt? Oder hatte jemand sie von hinten gestoßen? Ich hatte so viele Fotos von den Aspen-Urlauben in die Bücher geklebt – von Familienmitgliedern, die am Weihnachtsmorgen in der verschneiten Landschaft posierten, allesamt mit geröteten Wangen und identischen blauen Helmen und Gore-Tex-Handschuhen. Was war passiert? Ich war angewidert von mir selbst, weil mir eine Frage keine Ruhe ließ: Wie sollte ich jetzt an den Rest meines Honorars kommen?

Die Bar begann sich zu füllen. Ich war gefühlt seit Jahren nicht mehr in der Nähe anderer betrunkener Menschen gewesen. Es wurde laut. In der Nähe des Billardtischs machte sich eine Geburtstagsgesellschaft breit. Die Leute tranken Shots und tanzten unbeholfen. Alle waren mit Freunden da, wirkten glücklich, normal und ein bisschen dämlich. Ich bestellte noch ein Bier. Allmählich wurde mir schwummrig.

»Gibt es hier WLAN?«, fragte ich den Barmann.

»Ja, das Passwort ist RuPaul.«

Ich wühlte umständlich in meiner Tasche herum, bis ich mein iPad gefunden hatte, und ging auf Tabithas Instagram-Account. Ihr letzter Post war ein wunderschönes Schwarz-Weiß-Foto von Naomi, jung und lächelnd, das Gesicht voller Sommersprossen. Sie saß an einem Strand und hielt die zwei- oder dreijährige Tabitha im Arm. Ich hatte das Foto auf einem meiner Stapel gesehen, es war 2000 oder 2001 auf St. Barth aufgenommen worden. Als Begleittext hatte Tabitha geschrieben: *Der Himmel ist um einen Engel reicher, und was für einen – ich werde dich immer lieben, Mommy!* Darauf folgten mehrere Tauben-Emojis. In den zweihunderttausend Kommentaren unter diesem Post wimmelte es von Herz-Symbolen.

Ich war wie vor den Kopf gestoßen. Wie auch immer ich zu Tabitha stand, eins hatten wir jetzt gemeinsam: Unsere Mütter waren beide von der Erde fortgesogen worden und in einem Schwarzen Loch verschwunden, das sich Unfall nannte. *Unfall* – beim Gedanken an das um die

Mittelleitplanke gewickelte Auto meiner Mutter durchzuckte es mich heiß. Ihre blonden, mit Blut verkrusteten Haare. Die prallen Airbags. Die Glasscherben, die rechts in ihrem Gesicht steckten. Sie war im Krankenhaus gestorben, volle zwei Tage nach dem Unglück, und ich hatte kein einziges Mal zu ihr gedurft. Bis heute glaube ich, dass sie auf dieser Welt geblieben wäre, wenn man mich in ihr Zimmer gelassen hätte, wenn ich an ihrem Bett hätte sitzen dürfen. Ob Naomi wohl direkt tot gewesen war? Oder war sie hoch oben über dem Berg in einem Rettungshubschrauber verschieden, während ihr eine gut ausgebildete Notfallsanitäterin die Hand hielt? Hatte Tabitha unten im Pulverschnee gestanden und geweint? Oder war sie – ich trank einen Schluck Bier und ließ den Gedanken auf mich wirken – vielleicht diejenige gewesen, die Naomi geschubst hatte? Mir hatten wenige Anhaltspunkte genügt, um sie als Mörderin ihrer kleinen Schwester zu brandmarken. Warum nicht auch ihrer Mutter?

Mit plötzlicher, vom Alkohol beflügelter Eile öffnete ich meinen E-Mail-Account und suchte die Nachricht der sonnenverbrannten Privatdetektivin heraus, die aussah wie Dog der Kopfgeldjäger. Da war sie: Brenda Millwater. Ich antwortete: DER PREIS GEHT IN ORDNUNG. *Ich suche eine gewisse Elena Tester, sie war seit Anfang der Zweitausender Kindermädchen bei Naomi und Bryce Duncan in New York City. Bitte melden Sie sich, so schnell Sie können, mit Ergebnissen zurück. Anbei meine Kreditkartendaten.* Wieder brauchte ich Antworten, was die Duncans anging, und Elena Tester konnte sie mir hoffentlich liefern. Als ich gerade auf *Absenden* klickte, tippte mir jemand von hinten auf die Schulter. Ich hob den Kopf und sah eine kleine Frau, die etwa Mitte zwanzig war, eine Wollmütze über ihren verfilzten blonden Haaren trug und mich anstarrte. Ich brauchte einen Moment, bis mir wieder einfiel, dass ich mich in einer Schwulen- und Lesbenbar befand. An einem Freitagabend.

»Bist du nicht Esther?«, fragte mich die junge Frau mit überraschend tiefer Stimme.

Ich nickte und lächelte knapp, um nicht gänzlich unmenschlich zu wirken.

»Hi, ich bin Kenny.« Die Augen der Blondine waren ein wenig glasig, und sie trug einen schmalen silbernen Nasenring.

»Hi«, erwiderte ich. Ich hatte immer noch keine Ahnung, wen ich vor mir hatte. Die lesbische Szene war ein Dorf, in dem um sechs Ecken jede mit jeder bekannt war. Warum war ich ausgerechnet in diese Bar gegangen? Ich hätte irgendwo ein naturtrübes Pumpernickel-Bier mit Grapefruit-Geschmack trinken und meine Ruhe haben können.

»Ich hab letztes Frühjahr den Silber-Emaillierungs-Workshop bei Jessica gemacht, in Holyoke.« Die junge Frau hielt inne. »Wir sind uns bei der Abschlusspräsentation begegnet. Von mir war die türkisfarbene Geparden-Brosche.«

Mir hätte gleich klar sein müssen, dass sie eine Silberschmuck-Lesbe war. Die Anzeichen waren eigentlich untrüglich: Tattoos, mehrere kunstvoll miteinander verbundene Ohrringe, Doc Martens und orangeroter Lippenstift.

»Jessica und ich sind inzwischen getrennt«, teilte ich ihr kühl mit. Ich war immer noch sauer, weil Jessica mir nach meinem betrunkenen Liebesgeständnis weder eine Nachricht geschrieben noch mich angerufen hatte. »Sie hat mich betrogen«, fügte ich unnötigerweise hinzu, obwohl ich mir diesbezüglich gar nicht wirklich sicher war. Üble Nachrede erschien mir als der nächste logische Schritt des Abnablungsprozesses.

Kennys Miene verdüsterte sich abrupt, sie wurde blass. »Du wusstest davon?« Ihr leichtes Nuscheln verriet die vielen Shots, die sie als Teil der Geburtstagsgesellschaft gekippt hatte. »Dass ihr euch getrennt habt, tut mir wirklich leid. Ich dachte, du hättest kein Problem damit.«

»Womit?«, fragte ich.

Kenny lief rot an. »Dass Jessica und ich … Sex hatten. Sie meinte, ihr hättet eine offene Beziehung.«

Sollte ich einen Tisch umstoßen? Sie schlagen? Einfach losheulen? Ich tat nichts von alldem, saß einfach nur da. Wir hatten *keine offene Beziehung* geführt. Wir hatten eine Familie geplant, zusammen ein Haus gekauft. Jess hatte einen Ring für mich geschmiedet. *Unser Leben.* Meine Augen brannten. Ich spürte, wie mich nachträglich die Eifersucht zerfraß. Jessica hatte mir gehört, mit Leib und Seele. Warum musste ich sie mit dieser dahergelaufenen Veganerin teilen?

»Wie gesagt, es tut mir wahnsinnig leid.« Kenny machte eine Pause. »Willst du mitkommen und eine Runde Billard mit uns spielen?«, schlug sie hoffnungsvoll vor und zeigte auf die lärmende Gruppe am anderen Ende der Bar.

»Nein.«

»Ach, bitte!«

»Eine Freundin von mir ist gerade gestorben.«

Kenny sah erst entsetzt aus und dann traurig. »Soll ich mich ein bisschen zu dir setzen?«

Ich zuckte mit den Schultern. Sie bestellte einen Wodka-Soda und zog ihren Barhocker zu mir heran. Der gurgelnde Strom der Bargeräusche füllte die Stille zwischen uns.

»Erzähl mir davon, wie ihr Sex hattet.«

Die Blondine starrte mich bestürzt an und wandte dann für ein paar Sekunden den Blick ab. »Meinst du, dann geht es dir besser?«

Ich nickte. Meine Eifersucht hatte sich in Gier verwandelt. Ich wollte mir die Zeit, die diese Frau mit Jessica verbracht hatte, einverleiben wie ein kaltes Bier. Was auch immer die beiden verbunden hatte, ich wollte, dass es durch meinen Körper floss, dass es *mir* gehörte.

Kenny blickte auf ihre abgekauten Fingernägel hinab. Ich hob mein Bierglas in ihre Richtung, um sie zum Reden zu ermuntern.

»Na ja, wir haben uns immer in meinem Wohnheimzimmer getroffen. Sie kam rüber, wenn sie mit den Vorbereitungen für den nächsten Tag fertig war.«

»Komm zur Sache«, blaffte ich.

Dann schloss ich die Augen und hörte mir an, wie Jessica Kenny oral befriedigt hatte, wie sie sich anschließend den rosa Dildo umgeschnallt hatte, den wir immer in der obersten Schublade der Kommode aufbewahrten, um Kenny damit von hinten zu penetrieren und ihren

Kopf dabei in ein Kissen zu drücken. Kenny erzählte, dass es wehgetan habe und dass sie es trotzdem genossen habe. Und dann war es vorbei gewesen. Während der letzten beiden Workshop-Tage hatte Jessica sie komplett ignoriert.

Ich beugte mich betrunken vor, um Kenny zu küssen. Ihre orangeroten Lippen fühlten sich wächsern an, waren zugekleistert mit einem nach Menthol schmeckenden Lippenbalsam – vielleicht Carmex oder Burt's Bees. Sie warf einen Blick über die Schulter zu ihren Freunden und kehrte dann zu meinem Mund zurück, ließ ihre dünne Zunge über mein Zahnfleisch gleiten. Sie begann, mich zu befingern, und wir befriedigten uns gegenseitig mit schnellen, gierigen Bewegungen. Irgendwann rann mir ihr glibberiger Lipbalm die Kehle herunter, und ich hatte das Gefühl, mich übergeben zu müssen. Nach einem heftigen Hustenanfall schob ich sie von mir weg, verabschiedete mich mit einem undeutlichen Murmeln und stolperte nach draußen. Die Luft war kalt, und der Lärm aus der Bar ergoss sich über den Parkplatz. Gelächter vermischte sich mit Dolly-Parton-Gejodel. Meine Mutter hatte Dolly geliebt – beim Hausputz hatte sie immer *Jolene* gesungen, ein großes Taschentuch theatralisch um die Haare gebunden. Plötzlich hörte ich wieder Madelines Stimme: *Beschickert ist sie viel lustiger.* Ich bekam Schluckauf vor lauter Wut, war jedoch zu fertig, um mich in die Sache hineinzusteigern. Sollte ich einfach betrunken nach Hause fahren? Ich stieg in meinen Pick-up, kletterte auf die Rückbank und schlief sofort ein.

Fünf Stunden später wachte ich frierend auf, davon

überzeugt, dass der Anschnallgurt, der gegen meine Taille stieß, eine rachsüchtige Schlange war. Ein Blick auf die Uhr verriet, dass es fünf Uhr morgens war. Ich kam langsam zu mir, tastete nach meiner Wasserflasche und trank in gierigen Schlucken. Dann beschloss ich, dass ich nüchtern genug war, um nach Hause zu fahren. Natürlich hatte mich Jessica betrogen. Sie hatte sich jedes meiner Vergehen genau gemerkt – wenn ich zu früh von einer Party verschwunden war, meine Kreditkarte nach einem Abendessen im Restaurant nicht schnell genug auf den Tisch gelegt hatte, ich ihre Freunde doof fand oder vergaß, den Müll wegzubringen. All diese Fehltritte standen mir deutlich auf die Stirn geschrieben, eine Reihe von Kerben, die nur sie sehen konnte und die sie offenbar als Freifahrtschein betrachtet hatte, zu tun und zu lassen, was sie wollte.

Während ich den Highway entlangraste, verließ ich meinen Körper und schwebte über meinem Pick-up dahin wie eine Drohne. Ich sah mich als das, was ich wirklich war – ein verschwommener Lichtstreifen, der sich die dunkle Straße entlangbewegte, entsetzlich allein. Ich fing an zu weinen. Nach einigen verzweifelten Minuten, in denen ich mich schluchzend ans Lenkrad klammerte, traf mich eine Idee wie ein Stein, der durchs Fenster hereinflog: Ich konnte einfach alles niederbrennen – die Umzugskisten mit Jessicas Kram, die Papierstapel, die Scrapbooks. In meiner sanierten Scheune waren zu viele verpfuschte und vergeudete Leben miteinander verflochten.

Ich parkte vor dem Haus und suchte im Handschuhfach nach einem Feuerzeug. Als ich das Scheunentor aufschob, erwartete ich fast, die Scrapbooks wären verschwunden, hätten sich in der Sekunde in Luft aufgelöst, in der die Nachricht eingetroffen war, dass Naomi diese Erde verlassen hatte. Aber dort standen sie, willkürlich aufgereiht auf dem Arbeitstisch. Dutzende Papierstapel lagen noch immer auf dem Zementboden herum. Ich griff nach dem wackligen Besen mit den roten Borsten und fegte die verbliebenen Papiere zusammen, malte mir aus, wie die Flammen jeglichen Unterschied zwischen dem, was den Duncans, Jessica oder mir gehörte, auslöschen würden. Doch dann legte sich irgendein unsichtbarer Schalter in meinem Inneren um. Ich stand reglos da. Wie in Trance ließ ich erst den Besen und dann das Feuerzeug fallen und stolperte den Weg zum Haus hinauf.

7

Als ich aufwachte, heulte draußen der Wind um die Bäume. Das stürmische Wetter erschien mir passend für den Kater, der in meinem Körper tobte: Auf Kopfschmerzen und Durchfall folgte ein Brechreiz, der mich vor der Toilettenschüssel auf die Knie zwang. Unterdessen waberte Naomis Tod durch meinen Kopf wie gegorene Milch durch ein Butterfass. Ich hatte ein immer wiederkehrendes Bild vor Augen: Naomi, wie sie in ihrer Moncler-Daunenjacke durch einen türkisblauen Himmel schwebte – wie auf einer Parfümwerbung im Duty-Free-Bereich eines Flughafens. Wie konnte sie tot sein? Und was sollte ich jetzt mit den fertigen Scrapbooks machen?

Ich taumelte in die Küche, um mir etwas Porridge zuzubereiten, und erinnerte mich daran, dass die vorherige Nacht beinahe mit Brandstiftung geendet hätte. Panik überfiel mich, und ich schlüpfte hastig in meine Stiefel. Mit meinem Kaffeebecher in der Hand stemmte ich mich gegen den Wind und riss das Scheunentor auf – ich musste mich davon überzeugen, dass ich es nicht doch getan hatte. Dort lag das Feuerzeug, auf dem Stapel mit den zusammengefegten Papieren.

»Dem verfickten Himmel sei Dank«, sagte ich laut.

Stolz flackerte in mir auf, weil ich meiner Zerstörungswut widerstanden hatte. Ich hatte Jessicas zurückgelassenes

Zeug und die Zettelei der Duncans nicht in Flammen aufgehen lassen. Trotzdem war ich mir nicht sicher, was ich jetzt tun sollte, oder was Naomi gewollt hätte. Ich war zu verkatert, um einen sinnvollen Gedanken zu fassen, also hörte ich mir einen Podcast über einen jungen Mann an, der nach einem Footballspiel verschwunden war und dessen Dodge Durango rätselhafterweise vor einer Wasseraufbereitungsanlage wiederaufgetaucht war. Ohne darüber nachzudenken, fing ich an, die zusammengefegten Papiere ein zweites Mal zu sortieren. Plötzlich hämmerte jemand gegen die Scheunenwand, und ich hätte mich vor lauter Panik fast erneut übergeben.

Es war Patrick Nelson. Ich überlegte, ob er diesmal vielleicht mich erschießen wollte, um mich von meinem Katerelend zu erlösen. Verkrampft winkte ich ihm zu und drehte mich dann um, um den Podcast auszuschalten, in dem die Mutter des vermissten jungen Manns gerade schluchzte, ihr Sohn habe ihr sonst immer zuverlässig geantwortet.

»Kann ich bei Ihnen mein Telefon aufladen?«, fragte mich Patrick gequält. In der Hand hielt er ein schwarzes Ladekabel. »Bei mir ist der Strom ausgefallen.«

Dämlicherweise schoss mein Blick sofort zu den Leuchtröhren an der Scheunendecke hinauf, obwohl offensichtlich war, dass sie noch brannten. Bevor ich ihn mit einem Nicken hereinbitten konnte, beugte sich Patrick schon über eine Steckdose an der Wand. Er drückte den oberen rechten Knopf seines Handys, um das leblose Plastikobjekt zum Leben zu erwecken.

Ein Baum musste auf eine Stromleitung auf der Südseite des Bergs gefallen sein, sodass bei ihm die Stromzufuhr unterbrochen worden war, bei mir jedoch nicht. In dieser Gegend passierte so etwas öfter. Aus eben diesem Grund besaß Hammersmith einen gigantischen Generator, der so laut dröhnte, dass er mich manchmal vom Einschlafen abhielt.

»Soll ich bei Duke anrufen?«, fragte ich.

Patrick nickte, ohne aufzublicken.

Ich suchte Duke Energy in meiner Kontaktliste heraus und wählte die Nummer.

»Hallo, hier ist Esther Ray. Ich möchte einen Stromausfall für die Mountain Ridge Road 248 melden.«

»Verdammt«, murmelte Patrick, nachdem er vergeblich versucht hatte, sein Handy einzuschalten.

»Sie werden versuchen, die Stromversorgung bis morgen Abend oder spätestens übermorgen früh wieder herzustellen.«

Patrick schnaubte verächtlich. Ich nutzte die Gelegenheit und betrachtete ihn genauer. Er trug Jeans und ein rotes T-Shirt, und seine grauen, hinten schütter werdenden Haare hätten mal wieder geschnitten werden können. Eine Schachtel Zigaretten lugte aus seiner Gesäßtasche. Ich war nur selten in Gesellschaft von Männern. Im Supermarkt wich ich ihren schwerfälligen Körpern bewusst aus, und wenn ich mein Auto in die Werkstatt bringen musste, bekam ich Panik, weil ich dort mit einem von ihnen *reden* musste. Der kartoffelförmige Mann mittleren Alters mit sehnigen Armen und Bartstoppeln war mir ein absolutes Rätsel. Ich fragte mich oft, ob solche Wesen jemals so etwas wie einen inneren Monolog hielten.

Patrick hockte immer noch über sein Telefon gebeugt am Boden, den Körper von mir abgewandt. Seine Verärgerung darüber, dass er hier bei mir in der Scheune kauern musste, erreichte mich in deutlich spürbaren Schüben. Während der letzten Wochen hatte ich ihm stets zugenickt, wenn sich unsere Wege gekreuzt hatten, und darauf gehofft, ein versöhnliches Flackern in seinem Blick zu erkennen. Aber er hatte sich jedes Mal schnell weggedreht. Patrick Nelson hasste mich, das war offensichtlich. Ich hätte trotzdem gern gewusst, ob ihm der Becher gefiel, den ich für ihn getöpfert hatte – und ob er meinen Brief gelesen hatte. Nachdem weitere endlos wirkende Sekunden verstrichen waren, ging mir auf, dass ich mich wie eine Erwachsene verhalten und erneut bei ihm entschuldigen musste.

»Tut mir leid, dass ich Ihre Post geöffnet habe.«

Patrick starrte weiter sein Handy an.

»Wirklich. Ich habe gewisse … psychische Probleme. Manchmal bin ich sehr impulsiv. Ich wollte den Brief eigentlich gar nicht aufmachen …«

»Wie meinen Sie das, Sie *wollten* es nicht?«, fuhr er mich an.

Ich geriet ins Stocken. Eine erwachsene Entschuldigung war das wohl nicht gewesen. »Sie haben vollkommen recht. Natürlich wollte ich es. Ich habe den Brief bewusst geöffnet. Und ihn gelesen. Es tut mir leid. Es gibt nichts, was das entschuldigen könnte.«

Patrick drückte erneut einen Knopf an seinem Telefon, aber nichts passierte. Ich redete einfach weiter.

»Ich … ich weiß auch nicht. Manchmal lasse ich mich

zu Dingen hinreißen, die …« Mir stiegen unerwartet die Tränen in die Augen.

Endlich sah mich Patrick an. Sein Blick wurde nachgiebiger.

»Also noch mal: Es tut mir leid«, wiederholte ich mit fester Stimme.

»Schon gut«, antwortete er, und seine Schultern sackten nach unten.

Wir sahen uns schweigend in die Augen.

»Wollen Sie einen Kaffee?«, fragte ich, um der stechenden Intensität der Situation zu entkommen.

Patrick blickte stumm den Abhang hinunter zu seiner dunklen, von der Stromversorgung abgeschnittenen Hütte. »Gern.«

Ich wandte mich ab und stapfte den Pfad zum Haus hinauf. Mein Kater kehrte mit der Wucht eines aus dem Wasser springenden Delfins zu mir zurück.

Als ich zurück in die Scheune kam, beugte sich Patrick über ein Scrapbook, das aufgeschlagen auf dem Tisch lag.

»Lassen Sie sich gerade scheiden?«, fragte er leise und nahm seinen Becher entgegen.

»Was?« Ich war verwirrt und überlegte, ob er meine Trennung von Jessica meinte.

Patrick zeigte mit einem seiner gebräunten Finger auf das dicht mit Zahlenreihen beschriebene Dokument. »Wegen der Vermögensaufstellungen.«

»Oh«, sagte ich. »Moment, wegen was?«

»Der Vermögensaufstellungen«, wiederholte er. »Was sind das alles für Dokumente?«, fragte er und ließ den Blick über die Bücher und Papierstapel gleiten.

»Das ist … äh, ein Projekt für eine Freundin von mir.«

Patrick nickte nur und vertiefte sich wieder in das aufgeschlagene Album.

»Warum sieht es für Sie nach einer Scheidung aus?«, wollte ich von ihm wissen.

»Das sind vorläufige Vermögensbewertungen, die die Steuererklärungen mehrerer Jahre und Firmen berücksichtigen. Es wird nicht leicht werden, dieses komplizierte Finanzgeflecht auseinanderzudividieren. Für mich sieht es so aus, als würde Ihre Freundin eine Scheidung planen.«

»Meine Freundin … ist tot.«

Patrick hob den Kopf. »Das tut mir leid.«

»Warum kennen Sie sich so gut mit diesem … Finanzzeug aus?«

»Ich bin Buchhalter.«

»Ah … Erkennen Sie noch irgendwas?« Plötzlich kam er mir vor wie ein ehrfurchtgebietendes Orakel.

»Aus diesen Unterlagen lässt sich nicht viel ablesen ohne …«

Metallische Mozartklänge durchschnitten die Stille der Scheune, und Patrick schnappte sich sein Handy und meldete sich mit energiegeladener Stimme:

»Hey, Kumpel, wie gehts dir?«

Sein Sohn. Natürlich.

Patrick nickte in meine Richtung und hielt die Hand vors Mikro seines Telefons. »Vielen Dank übrigens für den Becher.«

Mit diesen Worten stapfte er davon. Ich sah zu, wie er den Abhang hinunter verschwand, und dankte den höheren Mächten dafür, dass sie mir den Sturm und damit die Gelegenheit geschickt hatten, Wiedergutmachung zu leisten.

Ohne darüber nachzudenken, schaltete ich den Podcast wieder ein, woraufhin die nervtötende Stimme des Privatdetektivs ertönte, den die Familie des vermissten jungen Mannes engagiert hatte. In meinem Kopf drehte sich alles. Naomi hatte die Scheidung gewollt? Wer kam denn auf die Idee, Scheidungspapiere in Form eines vierzigbändigen Familienalbums vorzulegen? Trotz meines dröhnenden Schädels und meiner Müdigkeit spürte ich, wie meine Gedanken allmählich aufklarten: Die Scrapbooks waren kein Geschenk, sondern ein trojanisches Pferd, ein Transportmittel für das Ende einer Ehe. Plötzlich ergab vieles einen Sinn: die Dringlichkeit der Geheimhaltung, Naomis Beharren auf ihrem Zeitplan. Ich sah mir die Zahlenspalten an, die Patrick vorhin gelesen hatte, wurde jedoch nicht schlau daraus.

Während der Podcaster vorsichtig den offenkundigen Windelfetisch des verschwundenen jungen Mannes sowie die Reaktion von dessen Ex-Freundin beschrieb, saß ich auf einem Hocker und kaute an meinen Fingernägeln. Ich dachte an Naomi, spürte ein Gefühl der Loyalität in mir heranwachsen. Ich musste herausfinden, was es mit diesen Zahlen auf sich hatte. Das war ich ihr schuldig. Sie hatte mir vertraut. Meine Arbeit für sie war noch nicht zu Ende. *Naomi verdiente Gerechtigkeit.*

Ich musste mit jemandem sprechen, der sie gekannt hatte, der gewusst hatte, was ihre Pläne bezüglich der Scrapbooks und der Scheidung gewesen waren. Also grub ich die Liste der Freunde und Familienmitglieder aus, die Naomi für mich erstellt hatte, und ging sie durch. Bei einem Namen hielt ich inne: Chrissy Ash, Naomis Nachbarin in den Hamptons. *Die Scheidungsanwältin mit vielen prominenten Mandanten.* Naomi hatte alle ihre Sommerurlaube mit den Ashs verbracht und mit Chrissy regelmäßig Benefizveranstaltungen besucht. Den Informationen nach zu urteilen, die ich besaß, war Chrissy Naomis engste Freundin gewesen, vermutlich auch ihre persönliche Anwältin. Erleichterung überkam mich. Was mein Wissen über Chrissy anging, konnte ich aus dem Vollen schöpfen: Ich wusste, dass sie einen silbergrauen Mercedes-Geländewagen fuhr, sich ihre blonden Haare in teuren Salons frisieren ließ, gelbgestreifte Handtücher mit an den Strand nahm und an ihren freien Tagen einen an Gwyneth Paltrow erinnernden entspannten Look kultivierte, mit Jeans und natürlichem Make-up. Als ich sie gegoogelt hatte, war jedoch auch klargeworden, dass sie eine knallharte Anwältin à la Laura Wasser war. Wenn es jemanden gab, mit dem ich mich in Verbindung setzen musste, dann sie.

Ich durchkämmte die Scrapbooks nach Chrissys privaten Kontaktdaten, die ich auf einer Einladungskarte für die Geburtstagsfeier ihres Sohns gesehen hatte. Die nasale Stimme des Podcasters begleitete mich auf meiner Suche. Er warf dem unerfahrenen Sheriff vor, den Dodge Durango nicht mit Infrarotlicht auf Blutspuren kontrolliert zu haben. Während ich weiter nach der Einladungskarte fahndete, stolperte ich immer wieder über Fotos von Bryce. Er war der Unbekannte in dieser Gleichung, ein Faktor, über den ich bisher nicht viel nachgedacht hatte. Beim Erstellen der Bücher war er mir wie ein blasierter Geschäftsmann erschienen, mit schmallippigem Lächeln und einer Vorliebe für Khakihosen. In den Alben der späteren Jahre glänzte er durch Abwesenheit, was ich seiner Arbeit zugeschrieben hatte, aber jetzt tauchten immer mehr Fragen auf: Wusste er, dass Naomi eine Scheidung geplant hatte? Hatte er deshalb ihren tödlichen Sturz auf der Skipiste provoziert? Ein leiser Sprechchor hallte durch meinen Kopf: *Scheidung könnte ein Motiv sein. Scheidung könnte ein Motiv sein.* Endlich fand ich die Karte mit Chrissys privater Telefonnummer, zog mein Handy hervor und tippte sie ein.

»Die Rufnummer, die Sie gewählt haben, ist nicht vergeben.«

Shit.

Ich konnte natürlich auch in ihrer Kanzlei anrufen. Allerdings versuchten gute Podcaster nur selten, telefonisch an Informationen zu kommen. Lieber klopften sie während des Abendessens an die Tür, um ihre Zielpersonen zu überrumpeln. Ich wusste, dass Chrissy so oft sie konnte die Wochenenden in den Hamptons verbrachte, auch im Winter. Wenn ich sie finden wollte, musste ich es dort versuchen. Irgendwo in den Scrapbooks waren zehn irritierend detaillierte zusammengeheftete Seiten eingeklebt, die Naomi für Paul und Melanie Benton verfasst hatte, Freunde der Familie, die einige Herbstwochen im Gästehaus der Familienvilla verbracht hatten. Die Seiten beinhalteten unter anderem die genaue Adresse, das WLAN-Passwort und zwei Seiten mit Fotos, auf denen zu sehen war, wie man auf der Tastatur an der Außenwand der Villa die Alarmanlage ein- und ausschaltete. Verfasst war das Ganze im fröhlichen Tonfall von Airbnb-Vermietern: *Genießt den Whirlpool (zusätzliche Handtücher findet ihr in dem grünen Deckelkorb im Zwischengeschoss). Sollte es zu kalt im Haus sein – dreht gerne die Heizung auf, das Thermostat befindet sich an der Westwand im Erdgeschoss! In Notfällen könnt ihr euch immer gern an Chrissy Ash wenden, die nebenan wohnt und an den meisten Wochenenden da ist. Wie schön, dass wir euch als Gäste begrüßen dürfen!*

Ich brauchte nur wenige Minuten, bis ich das zehnseitige Dokument gefunden hatte. *Scheidung könnte ein Motiv sein. Scheidung könnte ein Motiv sein.* Der Sprechchor ließ sich nicht zum Schweigen bringen. Ich packte hastig das Notwendigste zusammen: meine gesamte saubere Unterwäsche, meinen Kulturbeutel, meine schwarze Stoffhose und das neue schwarze Hemd. Dann schob ich das Scrapbook mit den Anweisungen für Gäste – es stammte aus dem Herbst 2017 – in meine Tasche, zusammen mit der Liste von Freunden und Familienmitgliedern. Während ich den Pick-up wendete und den Berg hinunterrollte, fiel mir Patrick ein, der ohne Strom in seiner Hütte saß. Schwungvoll bog ich in seine Einfahrt ein und stapfte zu seiner Haustür. Er riss sie schon auf, bevor ich klopfen konnte, auf dem Kopf eine Stirnlampe.

»Patrick, hi. Ich muss etwas für meine Freundin tun – die, die gestorben ist. Deshalb fahre ich nach New York. Bis Sie wieder Strom haben, können Sie Ihre Geräte gern bei mir aufladen. Der Schlüssel liegt unter der Keramikschildkröte auf der Veranda.«

Ich hoffte, dass diese Geste meinen Fehltritt mit dem geöffneten Brief endgültig ausmerzte.

»Sind Sie sicher?« Patrick sah mich dankbar an. »Ist … äh … alles in Ordnung?«, fragte er. Vermutlich war ihm mein ekstatischer Zustand aufgefallen.

»Ja. Ich werde wahrscheinlich ein paar Tage weg sein«, erwiderte ich und drehte mich zu meinem Pick-up um.

»Passen Sie auf sich auf«, sagte Patrick leise.

Ich hielt auf dem Parkplatz der Craft School und gab die Hamptons-Adresse in den Routenplaner ein. Dreizehn Stunden Fahrt. Ein Kinderspiel. Zwei Podcasts, vielleicht drei.

8

Mein roter Pick-up kroch eine Straße mit akkurat gestutzten Hecken und Rasenflächen entlang. Ich kam mir vor wie ein Herpesbläschen auf einer aufgespritzten Oberlippe. Alles war makellos in dieser Gegend, üppig grün und vollkommen. Alles außer mir. Als ich noch Michael Valentines Atelierassistentin gewesen war, war ich zweimal in den Hamptons gewesen. Einmal, um die Hängung zweier Leinwände in einem Schlafzimmer mit Meerblick zu beaufsichtigen, und das zweite Mal, als ich von Brooklyn mit einem Uber-Taxi hergefahren war, um ein Gemälde auszubessern, das ein streitlustiger Partygast beschädigt hatte. Damals hatte mich Wohlstand noch beeindruckt. Ich hatte die Schwere der Gardinen als wohltuend empfunden, genau wie die hermetisch abriegelnden Haustüren und die Präzision, mit der die Hecken beschnitten wurden.

Die Villa der Duncans in der Gin Lane 271 lag nicht direkt am Meer, war aber dennoch beeindruckend, mit kugelförmigen Büschen und einem Rasen, der selbst jetzt im Winter unnatürlich grün war. Ich lenkte den Pick-up vor das Tor der Einfahrt und sah, dass das Haus noch protziger war, als es auf Fotos wirkte – es war kein rustikales Landhaus, sondern die pure Zurschaustellung von Reichtum mit einem unerwarteten Hauch von Cruella de Vil. Ich versuchte möglichst selbstverständlich zu wirken, als ich den Code aus dem zehnseitigen Dokument in das glänzend silberne Eingabefeld am Tor tippte. Demütigend lange passierte nichts. Ein schwarzer Porsche fuhr vorbei, und ich war mir sicher, dass mich der Fahrer misstrauisch anstarrte. Zwei qualvolle Sekunden später rollte das Tor lautlos zur Seite und gab die von langen Hecken gesäumte Einfahrt frei.

Ich wusste, dass die Duncans nie vor Ostern kamen, und parkte daher selbstbewusst unter dem strohgedeckten Carport. Dann trat ich in den Garten hinaus und bewunderte das grelle Türkis der Poolabdeckung. Ich schlenderte zur Tür des Gästehauses, das wie eine geschrumpfte Version des mit blaugrauen Schindeln gedeckten Haupthauses aussah. Auch diese Tür war mit einem Eingabefeld ausgestattet. Ich konsultierte die Unterlagen. Wieder dauerte es verstörend lange, bis die Alarmanlage mit einem leisen Piepsen ausging und das Türschloss aufsprang. Ich war drinnen. Die Luft roch neutral, es herrschte die zeitlose Sauberkeit einer regelmäßig gepflegten und gewarteten Immobilie. Ich atmete tief ein und ließ die Anspannung der langen Fahrt von mir abfallen. Dann streifte ich durch die Räume und ließ meine Fingerspitzen auf den Kanten der ganz in Weiß gehaltenen Möbel tanzen.

Über eine Wendeltreppe gelangte ich ins großzügige Hauptbadezimmer und zog mich aus. Die gläserne Duschkabine war fast so groß wie meine Schlafempore zu Hause, und aus dem Regen-Duschkopf prasselte das Wasser mit solchem Druck, dass es sich wie eine Taufe anfühlte. Ich trocknete mich ab, entdeckte einen flauschigen weißen Bademantel im Kleiderschrank und legte mich darin eingehüllt aufs Bett. Die Bettwäsche war so glatt und angenehm auf der Haut, dass ich sofort nach dem Etikett suchte: *Frette.* Ich kramte mein iPad hervor, das sich automatisch ins WLAN des Gästehauses einwählte. Neugierig googelte ich die Marke: Sie war italienisch, ein Bettwäscheset kostete zweitausend Dollar. Wie ein Seestern streckte ich Arme und Beine von mir und fiel prompt in einen tiefen Schlaf. Als ich aufwachte, fühlte ich mich bis in die kleinste Körperzelle ausgeruht und erholt. Vielleicht lag es an der filtergereinigten Luft oder an der sintflutartigen Dusche. Oder daran, dass ich endlich einen Plan geschmiedet hatte: Es war Donnerstag, Chrissy Ash würde also aller Vorrausicht nach morgen am späten Abend eintreffen. Bis dahin musste ich bereit sein.

Ich stieg in meinen Pick-up und fuhr zum Citarella Gourmet Market in East Hampton. Erschrocken betrachtete ich die Preise. Eine Avocado für neun Dollar? Ich kaufte nur das Nötigste, gönnte mir aber eine Packung Hummus für zwölf Dollar und ein Landbrot. Als Nächstes fuhr ich zum Golden Eagle Laden für Künstlerbedarf und gab neunhundertsechsundachtzig Dollar für Ölfarben, Gesso, Abdeckplanen, Pinsel, vier große Leinwände und die zweiwöchige Leihgebühr für eine Staffelei aus. Als die schwer atmende Kassiererin, die sich viel zu sehr für meine künstlerischen Ambitionen interessierte, meine Kreditkarte durch das Lesegerät zog, fühlte ich mich, als würde sie mir die Pulsadern aufschlitzen. Es war eine absurd hohe Summe, aber mir blieb keine andere Wahl.

Ich lud das Material auf meine Ladefläche und rauschte die Straße entlang davon, zurück in meine abgeriegelte Festung.

Im Gästehaus verband ich mein iPad mit den in der Küche eingebauten Bluetooth-Lautsprechern und suchte einen Podcast über eine australische Hausfrau aus, die vor dreißig Jahren verschwunden war. Dann machte ich mich daran, das angrenzende Wohnzimmer in mein Atelier zu verwandeln. Nachdem ich den hellen Parkettboden mit Tropfschutzplanen abgeklebt hatte, platzierte ich die Staffelei in einer Ecke vor dem Fenster. In weinerlichem Tonfall beschrieb eine ältere Dame die verschwundene Australierin als eine Person, die »einem noch ihr letztes Hemd gegeben hätte«. Ich schnaubte belustigt. Mit diesem Satz wird in fast jedem Podcast das Opfer charakterisiert. Vielleicht ist es die heimliche Gemeinsamkeit all der Frauen, die von ihren Rugby spielenden Ehemännern beseitigt werden: Sie sind zu gutherzig, zu großzügig, streifen allzu bereitwillig ihr letztes Kleidungsstück ab, um es anderen zu überlassen.

Der Podcast war spannend, aber ich kannte den eigentlichen Grund dafür, dass ich mich so auf die detaillierte Beschreibung der »weichen Erde« konzentrierte, unter der die Polizei die vermisste Hausfrau vermutete: Ich wollte mich von den geschickten Bewegungen ablenken, mit denen ich hantierte, der Leichtigkeit, mit der ich meine Arbeitsstation errichtete, der Begeisterung, mit der ich die Pinsel bereitlegte. Mit eben dieser täglichen Routine hatte ich den Großteil meines Erwachsenenlebens verbracht. Obwohl die Welt des Kunsthandwerks meine

Rettung gewesen war, mein Ausweg aus der verdorbenen Kunstwelt, fühlte sich das, was ich hier tat, wie Nachhausekommen an. Nachdem alles bereit war, ging ich in die Küche zurück und entdeckte eine gut versteckte Speisekammer, in der verschiedene Konserven sowie Nudeln in langen Glasbehältern lagerten. Auch ein gut bestücktes Weinregal gab es. Verärgert nahm ich die Vorräte in Augenschein. Ich hätte erst nachsehen sollen, bevor ich meine überteuerten Einkäufe machte. Ich ließ mir Zeit damit, einen Chianti auszuwählen, und schenkte mir ein riesiges Weinglas voll, wobei ich mir wie eine Figur aus einem Nora-Ephron-Film vorkam. Jetzt musste ich nur noch warten.

Es war seltsam, im Haus der Duncans zu leben. Ihre Hamptons-Villa war kein abstraktes Bühnenbild mehr. Die Welt, die ich von den Hochglanzfotos aus den Duane-Reade-Umschlägen kannte, war jetzt meine Realität. Der schimmernde Edelstahlkühlschrank war mit *meinem* Essen gefüllt, auf dem Beistelltisch stand *mein* halb getrunkenes Weinglas. Die Badewanne war noch feucht von *meinem* Bad. Dass mir das ganze Drumherum des Wohlstands so gefiel, rief ein Gefühl des Ekels in mir wach. Ich spürte meine Mutter in mir, ein aufstrebendes Tier mit scharfen Krallen, das aus meinem Bauch nach oben kroch. Immer wieder musste ich mir in Erinnerung rufen, dass ich nur hier war, um mein Ziel zu erreichen: mehr über Naomis Tod zu erfahren.

Am Freitagabend ging ich vier Mal spazieren und hoffte bei jeder Runde, Licht in den Fenstern von Chrissy Ashs Haus zu sehen. Doch die Villa blieb dunkel.

Ich gönnte mir eine weitere dekadente Regendusche und cremte mich dann großzügig mit der Bodylotion von La Prairie ein, die ich im Badezimmer im Erdgeschoss gefunden hatte. Dann kroch ich ins Bett und begann, mich durch Tabithas Instagram-Account zu scrollen, der auch nach dem Tod ihrer Mutter von zarten Rosatönen und obszön langen Wimpern beherrscht wurde. Von Trauer keine Spur – im Gegenteil, Tabitha hatte zahlreiche Fotos davon gepostet, wie sie sich zum Ausgehen aufstylte und anschließend in einem Paillettenkleid vor der funkelnden New Yorker Skyline posierte.

Als ich mich in die Kommentare unter den Fotos vertiefte, stellte ich fest, dass ihre Follower beinahe hysterisch über ein heimlich aufgenommenes Video von ihr diskutierten, das sie beim Koksen im Nachtclub Le Bain zeigte und sofort viral gegangen war. Ich googelte danach und fand tatsächlich ein kurzes Filmchen von schlechter Qualität, auf dem Tabitha in einer Ecke des Clubs kauerte und irgendetwas durch die Nase zog. Ich sah mir das Video ein Dutzend Mal an, ihren Kopf, der sich erst nach vorn beugte und dann wieder nach hinten, beleuchtet vom Stroboskoplicht der Tanzfläche. Es war noch keine drei Wochen her, dass Naomi gestorben war, und Tabitha machte wieder die Clubs ihrer Heimatstadt unsicher. Bei der Vorstellung wurde mir schlecht. Wie konnte ihr das alles so egal sein? Vielleicht, weil sie den Unfall verschuldet hatte? Ich wollte mehr sehen und fand den Link zu ihrem TikTok-Account. Als Millenial hatte ich mich selbst nie auf diese soziale Plattform gewagt, die schon vorpubertäre Kinder dazu verleitete, sich wie alkoholisierte

Pantomimen über Zebrastreifen zu bewegen. Aber meine Neugierde war größer als meine Ablehnung.

Tabitha in ihren Loops immer wieder dieselben Bewegungen machen zu sehen, war faszinierend. Ich genoss es, anders als zu Hause uneingeschränkt WLAN zu haben, und verbrachte Stunden in dem riesigen weißen Bett, kippte Chianti in mich hinein und surfte im Internet. Aus irgendeinem Grund wusste der Algorithmus sofort, dass ich lesbisch war. Er wusste, dass ich gern einer hydraulischen Presse dabei zusah, wie sie Zahnpastatuben zum Explodieren brachte, dass ich Frauen mittleren Alters dabei beobachten wollte, wie sie seltsam geformte Kerzen herstellten, und Teenager interessant fand, die aus Telefonkabeln Handtaschen häkelten. Der Anblick dieser Privatpersonen, die in der Welt des Kunsthandwerks zu Kleinunternehmerinnen geworden waren, fesselte mich, ich war gleichzeitig entsetzt und verzaubert. Mein Feed bestand fast nur aus Frauen, die Etiketten auf Plastikboxen klebten und sich über ihre Kunden beschwerten, unterbrochen von Tabithas unglaublich schönem Körper in irgendeinem Badezimmer, während sie mit verschiedenen Schwämmchen Produkte auftrug und beschrieb, was sie da gerade tat.

»Ich fange gern mit einem sanften Gesichtswasser an, um die Haut zu reinigen. Als ich noch jünger war, habe ich es mit der Gesichtsreinigung immer übertrieben, weil ich dieses aggressive Gefühl auf der Haut so toll fand. Ihr wisst schon, dieses Brennen nach einem Peeling oder einer Reinigungsmaske.« Tabitha stand in einem Badezimmer aus grauem Marmor und massierte rhythmisch ihr Gesicht. Die Kamera war offenbar am Spiegel befestigt, und ein Lichtkreis umgab ihre Schultern. Das Grün ihrer Augen war noch intensiver als sonst. »Regenerierendes Tonic ist unverzichtbar, das solltet ihr täglich benutzen«, flötete sie. Dann beschleunigte sich das Video ohne Vorwarnung und wurde mit einem Lizzo-Song unterlegt. Tabitha beendete im Zeitraffer ihre Make-up-Routine und machte dann einen Kussmund Richtung Kamera. Ihre Entspanntheit hatte etwas Mystisches, sie glich einem toten Fisch, der auf wundersame Weise Kenntnis davon erlangt hatte, dass er das hinreißendste Wesen auf diesem Planeten war.

Am nächsten Morgen wachte ich verkatert auf und kämpfte dagegen an, indem ich einen langen Spaziergang machte. Der Strand war fast menschenleer. In den Scrapbooks klebten jede Menge Fotos von Tabitha, wie sie hier als Kind Muscheln sammelte oder Treibholz hinter sich herschleifte. Naomi hatte die Aktivitäten ihrer Tochter begeistert mit der Kamera dokumentiert, wobei ihr die roten Haare immer wieder ins Bild geweht waren. Ich blickte auf den Ozean hinaus und musste plötzlich an die Worte denken, die Naomi bei Memphis' Dinner gesagt hatte: *Es ist Schicksal.* Das Meer war wütend, es schlug in heftigen Wellen ans Ufer. Naomi war tot, und ich war hier an ihrem Strand. Wenn das tatsächlich Schicksal war, dann war dieses Schicksal ein Arschloch. Auf dem Rückweg zur Villa der Duncans reckte ich den Hals und spähte übers Tor zu Chrissy Ashs Haus – es lag immer noch im Dunkeln. Den Abend verbrachte ich im Bett, aß Pasta und trieb mich auf TikTok herum. Ich gab mir Mühe, mich nicht von der exklusiven Bettwäsche und dem hervorragenden Wasserdruck der Dusche korrumpieren zu lassen.

Ich ging davon aus, dass es eine weitere Woche dauern würde, bis Chrissy Ash auftauchte, und konzentrierte mich daher darauf, mich durchs Weinregal zu trinken. Mein letzter Podcast über die verschwundene Australierin endete mit einem seltenen, orgastischen Sieg der Gerechtigkeit. Ich zog mir die letzte Folge mit einer Flasche Rioja in der Badewanne rein und jubelte, als der gefühlskalte, pädophil veranlagte Hobbysportler-Ehemann verhaftet wurde und man den Podcaster bat, mit der Berichterstattung aufzuhören, weil *von nun an die Justiz übernehme*. Der Gedanke, dass diese Hausfrau, die man vergraben unter ihrem eigenen Pool vermutete, endlich ein ordentliches Gerichtsverfahren bekam, machte mich überglücklich. Ich weinte sogar vor Freude und ließ mir beschwipst noch mehr heißes Wasser ein. Dann hörte ich mir den Podcast ein zweites Mal an.

Am frühen Mittwochabend entschloss ich mich zu einem weiteren Spaziergang. Als ich gerade losstapfen wollte, entdeckte ich es plötzlich, wie eine Luftspiegelung: Die Lichter in Chrissy Ashs Mini-Versailles brannten! Ich rannte nach Hause, kämmte mir die Haare und zog mich um. Meine Nerven spielten in meinem Magen Trompete, aber ich ermahnte mich, mein Ziel nicht aus den Augen zu verlieren. Ich befand mich auf einer wichtigen Mission und unterdrückte daher meine Nervosität, um kurz darauf auf den Klingelknopf der rechteckigen Messingtafel am Tor des Nachbarhauses zu drücken.

»Hallo? Wer ist da?«, durchschnitt eine skeptische weibliche Stimme die kalte Abendluft.

»Hallo, ist da Chrissy?«

»Ja?«

»Mein Name ist Jessica, ich bin eine Freundin von Naomi Duncan. Sie hat mich vor ihrem Tod gebeten, herzukommen und mit Ihnen zu sprechen.«

Nach einer langen Pause ging mit einem Summen das Tor auf. Ich tappte die geschwungene Einfahrt entlang und sah unheilvoll die Haustür vor mir aufragen. Ob es wirklich so schlau gewesen war, einen falschen Namen zu nennen? *Jessica, Jessica, Jessica.* Andererseits musste ich mich schützen, für den Fall, dass sich diese Idee als Reinfall entpuppte. Naomi hatte so sehr darauf geachtet, dass die Scrapbooks ein Geheimnis blieben. Ich war es ihr schuldig, ihr Vermächtnis bestmöglich zu bewahren.

Zwanzig Sekunden später sprang die Haustür auf, die so luftdicht abschloss wie die Kühlhaustür eines Restaurants. Chrissy Ash stand vor mir, in einem legeren Strickensemble aus cremefarbenem Kaschmir.

»Vielen Dank, dass Sie mir die Möglichkeit geben, mich vorzustellen. Ich wünschte, wir würden uns unter anderen Umständen kennenlernen.«

»Sie waren also eine Freundin von Naomi?«, fragte mich Chrissy verhalten.

»Na ja – das ist eine lange Geschichte.« Ich hielt inne, um ihr Zeit zu geben, mich in die Eingangshalle zu bitten, doch Chrissy blieb reglos auf der Türschwelle stehen, mit verschränkten Armen.

»Naomi hat mich damit beauftragt, Porträts ihrer

Familie und ihren engsten Freunden zu malen. Es sollte ursprünglich eine Weihnachtsüberraschung für ihre Liebsten werden, aber dann …«

Ich ließ Naomis Unfall für einen Moment zwischen uns in der Luft schweben. »Sie war total aus dem Häuschen wegen der Gemälde und hat mir ein Atelier drüben im Gästehaus eingerichtet. Es war alles genau geplant. Leider ist sie dann nicht mehr dazu gekommen, Ihnen und den anderen von ihrer Überraschung zu erzählen.«

Chrissy schob sich eine blonde Strähne aus dem Gesicht. »Das kommt reichlich … unerwartet.«

»Naomi hat mir erzählt, dass sie in letzter Zeit viel über das Thema Vermächtnis nachgedacht hat. Sie meinte, ein Porträt sei eine sinnvolle Art, Bestehendes zu konservieren und für die Nachwelt festzuhalten.«

»Wann hat sie Ihnen diesen Auftrag erteilt?«

»Es ist schon fast ein Jahr her, dass sie die Idee hatte und alles arrangiert hat«, behauptete ich, weil ich fand, dass ein längerer Zeitrahmen das Geschenk wertvoller erscheinen ließ.

Chrissys Züge entspannten sich. »Das ist typisch Naomi«, sagte sie und lachte traurig. »Immer ein bisschen zu viel des Guten, und alles musste jahrelang im Voraus geplant werden.«

»Sie wären also bereit, mit rüberzukommen und mir Modell zu sitzen?« Meine Frage klang eher wie ein Flehen.

Sie blickte zum Dach über der Tür empor. Vielleicht kämpfte sie gegen die Tränen an.

»Meine Staffelei steht bereit, Sie könnten einfach reinschneien, wann immer es Ihnen passt.«

Chrissy holte Luft. »Natürlich. Morgen Vormittag muss ich ein paar geschäftliche Telefonate erledigen, aber ich könnte in meiner Mittagspause kommen, gegen Viertel nach zwölf.«

»Sehr gut.«

»Freut mich, Sie kennengelernt zu haben, Jessica.«

»Ebenso. Naomi hat sehr wohlwollend von Ihnen gesprochen.«

Chrissy stand vor mir und wirkte plötzlich unsicher. Sie öffnete den Mund, als wollte sie mir irgendetwas Wichtiges mitteilen.

»Also dann, bis morgen«, sagte sie schließlich und schloss die Tür.

Im Grunde war mir von Anfang an klargewesen, dass mein Plan aufgehen würde. Ein Porträt sprach die narzisstische Ader der Menschen an, es war wie eine Pforte, die sich zwischen ihrem Selbstbild und der Wahrnehmung der restlichen Welt auftat. Meine Modelle legten ihr gesamtes Vertrauen in meine Hände, überließen ihre Eitelkeit meinem Auge. Und es war immer dasselbe: Am Anfang brachten sie ihre Projektion dessen mit, wer sie waren, und posierten wie für eine Kamera – legten den Kopf ein wenig schräg, strafften den Rücken und setzten ein sanftes Lächeln auf, das die Wangen rundete. Doch nach ein paar Stunden entspannten sie sich und offenbarten mir die verborgenen Winkel ihrer Persönlichkeit, die Spuren der Angst in ihrem Körper. Ich stellte ihnen Fragen, und mit der Zeit wurden ihre Antworten flüssig, wahrhaftig, trance-artig. So war es zumindest damals im Atelier von Michael Valentine gewesen, wo ich unzählige Frauen wie Chrissy Ash porträtiert hatte. Diese Art der Persönlichkeitserkundung war mein Broterwerb gewesen, und jetzt würde ich auf diese Weise mehr über Naomi herausfinden.

In dieser Nacht konnte ich kaum schlafen. Zum Frühstück würgte ich einen halben getoasteten Bagel herunter und machte mich dann daran, das Haus zu putzen. Ich bereitete meine Farbpalette vor und mischte Grautöne auf der überteuerten Glasunterlage, die ich bei Golden Eagle gekauft hatte. Für welche Kleidung sich Chrissy wohl entscheiden würde? Vielleicht für ein schwarzes Outfit als Zeichen der Trauer um ihre tote Freundin? Oder für sanfte, neutrale Farben, als würde sie von Oprah Winfrey in einem Garten interviewt, umringt von unruhigen, farbenfrohen Blüten. Ich arrangierte einen weißen Sessel vor dem Fenster, drapierte eine cremefarbene Decke über der rechten Armlehne und zog ein Zitronenbäumchen herbei. Das Ergebnis war nicht unbedingt der dynamischste Bildhintergrund aller Zeiten, aber der Minimalismus der Duncans bot mir nicht viele Requisiten. Chrissy erschien um 12:16 Uhr in einer Khakihose und einem hellblauen Kaschmirpullover. Ihre blonden Haare trug sie offen, und es war offensichtlich, dass sie sich dezent, aber sorgfältig geschminkt hatte.

»Hallo, Jessica.«

»Vielen Dank, dass Sie gekommen sind. Wie geht es Ihnen?«

Chrissy sah sich im Wohnzimmer um. Der mit einer Plastikplane beklebte Boden erinnerte vermutlich eher an die Wirkungsstätte einer Serienmörderin als an ein

Künstleratelier. Zum Glück schien Chrissy nicht dieselbe Assoziation zu haben.

»Ganz gut. Nur zu viel Arbeit. Soll ich mich hier hinsetzen?«

Ich nickte. Sie ging zu dem weißen Sessel.

»Möchten Sie eine Tasse Tee?«

»Gerne. Am besten einen mit Kräutern. Kamille, falls Sie das haben.«

Ich ließ Chrissy allein, damit sie es sich im Sessel bequem machen konnte, und ging voller Nervosität in die Küche, um den Wasserkocher einzuschalten. Als ich mit einer dampfenden Tasse Tee zurückkam, lächelte ich Chrissy freundlich zu.

»Danke.«

»Ich werde zuerst eine Skizze anfertigen und dann mit der Untermalung beginnen. Sie brauchen sich also noch nicht auf Ihren Gesichtsausdruck zu konzentrieren. Setzen Sie sich einfach bequem hin.«

»Okay«, antwortete Chrissy und saß immer noch stocksteif da.

»Lehnen Sie sich ruhig zurück.«

Chrissy nickte und sank widerstrebend nach hinten. Ich ließ zehn Minuten des Schweigens verstreichen, während ich sie mit dem Bleistift skizzierte. Chrissy warf einen Blick auf ihr Handy.

»Arbeiten Sie gerade an etwas Bestimmtem?«, fragte ich und hoffte, dass ich charmant klang.

»Nein. Das übliche Elend. Ich bin Scheidungsanwältin.«

»Ah, wie interessant.«

Chrissy nippte an ihrem Tee.

»Ich habe mir hier unten ein Wochenendbüro eingerichtet. Es ist zwar ein ziemlicher Aufwand, von den Hamptons aus alles zu regeln, aber durch die schöne Umgebung habe ich den Eindruck, weniger zu arbeiten, als es in Wirklichkeit der Fall ist.«

Ich nickte und konzentrierte mich auf ihre Schultern, die selbst unter dem weichen Kaschmir eckig und verkrampft wirkten. Es war offensichtlich, dass der Casual Chic, den Chrissy als Kleidungsstil bevorzugte, kein Spiegel ihrer inneren Haltung war. Was wohl nötig war, damit sie sich entspannte? Vielleicht ein Beruhigungsmittel? Sie blickte wieder auf ihr Handy und schob das Kinn vor. Ich fing an, die Umrisse ihres Körpers sorgsam herauszuarbeiten, die Silhouette ihres Kopfs vor dem gedämpften Graubeige der Wand.

»Wie lange dauert so ein Porträt normalerweise?«, fragte Chrissy.

»Ach, das ist ein Prozess. Es dauert so lange, wie es eben dauert.«

»Könnten Sie nicht einfach ein Foto machen und das als Vorlage nehmen?«

Ich war überrascht. Die meisten reichen Menschen betrachteten sich als moderne Medicis und verstanden, wie wichtig es war, bei der Entstehung eines Gemäldes persönlich anwesend zu sein.

»Wenn man ein Bild will, das auf einem Foto basiert, kann man genauso gut gleich das Foto nehmen«, erklärte ich bestimmt.

Chrissy erwiderte nichts. Schweigen machte sich

breit. Ich schlüpfte hinter der Staffelei hervor. »Auf welche Musikrichtung stehen Sie?«

Sie blickte aus dem Fenster. »Im Moment finde ich The Weeknd toll.«

Ich entschied mich für *Blinding Lights* und beobachtete, wie Chrissy anfing, kaum merklich mit dem Kopf zu wippen. Sie entspannte sich, aber irgendetwas sagte mir, dass es noch zu früh war, um sie mit Fragen zu löchern. Die Situation schien ihr immer noch nicht ganz geheuer zu sein, und ich wollte ihr keinen Grund geben, misstrauisch zu werden. Also widmete ich mich weiter stumm der Untermalung. Eine Stunde verging, bevor sie das nächste Mal auf ihr Handy blickte.

»Und? Wie sehe ich aus?«, fragte sie.

»Wie ein atemberaubender grauer Klecks.«

Chrissy lachte. »In einer Viertelstunde muss ich einen Anruf entgegennehmen, aber ich könnte morgen wiederkommen. Meine Mittagspause beginnt immer um zwölf Uhr fünfzehn. Passt Ihnen das? Wenn ich ehrlich bin, war es irgendwie befreiend, mal gar nichts zu tun.«

»Modellsitzen kann sehr meditativ sein. Zwölf Uhr fünfzehn passt perfekt.«

Chrissy nickte und stand auf, um ihre Jacke anzuziehen. Dabei schielte sie auf die Leinwand. »Ich bin wirklich ein grauer Klecks.«

»Wir nähern uns langsam an. Ziehen Sie bitte wieder dasselbe an wie heute.«

»Mache ich.«

Nachdem Chrissy gegangen war, warf ich einen Blick auf meine Leinwand. Es würde nicht schwer werden,

Chrissys Äußeres zu erfassen, dafür musste ich nur akribisch jeden ihrer Körperteile scannen. Ihr Wesen konnte ich hingegen noch nicht richtig greifen. Es mochte arrogant klingen, aber der Unterschied zwischen meinen Porträts und jenen, die anhand eines Fotos entstanden waren, bestand darin, dass ich den Funken Wahrheit, den jeder Mensch in sich trug, reproduzieren konnte. Michael Valentine hatte das erkannt, als ich noch Studentin war, und mich als seine Assistentin ausgewählt. Ich fertigte nicht bloß Kopien an, ich war eine Diebin, konnte einfangen, was anderen nicht gelang. Den ganzen restlichen Tag fühlte ich mich vom Geruch nach Gesso und Ölfarben, der sich im Gästehaus ausgebreitet hatte, in Michael Valentines Atelier zurückversetzt – als wäre es sein Aftershave. Meine Nackenhaare sträubten sich. Wieder zu malen bedeutete, seine Nähe zu spüren, einer der Hauptgründe dafür, dass ich damit aufgehört hatte.

Am nächsten Tag kehrte Chrissy zurück, im selben Outfit und mit genau dem gleichen dezenten Make-up, was mir verriet, dass sie den Prozess des Malens ernst nahm. Es war ihr nicht egal, wie ich sie malte. The Weeknd tönte bereits aus den Lautsprechern.

»Okay, ganz kurz noch«, sagte sie und tippte etwas in ihr Handy. Dann schob sie es demonstrativ in ihre Tasche. »Jetzt bin ich bereit.«

Chrissy war spürbar aufgetaut und schien sich wohlzufühlen als Modell. Sie hielt sogar ihr Kinn in einem neuen Winkel, den sie vermutlich am Vorabend vor dem Spiegel ausprobiert hatte.

»Wie läuft es bei der Arbeit?«, fragte ich leichthin und

hoffte, auf diese Weise Naomis Scheidung anschneiden zu können.

»Alle wollen alles. Mein Beruf besteht im Grunde darin, herauszufinden, was die Leute wirklich brauchen, ihnen jedoch das Gefühl zu geben, dass sie alles bekommen.«

»An wie vielen Fällen arbeiten Sie gleichzeitig?«

»Fünf bis sechs.«

Ich ließ wieder Stille einkehren und fing an, die Details flächig darzustellen – den Faltenwurf ihres Pullovers, das Dreieck ihres übergeschlagenen Beins.

»Und wie haben *Sie* Naomi kennengelernt?«, fragte Chrissy unvermittelt. Ich zuckte unwillkürlich zusammen.

»Bei einer Vernissage in Manhattan. Wir saßen beim anschließenden Dinner nebeneinander.« Wenigstens das war die Wahrheit.

»Sie hat gern junge Künstler gefördert«, sagte Chrissy wehmütig.

Ich nickte, erleichtert darüber, dass sie von selbst auf Naomi zu sprechen gekommen war.

»Wann haben Sie sie das letzte Mal gesehen?«, fragte ich behutsam.

Chrissy atmete geräuschvoll aus. »Das ist Monate her, fast schon ein halbes Jahr, glaube ich. Sie hatte viel um die Ohren, war ständig unterwegs für ihre vielen WAC-Projekte. Und ich war genauso beschäftigt. Dass wir so lange nicht mehr miteinander gesprochen haben, ist auch meine Schuld.«

Ich verstand gar nichts mehr.

»Sie haben also nicht mit ihr an irgendetwas zusammengearbeitet?«

»An was denn?«, fragte Chrissy überrascht zurück.

»Ach, keine Ahnung … Gemeinsame Pläne oder so was«, versuchte ich zu abstrahieren.

Chrissy schüttelte den Kopf. »Wir treffen uns normalerweise an Ostern hier, aber so früh hätten wir nicht mit den Vorbereitungen angefangen.«

»Klar«, pflichtete ich ihr bei. »Wissen Sie, was Naomi für Bryce' Geburtstag geplant hatte?«

Chrissys Körper versteifte sich. Trotzdem antwortete sie schnell: »Bryce lädt immer zu einem großen Dinner mit Filmvorführung ein. Der Koch des Le Bleu ist ein Freund von ihm und kocht für die Gäste.«

»Es war also nichts Besonderes geplant?«

»Nein. Warum?«

»Er wird doch sechzig dieses Jahr, oder?«, sagte ich beiläufig und hoffte, dass sie am Ball blieb.

»Ich bin mir sicher, dass er die Feier genauso abhalten wollte wie immer. Falls Naomi andere Ideen hatte, habe ich nichts davon mitbekommen. Ich kann mir nicht vorstellen, dass Bryce begeistert gewesen wäre. Er … er hat gern alles unter Kontrolle.«

Ich holte tief Luft. Sie hatte keine Ahnung von mir oder den Büchern.

Chrissy starrte aus dem Fenster. »Es ist wirklich unglaublich – Bryce sieht überhaupt nicht aus wie sechzig! Das liegt wahrscheinlich daran, dass er so viel joggt. Haben Sie schon Kontakt zu ihm aufgenommen wegen seines Porträts?«

Ich hatte eigentlich nicht vorgehabt, außer Chrissy noch jemanden zu porträtieren. Das Modellsitzen war nur dazu gedacht gewesen, dass sie sich hinsetzte und meine Fragen über die bevorstehende Scheidung beantwortete. Aber sie war vollkommen ahnungslos. Ich musste etwas sagen, denn sie sah mich erwartungsvoll an.

»In Anbetracht der aktuellen Situation möchte ich lieber Rücksicht nehmen. Mitten in der Trauer will ich Bryce und Tabitha nicht auch noch mit der Neuigkeit überrumpeln, dass Naomi Porträts von ihnen geplant hatte.«

Chrissy ließ ihre Handgelenke knacken. »Bryce würde das schon verkraften, denke ich. Aber ich bezweifle, dass Sie ihn dazu bringen könnten, derart lange still zu sitzen.« Sie stieß ein schrilles Lachen aus. Das Thema Bryce erfüllte sie mit neuer Energie. Es gefiel ihr, seinen Namen auszusprechen, das erkannte ich an ihrem strahlenden Lächeln und den offenen Schultern. Ich musste sie irgendwie dazu bringen, weiterzureden.

»Wie kommt er mit dieser ganzen Sache zurecht?«, fragte ich.

»Er ist natürlich traurig, gibt sich Tabitha zuliebe aber stark.«

»Arbeitet er weiter, oder hat er sich erst mal freigenommen?«

»Bryce arbeitet immer. Red Rock Capital ist sein Baby.«

Am liebsten hätte ich sie direkt gefragt, ob sie glaubte, dass Bryce Naomi umgebracht hatte. Stattdessen fing ich an, ihre Hautfarbe zu mischen, Titanweiß mit einem Klecks Kadmiumgelb. Ich würde mit ihrem Hals beginnen und mich dann zu ihrer Kleidung vorarbeiten. Was ihr Gesicht anging, war ich mir noch unsicher. Ich hatte Chrissys Seele noch nicht verstanden.

»Und wie geht es Tabitha?«, fragte ich beiläufig.

»Na ja, Tabitha ist Tabitha. Sie tut so, als wäre alles in Ordnung, aber irgendwann wird es sie mit aller Macht treffen.«

Chrissy verfiel in Schweigen, und ich malte. Zwanzig Minuten später brach sie auf, nachdem sie etwas davon gemurmelt hatte, sie komme sonst zu spät zu einer Telefonkonferenz. In der Leere des Gästehauses verstärkte sich meine Verwirrung noch. Wer war Naomis Rechtsbeistand für ihre geplante Scheidung gewesen, wenn nicht Chrissy? Vielleicht war es ein Fehler gewesen, hierherzukommen. Mir wurde schwer ums Herz. Ich entkorkte eine teuer aussehende Flasche Merlot und betäubte meine Gedanken mit TikTok-Videos. Der Wein half mir dabei, früh in den Schlaf zu finden.

Am nächsten Mittag – sie kam pünktlich – teilte mir Chrissy mit, sie habe beschlossen, auch während der nächsten Woche noch von den Hamptons aus zu arbeiten. Es stünden keine Gerichtstermine an, und ihre Meetings könne sie telefonisch erledigen. Ich wusste, dass sie in Wahrheit deshalb blieb, weil sie es schön fand, gemalt zu werden. Narzisstische Zufuhr war eine Droge, und ich verabreichte ihr die Ego-Nahrung in hohen Dosen. Aber Chrissys Unwissen, was Naomis letzte Monate anging, war frustrierend, und ich hatte mich auf eine Woche allein im Gästehaus gefreut. Ich musste in Ruhe überlegen, wie es jetzt weitergehen sollte.

»Wissen Sie, dass ich eine große Kunstsammlung besitze?«, fragte mich Chrissy unvermittelt.

»Oh, wie schön. Irgendwas Spannendes dabei?«, erkundigte ich mich, obwohl es mich kein bisschen interessierte.

»Jede Menge. Ich habe unter anderem einen Basquiat und einen echt unglaublichen Hockney – eins der Swimming-Pool-Bilder.«

Diese Art von Gemälden entsprach im Grunde einem Anwesen in der Schweiz: Bei beidem ging es nur um Vermögenswerte, und mit diesen Künstlern konnte man diesbezüglich nichts falsch machen. Ich war plötzlich versucht, Chrissys Porträt zu sabotieren, ihr die Wangen aufzublasen oder eins ihrer Nasenlöcher rot und entzündet wirken zu lassen. Andererseits war ich verzweifelt darauf aus, etwas Konstruktives aus unserem Gespräch herauszuholen.

»Naomi war am Boden zerstört nach der Sache mit Marcella-Marie, oder?«, platzte ich heraus, als ich mich nicht mehr länger zurückhalten konnte.

»Plötzlicher Kindstod ist so etwas Schreckliches«, sagte Chrissy und ließ ihr Handy sinken. »Wenn sie Ihnen von Marcella-Marie erzählt hat, muss sie gerade irgendeine Phase durchgemacht haben. Sie war sonst immer so zugeknöpft, was diese ganze Geschichte anging. Nicht mal mit mir hat sie über ihre zweite Tochter gesprochen, obwohl wir uns schon so lange Jahre kannten. Das kam mir immer irgendwie merkwürdig vor.«

Ich wandte mich wieder der Leinwand zu, um zu verbergen, wie sehr mich diese Antwort aufwühlte. Chrissy

Ash konnte nicht einmal bei diesem wichtigen Thema Licht ins Dunkel bringen. Die ganze Aktion mit den Hamptons und den Porträts war umsonst gewesen.

Nachdem Chrissy gegangen war, widerte mich der Geruch nach Ölfarben plötzlich an, und ich trat nach draußen und starrte zum Haupthaus hinüber. Mir fiel ein, dass Naomi dessen Code für die Alarmanlage ebenfalls aufgeschrieben hatte, falls es mal einen Notfall gab. Von stumpfer Neugier getrieben ging ich zurück ins Gästehaus, schnappte mir die zehn Seiten und suchte die Zahlen heraus, um sie anschließend in das versteckt an der Fassade der Hauptvilla angebrachte Metallkästchen einzugeben. Der Alarm piepste leise, dann schwang die schwere Holztür auf und gab den Blick auf das große offene Wohnzimmer frei, das ich von Fotos kannte. Die Einrichtung ähnelte der des Gästehauses: weiße Möbel, helles Parkett, leere Wände und sandfarbene Kissen und Decken. Ich ging die große Treppe hoch. Die Tür zum Hauptschlafzimmer stand offen. Auch hier keine Muscheln in Gläsern oder anderes Strandhaus-Dekor, nur ein kahler Raum mit dicken schlammgrauen Vorhängen, einem großen weißen Bett und zwei identischen Nachttischen. Dann entdeckte ich den Rosenquarz, der auf der Fensterbank aufgereiht war, sortiert nach Größe – die größten Brocken links, die kleinsten rechts. Ich dachte an die Rosenquarzkette, die Naomi beim Abendessen im Restaurant getragen hatte. Das rosafarbene Mineral war das einzige sichtbare Zeichen von ihr in diesem Haus. Ich legte mich auf die feste Matratze des Betts.

Es frustrierte mich, dass Chrissy keinerlei Kenntnisse

von Naomis Scheidungsplänen zu haben schien, aber noch mehr ärgerte mich meine stille Freude darüber, wieder zu malen. Ich hatte so viel Zeit und Geld in meine kunsthandwerkliche Ausbildung investiert, und hier war ich nun, in den Hamptons, und bediente wieder die Bedürfnisse einer wohlhabenden Person. Und wozu? Ich betrachtete meine Hände, die voller Farbspritzer waren, und schlenderte dann geistesabwesend ins Badezimmer, drehte den Wasserhahn auf und ließ mir eine Wanne einlaufen. Als ich angefangen hatte, für Michael Valentine zu arbeiten, hatte er noch einfache Arbeiter und Angestellte porträtiert. Für eine Ausstellung im MoMa hatte er damals zwölf Mitglieder des Hausmeisterteams gemalt, für eine Ausstellung in der Albright-Knox-Art Gallery waren Grundschullehrer seine Modelle gewesen, und im Los Angeles County Museum of Art hatte er Müllmänner porträtiert. Es war ihm darum gegangen, die Machtverhältnisse auf den Kopf zu stellen.

Obwohl er aus der gehobenen Mittelschicht stammte und eine sorgenfreie Kindheit genossen hatte, stellte sich Michael als Mann dar, der sich für die übersehene Arbeiterschicht einsetzte und deren Mitglieder in das Pantheon der Meister aufnahm. Gleichzeitig liebte er deutsche Luxusautos und gestand mir einmal, was der erhebendste Moment in seinem Leben gewesen sei, der Moment, in dem er sich Gott am nächsten gefühlt habe: Als er in seinem Audi A6 nach Überquerung des Tioga Passes den Berg hinuntergerollt war und dabei *Dance Me to The End of Love* von Leonard Cohen gehört hatte. Was er in Wirklichkeit meinte, war, dass er sich in diesem Moment *wie* ein Gott gefühlt hatte. Je bekannter er wurde, desto wilder und exotischer wucherte seine Eitelkeit. Er trug nur noch Designerkleidung, ließ sich Haare implantieren und kaufte sich eine Eigentumswohnung in einem schmalen Glaskasten in der Nähe der Hudson Yards. Außerdem pumpte er Geld in das Atelier, das er sich auf dem Land eingerichtet hatte. Er nannte diese neue Wirkungsstätte seine *Kirche* und stattete sie mit einer lächerlich teuren italienischen Espresso-Maschine, die er nicht selbst bedienen konnte, sowie einer Sauna für sieben Personen aus. Der Erfolg korrumpierte ihn völlig, und das Eigenartige war, dass er es selbst gar nicht merkte. Am Ende zeigten alle seine Porträts reiche Society-Ladys. Oder seine Lebensgefährtin Rosa.

In der Badewanne der Duncans versuchte ich Michael aus meinen Gedanken zu vertreiben, indem ich mich auf die Gegenwart konzentrierte, aber auch dort gab es nichts Positives zu vermelden. Wieder steckte ich in der kranken Welt anderer Menschen fest. Naomi war nicht meine Mutter. Chrissy wusste nichts. Das hier war nicht mein Haus. Auch die flauschigen Handtücher gehörten nicht mir. *This is not my beautiful house* – was die Talking Heads in *Once in a Lifetime* sangen, traf voll und ganz auf mich zu. Ich musste mich damit abfinden: Was auch immer Naomi an jenem eisigen Berghang in Aspen zugestoßen war, ich war nicht dafür verantwortlich. Ich ließ mich tiefer in das warme Schaumwasser gleiten, bis mein Kopf darunter verschwand, und schwor mir, am nächsten Morgen nach Hause zu fahren. Ich war fast fertig mit Chrissys Gemälde, und wenn ich noch heute Abend die letzten zwei Schichten Glasur auftrug, konnte ich ihr das Bild vor die Tür stellen und mich aus dem Staub machen. Ich stieß einen Rülpser der Erleichterung aus.

Ich trocknete mich ab und war gerade dabei, mich wieder anzuziehen, als ich es hörte: das unmissverständliche Piepsen der Alarmanlage, dann das Abstellen eines Koffers. Jemand war im Haus!

9

Tabitha stand in der Küche und hielt ein Fleischermesser in der Hand.

»Wer zur Hölle sind Sie?«

»Hallo, Tabitha«, sagte ich von der Treppe. »Ich bin eine Freundin deiner Mutter.«

»Was?«, fragte sie entgeistert.

»Leg einfach das Messer weg, okay?«

Tabitha war selbst in ihrem jetzigen verängstigten Zustand wunderschön. Sie trug eine enge schwarze Hose, die sich unten trompetenförmig verbreiterte, und einen senffarbenen Kapuzenpullover, auf dem in kindlicher Schrift das Wort *Drew* stand. Ihre Haare waren auf dem Kopf zu zwei Knoten gezwirbelt.

»Woher … woher kennen Sie meine Mutter?«, fragte sie mit zittriger Stimme.

»Ich bin Künstlerin, und sie hat mich damit beauftragt, Porträts von eurer Familie und euren Freunden zu malen. Das Ganze sollte eigentlich ein Weihnachtsgeschenk werden. Deine Mutter hat mir drüben im Gästehaus ein Atelier eingerichtet. Dort habe ich in den letzten Tagen Chrissy gemalt – und auf den richtigen Moment gewartet, um mich mit dir in Verbindung zu setzen.«

Tabitha blickte ungläubig in den Garten hinaus.

»Warum sind Sie dann hier?«, wollte sie von mir wissen.

»Weil es im Gästehaus so nach Ölfarben stinkt, dass ich es nicht mehr ausgehalten habe.«

Tabitha schwieg lange und starrte durch die schwarzen Fenster. »Meine Mom wollte wirklich ein Porträt von mir?«

»Ja«, log ich. »Sie meinte, sie hätte in letzter Zeit viel über Vermächtnisse nachgedacht.«

Tabitha, die immer noch das Messer umklammert hielt, setzte sich auf einen weißen Hocker an der Kücheninsel und brach in Tränen aus. Ich sah, wie ihre Schultern zuckten. All die düsteren Gefühle, die ich mit ihr verbunden hatte, waren plötzlich wie weggeblasen. Ich nahm meinen ganzen Mut zusammen und ging auf ihre schluchzende Gestalt zu. Behutsam legte ich ihr eine Hand auf die Schulter. Ich spürte die gleiche aufgeladene Hitze wie in Nashville und dachte: Was, wenn sie mich erkennt? Dann würde mir nichts anderes übrigbleiben, als zu meinem Pick-up zu rennen und das Weite zu suchen. Aber dann fiel mir wieder ein, dass mich Desirée mit ihrem Contouring-Make-up in ein kubistisches Gemälde verwandelt hatte. Außerdem hatte ich eine Baseballkappe getragen. Mir konnte also nichts passieren.

Tabitha drehte den Kopf und murmelte mit halb erstickter Stimme: »Entschuldigen Sie, ich sehe furchtbar aus. Es war eine beschissene Woche.«

Ich nickte verständnisvoll.

»Kann ich das Gemälde von Chrissy sehen?«, fragte sie mich, nachdem sie sich beruhigt hatte.

»Äh … natürlich. Es ist allerdings noch nicht ganz fertig.«

Ich ging durch den nebligen Garten voraus.

Im Gästehaus schaltete ich das Licht ein, und dort im Wohnzimmer stand es auf der Staffelei. Am Nachmittag hatte ich Chrissys Wangenpartie vollendet und das Bild mit einer ersten Glasur versehen, sodass es jetzt den Schimmer der alten flämischen Meister besaß.

»Wow, es ist wunderschön. Alles sieht … so echt aus!«

»Danke.«

»Wie heißen Sie eigentlich? Ich wollte vorhin nicht psycho rüberkommen, mit dem Messer und so. Ich hatte nur nicht damit gerechnet, dass jemand im Haus ist.«

»Ich bin Jessica Washington. Du kannst mich gern duzen.« Ich hatte ein schlechtes Gewissen, weil ich schon wieder Jessicas Namen missbrauchte, aber da ich ihn schon bei Chrissy verwendet hatte, blieb mir nichts anderes übrig.

»Können wir jetzt gleich anfangen?«, fragte Tabitha. »Mit dem Porträt?«

»Wir sollten bis morgen früh warten, da ist das Licht besser.«

»Nein, ich will jetzt anfangen!«

Ich gab der nörgelnden Dringlichkeit in Tabithas Stimme nach und nickte. Dann zog ich die andere leere Leinwand hervor, die ich grundiert hatte, und sah mich im Zimmer um. »Ich denke, wir sollten dich dort drüben platzieren, damit sich der Hintergrund von Chrissys unterscheidet«, schlug ich vor und spürte den altbekannten Stolz auf meine Arbeit. Tabitha war einverstanden und schob einen zweiten weißen Sessel neben das große Erkerfenster. Sie zog ihren Kapuzenpullover aus, unter dem ein pastellgrünes Tanktop zum Vorschein kam. Die Pose, die sie auf dem Sessel einnahm, war perfekt – entspannt und dennoch aufrecht. Ich fing an, sie mit dem Bleistift zu skizzieren.

Irgendwann legte Tabitha den Kopf schräg. »Sind wir uns eigentlich schon mal begegnet? Bei einer Veranstaltung meiner Mutter vielleicht? Du kommst mir so bekannt vor.«

Heiße Angst flutete meinen Körper. »Nein, ich glaube nicht. Ich habe deine Mutter nur einmal persönlich getroffen.«

Sie schluckte diese Information, ohne weiter darüber nachzudenken. »Cool. Kann ich ein Glas Wein trinken, während du arbeitest?«

»Natürlich.«

Tabitha stand auf, um eine Flasche aus der Vorratskammer zu holen, und ich wartete auf das Geräusch des Korkens. Das laute, feuchte Ploppen schien uns in ein neues Universum zu katapultieren, eins, in dem sich meine alten Fragen in Luft auflösten und neue entstanden. Vielleicht würde Tabitha die Antworten darauf liefern. Vielleicht war sie der Grund dafür, dass ich hier war. Vielleicht war sie gar nicht böse und gewalttätig, sondern auch nur ein Opfer. Inzwischen war sie mit zwei gefüllten Gläsern aus der Küche zurückgekehrt, überreichte mir meins und machte es sich wieder in ihrem Sessel bequem. Ich skizzierte weiter und genoss die klaren Linien ihres Gesichts.

»Also, wo hast du meine Mutter kennengelernt?«, krächzte Tabitha und unterbrach mit ihrer Frage den Fluss meiner Hand.

»Auf einer Vernissage«, antwortete ich.

Tabitha trank ihren Wein in großen Schlucken und schenkte sich dann erneut ein. Zwanzig Minuten später erschlaffte ihre aufrechte Haltung, und ihr Kopf fiel zur Seite. Sie war eingenickt. Ich stand unsicher vor ihr und überlegte, was ich tun sollte. Ich würde es nicht schaffen, sie hinüber ins Haupthaus zu tragen. Nachdem ich ihr ein paar Minuten lang beim Schlafen zugesehen hatte, holte ich eine der gestärkten Bettdecken aus einem ungenutzten Schlafzimmer, deckte sie damit zu und löschte das Licht.

Als ich am nächsten Morgen schlaftrunken die Treppe herunterkam, um mir einen Kaffee zu machen, stand Tabitha im Sportoutfit an der marmornen Kücheninsel, auf der Haut einen perfekten Schweißfilm.

»Jessica, mir ist eine Idee gekommen.«

Ich war zu fasziniert vom überirdischen Schimmer ihrer freiliegenden Körperteile, um etwas Zusammenhängendes zu antworten. Ohne Koffein fiel es mir sogar schwer, mich daran zu erinnern, dass ich jetzt Jessica hieß.

»Äh … was denn für eine?«

»Ich würde gern ein paar Videos davon machen, wie du mich malst.«

Mir wurde kurzzeitig warm ums Herz, weil sie meine Arbeit so wertschätzte, aber ich wusste, dass mein Gesicht nicht in ihrem Newsfeed auftauchen durfte. Dafür war sie viel zu berühmt. Was, wenn mich jemand googelte und herausfand, dass ich nicht Jessica Washington war?

»Das ist … also, ich hasse es, fotografiert oder gefilmt zu werden, erklärte ich und ging zum Kühlschrank.

»Warum?«

»Weil ich mich vom Internet fernhalten möchte.«

Tabitha machte große Augen. »Was, ernsthaft? Warum?«

»Ich wurde mal gestalkt, von einer Ex-Freundin. Also habe ich meine Internet-Präsenz so gut es ging ausradiert. Keine Accounts in den sozialen Medien. Gar nichts.«

Tabitha wirkte beeindruckt. »Ist ja verrückt! Was hat sie gemacht? Die Stalkerin, meine ich.«

»Sie ist mir wie besessen überallhin gefolgt, wo ich auch hingegangen bin. Deshalb ziehe ich lieber keine Aufmerksamkeit mehr auf mich und bleibe in Deckung.«

Tabitha nickte, nicht ahnend, dass ich gerade mein eigenes Verhalten ihr gegenüber beschrieben hatte. Die Stalkerin war ich. »Na ja, du kannst ja hinter der Leinwand bleiben, und ich richte die Kamera abwechselnd auf deine malenden Hände und auf mich. Dein Gesicht können wir weglassen.«

Ich sah sie an. »Also gut.«

»Ich würde die Videos sowieso erst in ungefähr einem Monat posten.«

»Und wo würdest du sie posten?«, fragte ich, als hätte ich mir nicht stundenlang auf meinem iPad angesehen, wie sie mit toten Augen ihre mystischen Tänzchen auf TikTok veranstaltete.

»Ich bin Influencerin.«

»Und was heißt das?«

»Das heißt, dass ich mehrere Accounts in den sozialen

Medien besitze und meinen Körper und meine Seele an den Teufel verkaufe. Jede gepostete Sekunde bringt mir Geld ein. Außerdem verhökere ich Diät-Tee, von dem man Durchfall bekommt.«

Ich lachte. Ihr schwarzer Humor traf mich unerwartet. Ohne dass ich sie darum gebeten hätte, trottete Tabitha zum Haupthaus hinüber und schlüpfte in ihr Outfit vom Vorabend. Sie war eindeutig Profi. Nachdem sie auf dem Sessel Platz genommen hatte, setzte sie ein sanftes Lächeln auf, und ihre Begeisterung darüber, auf Leinwand festgehalten zu werden, ließ den Vormittag wie im Nu verstreichen.

Nachdem sie einige Stunden am Stück posiert hatte, legte sie eine Pause ein. Als sie aus dem Badezimmer zurückkam, hielt sie einen dunklen, rechteckigen Gegenstand hoch – mein iPad. Panik stieg in mir auf, weil ich genau wusste, dass mein Suchverlauf mein krankhaftes Interesse an ihr und ihrer Familie enthüllte.

»Oh, ich liebe True Crime! Sollen wir uns einen Podcast anhören?« Zum Glück schien sie nur einen Blick in meinen iTunes-Account geworfen zu haben.

»Klar, gern«, antwortete ich nervös.

»Diese beiden sind der Hammer«, sagte Tabitha, und schon schallten die aufgekratzten Stimmen zweier bester Freundinnen aus den Lautsprechern, die von Mordfällen besessen waren und ihr ganzes Leben danach ausgerichtet hatten. Die Oberflächlichkeit, mit der sie Gewalttaten ausschlachteten und Kaffeebecher, Kapuzenpullover und Autoaufkleber mit fiesen Sprüchen verkauften, war mir unerträglich.

»Über die könnte ich mich totlachen«, kicherte Tabitha.

Die Podcasterinnen unterhielten sich zunächst langatmig über Heißluftfritteusen und kamen dann endlich auf einen Typen zu sprechen, der Frauen zerstückelte und hinter den Trockenbauwänden seines Hauses aufbewahrte. Offenbar hatte der Verwesungsgestank schon den ganzen Wohnblock erfasst, was man jedoch dem nahen Fischmarkt zuschrieb. Dessen Inhaber musste erst drei verschiedene Belüftungssysteme einbauen, bevor die Polizei hinter die eigentliche Ursache kam.

»Wie eklig«, sagte Tabitha und stand auf, um ihre Beine auszuschütteln.

»Polizisten sind die letzten Idioten«, lautete mein Urteil.

Schweigen kehrte ein. Nachdem mehrere Minuten verstrichen waren, beschloss ich, dass es Zeit war, vorsichtig nach Informationen zu bohren. »Hast du eigentlich Geschwister?«

»Nein«, antwortete Tabitha schroff.

Ich konnte nicht auf Marcella-Marie zu sprechen kommen, ohne preiszugeben, was ich bereits wusste, daher wandte ich mich lieber wieder meiner Arbeit zu und mischte ein paar Farben.

»Wir haben drüben noch Steaks im Gefrierschrank. Soll ich die holen?«

Ich nickte.

Als sie weg war, überlegte ich, was ein Podcaster an meiner Stelle tun würde. Sollte ich unsere Gespräche aufzeichnen? Sollte ich tiefer in sie dringen? Tabitha kehrte mit zwei dicken, in Plastik eingeschweißten Steaks zurück. Ich füllte eine Schüssel mit Wasser, damit sie darin auftauten.

»Ich hab so einen Hunger!«

»Ich auch.«

Das zarte Erblühen einer Freundschaft zwischen uns überraschte mich. Mein Ziel durfte ich trotzdem nicht aus den Augen verlieren, das war mir klar. Ich musste herausfinden, was mit Naomi passiert war. Tabitha strahlte eine unerwartete Unschuld aus, vielleicht, weil sie ein wenig naiv wirkte. Und traurig – oder eher verwirrt. Möglicherweise lag es daran, dass sie so wahnsinnig jung war. Obwohl ich versuchte, die Rolle der Ermittlerin einzunehmen und professionelle Distanz zu ihr zu wahren, kam ich mir vor wie ein Mädchen, das bei seiner Freundin übernachtete. Unser Zusammensein fühlte sich an wie eine endlose Pyjama-Party. Am liebsten hätte ich ihr die Fingernägel lackiert und ihr alle meine Geheimnisse anvertraut.

Am nächsten Morgen arbeiteten wir weiter an dem Gemälde, und gegen Mittag schlug Tabitha vor, dass wir thailändisches Essen bestellten. Sie gab die Bestellung online über ihr Handy durch, ohne mich auch nur zu fragen, was ich wollte. Sie bestellte einfach von jedem Gericht eine Portion. Als kurz darauf ein schweißnasser, keuchender Teenager mit einem Dutzend roter Plastiktüten bei uns eintraf, wäre ich am liebsten im Erdboden versunken. Peinlich berührt wich ich dem Blick des Jungen aus. Ich hatte das Gefühl, jemand geworden zu sein, der ich nicht sein wollte: eine reiche Frau, die behaglich in einem überdimensionalen Strandhaus lebte und von allem eine Portion bestellte, weil sie sich nicht entscheiden konnte.

Als ich gerade Papaya-Salat und Pad Thai auf unsere Teller löffelte, platzte Chrissy zur Tür herein.

»Klopf, klopf. Mir ist zu Ohren gekommen, dass ein neues Modell in der Gegend ist!« Sie schlenderte zu Tabitha hinüber und erstickte sie beinahe in Kaschmir und Parfüm. »Wie gehts dir, meine Süße?«

»Mir gehts gut«, antwortete Tabitha kühl und wandte sich ihrem Teller zu.

»Und wie läuft es im Atelier?«, säuselte Chrissy und warf einen Blick auf Tabithas Leinwand, auf der bisher nur graue Untermalerei zu sehen war.

»Hm, ganz gut«, nuschelte ich mit vollem Mund und wünschte mir, dass Chrissy wieder ging. Sie schien die ganze Luft im Raum einzusaugen.

»Ich würde euch beide gern am Wochenende zum Abendessen einladen. Bis dahin habe ich einen großen Fall hinter mir, und das muss gefeiert werden. Wie klingt das für euch?«

Ich wartete, bis Tabitha für uns beide antwortete: »Klar, warum nicht? Wann genau?«

»Wie wäre es am Freitag um halb acht?«

Ich lächelte höflich. In diesem Moment begann Chrissys Handy zu klingeln, und sie ging dran, winkte uns zum Abschied zu und schlenderte über den Rasen des Vorgartens davon.

Wir verbrachten den Nachmittag in einem warmen, wohligen Kokon. Tabitha machte Dutzende Videos von meinen Händen beim Malen und filmte anschließend sich selbst, wie sie auf dem Sessel für mich posierte. Dann verbrachte sie eine Stunde damit, die Videoschnipsel zusammenzuschneiden und mit Begleitkommentaren zu versehen, für die sie mich um meine Meinung bat.

»Klingt das so gut? Hier sitze ich und lasse ein Porträt von mir malen, als wäre ich die gottverdammte Queen – bin ich ja auch!«

Ich nickte.

Als Tabitha gerade einmal nicht filmte, fragte sie mich: »Als ihr euch zufällig bei dieser Vernissage kennengelernt habt, du und meine Mom, hat sie da einfach so gesagt, dass sie Porträts von ihrer Familie möchte, oder hast du sie auf die Idee gebracht?«

»Nein, es war Naomis Idee.« Die Lüge kam mir verzeihlich vor.

»Hat mich nur irgendwie überrascht.«

»Warum?«

»Weil meine Mutter vor ihrem Tod total zickig war. Sie schien alles andere im Kopf zu haben, nur keine Familienporträts.«

»Oh. Das tut mir leid.«

»Sie war einfach nicht mehr sie selbst, kurz bevor es passierte. Kühl, gleichgültig. Darüber denke ich die ganze Zeit nach.«

»Wie hat sich das geäußert?«, fragte ich.

»Keine Ahnung. Wir haben uns überhaupt nicht mehr verstanden.«

Ich legte fragend den Kopf schräg, und sie schien plötzlich in Traurigkeit zu versinken. Nachdem sie einen

Schluck von ihrer Coke Zero getrunken hatte, schlüpfte sie in ihr fröhliches Ich zurück.

»Es fing damit an, dass ich mich als Trump-Fan geoutet habe«, verkündete sie, stand auf und begann eins ihrer Tänzchen. Sie legte sich die Hände überkreuz an die Taille und wackelte mit den Hüften, um anschließend mit einem irritierenden Lächeln Richtung Kamera zu verharren. Die Kamera war in diesem Fall ich.

»Mom wollte, dass ich ihr bei irgend so einem WAC-Projekt in Kenia helfe, und … Ach, ich weiß auch nicht. Da unten war es heiß und schmutzig, und mein Freund Tamen hat auf Mallorca eine große Geburtstagsparty geschmissen, die ich auf keinen Fall verpassen wollte. Wir … haben uns deswegen gestritten.«

Es hatte etwas Hartes, Verstörendes an sich, wie sie das Wort *gestritten* sagte. Ich musste an den Abdruck denken, den das Stiftetui aus Metall auf der Stirn ihrer Klassenkameradin hinterlassen hatte. Tabitha hob den Kopf und setzte ein engelsgleiches Lächeln auf, als hätte sie durchschaut, dass ich ihre Grausamkeit erkannt hatte.

»Danach haben wir kaum noch ein Wort miteinander geredet. Aber Mallorca war echt cool. Ich hab mir dort ein Tattoo stechen lassen.«

Ich war in Gedanken noch bei dem Streit in Kenia, bei der Enttäuschung, mit der Naomi zurückgeblieben sein musste, während Tabitha zu ihrem glamourösen Geburtstagsfest jettete, das vermutlich auf einem Felsen am Strand stattgefunden hatte, mit weißen Leinentischdecken und Stick-and-Poke-Kits zum Selbsttätowieren. Betretenes Schweigen machte sich zwischen uns breit.

»Haben sich deine Eltern eigentlich gut verstanden vor Naomis Tod?«

»Was?«

»Ich war nur neugierig.«

»Meine Eltern hatten eine seltsame Beziehung. Mein Dad hat immer gesagt, dass meine Mom verrückt ist. Sie hatte ein paar … na ja, psychische Probleme. Andererseits habe ich schon vor Ewigkeiten aufgehört, mich mit ihnen zu beschäftigen, ich habe also eigentlich keine Ahnung. Warum fragst du danach?«

»Einfach so«, gab ich zurück. »Die beiden hatten also keinen größeren Streit?«

»Na ja, mein Dad ist der totale Kontrollfreak, vor allem, was Geld angeht, aber nicht nur. Wenn was nicht so läuft, wie er es sich vorstellt, kann er total ausflippen. Sie haben schon öfter mal gestritten.«

»Wie sieht ausflippen bei ihm aus?« Ich versuchte zu verbergen, dass mich die Antwort brennend interessierte.

»Der kann schon ziemlich rumtoben«, sagte Tabitha und griff nach ihrem Handy. »Nein lässt er als Antwort nicht gelten. ›Geschäftemachen ist wie Krieg‹, sagt er manchmal zu mir, und ich antworte: ›Geh erst mal auf TikTok, Dad.‹«

»Würde er so weit gehen, jemanden umzubringen?«, fragte ich unverblümt und bereute es sofort.

Tabitha brach in Gelächter aus. Sie dachte, ich hätte einen Witz gemacht. Ich war erleichtert.

»Ich glaube, es gäbe nichts, was er nicht tun würde, um Red Rock zu schützen«, sagte sie, nachdem sie aufgehört hatte zu kichern. »Er ist absolut skrupellos.«

Sie fing an, auf ihrem Telefon herumzuscrollen. Unterdessen bewunderte ich die Symmetrie ihrer Züge und überlegte, wie Bryce seine Tat wohl durchgezogen hatte.

Eine Stunde später machte Tabitha eine Flasche Wein auf. Es war erst fünf Uhr nachmittags. Wir leerten trotzdem je zwei Gläser.

»Weißt du, warum ich eigentlich hier draußen bin? Weil irgend so ein Idiot heimlich ein Video von mir gemacht hat, wie ich in einem Club kokse. Und dieses Video kursiert jetzt im Netz, und alle sind total aus dem Häuschen.«

»Oh. Das tut mir leid.«

»Als ob ich der erste Mensch auf Erden wäre, der jemals Koks konsumiert hat! Ich musste mich entscheiden: entweder Entzug oder einen Monat untertauchen. Mein Manager verbietet mir, Beiträge zu posten, total krank. Deshalb sitze ich hier und schneide die Videos immer wieder neu. Weil mir echt was fehlt.«

»Das ist bestimmt ungewohnt für dich.«

»Nach dem Unfall meiner Mom habe ich eine Woche lang nur gefeiert. Ich weiß, das klingt krank, aber ich musste mich ablenken.«

Ich nickte. »Meine Mutter ist auch gestorben.«

»Wie?«, fragte Tabitha ein wenig zu schnell.

»Bei einem Autounfall.«

»Oh.« Sie schien nicht recht zu wissen, was sie darauf antworten sollte.

»Wie war es bei deiner Mutter in Aspen?«

»Du meinst, was auf der Skipiste passiert ist?«

Ich nickte.

»Ich vermute mal, ihre Skibindung hat nicht richtig funktioniert. Sie war sehr schnell unterwegs und hat plötzlich einen Ski verloren. Ich selbst war nicht dabei. Angeblich ging alles total schnell – ein tragischer Unfall. Ich bin morgens im Hotel geblieben, weil ich einen Kater hatte. Irgendwie denke ich die ganze Zeit, dass die Sache vielleicht anders ausgegangen wäre, wenn ich mitgekommen wäre.«

Ich starrte Tabitha an, ihre grünen Augen, ihre perfekt gepflegte Haut. Mir ging das Herz auf. Meine mühsam aufrechterhaltene Podcasterinnen-Distanz löste sich in Rauch auf. Diese junge Frau war genau wie ich.

»Irgendjemand trägt bestimmt Schuld an ihrem Tod. Aber nicht du«, sagte ich mit Zuversicht in der Stimme.

»Wie meinst du das?«

»Es gibt keine Unfälle.«

»Du meinst, dass alles schon vom Schicksal vorherbestimmt ist, oder so?«

Ich hatte mir zu tief in die Karten blicken lassen und ruderte eilig zurück. »Ich wollte dir damit nur sagen, dass ich dich gut verstehen kann. Mir ging es damals genauso.«

Die nächsten beiden Tage verstrichen so träge und heiter wie ein Calypso-Song, wir waren zwei Freundinnen im Karibikurlaub. Statt uns mit Sonnenschutzlotion einzucremen und stundenlang auf unseren Handtüchern herumzuliegen, saß Tabitha mit ihrem Sessel auf einer Abdeckplane, während ich sie anstarrte und ihren Körper in Leinöl und Pigment übertrug. Ich wusste genau, was sie gerade durchmachte, und mir war auch klar, dass sie keine Ahnung hatte, wie sie dem Gefühlschaos in ihrem Inneren entgehen konnte. In Clubs zu sitzen und zu koksen, würde sie nicht weiterbringen – damit verschaffte sie ihrer Mutter weder Gerechtigkeit, noch konnte sie sie wieder zum Leben erwecken. Ich war der Wahrheit über Naomis Tod kein Stück nähergekommen, jedoch entschlossener denn je, mehr herauszufinden.

Es wurde Freitag, der Abend bei Chrissy stand bevor. »Diese Frau ist so was von anstrengend«, nörgelte Tabitha, während sie sich in den dunklen Fenstern dabei beobachtete, wie sie rhythmisch die Schultern kreisen ließ. »Lass uns absagen und chinesisches Essen bestellen.«

Ich war erleichtert. Tabitha schrieb Chrissy eine Textnachricht und behauptete, sie fühle sich nicht gut. Deren Beharren darauf, uns Essen vorbeizubringen, wehrte sie erfolgreich ab. Ich verbrachte zunächst ein paar Stunden damit, die Beschaffenheit von Tabithas Haaren auf die Leinwand zu bannen, bevor wir uns zusammen eine Reality-Sendung über glattgebügelte Frauen in schrillen Businesskostümen ansahen, die Immobilien verkauften.

Als ich am nächsten Morgen aufwachte, stand Tabitha in der Küche und trommelte mit ihren gel-manikürten aquamarinblauen Nägeln auf einer Dose Coke Zero herum. »Mein Dad hat heute Geburtstag. Ich muss zurück in die Stadt.« Sie nahm einen Schluck aus der Dose. »Ich habe ihm von den Porträts erzählt, und er will dich kennenlernen.«

Ein eiskalter Schauder lief mir über den Rücken. Es war Bryce' Geburtstag, der Tag, an dem ursprünglich sämtliche Pläne von Naomi in die Tat umgesetzt werden sollten. Wie hatte ich dieses Datum nur vergessen können? Ein eigenartiger Energieschub erfasste mich, dann stieg Panik in mir auf. Ich war nicht darauf vorbereitet, Bryce kennenzulernen. Auch nicht darauf, nach New York zurückzukehren.

»In ungefähr einer halben Stunde kommt ein Wagen und holt uns ab. Du solltest besser deine Sachen packen.«

»Was ist mit deinem Porträt?«, fragte ich verzweifelt und zeigte auf das halb fertige Ölgemälde. Ich brauchte einen Grund, um die Abfahrt zu verzögern.

»Wir kommen doch in ein paar Tagen wieder her. Eigentlich hatte ich vor, mich vor der Party zu drücken, aber nach allem, was passiert ist, muss ich natürlich bei meinem Vater sein. Musst du ihn nicht sowieso noch porträtieren?«

»Ich hasse nur einfach New York«, sagte ich, ohne nachzudenken.

»Und trotzdem wohnst du in Bushwick?«

Ich nickte. Mir war für einen Augenblick entfallen, dass ich Jessica war und in der Nähe der Haltestelle Myrtle-Wyckoff Avenues lebte. Ohne meinen Morgenkaffee funktionierte mein Kopf nicht. Ich war noch nicht bereit für eine derart abrupte Unterbrechung unserer täglichen Routine. Dann erschien ohne anzuklopfen Chrissys Assistentin und schleppte ein mannshohes schwarzes Paket mit vergoldeter Schleife zur Terrassentür herein.

»Das ist für Bryce«, sagte sie hochnäsig. Tabitha nickte wortlos.

Einundvierzig viel zu kurze Minuten später – es war mir nicht gelungen, eine überzeugende Ausrede vorzubringen – fuhren wir den Long Island Expressway entlang, mit meinen Malutensilien im Kofferraum und Chrissys riesigem schwarzen Paket, das quer über meinen Beinen lag und mir das Blut abschnürte.

10

»Sie haben sie bei einem Dinner kennengelernt?«

Ich nickte.

»Wo genau?«

»Im Franco's. Nach einer Vernissage von Memphis Emerald.«

Bryce' Blick war durchdringend, ich hatte ihn mir anders vorgestellt. Auf Fotos wirkte sein Gesicht stumpf und leblos. Jetzt sah ich, wie wachsam er in Wirklichkeit war. Er kam mir vor wie ein menschlicher Taschenrechner, der genau kalkulierte, ob meine Story Sinn ergab. Ich betete die gleichen Sätze herunter, die ich bereits für Chrissy und Tabitha bereitgehalten hatte, darunter Naomis Kommentar zum Thema Vermächtnis.

»Dad, Jessica ist cool, echt. Und eine tolle Malerin«, sagte Tabitha, ohne von ihrem Handy aufzublicken. Bryce atmete deutlich hörbar ein, die Hand fest auf die große Mahagoni-Kücheninsel gelegt.

»Und wer soll dieses Porträt bekommen? Ich meine, wo soll es hängen, wenn es fertig ist? Wie hatte sie sich das Ganze vorgestellt?«

»Sie hat mich nur damit beauftragt, die Porträts zu malen. Was sie hinterher damit vorhatte, weiß ich leider nicht.«

Bryce stieß die eingeatmete Luft scharf wieder aus.

Ich wusste nicht, wie ich dieses Geräusch zu interpretieren hatte. Vermutlich signalisierte es Skepsis.

»Chill mal, Dad, sie hat ihre Malsachen dabei«, mischte sich Tabitha erneut ein und wies mit dem Kinn auf die leere Leinwand, die im Eingangsfoyer lehnte. »Du musst einfach nur dasitzen. Lass dich auf Moms letzte verrückte Idee ein, na los.«

Bryce sah Tabitha an, und sein Gesichtsausdruck wurde weicher. Er mochte ein Kontrollfreak sein, aber Tabitha war sein kleiner Engel, dem kein Wunsch abgeschlagen wurde. Bryce drehte sich zu dem großen Edelstahlkühlschrank um und holte einen Glasbehälter mit einer Flüssigkeit heraus, die wie Karottensaft aussah. Dann nickte er mir zu. »Ich kann Ihnen morgen eine Stunde einräumen.«

Den Ablauf der Geburtstagsfeier hatte mir Tabitha bereits erklärt: zuerst ein großes Büffet, dann die Filmvorführung. So war es Tradition. Der Koch von Bryce' Lieblingsrestaurant, ein Brasilianer, würde am frühen Nachmittag kommen, um ein Festmahl zuzubereiten, und im Anschluss an das Essen wurde ein Film auf die riesige leere Wand im Wohnzimmer projiziert. »So machen wir es jedes Jahr«, hatte Tabitha leise hinzugefügt. Ich hatte mich überrascht gezeigt, als hätte ich nicht Dutzende Fotos von Familienmitgliedern und Freunden auf großen weißen Sitzkissen vor der improvisierten Kinoleinwand gesehen. »Eigentlich sollten dieses Jahr richtig viele Leute kommen, und es sollte Vorführungen und Ansprachen geben. Mom hat sich förmlich überschlagen mit der Planung, weil es doch sein Sechzigster ist. Sogar eine Videodokumentation der Feier hat sie in Auftrag gegeben. Aber Dad ist deprimiert, also wird es nur eine kleine Party. So ein Männerding, es kommen hauptsächlich Arbeitskollegen.«

Ich täuschte Müdigkeit vor, woraufhin mir Tabitha beschrieb, wo sich im Obergeschoss das Gästezimmer befand. Da ihr Blick die ganze Zeit am Handydisplay klebte, hätte ich mir mein falsches Gähnen sparen können. Sobald ich oben allein im Flur war, sah ich mich neugierig um. In diesem Haus gab es keinerlei Deko-Gegenstände – keine Kunst, keine Teppiche, keine gerahmten Familienfotos. Es war eine riesige kahle, modernistische Penthouse-Wohnung hoch oben in einem Wolkenkratzer, mit schwarzen Holzböden und weißen Wänden. Im Gästezimmer erkannte ich sofort die Bettwäsche von Frette wieder und stieß einen Seufzer der Erleichterung aus. Nachdem ich geduscht hatte, rief ich bei Blick Art Supply an und bestellte für den nächsten Tag Leinöl, Lappen und Farbtuben, da die in den Hamptons erstandenen Malutensilien bereits zur Neige gingen. Dass ich Bryce malen würde, machte mich nervös. Ich hatte Angst, dass er mich durchschaute, wenn er mir so lange gegenübersaß.

Die nervige digitale Türklingel begann um Punkt achtzehn Uhr zu läuten. Ich war angespannt. Wurde von mir erwartet, dass ich an der Feier teilnahm? Es kam mir unwirklich vor, dass der sechzigste Geburtstag, auf dem die Scrapbooks hätten enthüllt werden sollen, genau unter mir stattfand. Wie Naomi die Bücher wohl präsentiert hätte? Hatte sie vorgehabt, sie auf einem Rollwagen hereinzuziehen? Hätte sie von ihrem Mann verlangt, vor den gelangweilten Gästen sämtliche Bände auszupacken? Für ahnungslose Zuschauer hätte das Ganze wie eine herzliche, wenn auch völlig übertriebene Geste gewirkt, eine Feier der Familie und der Liebe. Wie schnell hätte Bryce gemerkt, dass etwas nicht stimmte? Hätte er sich überhaupt die Zeit genommen, die Bücher durchzublättern, während seine Gäste *coxinhas* aßen? Und hätte er seine Reaktion beim Anblick der Vermögensaufstellungen verbergen können? Oder wäre er sofort in die Luft gegangen?

Um kurz nach sieben hörte ich ein Klopfen an der Tür. Es war Tabitha.

»Kommst du runter, oder was ist?«, fragte sie. Sie trug ein aufreizendes gelbes Kleid und hatte die Haare nachlässig zu einem hohen Pferdeschwanz gebunden. Ich fühlte mich underdressed, als ich hinter ihren klappernden hohen Absätzen nach unten schlurfte. In der großen Küche drängten sich die Gäste. Ein Koch rührte in einer komisch anmutenden schneeweißen Kochuniform in einem großen Topf herum. Auf dem Büffet waren bereits frittierte Gerichte und Salate um eine stolz in der Mitte platzierte Servierplatte mit glänzendem Grillfleisch arrangiert. Bryce unterhielt sich mit einigen Männern, die allesamt fast identische hellblaue Hemden trugen. Ein paar Gesichter kannte ich aus den Scrapbooks. Ich hatte keine Ahnung, wie ich mich verhalten sollte.

»Kommen auch ein paar von deinen Freunden?«, fragte ich Tabitha und schnappte mir ein frittiertes Fischbällchen.

»Ich wurde doch gecancelt wegen dem Koksvideo. Von daher: nein.«

Ich nickte. Deshalb war Tabitha so offen für unsere Freundschaft gewesen – weil sie im digitalen Mülleimer gelandet war. Sie zuckte mit den Schultern und schenkte sich noch mehr Champagner ein. Das Dinner schleppte sich dahin, während die Gäste ihre seltsamen linguistischen Sandwiches aus Beileidsbekundungen und Geburtstagswünschen servierten. Naomis Tod hing in der Luft wie Bratfett, und kein Belüftungssystem, wie modern auch immer, konnte ihn vertreiben. Jedes Mal, wenn ihr Name fiel, beobachtete ich Bryce' Gesicht und suchte nach Anzeichen für seine Schuld: einen Funken perverser Freude, ein boshaftes Leuchten. Aber er fiel kein einziges Mal aus seiner Rolle als trauernder Ehemann.

Ein Gast, der ein Rolling-Rock-Bier trank und lachend neben dem Kühlschrank stand, fing an, eine Geschichte über einen missglückten Raubüberfall in Queens zum Besten zu geben. Die Pointe war die, dass der Fluchtfahrer auf dem Highway einen epileptischen Anfall bekommen hatte. Die hellblauen Hemden stießen ein heiseres Walross-Lachen aus.

»Wer ist das?«, fragte ich Tabitha angewidert.

»Connor Copeland. Police Commissioner bei der New Yorker Polizei, glaube ich.«

Den Namen kannte ich von Naomis Liste. Copeland ging jedes Jahr mit Bryce zum Fliegenfischen. Magensäure stieg in mir auf, ich überlegte innerlich kochend, ob ich meinen Drink über Copelands Khakihose schütten oder in den grünen Hals seiner Rolling-Rock-Flasche spucken sollte, wenn er gerade nicht hinsah. Mein Hass auf jene Polizisten, die die tägliche Arbeit verrichteten – rassistische Fleischberge, die häusliche Gewalt nicht ernst nahmen und Autofahrer anhielten, nur weil sie schwarz waren –, wurde nur noch von meinem Hass auf ihre Vorgesetzten übertroffen, die Schreibtischtäter, die Machthaber im Hintergrund, die für all die Korruption und Unfähigkeit verantwortlich waren. Ich warf Copeland über den Rand meines Glases hinweg finstere Blicke zu. Er war groß und breitschultrig und hatte das gummiartige Gesicht eines Menschen, der jede Moral längst über Bord geworfen hat.

»Stehe ich Ihnen im Weg?«, fragte er mich, weil er offenbar davon ausging, dass ich an ihm vorbei zum Büffet wollte.

»Nein. Ich finde nur Epilepsie nicht besonders witzig«, erwiderte ich und ging davon, wobei ich mich ermahnte, die Ruhe zu bewahren. Ich durfte mir auf keinen Fall Ärger einhandeln. Nicht jetzt. Nicht hier. Nicht unter dem Namen Jessica Washington. Nicht vor Bryce, dem Mann, der *alles herausfand*.

Die Geburtstagsgesellschaft begab sich ins Wohnzimmer, wo der schwarze Boden bereits mit den dicken weißen Sitzkissen gesprenkelt war. Tabitha blickte nicht ein einziges Mal von ihrem Handy auf, während *L.A. Confidential* vor ihr auf der Zimmerwand lief. Es war eine vorhersehbare Filmauswahl für einen Mann in Bryce' Alter. Da ich den Film schon kannte, ließ ich meinen Gedanken freien Lauf. Ich dachte an Jessica, an unser schönes Haus, an das Baby, das wir nie haben würden. Ob sie wohl versuchte, mit ihrer neuen Lebensgefährtin ein Kind zu bekommen? Vielleicht hatte sie den Termin in der Kinderwunschklinik wahrgenommen, nur nicht mit mir. Als Nächstes dachte ich an Michael Valentine, der vermutlich ein paar Häuserblocks entfernt Netflix schaute und an seinen Eiern herumspielte. Hier am Central Park war ich ihm viel zu nah. Als die Lichter angingen, merkte ich, dass ein paar der Blauhemden bereits aus dem Raum geschlüpft waren, darunter auch Connor Copeland. Die übrigen Gäste standen ebenfalls auf, um sich zu verabschieden. Das war es also schon gewesen, ein durch und durch langweiliger Geburtstag. Ich wünschte mir, ich hätte die Scrapbooks selbst hereinrollen können, um ein bisschen Schwung in den Abend zu bringen.

Als ich am nächsten Morgen herunterkam, stand Bryce in der Küche und las die *Financial Times.* Wie immer entzückte mich das dunkle Rosa der Zeitung, und ich blieb einen Moment stehen, um mir anzusehen, wie das grellweiße Licht, das durch die Fenster hereinschien, auf den oberen Rand des gebogenen Rechtecks fiel.

»Bringen wir es hinter uns«, sagte Bryce und faltete die Zeitung zusammen.

»Das Porträt, meinen Sie?«

»Ja«, antwortete er knapp.

»Das Licht ist gut hier drinnen«, sagte ich.

»Ich habe Zeit bis halb zwei.«

Während ich die Staffelei aufbaute und meine hastig in Frischhaltefolie gewickelte Farbpalette auspackte, setzte sich Bryce in den Lichtstrahl, der quer durch den Raum fiel. Er schloss die Augen. Ich wartete darauf, dass er sie wieder öffnete. Fünf Minuten vergingen. Nichts passierte. Dann noch einmal fünf Minuten. In meiner ganzen Zeit als Porträtmalerin hatte noch nie jemand mit geschlossenen Augen für mich Modell gesessen. So etwas machte man beim Zahnarzt oder beim Haarewaschen im Frisiersalon. Hier kam es mir serienkiller-mäßig vor und bestätigte meinen Verdacht: Bryce hatte etwas zu verbergen.

»Und, wie fühlt man sich mit sechzig?«, fragte ich nach einer halben Stunde, um mich zu vergewissern, dass er nicht eingeschlafen war.

»Gut«, antwortete Bryce.

»Das mit Naomi tut mir schrecklich leid«, stieß ich hervor.

Schweigen. Noch immer waren seine Augen geschlossen. Wie sollte ich auf diese Weise an Informationen kommen?

»Sie hat sich sehr auf das Porträt von Ihnen gefreut«, probierte ich es dennoch.

»Ich mache das nur, weil Tabitha mich darum gebeten hat. Falls es für Sie okay ist, würde ich es vorziehen, nicht zu sprechen.«

Ich schluckte und malte weiter. Zehn Minuten später gab mir Bryce mit einem Grunzen zu verstehen, dass unsere Sitzung vorbei war.

Am nächsten Tag wiederholte sich das Ritual: Ich kam in die Küche hinunter, woraufhin er die Zeitung weglegte, seine Position auf dem Stuhl einnahm und die Augen schloss.

Nachdem eine Stunde schweigend verstrichen war,

knurrte er: »Sagen Sie Bescheid, wenn Sie zu den Augen kommen.«

Der plötzliche Klang seiner Stimme ließ mich zusammenfahren. »Bald. Es dauert noch etwas.« Der Gedanke, dass er mich anstarren würde, machte mich nervös.

Als ich gerade dabei war, seine Wangen auszufüllen, gab Bryce' Mobiltelefon, das hinter mir auf dem Küchentresen lag, ein schrilles Piepsen von sich. Ich drehte mich erschrocken um. Auf dem Display stand ein Name: *Chrissy Ash*. Darüber füllte ihr Kopf groß und blond den Bildschirm aus. Plötzlich kam Leben in Bryce. Er sprang auf, nahm das Telefon und verließ den Raum.

Während ich allein in der Küche zurückblieb, fiel mir ein, wie Chrissy über Bryce gesprochen hatte, wie sich ihr ganzer Körper aufgerichtet und wie sie übertrieben oft seinen Namen genannt hatte. Irgendwann kehrte Bryce zu seinem Stuhl am Fenster zurück und schloss erneut die Augen. Mir entging nicht, dass seine Wangen leicht gerötet waren und seine Haltung stolzer wirkte. Mein Verdacht bestätigte sich: Er und Chrissy Ash hatten was miteinander. Das erklärte auch das überdimensionale Geschenk, das wir für sie hatten mitnehmen müssen. Hatte Naomi von der Affäre gewusst? War deshalb Chrissy nicht ihre Scheidungsanwältin? Ich gab mir Mühe, mir den Aufruhr in meinem Inneren nicht anmerken zu lassen, und malte weiter Bryce' Gesicht.

»Könnten Sie jetzt Ihre Augen öffnen?«, bat ich ihn, weil ich wissen wollte, was darin zu lesen war – vielleicht eine Antwort. Er kam meiner Aufforderung nach, und ich zuckte unwillkürlich zusammen. Seine Augen waren zu intelligent, zu wissend. Ich fühlte mich wie ein Tier, das instinktiv spürte, dass es gejagt wurde und fliehen musste. Mit zitternder Hand malte ich das Augenweiß und mischte dann Ocker mit Dunkelbraun für Iris und Pupille.

Ein paar Minuten später verlagerte Bryce sein Gewicht auf dem Stuhl. »Wie haben Sie und Naomi eigentlich kommuniziert?«

»Wie meinen Sie das?«, fragte ich mit einem mulmigen Gefühl im Bauch.

»Ich habe im E-Mail-Verkehr meiner Frau gar keinen Hinweis auf die Gemälde gefunden.«

Er sah mir direkt in die Augen. Warum las er Naomis E-Mails? Ich holte Luft und nahm noch mehr Gelb mit meinem Pinsel auf.

»Sie wollte, dass ihr Vorhaben ein Geheimnis bleibt, weil es doch eine Weihnachtsüberraschung werden sollte. Also hat sie großen Wert auf Geheimhaltung gelegt. Wir haben nur per Telefon kommuniziert. Warum?«, erkundigte ich mich.

»Ich … ich wollte mich nur vergewissern, dass Naomi Sie für Ihre Arbeit bezahlt hat.«

Obwohl mir vollkommen klar war, dass das eine Lüge war, blieb mir nichts anderes übrig, als mitzuspielen. »Ja, hat sie. In bar.«

»Wie viel?«

»Zweitausend pro Porträt«, log ich. In Wirklichkeit hätte ich das Zehnfache verlangt, aber ein kleiner Betrag machte die Barzahlung plausibler.

»Ich bin noch dabei, Ordnung in ihre Bankkonten zu bringen«, erklärte er angespannt.

Dann schloss er wieder die Augen, und ich war ihm dankbar dafür. Ohne ein weiteres Wort brachte ich die Sitzung des heutigen Tages zu Ende.

In dieser Nacht konnte ich kaum schlafen, trotz bequemer Gästebettmatratze und vornehmer Bettwäsche. Meine Gedanken rotierten wie Kreisel um Naomis Paranoia und Bryce' Fragen. Sie hatte gut daran getan, vorsichtig zu sein, das war mir heute klargeworden. Am nächsten Tag fühlte ich mich wie erschlagen. Ich war mir sicher, dass sich Bryce' Laserblick direkt in mein Gehirn bohrte, und es fiel mir schwer, mich aufs Malen zu konzentrieren. Wieder piepste um Punkt zwölf Uhr fünfzehn sein Handy, und er eilte Richtung Wohnzimmer davon. Bestimmt war es Chrissy, die während ihrer Mittagspause anrief. Ich blieb allein in der Küche zurück. Kalter Schweiß bedeckte meine Stirn. Ich war mir inzwischen vollkommen sicher, dass Bryce Naomi umgebracht hatte. Eine Affäre war ein häufiges Motiv, aber ich brauchte Beweise. Als Bryce zurückkehrte und sich wieder hinsetzte, blieben seine kalten Augen auf mich gerichtet, und ich arbeitete schnell und mechanisch und stellte sein Porträt noch am selben Nachmittag fertig, in einem Zehntel der Zeit, die ich bisher für Tabitha aufgewendet hatte.

»Sieht gut aus«, lobte mich Tabitha und filmte die Leinwand, um anschließend das Gesicht ihres Vaters auf dem Stuhl heranzuzoomen.

Bryce stand auf, um sich das fertige Bild anzusehen. »Sieht aus wie ich.«

»Ein größeres Kompliment wirst du von ihm nicht kriegen«, sagte Tabitha mit einem ironischen Lächeln.

Ich nickte.

»Ich muss wieder an die Arbeit. Keine Ahnung, was ich jetzt damit machen soll«, knurrte Bryce und zeigte auf die Leinwand.

»Man hängt sich so was an die Wand«, sagte Tabitha mit dem näselnden Slang eines Valley Girls. »Kann ja niemand was dafür, dass du so ein Minimalisten-Nazi bist.«

Bryce starrte seine Tochter an, als hätte sie sich gerade auf dem Boden erleichtert. »So redest du nicht mit mir!«

»Ich meinte doch nur, dass ...« Sie ließ ihre gel-manikürten Fingernägel durch den kargen Raum flattern und seufzte. »Ach, egal. War nur ein Witz.«

Bryce warf einen Blick auf seine Uhr.

Tabitha zog ihr Handy hervor. »Wie auch immer – das war hoffentlich Moms letztes Geschenk aus dem Grab.«

Bryce schien sich unbehaglich zu fühlen, sagte jedoch nichts. Ich dachte über meinen Kinderwunsch nach. Was, wenn mein Nachwuchs auch so missriet? Was, wenn wir in einer Küche mit Schienenbeleuchtung und Travertin-Arbeitsplatten schreckliche Dinge zueinander sagten?

»Jessica und ich fahren heute zurück in die Hamptons«, verkündete Tabitha. »Ich will das TikTok-Video über mein Porträt fertig machen.«

»Du weißt, dass du nichts posten darfst, Tabitha«, ermahnte ihr Vater sie streng.

»Tu ich ja gar nicht. Ich schneide das Video nur schon mal.«

»Am Freitag komme ich auch raus«, sagte Bryce.

»Warum?«

»Um dich zu sehen«, antwortete er und wandte sich zum Gehen.

Letzten Endes verschob Tabitha unsere Rückkehr in die Hamptons um einen Tag, weil sie sich mit ihrem Management treffen wollte, um ihr Comeback in den sozialen Medien zu planen. Ich blieb allein in der riesigen Wohnung zurück, in der eine Flotte von Hausangestellten herumwirbelte. Während ich ein paar Reste vom Büffet aus dem Kühlschrank fischte, hörte ich im Zimmer nebenan den Staubsauger brummen. Ich ergriff die Gelegenheit, um leise wieder die Treppe hinaufzuschleichen und in Bryce' Arbeitszimmer zu schlüpfen, das am Ende des langen Flurs im Obergeschoss lag. Ein nackter, nüchterner Raum. Schwarze Holzmöbel, passend zum schwarzen Boden. Sechs große Fenster mit Blick auf den Central Park. Drei futuristische Lederstühle an einem Glastisch. Auch hier keine Kunst, keine dekorativen Lampen oder auch nur ein verschnörkelter Brieföffner oder ein farbiger Klebeband-Abroller. Ich umrundete den gewaltigen Schreibtisch und setzte mich auf den Drehstuhl. Seit ich diese Wohnung kannte, verstand ich Naomis Sammelleidenschaft. Alles war zu ordentlich, zu leer. Meine Finger waren noch fettig von den kalten *coxinhas*, die ich gegessen hatte. Ich fuhr mit dem Zeigefinger über die Schreibtischplatte und hinterließ einen gut sichtbaren Schmierfleck.

Als Nächstes durchsuchte ich die Aktenschränke rechts des Schreibtischs, die voller Aktenordner und Heftmappen waren. Ich durchblätterte einige Seiten. Baupläne für die Wohnung, ein elektrischer Schaltplan, Schriftverkehr mit Bauunternehmern, Strom- und Wasserrechnungen. Vermutlich bewahrte Bryce seine wichtigen Unterlagen in seinem eigentlichen Büro bei Red Rock Capital auf. In der obersten Schreibtischschublade stand ein abgeschrägter Silberbecher mit drei Kugelschreibern – rot, schwarz und blau. Daneben lagen eine Schere und ein kerzengerade ausgerichteter Stapel Büroklammern. Beim Anblick der extremen Ordnung in der Schublade lief es mir kalt den Rücken hinunter. Mir ging auf, dass Bryce entsetzt gewesen wäre, wenn er die Scrapbooks gesehen hätte – nicht nur wegen ihres Inhalts, sondern wegen ihrer überbordenden Kreativität. Ich ging ins nebenan liegende Zimmer weiter, das ähnlich möbliert, jedoch deutlich kleiner war. Das einzige dekorative Element bildeten fünf Rosenquarze auf der Fensterbank, die von groß nach klein sortiert waren. Dies war also Naomis Arbeitszimmer.

Ich setzte mich hinter den Schreibtisch und öffnete die oberste Schublade. Und tatsächlich stand darin eine weiße Aufbewahrungsbox, die sich nach unten hin verjüngte, genau wie die unzähligen Boxen in meiner Scheune. Ich hielt die Luft an und hob den Deckel. Sie war leer. Nachdem ich die Augen geschlossen hatte, versuchte ich mir Naomi dabei vorzustellen, wie sie an diesem Schreibtisch saß und ihre gut gepflegte Hand außer Sichtweite schob, um einen Fotoumschlag von Duane Reade in die Box gleiten zu lassen. Als ich die Augen wieder öffnete, fiel mein Blick nach unten, und ich merkte, dass ich meine Jeans durchgeblutet hatte.

Ich hatte einen kleinen Fleck auf Naomis Schreibtischstuhl hinterlassen. Er war kaum zu erkennen. Nur ein glitschiger schwarzer Kreis von der Größe eines Zehncentstücks. Irgendwie kam es mir passend vor: zuerst die Fettspur auf Bryce' Schreibtisch, und nun mein Blut auf Naomis Stuhl. Der Beweis dafür, dass ich da gewesen war. Der Beweis dafür, dass ich der Wahrheit immer näher rückte. Ich schlenderte zu Tabithas Zimmer weiter, in der Hoffnung, dort einen Tampon oder eine Damenbinde für mich zu finden. Ich klopfte laut an den Türrahmen, aber es kam keine Antwort, also ging ich hinein. Das Zimmer war der Traum jedes weiblichen Teenagers, wie Cher Horowitz' Kleiderschrank in *Clueless,* nur zehnmal krasser. Jede Ecke des Raums war ein perfekt durchgestyltes Video-Set mit jeweils einer anderen Atmosphäre und jederzeit einsatzbereiter Ringbeleuchtung. Die meisten Sets kannte ich bereits aus Tabithas TikTok-Videos und Instagram-Posts.

Ich ging ins Badezimmer weiter, das mit vier weiteren Ringlichtern auf beweglichen Ständern ausgestattet war. Der ganze Raum wirkte wie ein Spa, das speziell für die Kamera eingerichtet worden war. Überall glänzender Marmor, alles blitzsauber und ordentlich. Ein Handyhalter war mit Saugnäpfen in der Mitte des Spiegels befestigt. Ich zog die oberste Schublade des Waschtischs auf und fand Hunderte Lippenstifte und Lidschatten in sämtlichen vorstellbaren Farben. Die nächste Schublade enthielt Dutzende Pinsel, die auf rosa Samt bereitlagen. Mir dämmerte, dass dies das Epizentrum von Tabitha war. Es war, als wäre ich in ihr Gehirn eingedrungen. Bei der Betrachtung ihrer riesigen Auswahl an Schminkpinseln und Bürstchen ging mir auf, wie sehr ihre Influencerinnen-Tätigkeit meiner eigenen Malerei glich. Ich verstand nun, warum sie so gern für mich Modell saß – sie war gleichzeitig Malerin und Leinwand, erschuf mit ihren Schminkutensilien jeden Morgen ein Bild von sich selbst.

Als der Glamour des Badezimmers einige Minuten später an Wirkmacht verlor, spürte ich Tabithas operettenhafte Einsamkeit. Sie verbrachte so viel Zeit damit, sich zurechtzumachen, aber ihre Zuschauer blieben unsichtbar, versteckten sich an ihren eigenen Rückzugsorten. Tabitha war nur eine Erscheinung auf einem Display in einer verschwitzten Handfläche. Sie war Fiktion, etwas, was man konsumierte. Ich öffnete die restlichen Schubladen. In zwei davon bewahrte Tabitha Nagellack auf, in der dritten winzige Kosmetikpröbchen, die sie ordentlich in Bambusschälchen sortiert hatte. Nirgendwo waren Tampons zu entdecken. Vielleicht war Tabitha dazu übergegangen, ihre Periode aus ihrem Alltag zu verbannen – so über den Dingen schwebend, dass sie sich nicht mehr mit dem Abstoßen ihrer Gebärmutterschleimhaut herumärgern musste. Ich schnappte mir kurzentschlossen ein wenig Toilettenpapier und formte daraus eine improvisierte Damenbinde. Im Gegensatz zu Tabitha blutete ich nämlich eimerweise.

Da inzwischen auch keine Angestellten mehr im Haus zu sein schienen, beschloss ich, mich weiter umzusehen. Ich wollte den Raum finden, in dem die Familie ihre Skier aufbewahrte. In meiner Vorstellung wartete dort ein Hinweis auf die Unfallursache auf mich, der Beweis dafür, dass Bryce sich an der Bindung zu schaffen gemacht hatte. Oder eine Botschaft von Naomi. Nachdem ich durch die Räume des familieneigenen Fitnessstudios gestreift war, die ebenfalls im Obergeschoss lagen, entdeckte ich einen großen begehbaren Schrank voller Sportgeräte. Zwei Paar Skier hingen an der Wand. Der dritte Ständer war leer. Naomis Skier waren nie wieder nach Hause zurückgekehrt.

Unzufrieden kehrte ich ins Gästezimmer zurück, um meine Jacke zu holen. Dann verließ ich die Wohnung und schlurfte den matschigen Gehweg entlang, wobei ich versuchte, den mit Urin befleckten Schneeresten auszuweichen. Schließlich fand ich mich vor einer Duane-Reade-Filiale wieder. Der graue Teppichboden des Ladens schimmerte vor Feuchtigkeit und Dreck, und die grelle Neonbeleuchtung fühlte sich an wie ein Schlag ins Gesicht. Ohne nachzudenken, schob ich mich zu den Fotodruckern durch und berührte die abgenutzte Tastatur des Computers, an dem man die Bilder in Auftrag gab. Naomi war hier gewesen. Sämtliche Fotos ihrer Familie waren an diesem Computer bearbeitet worden, das Weiß ihrer lächelnden Augen, das Feuerrot von Naomis Haaren. Die Farbdüsen dieses Druckers kannten die Duncans in- und auswendig, genau wie ich. Irgendwann ging ich an einer verzweifelten Mutter und ihrem schreienden Kleinkind vorbei zu dem Gang mit den *Damenhygiene-Produkten.* Wie immer rümpfte ich verächtlich die Nase über diese Bezeichnung. Als ob wir Frauen schmutzig wären und gereinigt werden müssten.

»Hey, du Miststück, was fällt dir eigentlich ein?«,

kreischte eine Stimme durch den Laden, als ich gerade nach einer Packung Damenbinden griff.

Entsetzt hob ich den Kopf. Es war Memphis Emerald mit einer dünnen weißen Papiertüte, die vermutlich Adderall oder ein anderes Amphetamin-haltiges Medikament enthielt. Weil ich nicht wusste, wie ich sonst reagieren sollte, winkte ich mit meiner Packung.

»Warum hast du nicht angerufen? Was treibst du hier in Manhattan?«

»Ich, äh …«, stammelte ich, wohlwissend, dass ich ihr nicht die Wahrheit sagen konnte. »Ich bin nur kurz für einen Workshop hier – hat mit meiner Arbeit als Buchbinderin zu tun.«

»Wie cool! Keine Widerrede, du kommst heute Abend mit zum Essen. Kristian Weber von der Kunsthalle Basel ist in der Stadt, und wir gehen ins Franco's!«

»Kann ich nicht, ich habe … Unterricht.«

»Den musst du leider schwänzen – deine Strafe dafür, dass du nicht angerufen hast.«

Ich spürte, wie ein kleiner Blutklumpen aus mir herausglitt und meinen Slip durchnässte. Ich musste dringend eine Binde einlegen. Dass Memphis mich hier erwischt hatte, ärgerte mich. Ich wollte mich nicht mit meinem früheren Leben auseinandersetzen, schließlich hatte ich genug damit zu tun, herauszufinden, was Naomi zugestoßen war. Andererseits war das Franco's der Ausgangspunkt von allem gewesen, und vielleicht trat es ja etwas in meinem Gedächtnis los, in das Restaurant zurückzukehren, in dem ich Naomi gegenübergesessen hatte.

»Du kommst mit, und damit basta.« Memphis schrieb

Nachrichten auf ihrem Handy, ihre Finger mit den abgekauten Nägeln huschten übers Display.

»Okay, aber ich muss jetzt los, ich blute.« Ich wies mit dem Kinn auf die Binden.

»Drama Lama, wie immer. Wir sehen uns um acht. Sei pünktlich.«

Ich hatte mich an die Leere der Wohnung gewöhnt und war überrascht, als ich Tabitha auf dem weißen Sofa im Foyer liegen sah. Ihr Gesicht war aufwendig geschminkt und mit Glitzerpuder bestäubt, und sie trug ein knappes Outfit sowie fünf gezwirbelte Haarknoten auf dem Kopf.

»Wo warst du?«, fragte sie.

»Bei Duane Reade.«

»Bäh.«

»Und du? Wie war das Treffen mit deinem Management?«

Tabitha schnaubte abfällig. »Ganz okay. Das Video von dir, wie du mein Porträt malst, kam gut an – es hieß, es wäre eine« – sie malte Gänsefüßchen in die Luft – »*gesunde* Art des Zeitvertreibs und würde zeigen, dass ich auf dem richtigen Weg bin. Ich soll es nach meinem Entschuldigungsvideo posten, meinten sie. Was auch immer.«

»Wie schön«, sagte ich möglichst ungezwungen. »Lass nur bitte mein Gesicht raus.«

»Ha, ha, weiß ich doch längst«, gab Tabitha zurück.

Mir war übel, als ich die Treppe hinauf ins Gästezimmer ging. Die Luft in der Wohnung kam mir schwer vor. Was hatte Bryce getan? Was auch immer Naomi zugestoßen war, es strömte durch die Flure, ein Gift, das ich weder sehen noch identifizieren konnte. Sobald ich im Gästezimmer war, rollte ich mich auf dem Bett zusammen und schloss die Augen. Genau in dem Moment ging eine Nachricht von Memphis ein, die mir bestätigte, dass das mit dem Abendessen klappte. Dabei wollte ich einfach nur in meiner Frette-Bettwäsche herumliegen und verbluten.

Ich nahm die U-Bahn. Das Empfangsmädchen des Restaurants – mit geometrischen Tattoos am Hals – brachte mich zum Tisch, und ich stellte entsetzt fest, dass der chilenisch-schweizerische Kurator allein dasaß und gelangweilt auf seinem Handy herumscrollte. Wo zur Hölle steckte Memphis? Ich versuchte, unauffällig kehrtzumachen und wieder nach draußen zu verschwinden, um dort auf sie zu warten, aber in dem Moment hob der Kurator den Kopf und sah mich an. Ich saß in der Falle. Mir blieb nichts anderes übrig, als zu ihm an den Tisch zu treten.

»Hallo, ich bin Kristian. Sie sind bestimmt die Freundin von Memphis.«

»Ja. Esther mein Name.«

Er erinnerte sich nicht an mich. Ich hatte bei einer Afterparty nach der Ausstellungseröffnung einer belgischen Künstlerin im MoMa PS1 neben ihm gesessen, und er hatte pausenlos von seiner Leidenschaft für Brasilien gequasselt und von seinen Plänen, ein Haus in São Paulo zu kaufen. Aber er war wohl einer jener Schwulen, denen Frauen nicht im Gedächtnis bleiben. Ich hasste homosexuelle Frauenhasser. Sie waren noch schlimmer als die herkömmliche heterosexuelle Sorte, weil sie Frauen nicht einmal als Sexobjekte, sondern einfach gar nicht wahrnahmen. Ich setzte mich und musterte ihn. Er war klein und muskulös, trug ein weit ausgeschnittenes T-Shirt, das auf aggressive Weise weiß und teuer war.

Dann reckte ich den Hals und spähte nach links, zu dem Tisch, an dem Naomi und ich gesessen hatten. Vier junge Studentinnen von der New York University saßen dort, die allesamt aussahen wie verwässerte Versionen von Tabitha, mit übermäßig gebräunter Haut und dünnen Goldkettchen, die an ihren Schlüsselbeinen hängen blieben. Sie unterhielten sich laut und schienen miteinander zu wetteifern. Am liebsten hätte ich die Augen geschlossen und die Zeit zurückgedreht, um Naomi noch einmal vor mir zu sehen – wie sich ihr Gesicht aufgeheitert hatte, als sie von ihrem *besonderen Projekt* in Asheville gesprochen hatte, und wie sie sich zu mir vorgebeugt hatte, um mich zu fragen, ob ich daran interessiert sei, die Scrapbooks für sie zu erstellen. Leider war eine Zeitreise unmöglich mit diesem Mann, der mir gegenübersaß und mich anstarrte.

»Woher kennen Sie Memphis?«, fragte er mich lethargisch.

»Von der Kunsthochschule hier in New York«, antwortete ich.

»Ah ja. Tolle Hochschule.«

»Und woher kennen *Sie* Memphis?«, fragte ich dämlich zurück.

»Wir arbeiten an einer Ausstellung für nächsten Herbst bei uns in der Kunsthalle Basel. Wir freuen uns schon sehr darauf.«

Unerwarteter Neid schnürte mir die Kehle zu. Seit ich

in die goldene Welt der Duncans geraten war, kehrte mein längst aufgegebener Ehrgeiz in verstörenden Schüben zu mir zurück. Vielleicht hätte ich meine Bilder auch gern in der Kunsthalle Basel ausgestellt.

»Kommen Sie, wir bestellen uns eine Flasche Wein.«

Ich nickte, und er wählte einen Grauburgunder aus und schwärmte vom »hervorragenden Boden« in Baden. Schweigend saßen wir da und nippten an unseren Gläsern, Kristian in sein Handy vertieft, ich in meine Beobachtung der NYU-Girls. Endlich stolperte Memphis zur Tür herein, in einem alarmierend trendigen Outfit inklusive großer Sonnenbrille und Cowboyhut.

»Du siehst umwerfend aus, meine Liebe!«, flötete Kristian mit neu erwachter Energie.

»Schick, oder? Gucci hat mir die Sachen überlassen, weil ich Teil der neuen Werbekampagne bin. Geshootet wurde direkt in meinem Atelier, der Wahnsinn, oder?«

Ich lächelte und wusste jetzt wieder, warum ich nichts mehr mit der Kunstwelt zu tun haben wollte.

Das Abendessen war eigentlich ein Business-Meeting. Kristian ignorierte mich komplett und diskutierte mit Memphis über die Anzahl der Gemälde und die Hängung der geplanten Ausstellung. Er ging sogar so weit, sich vom Kellner einen Kugelschreiber bringen zu lassen, um den Lageplan der Ausstellungsräume auf einen Zettel zu kritzeln. Ich ließ meinen Gedanken freien Lauf und leerte ein Weinglas nach dem anderen. Hin und wieder warf ich ein »Klingt doch super« oder »Echt cool« ein, bevor ich wieder zum Ecktisch hinüberstarrte und den Geist von Naomi heraufzubeschwören versuchte, damit er die Studentinnen vertrieb und wir unser Gespräch von damals fortsetzen konnten. Memphis warf mir immer wieder besorgte Blicke zu. Als Kristian auf die Toilette verschwand, legte sie mir eine Hand aufs Bein.

»Alles okay bei dir? Sorry, ich wusste nicht, dass das heute so geschäftsmäßig wird.«

Ich gab ihr mit einem Nicken zu verstehen, dass es mir gut ging.

»Warum starrst du ständig diese Tussis an?«

Das Vierergrüppchen von der NYU war inzwischen zu Prosecco übergegangen. Ich wusste nicht, was ich antworten sollte, aber Memphis' Hand fühlte sich beruhigend an, wie ein stabilisierender Sandsack. Ich seufzte. In der buttrig-weichen Beleuchtung des Restaurants überkam mich plötzlich Erleichterung: Ich konnte Memphis einfach von Naomi erzählen. Schließlich war sie ohnehin Teil der Geschichte – es war ihre Vernissage gewesen, auf der ich Naomi kennengelernt hatte. Vielleicht wusste sie etwas und konnte mir helfen. Der Kellner kam an den Tisch und schenkte uns Wein nach.

Während ich zusah, wie die Flüssigkeit in unsere Gläser plätscherte, ging mir auf, wie allein ich in den letzten Monaten gewesen war. Ich hatte Memphis noch gar nicht erzählt, dass sich Jessica von mir getrennt hatte. Wenn ich ihr von den Scrapbooks und meinen Ermittlungen bezüglich Naomis Tod berichtete, würde sie bestimmt stöhnen und mir vorhalten, dass ich mich wieder in die Probleme anderer Leute einmischte. Sie würde mir raten, in den nächsten Flieger nach North Carolina zu steigen, mich zusammenzureißen und in meinem Atelier weiter meine Bücher zu binden, als wäre nichts passiert. Vielleicht wollte ich genau das hören. Bevor ich mit der ganzen Geschichte herausplatzen konnte, kam Kristian zurück an den Tisch.

»Sollen wir noch in den Boiler weiterziehen?«, fragte er.

Memphis, die sich offenbar nicht ohne Grund schick gemacht hatte, strahlte ihn begeistert an. Ich dagegen sank tiefer in meinen Stuhl. Der Boiler Room war eine Schwulenbar, die zwei Häuserblocks entfernt lag, eine zwielichtige, brechendvolle Spelunke, in der sich fummelnde Schwule und ihre aufgedrehten heterosexuellen besten Freundinnen amüsierten. Am liebsten hätte ich Kristian erwürgt.

»Wie oft hast du Gelegenheit, abends auszugehen? Du wohnst in einer Berghütte!«, schimpfte Memphis.

Ich wollte mit ihr über Naomi reden. Also blieb mir nichts anderes übrig, als mitzugehen.

Kristian sprudelte auf einmal vor Energie – oder vor Koks. Seine Augen traten fast aus den Höhlen, als er eine Runde Tequila Red Bulls bestellte und seinen Blick gierig über die anwesenden Boys gleiten ließ. Ich beugte mich zu Memphis vor, um endlich loszuwerden, was ich auf dem Herzen hatte.

»Erinnerst du dich noch an die Frau, mit der ich nach deiner Vernissage am Tisch saß?«

»Nein«, antwortete Memphis.

»Naomi Duncan. So eine Rothaarige mit einem riesigen Rosenquarz am Hals.«

»Sagt mir nichts«, beteuerte Memphis und trank einen

Schluck Tequila. »Ach doch, du meinst diese Multi-Millionärin.«

»Genau. Sie hat mich damit beauftragt, ein Projekt für sie umzusetzen. Und jetzt ist sie tot.«

»Sie ist tot?«

Ich nickte.

»Wie ist das passiert?«

»Skiunfall.«

Memphis hob interessiert das Kinn. »Sie ist – oder vielmehr war – eine sehr gute Freundin meiner Galeristin. Die beiden haben an irgendeinem Wasserprojekt zusammengearbeitet.«

»Genau. WAC. Na ja, jedenfalls habe ich für sie gearbeitet, und dann …«

Kristian brüllte etwas in Memphis' Ohr. Ich wartete. Von seiner Kuratoren-Höflichkeit war nichts mehr übrig, die Umgebung hatte eine dämonische Energie in ihm freigesetzt. Mit lüsternem Grinsen quittierte er hübsche vorbeigehende Jünglinge, bevor er seinen Cocktail leerte und sich mit einer plumpen, an einen Seehund erinnernden Bewegung auf einen mit Kunstleder bezogenen Barhocker stemmte, um eine Runde Shots zu ordern.

»Was war denn das für eine Arbeit?«, fragte Memphis, die sich wieder zu mir umgedreht hatte.

Der Barkeeper verstand Kristian nicht. Der Kurator brüllte erneut seine Bestellung und hielt dabei drei Finger hoch. Ich hatte plötzlich ein kühles, kribbelndes Gefühl an meiner Wirbelsäule, als würde ein Luftzug an mir entlangstreichen und mich zum Innehalten zwingen. Zögernd verharrte ich. Dann schüttelte ich das Gefühl ab und wollte gerade den Mund aufmachen und Memphis von den Scrapbooks erzählen, als Kristian den Halt verlor und zu Boden rutschte, wobei seine Nase gegen den Metallrand des Hockers knallte. Er rollte sich schreiend auf den Rücken, und ich sah, dass sein schneeweißes T-Shirt fächerförmig mit Blut bespritzt war. Memphis bat den Barkeeper laut um einen Verbandskasten. Verbandsmull tauchte auf und wurde rasch auf die blutende Nase gedrückt. Und ich stand einfach nur da und sah zu, als würde das Ganze fremden Menschen passieren. Noch immer fühlte sich die Luft um mich herum kalt an, und ich war mir auf einmal sicher, dass Naomi den Unfall verursacht hatte, damit ich Memphis nicht von den Scrapbooks erzählen konnte. Ihr Geheimnis sollte gewahrt bleiben. Ich beschloss, im Gedränge zu verschwinden und mich an der Garderobe vorbei nach draußen in die Dunkelheit zu schieben. Ein passender Abschluss für diesen blutbesudelten Tag.

Als ich zurück in die Wohnung der Duncans kam, schien niemand mehr wach zu sein. Ich wollte gerade in mein Gästezimmer verschwinden, als ich durch die offene Tür von Bryce' Büro das große schwarze Paket an der Wand lehnen sah, das Chrissy Ash uns mitgegeben hatte. Ich schlich mich hin. Die Karte war geöffnet worden und lag obenauf. Nachdem ich mich vergewissert hatte, dass ich nicht beobachtet wurde, nahm ich sie und las:

Für meinen geliebten B.
In ewiger Liebe,
C

Ich schnaubte triumphierend. Hatte ich es doch geahnt! Als ich die Karte gerade zurücklegen wollte, durchschnitt eine Stimme die Stille im Flur.

»Was tun Sie da?«

Es war Bryce. Ich drehte mich um, mit einer Mischung aus Panik und zu viel Alkohol im Bauch. Schweigend starrte ich ihn an.

»Was tun Sie da?«, wiederholte er.

»Ich war nur neugierig, was … was … in dem Geschenk ist«, stammelte ich.

Bryce trat aus dem Schatten des Flurs. »Golfschläger.«

»Wie schön«, sagte ich nervös.

»Absolut. Was ich Sie noch fragen wollte, Jessica: Wo haben Sie eigentlich studiert?«

Ich schluckte. Mir blieb nicht mehr viel Zeit.

11

Es war später Nachmittag, in den Hamptons war es bereits dunkel und totenstill. Wir hatten den Vormittag nach unserer Ankunft damit verbracht, an Tabithas Porträt weiterzuarbeiten. Dann war erneut ein Meeting mit ihrem Management angesetzt worden, und sie war hinüber ins Haupthaus verschwunden. Nachdem ich mehrere Stunden allein vor dem Fernseher verbracht hatte, sah ich, dass sich nebenan die Beleuchtung veränderte. Ich trat in den Garten hinaus und beobachtete Tabitha dabei, wie sie auf einem hellen Holzstuhl in der Küche der Hauptvilla saß und sich selbst beim Weinen filmte. Sie unterbrach die Aufnahme immer wieder, um das Video abzuspielen, bevor sie sich neu positionierte, das Licht veränderte und von vorn anfing. Als sie endlich mit Hintergrund und Ausleuchtung zufrieden war, begann sie in die Kamera zu reden, begleitet von kontrollierten Schluchzern. Was tat sie da? Als sie mit dem Filmen fertig war und ihr Handy beiseitelegte, schob ich die Terrassentür auf.

»Alles okay?«, fragte ich.

»Oh, hi. Ja, alles okay, das war nur für mein Entschuldigungsvideo.«

»Für wen ist das Video?«

»Meine Follower. Um ihnen das tiefe Loch zu erklären, in das ich nach dem Tod meiner Mutter gefallen bin, meinen Kampf gegen die Depressionen, die Koks-Aktion im Club. Wenn ich ehrlich bin, ist es nicht das erste Mal, dass ich mich reumütig zeigen und entschuldigen muss. Aber diesmal kann ich die Tote-Mutter-Karte ausspielen, das macht es leichter.«

Ich spürte, wie sich eine große, niederdrückende Traurigkeit in meiner Brust einnistete. Tabitha warf einen prüfenden Blick aufs Handydisplay und trug noch eine Schicht Lipgloss auf.

»Ich gehe spazieren«, murmelte ich.

Am Strand sog ich gierig die salzige Luft ein. Bryce hatte also tatsächlich eine Affäre mit Chrissy, ein echter Klassiker. Vermutlich hatte Naomi deshalb die Scheidung gewollt. Ich versuchte sie mir mit ihren Halstüchern und Perlenketten am Strand vorzustellen, wo sie mit tränenglitzernden Augen auf die dunklen schäumenden Wellen starrte, ein Nicole-Kidman-Moment. Ich verspürte tiefes Mitgefühl. Red Rock Capital war mit dem Vermögen ihres Vaters gegründet worden, es fiel daher nicht schwer, sich auszumalen, welche Konsequenzen Bryce durch eine Scheidung zu befürchten hatte: dass er alles verlor. Naomis Tod kam ihm zu gelegen, um ein Unfall gewesen zu sein. Und zu allem Überfluss wurde immer offensichtlicher, wie misstrauisch Bryce mir gegenüber war. Ich war trotzdem fest entschlossen, weiterzumachen. Naomi verdiente Gerechtigkeit.

Es war immer der eigene Ehemann. Ich hatte mir so gut wie jede Folge der True-Crime-Sendung *Dateline* angehört und wusste genau, wie der Moderator Lester Holt Naomis Fall kommentiert hätte: *Es schien ein perfekter*

Weihnachtsmorgen für die Duncans auf den Skipisten von Aspen zu sein, als Naomi plötzlich ins Bodenlose stürzte – und zwar buchstäblich. Aber wo waren meine Beweise? Als ich mich auf den Rückweg machte, überkam mich das deprimierende Gefühl, dass sie sich nicht hier verbargen, sondern in meiner Scheune. Sie waren irgendwo in den Scrapbooks versteckt, dessen war ich mir plötzlich sicher. Also rief ich George vom Postamt in Hammersmith an.

»Hallo, George, ich bin es, Esther Ray. Ich wollte Sie fragen, ob Sie mir einen Gefallen tun könnten. Ich bin auf Reisen und habe meinen Ersatzschlüssel bei Patrick Nelson hinterlegt. Aber ich finde seine Nummer nicht, ich muss den Zettel irgendwo liegen gelassen haben … Haben Sie sie zufällig?«

George ging voll in seiner Rolle als Telefonzentrale unserer kleinen Berggemeinde auf und ratterte mir ohne weitere Nachfrage Patricks Handynummer herunter.

»Hallo?«, meldete sich Patrick misstrauisch.

»Hallo, Patrick, ich bin es, Esther. Ihre Nachbarin.«

»Ach, hallo. Der Strom funktioniert schon eine ganze Weile wieder, aber ich musste tatsächlich mein Handy und meinen Computer bei Ihnen aufladen. Ich hoffe, das ist in Ordnung.«

Den Stromausfall hatte ich vollkommen vergessen. »Natürlich. Ich rufe an, weil ich … na ja, weil ich Sie um einen etwas seltsamen Gefallen bitten wollte …«

Ich wusste, dass unsere Bilanz noch längst nicht ausgeglichen war, aber er war der einzige Mensch, der mir weiterhelfen konnte.

»Sie haben doch sofort erkannt, dass sich meine verstorbene Freundin scheiden lassen wollte, und zwar allein anhand der Zahlenreihen in meiner Scheune. Könnten Sie noch mal einen Blick in die Bücher werfen und mir sagen, ob Sie darin noch mehr entdecken?«

Schweigen.

»Natürlich kann ich sie anschauen, aber was sollte Ihnen das bringen«, antwortete Patrick unsicher.

»Ich wäre Ihnen wirklich sehr dankbar.«

»Wonach suchen Sie denn genau?«

»Zunächst einmal würde ich gern wissen, von wem sich meine Freundin bei ihrer Scheidung vertreten lassen wollte.« Ich holte tief Luft. »Und dann könnten Sie vielleicht noch mal die Zahlen überfliegen und mir sagen, ob Ihnen irgendwas merkwürdig vorkommt. Ich glaube nämlich, dass ihr Mann eine Affäre hatte.«

»Verstehe. Also schön. Ich kann Ihnen allerdings nichts versprechen. Geht es Ihnen gut?«

»Ja, alles in Ordnung«, antwortete ich. Seine Fürsorge überraschte mich. »Ich will nur unbedingt meiner Freundin helfen. Der Scheunenschlüssel hängt neben der Küchentür, an einem roten Band. Danke, Patrick.«

Ich beendete das Gespräch. Als ich den Garten der Duncans betrat, sah ich Chrissy im Wohnzimmer des Haupthauses mit Tabitha sprechen. Ich schlüpfte rasch am Fenster vorbei und zog mich ins Gästehaus zurück. Worüber die beiden auch redeten, ich wollte auf keinen Fall mit hineingezogen werden. Ein paar Minuten später erschien Tabitha in einem ihrer typischen XXL-Kapuzenpullover in der Küche.

»Chrissy will, dass wir heute Abend zu ihr zum Essen kommen. Ich konnte mich nicht rausreden aus der Nummer.«

Ich nickte. Wenigstens hatte ich so Gelegenheit, mich auf die Suche nach handfesten Beweisen für Chrissys Affäre mit Bryce zu machen.

»Klingt doch gut«, sagte ich.

»Wenn du meinst …«

Zwei Stunden später gingen wir die von Hecken gesäumte Einfahrt entlang und bogen in Chrissys Zufahrtsstraße ein. Das Tor rollte schon zur Seite, bevor wir auch nur klingeln konnten. Die Haushälterin, die eine Uniform in gedecktem Blau trug, öffnete uns die Tür und rief mit dröhnendem Vibrato: »Herzlich willkommen! Chrissy erwartet Sie in der Küche!« Tabitha zog ihre Schuhe nicht aus, was mir unhöflich vorkam, schließlich lagen im ganzen Haus cremefarbene Teppiche, und wir waren gerade die matschige Einfahrt entlanggestapft. Trotzdem folgte ich ihrem Beispiel.

»Hallo, Liebes.« Chrissy umarmte Tabitha fest, während ich an dem Champagnerglas nippte, das sie mir in die Hand gedrückt hatte. »Ein wunderbarer Abend, nicht wahr?«, fuhr Chrissy fort, ganz die gute Laune verbreitende Gastgeberin. »Wie war es in der City?«

Ich lächelte. Tabitha antwortete mit einem einsilbigen »Gut«.

»Haben Bryce meine Golfschläger gefallen?«

Tabitha starrte sie verständnislos an.

»Mein Geschenk.« Chrissy schnalzte mit der Zunge. »Die Golfschläger.«

Ich fröstelte, weil ich an die Begegnung mit Bryce auf dem Flur zurückdachte.

»Ja, haben sie«, antwortete Tabitha.

»Jessica, Sie haben mir so viel Freude gemacht mit dem Porträt! Ich überlege noch, wo ich es hinhängen soll. Es ist wirklich schön, dass Naomi – Gott hab sie selig – uns alle auf diese Weise zusammengebracht hat. Ich muss immer wieder darüber nachdenken, wie bedeutsam dieses letzte Geschenk von ihr ist.«

Ich nickte.

»Auf Naomi!«, sagte Chrissy und hob ihr Glas.

»Auf Naomi«, antworteten Tabitha und ich mit erheblich weniger Begeisterung.

»Ich bin immer noch ganz baff, was diese ganze Porträt-Geschichte angeht. Unglaublich, dass sie sich Ihnen gegenüber so geöffnet hat, Jessica«, fuhr Chrissy fort.

Ich lächelte wachsam. Chrissy machte sich daran, uns nachzuschenken.

»Weißt du, dass deine Mutter mit ihr über Marcella-Marie geredet hat? Ist das nicht wunderbar?«, fragte sie Tabitha.

Die schüttelte den Kopf und wirkte plötzlich missmutig.

»Vielleicht war sie vor ihrem Tod dabei, endlich Frieden zu schließen mit ihrem Verlust. Ich habe neulich mit Stella telefoniert, unserer Freundin aus Kalifornien, und wir waren uns einig: Es muss Schicksal sein, dass wir drei zur gleichen Zeit hier in den Hamptons aufeinandergetroffen sind.«

Mein Herz flatterte. *Schicksal*. Der bizarre Windstoß,

der mich an dieses übermäßig gepflegte Fleckchen Erde geweht hatte.

»Na ja, ich hoffe, ihr mögt *conchiglie ripiene*. Das Rezept ist vegan, aber das hätte ich euch besser gar nicht erzählt. Man würde es nämlich niemals merken!«

Chrissys gestreifter Ofenhandschuh förderte einen blubbernden rot grünen Glibber zutage.

»Sieht toll aus.«

»Ich habe für uns im Esszimmer gedeckt. Ich esse sonst immer in der Küche, deshalb ist es schön, mal ein bisschen förmlicher zu speisen.«

Wir folgten Chrissy und ihrer dampfenden Auflaufform in einen Raum mit gewölbter Decke und Blick auf den Garten. Auf dem Mahagonitisch warteten knallgelbe Porzellanteller, eine Flasche Weißwein in einem Kühlbehälter und ein Spinatsalat. Tabitha setzte sich, ohne ihr Handy wegzulegen, auf das sie seit einigen Minuten unverwandt starrte. Ich spürte, dass Chrissy ihr das Gerät am liebsten aus der Hand geschlagen hätte.

»Genießt du deine TikTok-Pause?«, fragte sie Tabitha spitz.

Tabitha nickte.

»Digital Detox ist so wichtig! Jessica, darf ich Ihnen Salat aufgeben?«

»Gern«, antwortete ich.

Als ich Chrissy meinen Teller hinhielt, fiel mein Blick auf die Wand zu meiner Rechten, die dicht mit Kunst behängt war. Ich sah sofort, dass drei Gemälde von Michael Valentine stammten. Mein Magen krampfte sich zusammen, und meine Gedanken gerieten ins Schlingern. Ich zwang mich, ruhig ein- und auszuatmen. Vielleicht war es nur ein Zufall. Viele Menschen hatten Werke von Michael zu Hause. Aber es waren die letzten drei Porträts, die ich von Michaels Lebensgefährtin Rosa gemalt hatte.

»Die sind großartig, oder?«, fragte Chrissy, als sie mich dabei erwischte, wie ich das Triptychon anstarrte. »Sie sind von einem Künstler namens Michael Valentine.«

Tabitha war immer noch mit ihrem Handy beschäftigt, und ich versuchte mich zusammenzureißen, obwohl mir speiübel war.

»Sehr hübsch«, stieß ich vage hervor.

»Als Michael hier war, um mir die Bilder zu bringen, habe ich ihm zu Ehren ein paar Leute zum Dinner eingeladen. Es war richtig nett! Er hat uns eine total verrückte Geschichte erzählt. Du und deine Mom, ihr wart auch hier an dem Abend, erinnerst du dich, Tabitha?«

Tabitha wischte immer noch heftig auf ihrem Handy herum und beachtete sie gar nicht.

»Anscheinend hatte er damals eine Atelierassistentin, die zwanghaftes Verhalten an den Tag legte und versuchte, ihn zu sabotieren. Stellen Sie sich vor, am Ende hat sie tatsächlich sein Atelier abgefackelt! Er konnte ihr die Tat leider nicht nachweisen. Unglaublich, oder? Diese drei Bilder sind die einzigen aus seiner Porträt-Reihe, die heil geblieben sind. Ist das nicht ein Wunder?«

»Oh«, sagte ich so beiläufig ich konnte und pikte mit meiner Gabel ein paar Salatblätter auf. In Wahrheit waren die drei Gemälde nur deshalb heil geblieben, weil ich sie in Michaels Auto gelegt hatte, bevor ich abgehauen war.

Es handelte sich also keineswegs um ein Wunder, sondern um eine bewusste Entscheidung.

»Er meinte, seine Assistentin hätte ständig Podcasts über Mordfälle gehört und sei besessen davon gewesen, für Gerechtigkeit auf der Welt zu sorgen. Als sie wegen irgendeiner Sache mit ihm aneinandergeraten ist, hat sie vollkommen den Verstand verloren. Wahrscheinlich sitzt sie jetzt irgendwo in der Wildnis und flicht Körbe oder so was.« Chrissy hielt inne und trank einen Schluck Wein. »Schade, dass ich der Geschichte nicht wirklich *gerecht* werde.« Das Wort *gerecht* betonte sie auf ironische Weise. Am liebsten hätte ich ihr die Weinflasche über den Kopf gehauen.

»Kann ich mir vorstellen.« Mir lief ein Schauder über den Rücken.

Chrissy zeigte auf eine große violette Leinwand am anderen Ende des Esszimmers. »Und das ist ein Bild von Nicolas Party. Er macht so tolle Obst-Gemälde! In Manhattan haben wir auch eins in der Küche hängen.«

Ich schluckte und umklammerte haltsuchend die Tischplatte.

»Ich muss mal kurz auf die Toilette«, verkündete Tabitha und stand abrupt auf. Zum Glück war sie so in ihr Telefon vertieft gewesen, dass sie nichts von der Geschichte mit der von True-Crime-Podcasts besessenen Assistentin mitbekommen hatte. Sonst hätte sie vielleicht die Parallelen erkannt und wäre misstrauisch geworden.

Naomi hatte bei Chrissys Dinner also Michael Valentine kennengelernt. Das bedeutete, dass sie bei Memphis' Vernissage längst gewusst hatte, wer ich war. Von wegen

Schicksal. Mir fiel das gefaltete Kärtchen mit meinem Namen in bemüht verschnörkelter Kursivschrift ein. Wahrscheinlich hatte Naomi es bewusst so arrangiert, dass wir zusammen an einem Tisch saßen. Mein Kopf fühlte sich an wie eine Waschmaschine, in der ein Felsbrocken herumgeschleudert wurde, der immer wieder gegen meine Schädelwände stieß.

»Geht es Ihnen gut?«

»Ja. Entschuldigen Sie, es war eine lange Porträt-Sitzung heute.« Ich rieb mir die Stirn.

»Mein vollstes Verständnis. Ich bin auch seit vier Uhr morgens wach und ärgere mich mit Idioten herum. Noch ein bisschen Weißwein?«

»Nein danke«, antwortete ich.

Chrissy plauderte weiter über ihre Arbeit. Seit Tabitha auf die Toilette verschwunden war, waren volle zehn Minuten vergangen. Es fiel mir unendlich schwer, mit Chrissy über Scheidungsthemen zu plaudern und gleichzeitig die Tatsache zu verdauen, dass Naomi an diesem Tisch mit Michael Valentine zusammengesessen hatte.

»Mein Sohn hat mir neulich ein Foto geschickt, das er im Internet gefunden hat, von einem Paar, das vor einem Richter sämtliche Beanie Babies zwischen sich aufteilt. Und genau so ist es, jedes einzelne Mal.«

Ich zwang mich zu einem Lachen. Dann vibrierte es in meiner Tasche. Ich zog mein Handy heraus und sah, dass mir Patrick Nelson eine Nachricht geschickt hatte: *Rufen Sie mich bei Gelegenheit hat. Mir ist was aufgefallen.*

Einige Sekunden später schrillte die Türklingel.

»Wer könnte das wohl sein?«, wunderte sich Chrissy.

Obwohl ihre Haushälterin vermutlich längst zur Tür geeilt war, sprang sie auf, erpicht darauf, den Tisch zu verlassen.

Ich fand mich allein im Esszimmer wieder und konnte der Versuchung nicht widerstehen, Patrick Nelsons Nummer zu wählen. Während ich dem Freizeichen lauschte, starrte ich auf das Triptychon an der Wand. Die Rottöne des Hintergrunds schimmerten an den Stellen, an denen ich sie mit Gold untermalt hatte, und Rosa, die auf einem grünen Sofa saß, wirkte gelöst und glücklich. Ich wusste, dass sie damals gerade erfahren hatte, dass sie schwanger war. Als ich Schritte hinter mir hörte, drehte ich mich um. Zwei Polizisten standen mit ihren schweren Stiefeln auf einem makellos cremeweißen Teppich im Wohnzimmer.

»Esther Ray?«

Tabitha folgte den Beamten und hielt mir ihr Handy hin. Da waren wir, stark verpixelt auf dem kleinen Display, und posierten in Nashville vor glitzerndem Hintergrund für unsere private kleine Junggesellinnen-Party.

»Ich wusste, dass ich dich von irgendwoher kenne! Als Chrissy vorhin in der Küche Marcella-Marie erwähnt hat, hat es klick gemacht. In Nashville hast du nämlich behauptet, dass das dein Name ist«, fauchte Tabitha wütend. »Du bist eine verdammte Stalkerin! Meine Mutter hat nie mit irgendjemandem über Marcella-Marie gesprochen. Kein einziges Mal!«

»Ich kann das alles erklären«, sagte ich ruhig, obwohl mein ganzer Körper zitterte und ich kaum noch Luft bekam.

»Außerdem habe ich gerade dieses Scrapbook in deinem Auto gefunden. Es ist voll mit Fotos von meiner Familie!«

Auf dieses Stichwort hin traten die Polizisten näher an mich heran und packten mich bei den Schultern. Bevor sie mich aus der Haustür schoben, rief ich ohne nachzudenken nach hinten über die Schulter: »Tabitha, Chrissy schläft mit deinem Vater!«

12

Jessica – ihre Handynummer war eine von nur drei Telefonnummern, die ich auswendig kannte – ging nicht dran, als ich meinen einzigen erlaubten Anruf tätigte. Also kehrte ich in die winzige, nach Fäkalien stinkende Zelle zurück, in der eine betrunkene Frau vor sich hin schnarchte. Ich hatte schon mal hier gesessen. Nicht genau in dieser Polizeiwache, aber in einer ganz ähnlichen weiter nördlich, wo ich auf meine Vernehmung bezüglich Michael Valentines Atelierbrand gewartet hatte. Mein Leben drehte sich im Kreis – wie sehr ich mich auch anstrengte, es war offenbar vorprogrammiert, dass ich in einer Gefängniszelle landete. Ich sehnte mich nach meinem idyllischen Zuhause in den Bergen.

Am nächsten Morgen wurde ich in einen kleinen gefliesten Raum mit drei Stühlen gebracht, von dem etwas jüngeren Officer Wallace, der sich zu sehr für seine Gesichtsbehaarung interessierte, und Officer Mendelson, der ein stoisches Lächeln zur Schau stellte. Ich suhlte mich in meinem Hass auf sie, auf ihre kuh-ähnliche Körperhaltung, ihre mit industriell verarbeiteten Lebensmitteln vollgestopften Bäuche.

»Also, Ms. Ray, was hatten Sie auf dem Grundstück der Familie Duncan zu suchen?«, wollte Mendelson von mir wissen.

Ich blickte auf den dampfenden Kaffee hinunter, der vor mir auf dem Tisch stand, und kämpfte gegen das Verlangen an, in den Styroporrand des Bechers zu beißen. Ich musste eine Entscheidung treffen: Entweder ich erklärte sämtliche verrückten Anhänger dieses Armkettchens, das sich als Schicksal getarnt und mich in diesen Raum gebracht hatte, oder ich schwieg. Falls ich mich fürs Reden entschied, hatte ich keine Ahnung, wo ich anfangen sollte. Bei der Vernissage? Sollte ich den beiden Polizisten schildern, wie Naomi energisch an meinem Ärmel gezogen hatte, um mich zu dem Ecktisch bei Franco's zu dirigieren?

»Jetzt hören Sie mir mal zu, Ms. Ray: Sie haben keine reine Weste. In Ihrer Akte steht, dass Sie vor drei Jahren als Verdächtige in einem Brandstiftungsfall gehandelt wurden.«

Ich schüttelte den Kopf. »Mit der Sache hatte ich nichts zu tun.«

»Und jetzt begehen Sie Hausfriedensbruch in den Hamptons und malen unter falschem Namen und unter Vorspiegelung falscher Tatsachen Bilder von den Eigentümern.«

»Das sind keine unerheblichen Anschuldigungen«, ergänzte der Stoiker nüchtern.

Wieder senkte ich den Blick auf den Styroporbecher. Ich hätte zu gern einen Schluck Kaffee getrunken, wusste aber, dass sie mich damit nur versöhnlich stimmen wollten. Auf keinen Fall würde ich auf diesen Trick hereinfallen. Am liebsten wäre ich direkt zum Punkt gekommen und hätte verkündet, dass Bryce Naomi umgebracht hatte – dass auch ich Ermittlerin sei, eine Podcasterin ohne Podcast. Aber die Realität, die in diesem winzigen Raum über uns dreien schwebte, war Bryce' Angelkumpel Connor Copeland. Männer wie Bryce regierten die Welt. Ich hatte diesen beiden Fleischsäcken nicht das Geringste entgegenzusetzen.

»Ich will einen Anwalt.«

»Haben Sie einen, den Sie anrufen möchten?«, fragte Mendelson, der Stoiker.

»Nein.«

»Wir können Ihnen gern einen Pflichtverteidiger an die Seite stellen. Bis dahin schlage ich vor, dass wir uns weiter unterhalten.«

Ich schüttelte den Kopf und formte mit den Lippen das Wort *Anwalt*.

Die Nächte in meiner Zelle machten mir schmerzlich bewusst, wie sehr ich mich an die luxuriöse Einrichtung der Duncans gewöhnt hatte. Ich sehnte mich nach der glatten Bettwäsche, den übergroßen Kissen, der weiten, leeren Oberfläche des Marmorwaschtischs im Bad. Also schloss ich die Augen und versetzte mich in Gedanken ins Gästehaus in den Hamptons zurück, genoss die hirnabschaltende Wirkung, die der Luxus auf mich hatte. Bis zum nächsten Morgen, als meine Pflichtverteidigerin Rhonda auftauchte, verschwitzt und erschöpft.

Rhonda teilte mir mit, dass die Kautionshöhe für mich auf fünfzehntausend Dollar festgelegt worden sei und sie genau acht Minuten Zeit hätte, sich meine Version der Geschichte anzuhören.

»Verstehe. Aber warum waren Sie überhaupt dort in

den Hamptons?«, fragte sie, nachdem ich geendet hatte, und schob sich ihre weinrot gefärbten Ponyfransen aus der Stirn.

»Weil ich für Naomi Duncan gearbeitet habe. Sie hat mich vor ihrem Tod damit beauftragt, Porträts von ihren Familienmitgliedern zu malen.« Ich fand, dass diese Story der Wahrheit nah genug kam. Die Scrapbooks in meiner Scheune sollten auf keinen Fall in irgendwelchen offiziellen Akten oder Dokumenten auftauchen, damit Bryce nicht auf sie aufmerksam wurde.

»Haben Sie Beweise dafür, dass Sie von ihr beauftragt wurden? Einen Vertrag? E-Mails, irgendetwas? Und warum haben Sie sich der Familie unter falschem Namen vorgestellt, wenn Sie doch für Naomi Duncan gearbeitet haben?«

»Ich wollte meine Identität schützen«, antwortete ich mit gespielter Gelassenheit. »Naomi war es wichtig, dass ich Stillschweigen über die Arbeit bewahre. Sie hat extrem viel Wert auf Geheimhaltung gelegt. Ich musste sogar eine Vertraulichkeitsvereinbarung unterschreiben.«

»Haben Sie eine Kopie davon?«, hakte Rhonda nach und warf einen Blick auf ihr klobiges Billigimitat einer Apple Watch.

»Die Erklärung wurde mir auf einem Tablet-Computer vorgelegt. Ich habe nie eine Kopie erhalten. Aber ich habe einen Brief, den Naomi mir geschrieben hat … und einen Stapel Informationen über ihre Familie und Freunde. Ich bin keine Stalkerin. Ich schwöre, dass mich Naomi Duncan selbst beauftragt hat. Es existieren Sprachmitteilungen von ihr auf meinem Handy.«

»Und an die kommen wir heran?«

Ich nickte.

»Der zuständige Richter wird sich auch Ihre Vorstrafen ansehen. Können Sie mir also bitte Aufschluss über diese Brandstiftungsgeschichte geben, in die Sie im Norden New Yorks verwickelt waren?«

»Ich war nicht in sie verwickelt«, wiederholte ich bestimmt.

Rhondas Uhr piepste. Meine acht Minuten waren um.

»Also gut. Ich werde tun, was ich kann, um ein Verteidigungspapier für Ihre Anhörung vorzubereiten.«

Nachdem die Tür zugefallen war, überkam mich das kalte Grauen. Die Geräusche hier in der Zelle quälten mich, und meine Gedanken kehrten zu dem Triptychon von Michael Valentine zurück, das an Chrissy Ashs Wand hing.

Michael Valentine blieb nichts anderes übrig, als mich gut zu behandeln. Drei Jahre, nachdem er mich als seine persönliche Assistentin eingestellt hatte, stammten die meisten Gemälde, die er verkaufte, von mir. Er traf zwar die gestalterischen Entscheidungen, aber ausgeführt wurde das Ganze von mir. Am Anfang machte er noch viel Aufhebens darum, hier ein paar Schnörkel oder dort ein paar Details hinzuzufügen, um mir zu beweisen, was für ein Genie er war. Irgendwann setzte er dann nur noch seine Signatur unter die Bilder. Die Ausführung sei irrelevant, argumentierte er, schließlich könne er in China Hunderte Bilder pro Tag produzieren lassen. »Was zählt, sind die Ideen.« Und so begleitete ich, Esther Ray, sein Pinsel in Menschengestalt, ihn überall hin – nach Shanghai, Sydney, London, Oslo. Meist genoss ich die Reisen, die mit Teppichboden ausgestatteten Hotelzimmer in Österreich, den Dunst der Cafés in Paris, die keimfreie Luft der Museumsbuchläden, in denen wir über die Hängung seiner Ausstellungen diskutierten.

Als Michael eine Kooperation mit einer Schweizer Galerie begann, beschloss er, eine Reihe riesiger Gemälde von Millionenerbinnen anzufertigen, eine Porträtserie à la Warhol. Dem Galeristen tischte er sein übliches Konzeptgefasel über die Geschichte der Porträtmalerei auf, aber ich wusste, dass er sich einfach gern in der Nähe dieser Frauen aufhielt, sich in den warmen Kokon ihres Reichtums kuschelte. Und so kam es, dass ich das Weihnachtsfest im Boletto-Haus in St. Moritz verbrachte und Bunny Lilienthal, die Erbin eines alten Holzhändlervermögens, malte.

Zuvor hatte uns ein Wagen am Zürcher Flughafen abgeholt, und nachdem wir uns drei Stunden durch die Alpen geschlängelt hatten, wurden wir vor einem Gebäude abgesetzt, das halb Schloss und halb Villa war und sich in ein schneebedecktes Tal schmiegte. Ich fühlte mich an eine Schokoladenwerbung erinnert. Bunny kam uns durch die Drehtür entgegen. Sie war blond und schwindelerregend groß, was sie ihren niederländischen Vorfahren zuschrieb. Michael liebte Frauen wie sie. Er wusste genau, wie er sich bei ihnen lieb Kind machen konnte, und stürzte sich in eine Aneinanderreihung von banalen Witzen und beiläufigen Erwähnungen von Handtaschenmarken, Urlaubsorten mit Geheimtippcharakter, Künstlern und Delikatessen aus der Toskana. Nachdem ich an der Rezeption den goldenen Schlüssel zu meinem Zimmer erhalten hatte, ging ich hinauf und ließ Bunny und Michael in der Hotelbar zurück, wo er ihr seine Vision des Porträts schildern würde, das ich in Kürze von ihr malen würde.

Zu meiner großen Erleichterung würde Michaels Lebensgefährtin Rosa, eine kroatische Dichterin mit staubtrockenem Humor, in einigen Tagen nachkommen. Sie konnte uns alle unter den Tisch trinken und machte sich gern über Michael lustig, was ich großartig fand. Rosa war das Sauerstoffventil für unsere Reisen und hielt mich häufig von meiner Arbeit ab, um lange Spaziergänge mit mir zu unternehmen. Die hügelige, tief verschneite Umgebung des Boletto-Hauses war der perfekte Ort für unsere kleinen Wanderungen, auf denen Rosa die Kippen ihrer roten Marlboro-Zigaretten hinter sich verstreute wie Brotkrumen.

Am Morgen nach unserer Ankunft bauten wir unser improvisiertes Atelier im Wohnzimmer von Bunny Lilienthals Hotelsuite auf. Um den burgunderroten Brokatteppich zu schonen, hatten die Hotelmitarbeiter eine dicke Schicht braunes Papier ausgelegt und darüber Malervlies ausgebreitet, das perfekt verklebt war. Wir tranken Kaffee und tauschten Höflichkeiten aus, während Michael mit viel Trara skizzierte, wie er sich den Bildaufbau vorstellte. Obwohl er sonst eher unbeholfen war, war er hervorragend darin, den richtigen Rahmen für seine Gemälde zu schaffen. Geschickt wählte er den

Hintergrund und platzierte seine Modelle davor. Aber er war faul, was die Details anging. Auf die eigentliche Arbeit hatte er schlichtweg keine Lust. Nachdem Michael also wie ein Dirigent mit dem Bleistift auf der Leinwand herumgefuchtelt und einem nicht vorhandenen Orchester seine Anweisungen gegeben hatte, beendete er seinen Anteil am Werk, und ich machte mich daran, seine Markierungen wieder wegzuradieren und ernsthaft mit der Arbeit zu beginnen.

Bunny Lilienthal hatte ein Pferdegesicht, lang und ausdrucksstark, mit den markanten Zügen, die bisweilen mit einer aristokratischen Herkunft einhergehen. Routiniert machte sie es sich in dem bereitgestellten Tweed-Sessel bequem, hinter dem sich ein majestätischer Schneeberg im Fenster abzeichnete. Während sie an ihrem dritten Espresso nippte, stellte sie mir Fragen: Woher ich komme? Wie lang ich schon für Michael arbeite? Im Gegenzug erkundigte ich mich nach ihrem Leben, und sie erzählte begeistert von ihren Söhnen Grover und Jack und ihrer Tochter Olympia, die gerade bei einem berühmten Reitlehrer trainiere und ein bekanntes Sportpferd reiten dürfe. Nein, es handle sich nicht um Seabiscuit. Die Wolken vor dem Fenster verzogen sich allmählich, und das Licht im Raum intensivierte sich. Wir verfielen in das leichte, entspannte Schweigen der Porträtmalerei. Ich verwendete Elfenbein- und Rosatöne, um Bunnys Züge auf die Leinwand zu bannen, während sich ihre Brust lautlos hob und senkte.

Einige Stunden später erschien Michael mit dem peinlichen Europa-Schal, den er immer trug, wenn er jenseits des Atlantiks weilte, und schlüpfte wieder in seine Rolle als Dirigent. Voller Elan schwang er den Pinsel, berührte jedoch kaum die Leinwand. Ich hasste seine Maestro-Darbietung und trat ans Fenster, um zu beobachten, was sich auf der darunterliegenden Eisbahn tat. Männer verschiedenen Alters feuerten schreiend einen grauen runden Gegenstand an, der übers Eis glitt.

Bunny bemerkte meinen Blick. »Das nennt sich Curling. Die Briten sind ganz verrückt danach. Wenn Sie mich fragen, ist dieser Sport gähnend langweilig.«

Genau in diesem Moment wurde die Tür aufgerissen, und in einer Wolke aus süßem Schweiß und fliegenden blonden Haaren stürmte die junge Olympia herein, den Reithelm noch in der Hand. Michael Valentines Augen weiteten sich wie die eines Cartoon-Wolfs, bevor er sein gieriges Heulen ausstößt.

»Olympia-Schätzchen, darf ich dir den renommierten Maler Michael Valentine vorstellen, und seine Assistentin …«

Sie hatte meinen Namen vergessen, aber das spielte keine Rolle. Olympia lächelte strahlend und ging dann quer durch den Raum, um ihre Mutter auf die Stirn zu küssen. Michaels Zunge hing bis auf den Boden. Ich beschäftigte mich damit, Bunny anzusehen und ihre Kieferpartie nachzuzeichnen, die mir auf einmal alt und schlaff vorkam.

Nach ein paar Minuten räusperte sich Michael. »Wisst ihr, mir ist ein Gedanke gekommen – wie wäre es, wenn ich dich auch porträtiere, Olympia?«

Olympia errötete vor Freude. Ich starrte direkt in

Bunny Lilienthals Augen, als Michael seinen »Gedanken« präsentierte, und erkannte in aller Deutlichkeit die Eifersucht, eine neongelbe Zitronenspirale in einem kalten Martiniglas. Doch Bunny setzte ohne jedes Zögern ein Lächeln auf und sagte: »Was für eine wunderbare Idee, findest du nicht auch, O?«

Michael Valentine war in der Tat renommiert. Jeder kannte ihn, und jeder sagte Ja zu ihm. Als er noch mein Dozent an der Uni gewesen war, hatte er mich als seine Assistentin auserkoren, hatte mich mit Haut und Haaren verschlungen, und ich hatte mich glücklich geschätzt. *Auserwählt.* Aber dies war das sechste Jahr, in dem ich diesem Mann überallhin folgte und seine Paranoia im Umgang mit Galeristen mitbekam, sein Bestreben, ständig überall der Beste zu sein, seine beschränkte Vorstellung davon, was Erfolg bedeutete, seine Eifersucht auf jüngere Künstlerinnen und Künstler, seine Besessenheit von Geld, die Panik davor, irgendwann nichts mehr zu gelten. Es war zermürbend. Ich wusste, dass er seine Werke mit Freuden an die Waffenhändler-Familie Sackler verkaufte und dass ein von mir gemaltes Diptychon über dem Esstisch eines Mannes hing, der eine junge Demokratie niedergerungen hatte. Irgendwie schaffte ich es immer, seine Skrupellosigkeit gedanklich zu entschuldigen, aber in diesem Winter war ich mit meiner Geduld am Ende.

An dem Vormittag, an dem er mit dem Porträtieren von Bunnys Tochter beginnen wollte, zog Michael seine übliche demütigende Maestro-Show ab und tat so, als würde er die vor dem gegenüberliegenden Fenster platzierte Olympia skizzieren. Nachdem er endlich damit fertig war, machte ich mich ans Malen. Olympia glühte vor Stolz. Sie trug ein unmögliches Kleid von Óscar de la Renta in Knall-Lila, und ich genoss es, die Jugend, die ihre rosigen Wangen prall und rund machte, auf die Leinwand zu übertragen. Wir unterhielten uns über ihr Pferd Jager, und sie erzählte mir, dass sie gern auf dem Schwarzeis des Silvaplanersees Schlittschuh lief, was nur möglich war, wenn es eiskalt war, jedoch einige Zeit nicht geschneit hatte. Außerdem erfuhr ich von ihr, dass es jedes Jahr ein anderes Motto für das große Silvesterdinner gab. Dieses Jahr lautete das Motto Karneval, im Vorjahr hatte das Dinner im Zeichen von Casino Royal gestanden. Olympias absolutes Lieblingsmotto war Abba gewesen, wegen der Siebzigerjahre-Kostüme. Nach mehreren Stunden Arbeit kam Michael vorbei und nahm mir den Pinsel ab.

»Weißt du was, Esther? Für den Rest des Tages übernehme ich«, sagte er, den Pinsel in den Mundwinkel geklemmt, womit er offenbar wie Salvador Dalí aussehen wollte. Ich seufzte, wenig begeistert davon, die idiotischen Pinselstriche korrigieren zu müssen, die er in meiner Abwesenheit hinzufügen würde. Aber ich war froh, den Abend freizuhaben.

Ich schlenderte in die Hotelbar hinunter und gönnte mir mehrere Gläser Primitivo zu je vierzig Schweizer Franken. Mein Gothic-Look war seit dem Studium gemäßigter geworden, aber meine Springerstiefel passten noch immer nicht zu der Mischung aus gefräßigen russischen Milliardären, altem Geldadel in Smoking und

Abendkleid und volltrunkenen Jugendlichen, die ihren fünften Gimlet schlürften und der Eltern Lottogewinner waren. Nachdem ich per Kopfhörer zwei Stunden lang einem Podcast über eine lesbische Frau gelauscht hatte, die in einer Gated Community lebte und bei einem Hundespaziergang ermordet wurde, warf ich einen Blick auf mein Handy. Ich hatte eine Textnachricht von Michael: KANN MEINEN GIVENCHY-BLAZER NICHT FINDEN, DER IST NOCH IN DEINEM KOFFER, ODER? Ich erinnerte mich dunkel an eine Flughafen-Krise, bei der ein Teil des Inhalts seines Rimowa-Koffers in meine Reisetasche umgepackt worden war. Da ich ohnehin auf die Toilette musste, verließ ich etwas beschwipst die Bar und wankte auf mein Zimmer, um mich zu erleichtern und den Blazer zu suchen.

Nachdem ich ihn gefunden hatte, hängte ich ihn über einen Kleiderbügel und ging damit zwei Etagen höher, um an Michaels Zimmertür zu klopfen. Keine Antwort. Mir fiel Bunnys langatmige Erklärung ein: In diesem Hotel schlössen die Gäste ihre Zimmertüren nicht ab, weil das in der Schweiz verpönt sei. Also drückte ich die Klinke und schob die Eichenholztür auf. Das Bild, das sich mir bot, brannte sich sofort in meine Netzhaut ein: Olympia auf allen vieren, Hände und Knie in den Brokatteppich gedrückt, das lila Kleid halb abgestreift, und Michael, wie er sie von hinten vögelte, mit mürrischem, stierähnlichem Gesichtsausdruck. Olympia drehte ihren jungen, straffen Hals nach hinten, sah mich und schrie. Tränen schossen ihr aus den Augen und liefen an der vollkommenen Rundung ihrer Wangen hinunter, während sie verzweifelt versuchte, sich hinterm Bett zu verstecken. Ich schloss die Tür wieder.

Den Rest des Abends schürte ich meinen Hass und überlegte, ob ich etwas hätte tun können, um Michael von Olympia fernzuhalten. Mir kam der Gedanke, Rosa anzurufen, aber dann fiel mir ein, dass sie morgen kommen sollte und bereits im Flieger saß. Ich hätte auch die Polizei anrufen können, oder zumindest die Rezeption. Und ich hätte Bunny informieren können. Es gab eine Million Möglichkeiten, doch statt aktiv zu werden, trank ich noch eine Flasche Wein und nahm eine Schlaftablette.

Als ich am nächsten Morgen verkatert beim Frühstück saß, stürmte Michael auf mich zu. »Wie kannst du es wagen, einfach so bei mir reinzuplatzen?«

»Du kannst mich mal. Ich hatte eine Nachricht von dir auf meinem Handy, du wolltest deinen Blazer.«

»Das war am Nachmittag.«

Ich wusste nicht, wann er die Nachricht geschickt hatte, aber darum ging es auch gar nicht. Er drehte die Geschichte so, als wäre ich die schlechte Angestellte, die sich danebenbenahm.

»Michael, sie ist sechzehn. Du bist pädophil.«

»Sexuelle Handlungen mit Sechzehnjährigen sind in der Schweiz legal.«

»Hast du das gegoogelt, bevor du ein Kind gefickt hast, oder erst danach?«, fragte ich laut.

Michael wurde schneeweiß und zischte mir zu, dass ich still sein sollte.

»Mein Privatleben geht dich nichts an!«, knurrte er. »Außerdem hat *sie* mich verführt, so viel dazu!«

Ich schnaubte verächtlich und zog mein Handy hervor, um zu googeln, welche Schutzaltersgrenze in der Schweiz galt. Sechzehn – er hatte leider recht. Eine Kellnerin in cremeweißer Uniform tänzelte herbei, um Michael zu fragen, ob er Kaffee wollte. Ich sah mich im Frühstückssaal um und fühlte mich wie in einer Szene aus *Titanic* – wir waren umgeben von alten, mit Juwelen behängten Damen und Männern, die mürrisch in ihre Zeitungen starrten. Ich wünschte mir, die Fensterscheiben würden zerbersten, und der Saal würde sich mit eiskaltem Salzwasser füllen.

»Ich sage es Rosa.«

»Das tust du nicht.«

»Oh doch.«

Ich sagte es ihr nicht.

Stattdessen ließ ich mir von Michael eine silberne Patek Philippe kaufen. Und als Rosa eintraf, wanderte ich mit ihr durch die Alpen und hörte ihr stumm dabei zu, wie sie unaufhörlich vor sich hin plapperte. Sie erzählte mir, dass Michael und sie versuchten, ein Kind zu bekommen, und ich war damals noch jung genug, ihre Sehnsucht nach Mutterschaft absurd zu finden. Warum wollte sie sich selbst eine Schlinge um den Hals legen? War unser Leben denn nicht auch so erfüllt genug? Machte es ihr keinen Spaß mehr, in weit entfernte Länder zu fliegen, schicke Restaurants zu besuchen und auf Designersofas zu sitzen, während sie die Kunstsammlungen reicher Erbinnen betrachtete? Mit jedem Schritt auf den schneebedeckten Wanderwegen, die kreuz und quer über die Skipisten führten, wurde mir deutlicher bewusst, dass ich ihr von der auf dem Brokatteppich knieenden Olympia erzählen musste. Rosa wusste durchaus, dass Michael ein Arschloch sein konnte, aber diese Geschichte war selbst für seine Verhältnisse extrem. Mir war schon öfter zu Ohren gekommen, dass er mit Studentinnen schlief, wofür ich leider keine Beweise hatte. Was mich anging, hatte er immer nur nach meinen Malkünsten gelechzt, nie nach meinem Körper. Feige und eigennützig entschied ich mich dafür, den Mund zu halten, und fragte stattdessen Rosa nach ihrem neuesten Gedichtband. Ich wollte nicht, dass sie abreiste und mich mit diesem Wahnsinnigen allein ließ.

Zurück in New York quälte mich die Geschichte mit Olympia weiter, schließlich wusste ich, dass Michael nach wie vor als Dozent tätig war. Die einst abstrakten Gerüchte über den Missbrauch seiner Machtposition manifestierten sich in meinem Kopf nun durch ein konkretes Bild: das halb abgestreifte lila Kleid und Olympias tränenüberströmte Wangen. Ich musste etwas unternehmen. Nach mehreren schlaflosen Nächten beschloss ich, mit Chuck Blankolm zu sprechen, dem Dekan des Fachbereichs Malerei. Chuck war nicht gerade der ideale Ansprechpartner für solche Themen – er ging bereits auf die Siebzig zu, und seine eigene frühzeitig ins Stocken geratene Karriere als Künstler beeinflusste jede seiner Entscheidungen wie ein düsterer Monsunregen. Aber ich hatte bei ihm studiert und wusste, dass er auch Empathie aufbringen konnte, wenn es darauf ankam. Er würde mir zuhören. Es war Januar, und er saß an seinem Schreibtisch und blickte mit seinem wie gemeißelt wirkenden Gesicht finster auf einen Stapel Papiere hinab. Ich erklärte ihm, dass mir Michaels Verhalten gegenüber minderjährigen Mädchen Sorgen mache, und er sah mich mit der ganzen männlichen Selbstsicherheit der Ära vor *#MeToo* an und antwortete: »Michael Valentine ist das prominenteste Mitglied unseres Lehrkörpers. Was erwarten Sie von mir?«

»Ich erwarte von Ihnen, dass Sie zumindest ... nachforschen, ob sein Verhalten noch tragbar ist.«

»Und wie soll das gehen? Haben Sie irgendwelche Beweise?«

»Ich habe ihn mit eigenen Augen gesehen, mit einem Mädchen in der Schweiz.«

»Einer Studentin an unserer Uni?«

»Nein.«

Chuck seufzte. »Wenn es keine unserer Studentinnen war, ist die Sache nicht mein Problem. Zumal hier niemand studiert, der unter achtzehn ist. Michael kann also flachlegen, wen er möchte, wenn ich das so offen sagen darf.«

Chuck blickte wieder auf seine Papiere hinab und murmelte an mich gewandt: »Sie können froh sein, wenn ich ihm nichts von diesem Gespräch erzähle.«

Ich fröstelte. Als ich in der U-Bahn nach Hause saß, tröstete ich mich halbherzig damit, dass ich es zumindest versucht hatte.

Die Decke meiner Zelle war haifischgrau und ständig feucht. Ich hatte mich damit abgefunden, dass dieser schreckliche Anblick meine Zukunft war. Ich würde eine Haftstrafe absitzen müssen. Und vielleicht gehörte ich ja wirklich ins Gefängnis, genau wie alle anderen zwielichtigen Kreaturen. Inzwischen war mir klar, dass ich niemals in die Hamptons hätte fahren dürfen. Ich hatte die journalistischen Grenzen überschritten, war sogar für die Verhältnisse einer Podcasterin zu weit gegangen. Wenn Bryce mich gerichtlich belangen und dafür sämtliche Rechtsmittel ausschöpfen wollte, konnte er das problemlos tun. Die Macht war auf seiner Seite. Ich holte tief Luft und überlegte, ob es wohl Töpfer- oder Schreinerkurse im Gefängnis gab. Ich hatte eine Freundin in Asheville, die mit Häftlingen Stillleben malte. Meine Gedanken wurden von der Zellentür unterbrochen, die in diesem Moment aufgeschoben wurde. Ein Polizist mit zurückgegelten Haaren und langen Fingernägeln zog ein ramponiertes Klemmbrett hervor: »Esther Ray, Ihre Kaution wurde hinterlegt.«

13

Auf der Fahrt schielte ich immer wieder zu ihm hinüber. Seine gebräunten Unterarme beugten und streckten sich beim Lenken. Patrick Nelson war acht Stunden durchs Land gefahren, um mich abzuholen. Jetzt waren wir seit viereinhalb Stunden unterwegs, und er hatte mich noch nicht einmal angesehen.

»Woher wussten Sie, wo ich bin?«, durchschnitt ich schließlich die eiserne Stille in seinem Jeep Cherokee. Ich wollte, dass er endlich in meine Richtung blickte.

»Sie haben mich angerufen, und ich bin drangegangen und habe gehört, als die Polizei aufgetaucht ist und Sie verhaftet hat. Schon vergessen?« Er behielt den Blick weiter fest auf die Straße gerichtet.

Die letzten beiden Tage hatten aus meinem Schädel einen Schrottplatz gemacht, eine chaotische Ansammlung von Fakten und Informationen. Mühsam kramte ich in meinem Gedächtnis und wurde fündig: Patrick hatte mir geschrieben, er habe etwas in den Scrapbooks entdeckt, und ich hatte seine Nummer gewählt, während ich in Chrissy Ashs Esszimmer gesessen und das Triptychon angestarrt hatte. Bei der Erinnerung an seine Nachricht spürte ich neue Energie in mir erwachen. Ihm war etwas aufgefallen! »Was haben Sie in den Büchern in meiner Scheune gefunden? Bryce hat Naomi betrogen, das weiß ich inzwischen. Hat er Geld vor ihr zurückgehalten? Oder irgendwas Illegales abgezogen?«

Meine vielen Fragen schienen nicht zu Patrick vorzudringen.

»Jetzt sagen Sie schon, was haben Sie gefunden?«, drängte ich.

Noch immer nichts.

»Patrick, was ist Ihnen aufgefallen?«, fragte ich erneut. »Bitte!«

Er schnaubte verärgert. »Wollen Sie denn gar nicht wissen, warum ich gekommen bin, um Sie zu holen?«

Ich spürte, wie ich innerlich ganz klein wurde. Ich hatte geglaubt, er wolle mit mir Detektiv spielen, hatte seine Abholaktion für den Anfang eines Actionfilms gehalten, in dem ein alter Mann und eine Lesbe zusammen einen Mordfall lösen.

»Ich bin gekommen, weil ich einen Sohn im Gefängnis habe. Und mitansehen musste, wie seine Haftstrafe ihn verändert, ihm seine Seele geraubt hat. Esther, ich habe keine Ahnung, was für einen Schlamassel Sie sich da eingebrockt haben, aber ich habe mir mein Leben lang den Kopf darüber zerbrochen, was ich alles nicht tun konnte für meinen Sohn. Sie hatten wenigstens die Chance, wieder rauszukommen, bei Ihnen war eine Freilassung auf Kaution möglich. Bei meinem Sohn nicht. Niemals.«

Patrick hatte Tränen in den Augen. Ich wusste nicht, wie ich damit umgehen sollte, dass dieser bärbeißige, nach Zigaretten stinkende Kerl seinen Gefühlen freien Lauf ließ. Sollte ich seinen Arm berühren? Ich konnte mich nicht dazu durchringen.

»Ich zahle Ihnen natürlich die Kaution zurück«, verkündete ich kläglich. »Zu Hause habe ich Geld.«

Patrick antwortete nicht. Wir fuhren lange schweigend dahin. Bäume zogen an den Fenstern vorbei, und irgendwann nahm der Himmel ein dunkles Indigoblau an.

»Ich weiß es zu schätzen, dass Sie mich rausgeholt haben«, sagte ich und wurde plötzlich von einer Welle der Dankbarkeit überwältigt.

Er nickte.

Da ich auf die türkisfarbenen Zahlen der Digitaluhr am Armaturenbrett starrte, wusste ich, dass zweiundzwanzig Minuten vergingen, bis er mit strenger Stimme das Wort ergriff: »Was auch immer Ihnen so viel Ärger eingehandelt hat, lassen Sie es hinter sich. Dieser … dieser Kreuzzug, den Sie da für Ihre tote Freundin führen – der tut Ihnen nicht gut.«

Ich wusste nicht, was ich dazu sagen sollte.

Wir waren bereits in West Virginia, als mein Handy klingelte. Ich ging dran. Es war Rhonda, meine Pflichtverteidigerin. Sie erklärte mir in schnellen Sätzen, dass Bryce Duncan einen Vertrag aufgesetzt habe: Die Familie werde sämtliche Anschuldigungen gegen mich fallen lassen, wenn ich im Gegenzug eine Vertraulichkeitserklärung unterschrieb und einer einstweiligen Verfügung zustimmte. Diese beinhalte, dass ich die Duncans nie wieder kontaktieren oder über sie sprechen dürfe. Mir blieben vierundzwanzig Stunden Zeit, um mich zu entscheiden. Sie habe mir die Formulare bereits per Mail geschickt und rate mir dringend, den Vorschlag anzunehmen. Bevor ich eine der Million Fragen stellen konnte, die sich in meinem Kopf zu bilden begannen, hatte Rhonda schon wieder aufgelegt.

»Die Anschuldigungen werden fallengelassen, wenn ich eine Vertraulichkeitsvereinbarung unterzeichne und einer einstweiligen Verfügung zustimme. Sie hat mir gerade die Unterlagen gemailt«, sagte ich laut, nicht unbedingt zu Patrick, eher zu den Luftmolekülen im Wagen. Mir war bewusst, dass das Ganze einem Wunder gleichkam, einem Entkommen vom Schrottplatz, den mein Leben gerade darstellte. Aber es war meine dritte Vertraulichkeitserklärung. Das Muster wiederholte sich. Wenn man der Macht, den Geheimnissen, dem Geld zu nahekam, endete es zwangsläufig auf diese Weise.

»War das Ihre Pflichtverteidigerin? Und sie hat Ihnen die Unterlagen bereits zugeschickt?«, fragte Patrick.

Ich nickte und fügte hinzu: »Ich unterschreibe trotzdem nicht.«

»Oh doch«, antwortete Patrick.

In meinem Kopf setzte sich ein Gedankenkarussell in Gang: Patrick musste einer großen Sache auf der Spur sein. Warum wäre Bryce sonst so verzweifelt darauf bedacht gewesen, mich zum Schweigen zu bringen?

»Worauf sind Sie in den Büchern gestoßen?«

Patrick schüttelte den Kopf. »Seien Sie einfach dankbar, dass Sie wieder nach Hause dürfen.«

Er lenkte den Wagen vom Highway, und wir reihten uns in die Drive-Through-Spur einer Taco-Bell-Filiale ein.

Während wir unsere fettigen Burritos auf dem Parkplatz aßen, versuchte ich Patrick die Dringlichkeit meiner Frage klarzumachen: »Naomi wurde ermordet, und ich muss es irgendwie beweisen!«

»Was würde ihr das noch bringen?«

»Naomi hat Gerechtigkeit verdient!«, beharrte ich, den Mund voll Reis.

Endlich sah mich Patrick an, und ich nahm das Zittern seines Schnurrbarts wahr. Zuerst dachte ich, er würde wieder in Tränen ausbrechen, aber dann sah ich ihn, seinen Zorn, wie ein Fass voll glühend heißem Öl. Es explodierte prompt.

»Es gibt keine Gerechtigkeit, Esther! Wir sind Tiere und verstehen einander nicht genug, um jemals auf angemessene Weise irgendeine Rechnung begleichen zu können. Wir nehmen nie die ganze Geschichte wahr, sehen nie das ganze Bild – das übersteigt unseren Verstand. Manchmal bleibt uns nichts anderes übrig, als im richtigen Moment das Weite zu suchen.« Seine Stimme peitschte über den leeren Parkplatz. »Versprechen Sie mir, dass Sie diesen verdammten Wisch unterschreiben und sich in Sicherheit bringen!«, brüllte er.

Ich nickte verdutzt.

»Sagen Sie es.«

»Ich verspreche es.«

Er erzählte mir von Jupiter Nelson, seinem Sohn, der eines Herbstmorgens mit einem in seiner Sporttasche versteckten halb automatischen Gewehr in seine Highschool gestapft war und zwei Klassenkameraden und eine Lehrerin erschossen hatte. Dafür habe Jupiter zweimal lebenslänglich erhalten, ein Versuch des Gerichts,

Gerechtigkeit walten zu lassen. Auch sein Sohn habe mit seinen Schüssen eine Rechnung begleichen wollen. Patrick schien indirekt auch über mich zu sprechen, es war, als wüsste er, was damals bei Madeline Lancaster passiert war. Aber das konnte er nicht wissen. Kleinlaut schluckte ich den letzten Bissen meines Burritos herunter und saß schweigend auf dem Beifahrersitz. Patrick hatte recht: Ich musste diese Sache hinter mir lassen, und ich musste endlich aufhören, den nach Gerechtigkeit heischenden Höllenschlund meiner Seele mit True-Crime-Podcasts zu füttern.

Nachdem wir auf den Highway zurückgekehrt und zwanzig Minuten gefahren waren, bog Patrick erneut ab und lenkte den Jeep auf den Parkplatz einer Staples-Filiale.

»Was machen wir hier?«

»Wir drucken die Erklärungen aus und schicken sie unterschrieben zurück.«

»Jetzt?«

Patrick setzte sich energisch in Bewegung und zog mich in den ekelhaft grell beleuchteten Laden für Bürobedarf. Er ließ nicht locker, bis ich mich auf einem uralten hellbraunen Computer in meinen E-Mail-Account eingeloggt hatte. Da waren sie, zwei Anhänge, insgesamt siebzehn Seiten, die mich für immer davon abhalten würden, die Familie Duncan zu kontaktieren oder über sie zu sprechen. Ich druckte alles aus, und Patrick gab mir einen dünnen blauen Kugelschreiber. Ich unterschrieb, und er schob die Seiten in einen FedEx-Umschlag. Es war vollbracht. Sein Akt der väterlichen Fürsorge war abgeschlossen.

Der Himmel war pechschwarz, als der Jeep endlich die grasbewachsene Anhöhe umrundete, auf der sich Hammersmith erstreckte. Beschwingt blickte ich aus dem Fenster. Ich würde in mein Haus zurückkehren, mein inneres Gleichgewicht wiederfinden, meine Mitte zurückerobern. Mir war noch eine letzte Chance gewährt worden. Es fühlte sich wie ein Geschenk an, von den Duncans abgeschnitten worden zu sein. Der Jeep erklomm jaulend die Zufahrtsstraße. Als meine Füße den Kies meiner Einfahrt berührten, holte ich tief Luft und lauschte dem vertrauten Knirschen. Ich war zu Hause.

»Danke, Patrick«, sagte ich, nachdem ich mich zu seinem offenen Fenster umgedreht hatte.

Er zog mit der Lässigkeit eines Cowboys seinen Hut tiefer und rollte dann wieder den Berg hinunter. Das Haus war genau so, wie ich es zurückgelassen hatte. Einsam, aber meins. Ich sog gierig die abgestandene Luft ein und schaltete dann die Heizung an und füllte die alte Wanne. Dann ließ ich mir vom glühend heißen Badewasser die Haut verbrühen. Ich wollte die vergangenen Wochen von meinem Körper brennen.

Meine Gedanken gaben trotzdem keine Ruhe. Eine Frage beschäftigte mich besonders, es gelang mir einfach nicht, sie aus meinem Kopf zu verbannen. Es war zwar schon spät, aber ich war mir sicher, dass er noch wach war. Triefend tappte ich ins Wohnzimmer, um mein Handy zu holen, und legte mich dann wieder zurück ins Wasser, wo ich seine Nummer eintippte, die zweite Telefonnummer, die ich auswendig kannte. Ich musste wissen, was bei jenem Dinner bei Chrissy Ash vorgefallen war. Danach konnte ich die Sache ruhen lassen. Dann war ich endgültig fertig mit Michael Valentine.

»Hallo?«, fragte er in seinem üblichen wichtigtuerischen Tonfall, als würde er einem einen Gefallen damit tun, ans Telefon zu gehen.

»Ich bins.«

Pause. Er wusste genau, wer ihn anrief.

»Ich dachte, ich hätte dich dafür bezahlt, dass du aus meinem Leben verschwindest.«

Ich ignorierte ihn und fragte: »Wie hast du Naomi Duncan kennengelernt?«

»Wer soll das sein?«, blaffte er.

»Du bist ihr angeblich bei einem Dinner begegnet, im Haus von Chrissy Ash in den Hamptons. Sie hat das Triptychon von Rosa gekauft, das mit der goldenen Untermalung.«

Er schwieg, aber ich erkannte an seiner Atmung, dass er sich erinnerte. Vielleicht dachte er an das Feuer in seinem Atelier, oder an die Fotos, die an der Oberseite meiner Küchenschublade klebten.

»Warum?«, fragte er schließlich.

»Naomi Duncan wurde ermordet. Und aus irgendeinem Grund hat sie mich vor ihrem Tod für ein Projekt ausgewählt. Jetzt versuche ich herauszufinden, warum. Warum mich?«

»Das ist es, was du von mir wissen willst?! *Warum mich?*«

Seine Stimme hatte jetzt einen grausamen Unterton, den ich nur allzu gut kannte. Also wappnete ich mich innerlich.

»Du hast dich kein bisschen verändert, Esther. Immer noch genauso ich-bezogen wie damals. Du glaubst, die ganze Welt würde sich nur um dich drehen. *Warum mich?*« Er lachte.

»Lass mich raten: Du versuchst wieder, Gott zu spielen und dich über die Menschen zu erheben.«

»Hör auf.«

»Es stimmt also!«

»Ich habe immer noch die Fotos«, warnte ich ihn. Es war mein einziger Trumpf.

Michael verstummte. Dann sagte er:

»Und ich, meine süße kleine Esther, habe immer noch die Aufnahmen der Überwachungskamera, die dich dabei gefilmt hat, wie du mein verdammtes Atelier abfackelst!«

Jetzt war ich diejenige, die verstummte. Wir steckten wieder in derselben Pattsituation wie damals. Genau aus diesem Grund war ich aus New York weggegangen. Ich besaß Beweise für seine pädophilen Neigungen, er hatte Beweise für meine blinde Wut. Und – das wusste nicht einmal Michael – es war nicht meine erste Brandstiftung. Wenn ich für die eine verurteilt wurde, würde man mir auch die andere anhängen. Wenn ich doch nur nicht so dämlich gewesen wäre! Wenn ich doch nur leise meine Jacke angezogen und die Lichter ausgeschaltet hätte, um zur Polizei zu gehen und ihn anzuzeigen. Dann säße er jetzt im Gefängnis.

»Sag mir einfach, woher du Naomi Duncan kennst«, stieß ich voller Hass hervor.

»Naomi Duncan war nur eine weitere blasierte Frau, die ich bei einem Dinner kennengelernt habe. Eine ziemliche Zicke, wenn ich es richtig in Erinnerung habe. Und ihre Tochter war überhaupt nicht mein Typ. Ich habe sie nicht angebaggert, falls diese Duncan-Tussi das behauptet haben sollte. Ist es das, worauf du hinauswillst? Hilft dir das weiter bei deiner kleinen *Warum-mich*-Krise? Meine Güte, Esther, du wirst für den Rest deines Lebens unglücklich sein, du tust mir fast schon leid. Wage es ja nie wieder, Kontakt zu mir aufzunehmen!«

Er beendete das Gespräch, und ich ließ mich tiefer ins Wasser sinken. Dabei spürte ich das vertraute Pochen von Selbsthass und Schuldgefühlen. Warum war ich nicht früher darauf gekommen? Bestimmt hatte Michael seine Hand auf Tabithas Oberschenkel gelegt. Hatte Naomi es mitbekommen? Hatte sie mich deshalb ausgewählt, weil sie ihn genauso hasste wie ich? Dieses Motiv erschien mir durchaus plausibel. Ich lehnte den Kopf gegen die kalte Wölbung der Keramikwanne. Irgendwann würde ich dafür sorgen, dass ihm das Handwerk gelegt und dass er endlich zur Verantwortung gezogen wurde. Nachdem das Badewasser kalt geworden war, stieg ich aus der Wanne und ging in die Küche, um die Schublade aufzuziehen und blind nach der Ausbuchtung der Fotos zu tasten. Sie waren noch da. Das war zumindest ein kleiner Trost.

Es handelte sich um vier Polaroid-Aufnahmen von Michael auf einem Kingsize-Bett im Bowery Hotel, zusammen mit der sechzehnjährigen Rachel Mulligan. Rachel mit ihren leuchtend rotbraunen Haaren und ihrem naiven Lächeln hatte damals ein einmonatiges Sommerpraktikum in Michaels Atelier gemacht, weil sie »Kunst so liebte«. Ich war zu dieser Zeit in Brasilien gewesen, um eine Installation zu beaufsichtigen. Ich hätte es wissen müssen, hätte niemals zulassen dürfen, dass es dazu kam. Die Polaroids, die die beiden beim Sex zeigten, hatten einfach so auf Michaels Schreibtisch herumgelegen, als ich nach meiner Rückkehr aus Brasilien spätabends ins Atelier gekommen war. Er hatte sich nicht einmal die Mühe gemacht, sie zu verstecken. Ich hatte vor Wut und Ekel würgen müssen und mich fieberhaft umgesehen: Der ganze große Raum war vollgestopft mit überteuerten Gegenständen – der italienischen Espressomaschine für zwanzigtausend Dollar, dem Plotter, den wir nie benutzten, den Marcel-Breuer-Stühlen, die schräg auf dem Perserteppich standen, den deutschen Verstärkerboxen und dem überdimensionalen Ledersofa, auf dem dieser Mistkerl Rachel sicher auch gevögelt hatte. Das Ganze erinnerte eher an eine Junggesellenwohnung als an die Wirkungsstätte eines Künstlers – und ich war das Hausmädchen, beseitigte die Unordnung und pflegte den Altar, auf dem Michael Valentine gehuldigt wurde. Ich hasste mich dafür, dass ich das alles mit meiner Arbeit ermöglicht hatte. Damit war jetzt Schluss.

Während ich in dem von modernen Lichtschienen beleuchteten Atelier stand und die Fotos von Rachels sechzehnjährigem Körper auf Michaels behaartem Unterleib anstarrte, traf es mich wie ein Baseball am Kinn: *Ich brenne den ganzen Laden einfach nieder.* Ich hatte das unstillbare Bedürfnis, das zu vernichten, was Michael Valentine am wichtigsten war: seine Kunst und die Kapelle, die er zur eigenen Anbetung errichtet hatte. Dieses Mal wusste ich mit absoluter Sicherheit, dass niemand im Gebäude war. Im Umkreis von mehreren Kilometern gab es kein einziges Haus. Also zündete ich eine von Michaels Zigaretten an und warf sie in den leicht entflammbaren Eimer mit gebrauchten Leinöl-Lappen.

In der Küche meiner Berghütte peitschten die Tentakel von Michaels Grausamkeit noch immer durch meinen Kopf, als ich mir eine Packung *Annie's Macaroni & Cheese* warm machte und endlich zuließ, dass ich weinte. Mein ganzer Schmerz strömte auf die blubbernde Masse aus weißem Cheddar und Muschelnudeln. Ich wollte das alles nicht mehr. Nie wieder wollte ich in obsessives Verhalten abrutschen. Ich wollte einfach nur zu Hause sein, zusammen mit Jessica, wollte meine Hand auf ihren Babybauch legen und sie fragen, was sie sich zum Abendessen wünschte. Ich wollte eine Familie. Diese Sehnsucht war einer der Gründe dafür, dass ich in die Hamptons gefahren war. Ich hatte so viel von den Duncans in mich aufgesogen, dass ich das Gefühl hatte, dazuzugehören. Naomi war für mich zum Muttterersatz geworden, und Marcella-Marie repräsentierte das Baby, das ich mit Jessica hätte bekommen sollen, das Baby, das sich mit dem Abschiedsbrief in der Obstschüssel in Luft aufgelöst hatte. Als ich nun im warmen Licht meiner Küchenlampe stand, wurde mir klar, dass ich ein Ersatz für Patrick Nelsons Sohn war. Ich brauchte dringend einen Neustart.

Am nächsten Morgen trank ich meinen Kaffee und ging die Straße hinunter zu Chester, um ihn zu fragen, ob ich seinen Zweitwagen von ihm mieten dürfe, einen staubigen Kleinbus, den er von seiner Großmutter geerbt hatte. Chester trug ein Batik-Shirt und weigerte sich – liebenswürdig wie immer –, Geld dafür anzunehmen. Ich fuhr auf direktem Weg zu Walmart, um Putzutensilien und Lebensmittel einzukaufen. Als Erstes nahm ich mir die Küche vor. Während meiner Arbeit an den Scrapbooks hatte ich alles andere vernachlässigt, und so war die Fuge zwischen Spülbecken und Wand dreckig, und auch die Fenster waren so schmutzig, dass man kaum noch hindurchsehen konnte. Ich schrubbte den Boden, bearbeitete die Toilettenschüssel mit Backnatron und Essig und entfernte mit dem Besen die Spinnweben von der Decke. Die Scheune sparte ich aus – ich wusste, dass ich einen Rückfall erleiden würde, wenn ich auch nur ein Foto von Tabitha oder Naomi ansah. Ich war wie eine trockene Alkoholikerin, die einen Bogen um ihre ehemalige Stammkneipe machte. Die Scheune musste zubleiben, bis ich stark genug war, mich mit ihr und ihrem Inhalt auseinanderzusetzen.

Während ich energisch scheuerte und schrubbte, kam ich mir vor wie eine Verbrecherin nach einem Mord. Ich putzte, um mich von meiner Schuld reinzuwaschen. Es gab so viele Podcasts, in denen die Baumarktquittung den Mörder überführte: Bleichmittel, Handschuhe, extra-strapazierfähige Mülltüten, Kreissägen, Glasreiniger. Ich hingegen versuchte nur, mit jeder Bewegung des Schwamms ein Stück Vergangenheit auszulöschen. Nachdem alles im Haus verräterisch glänzte, fuhr ich in meinem geliehenen Kleinbus nach Asheville. Ich war fest entschlossen, eine neue Frau kennenzulernen. Ich wollte mich verlieben.

Voller Sehnsucht nach Zärtlichkeit suchte ich erneut die Schwulen- und Lesbenbar auf, in der ich mit Jessicas Schülerin Kenny geknutscht hatte. Dabei wollte ich sie gar nicht treffen. Die Frau, die ich kennenlernen wollte, sollte Jessica nicht kennen und auch nichts über meine Vergangenheit wissen. Ich loggte mich ins WLAN der Bar ein, lud mir Tinder herunter und wischte mich durch die Wandervögel, astrologischen Tätowierungen, neurodivergenten Bäuerinnen, Veganerinnen und selbsterklärten »Hunde-Mamas«.

Plötzlich klingelte mein Handy. Es war eine unbekannte Nummer. Die Aussicht auf eine Romanze hatte mich geil gemacht, und ich meldete mich in der Hoffnung, dass eine der Tinder-Hexen auf wundersame Weise an meine Nummer gekommen war und mich nun anrief. Auf mein angetrunkenes »Hallo?« antwortete eine streng klingende Stimme.

»Esther Ray?«

»Ja.«

»Hier ist Chrissy Ash.«

Mein ganzer Körper spannte sich an. Chrissy hatte ihre Anwaltsstimme ausgepackt – stahlhart, ohne jede Spur von Liebenswürdigkeit. Plötzlich sah ich sie wieder vor mir, wie sie mir Modell gesessen hatte. Ich kannte jede Pore ihres Gesichts, wusste, dass sie am Nasenflügel eine Sommersprosse und seitlich am Kopf einen Wirbel hatte. Auch die Umrisse ihrer Schultern waren mir vertraut, nur diese Stimme hatte ich noch nie gehört.

»Bryce wollte nicht, dass ich Sie anrufe, aber jemand muss es tun.«

»Ich habe seine Papiere doch unterschrieben«, brachte ich hervor.

»Das weiß er zu schätzen. Ich möchte trotzdem sichergehen, dass wir uns richtig verstanden haben: Wenn Sie jemals wieder Kontakt aufnehmen zu mir oder ihm oder unserer Familie, oder in öffentlicher Weise über uns sprechen, in welchem Rahmen auch immer, kommen wir und klären das persönlich.«

»Ist das eine Drohung?«

Chrissy stieß einen abschätzigen Seufzer aus und ließ sich nicht dazu herab, auf meine Frage zu antworten.

»Dann wird er mich umbringen? So wie er Naomi umgebracht hat?«, half ich nach.

»Sie sind geistesgestört. Ich kann nicht glauben, dass Sie in meinem Haus waren und dass ich Ihnen Modell gesessen habe. Sie können wirklich von Glück sagen, dass Sie nicht für immer hinter Gitter sind!« Diesen letzten Satz schrie sie beinahe und beendete dann das Gespräch.

Chrissy sprach bereits von »unserer Familie«. Ich bebte vor Zorn. Ihre harte Stimme schrillte wie eine Klingel durch meinen Schädel, leer und hohl. Ich stellte mir Naomis braune Augen vor, stellte mir vor, sie würden Chrissy dabei beobachten, wie sie mit einem Glas Pinot durch die Travertinküche der Penthouse-Wohnung am Hyde Park tänzelte. Hatte sie von Chrissy und ihrem Mann gewusst? Hatte sie auch Lust gehabt, ihre einstige Freundin grün und blau zu schlagen? Oder war sie insgeheim froh gewesen, nicht mehr diejenige sein zu müssen, die Bryce' Schwanz lutschen musste? Es war immer besser, wenn man über die Untreue des Partners im Bilde war. Ich wünschte, ich hätte gewusst, dass Jessica Sex mit anderen Frauen hatte. Ich wünschte, ich hätte Gelegenheit gehabt, sie ebenfalls zum Weinen zu bringen, ihr zu zeigen, wie sich mein Schmerz anfühlte. Nachdem ich tief durchgeatmet hatte, sah ich mich in der Bar um und versuchte die negativen Gefühle abzuschütteln. Ich musste zu mir selbst zurückkehren, zurück zu meinem Körper, meinen Gelüsten. Ich senkte den Blick wieder auf Tinder.

Die nächsten eineinhalb Monate verbrachte ich damit, herumzuvögeln. Ich wollte ablaichen, wollte mich vermehren. Und wünschte mir bei jedem Liebesakt, mein Umschnall-Dildo wäre ein echter Penis, damit ich Sarah mit den blaugefärbten Achselhaaren schwängern konnte, oder Lisa, die in einer Unverpackt-Brauerei arbeitete, oder Franzi, die romantische Schauerromane liebte. Ich wünschte mir eine zufällige Schwangerschaft, eine überraschende Wendung an einem beliebigen Donnerstag, wollte keinen strategischen Plan, der Küchenutensilien, Gefrierbehälter mit Flüssigstickstoff und endlose Diskussionen beinhaltete. Nach einer Reihe von Dates, von denen keins wirklich spektakulär war, ging mir auf, dass ich diese Frauen lediglich als Eizellengefäße betrachtete, als potenzielle Behälter für meinen Nachwuchs. Ich hasste mich selbst dafür. So musste es sein, wenn man ein heterosexueller Mann war.

Ich beschloss, dass ich Sarah mit den blauen Achselhaaren am meisten mochte. Es reichte zwar nicht, um sie zu fragen, ob sie meine Nachkommenschaft austragen wollte, aber sie unterrichtete jeden Donnerstag Yoga im

Nachbarort und kam danach mit einem Brathähnchen vom einzigen guten Restaurant der Gegend vorbei. Sie aß gern draußen auf der Veranda, immer barfuß. Und sie redete ununterbrochen über Essen, plante unsere nächste Mahlzeit schon, bevor wir die aktuelle verspeist hatten. Ihre Stimme klang einfältig, wenn sie mögliche Beilagen auflistete – gebratene Kochbananen, Cobb Salad, Maisgrütze nach Cajun-Art, Krautsalat –, und das wirkte tröstlich auf mich. Ich redete mir ein, dass sich das Leben genau so anfühlen musste: ein wenig dumpf und mit gut trainierter Magenschleimhaut.

Patrick und ich kreisten wieder stumm in der Umlaufbahn des jeweils anderen. Die Intensität unserer gemeinsamen Autofahrt klang noch nach, was wir uns jedoch nicht anmerken ließen. Wie früher nickten wir uns lediglich zu, wenn wir aneinander vorbeifuhren. Jedes Mal, wenn ich mich an seine Stimme auf dem Parkplatz vor dem Taco Bell erinnerte – laut und väterlich –, hatte ich sofort einen Kloß im Hals. Aber ich hielt mein Versprechen. Ich kehrte dem Rätsel um Naomis Tod den Rücken, checkte nicht ein einziges Mal Tabithas Accounts auf Instagram oder TikTok oder googelte die Duncans. Die Gründe dafür, dass Naomi auf mich aufmerksam geworden war, schlummerten als verworrenes Knäuel in einer Ecke meines Gehirns. Ich nahm sogar als Gaststudentin an einem Webkunst-Seminar teil und beschäftigte meine Gedanken damit, dass ich das Webschiffchen auf einem riesigen alten Webstuhl mal unter und mal über den Kettfäden durchführte und dabei über den Grashügel von Hammersmith blickte. Kunsthandwerk war erneut eine lindernde Salbe, ein Ort, an dem ich mich ganz dem Entstehungsprozess hingeben konnte.

Wenn Sarah bei mir übernachtete, stand sie im Morgengrauen auf, kochte Kaffee und verbog sich im Wohnzimmer zu einer Reihe von komplizierten Yogafiguren. Als ich mich an einem Freitag im Frühling endlich aus dem Bett schälte, stand der Kaffee auf dem Herd, und in der Spüle lagen noch die Hühnerknochen vom Vorabend, aber Sarah war nicht an ihrem üblichen Yoga-Spot im Wohnzimmer. Mit dem Kaffeebecher in der Hand schlenderte ich umher und rief ihren Namen. Dann sah ich durchs Fenster das Scheunentor – es stand offen! Ein Ruck ging durch meinen Körper, und meine innere Sirene schrillte augenblicklich. Ich stürzte zur Haustür hinaus und rannte hinunter, wobei ich mir heißen Kaffee auf meine Flanell-Hosenbeine schüttete.

»Babe, was für ein wunderschöner Raum! Hier würde ich gern eines Tages einen Yoga-Kurs abhalten«, begrüßte mich Sarah, nachdem sie beim Poltern meiner Schritte die Augen aufgemacht hatte.

Ich starrte die Leere an, die um sie herum herrschte. Die Scheune war ausgeräumt und enthielt nichts mehr außer Sarahs knallorangefarbener Yogamatte, die sie genau in der Mitte ausgerollt hatte.

»Was denn?«, fragte sie beim Anblick meines offenstehenden Munds. »So eine umgebaute Scheune ist optimal für Yoga!«

»Hier waren … hier müssten eigentlich …«, stammelte ich. Wie sollte ich ihr erklären, was eigentlich entlang der Wände und auf dem Arbeitstisch hätte stehen sollen? Sämtliche Kunststoffboxen von Naomi waren verschwunden, genau wie das übrig gebliebene Material, die chronologisch geordneten Papierstapel und die fertigen Scrapbooks, die ich stolz auf dem Tisch neben der Tür aufgereiht hatte. Es war nichts mehr da. Nicht einmal die Umzugskisten mit Jessicas Sachen oder der Aktenschrank, in dem ich meinen Pass und meine Geburtsurkunde aufbewahrt hatte. Sarahs Mund bewegte sich, sie sagte etwas, aber ich hörte es nicht, weil ich damit beschäftigt war, in Gedanken Inventur zu machen und alles aufzulisten, was mir gestohlen worden war. Nach einem weiteren Moment der Schockstarre rannte ich den Pfad hinauf zurück zum Haus. Ich musste mich vergewissern, dass die Fotos noch an der Oberseite der Küchenschublade klebten. Ich schob meine Hand hinein und tastete nach den Kanten der Polaroids. Sie waren noch da.

»Was ist los?«, fragte Sarah, die jetzt in der Haustür stand und mich verwirrt ansah.

»Ich wurde ausgeraubt«, antwortete ich heiser. Ich schob sie mit dem Ellbogen aus dem Weg und stapfte die Zufahrtsstraße hinunter.

Sarah folgte mir. »Wie war das, Babe? Du wurdest ausgeraubt?«

»Geh nach Hause«, herrschte ich sie über die Schulter hinweg an. »Ich muss mich um die Sache kümmern.«

»Um welche denn?«

»Geh einfach, okay?«

Sarah sah mich aufgebracht an. »Bist du sauer auf mich? Ich bin nur in die Scheune gegangen, weil du so lang geschlafen hast und mir langweilig war. Mein Gott!«

Ich war fast an der Abzweigung zu Patricks Einfahrt angekommen und blieb stehen, um mich zu ihr umzudrehen. »Sarah, diese Geschichte hat nichts mit dir zu tun. Bitte geh. Tu mir den Gefallen.«

»Erklär mir erst, was hier los ist!«, verlangte sie.

»Nein!«, rief ich und marschierte weiter.

»Esther, deine Unfähigkeit zu kommunizieren macht mich fertig. Wenn du mir nicht erklären kannst, was mit dir los ist, wars das mit uns.«

Aus dem Augenwinkel sah ich sie die Straße hinaufstürmen, ihre grazilen Arme und Beine schwangen in alle Richtungen. Ich spürte, wie sich ein kleines Kügelchen der Erleichterung in meinem Bauch einnistete, der Erleichterung darüber, dass es in der Tat vorbei war mit Sarah und mir. Ich ging weiter, bis ich vor Patricks Hütte angekommen war.

»Wer ist da?«, knurrte er als Antwort auf mein Klopfen.

»Ich bins. Was haben Sie mit den Büchern gemacht?«

Patrick öffnete in einem verschlissenen roten Bademantel die Tür.

»Und den Boxen. Und den Papierstapeln. Und meinem Aktenschrank. Wo ist das alles?«, schrie ich.

Patrick sah mich verwirrt an. »Wovon reden Sie, Esther?«

»Die Scheune ist leer. Was haben Sie verdammt noch mal mit den ganzen Sachen gemacht?«

»Ich habe gar nichts gemacht. Ich weiß nicht mal wovon …«

»Doch, haben Sie. Sie wussten, wo der Schlüssel war.«

Patrick rieb sich das Gesicht und wirkte völlig unbeeindruckt von meinem Ausbruch, was mich noch wütender machte.

»Sie sind nicht mein verfickter Vater! Was gibt Ihnen das Recht, so was zu tun?«

Das Wort *Vater* löste etwas in ihm aus, sein Ärger schwoll an wie eine Welle. »Ich habe Ihre Scheune nicht angerührt, Esther! Sie hatten mich gebeten, die Bücher durchzusehen, und danach habe ich den Schlüssel wieder zurückgehängt. Ich habe Ihnen einen Gefallen getan, mehr nicht.«

»Sie haben alles beseitigt!«, insistierte ich. »Weil Sie sich für meinen Retter halten oder so was.«

Patrick holte tief Luft und wiederholte frustriert: »Ich habe keine Ahnung, wovon Sie sprechen.«

Ich sah ihn an. Seine Stirn war so tief gefurcht, dass mir aufging: Er sagte die Wahrheit.

Ich wartete auf der Veranda, während Patrick in Jeans und ein mottenzerfressenes Sweatshirt schlüpfte. Dann folgte er mir den Berg hinauf. Wir standen nebeneinander da und starrten den verödeten Innenraum der Scheune an.

»Dafür wäre ein großer Transporter nötig gewesen«, murmelte er und zog eine Zigarette aus seiner Packung. »Wir hätten ihn sehen müssen, wie er den Berg hochfährt.«

Ich schwieg und dachte an das wal-ähnliche Wehklagen des schwarzen Lastwagens, als er den Berg zu meinem Haus erklommen hatte, daran, wie lang es gedauert hatte, sämtliche Aufbewahrungsboxen von Naomi auszuladen.

»Sie müssen die Scheune ausgeräumt haben, als ich losgefahren bin, um Sie aus dem Gefängnis zu holen. Das war das einzige Mal, dass ich länger von hier weg war als nur auf einen kurzen Sprung zum Postamt.«

»Aber wer sind *sie*?«, grübelte ich.

Patrick nahm einen langen Zug von seiner Zigarette. Die Furchen entlang seines Munds vertieften sich. »Der Inhaber von Red Rock Capital, nehme ich mal an.«

14

Mit Jessica hatte ich einmal eine seltsam süchtig machende Sendung gesehen, in der professionelle Reinigungskräfte bei sammelwütigen Menschen – die normalerweise verwahrlost und häufig schon halb senil waren – für Ordnung sorgen sollten. Die Messis brachen während dieses Prozesses unweigerlich in Tränen aus und stießen schrille Klagelaute aus, weil angeblich jede Schokoriegelverpackung eine tiefe, einzigartige Bedeutung für sie besaß. Wie konnte man von ihnen verlangen, dass sie den unförmigen alten Reebok-Turnschuh wegwarfen, wenn er für sie doch ein Heldenepos darstellte, das nur sie verstanden? Die hinzugezogenen Psychologen hatten erklärt, das Aufräumen müsse langsam, Stück für Stück passieren, da jede Entscheidung, etwas wegzuwerfen, den Weg für eine vollkommen neue Nervenbahn ebne. Wenn die Reinigungsleute einfach alles weggeschmissen hätten, während die Messis in Bora Bora im Urlaub weilten, hätten sie nach ihrer Rückkehr hundertprozentig wieder angefangen, Sachen zu horten. Inzwischen konnte ich diese Leute nur allzu gut verstehen. Jedes einzelne Dokument und jedes einzelne Foto der Duncans hatte eine Bedeutung besessen, war Teil eines Puzzles gewesen, das ich noch nicht gänzlich zusammengesetzt hatte. Ich wünschte mir verzweifelt, die Scheune wieder füllen zu können.

Ich bat Patrick, mit mir zum immer fröhlichen Chester am Fuß des Bergs zu kommen.

»Ja, da war ein Lastwagen – vor ungefähr einem Monat, vielleicht ist es auch länger her. Irgendwann im Februar, glaube ich.«

Ich nickte. Patrick schwieg. Chester bot uns niedliche kleine Clementinen aus einer selbst getöpferten Keramikschüssel an. Und ich erkannte an seinem herumhuschenden Blick, dass er auf ein Kompliment hoffte.

»Hübsch«, sagte ich anerkennend und wies mit dem Kinn auf die Schüssel.

»Oh, vielen Dank, Esther!«, gluckste Chester.

»Ist der Lastwagen nachts gekommen?«, fragte ich.

»Nein, am frühen Abend, gegen sechs. Das weiß ich noch so genau, weil er zur selben Zeit die Bear-Break-Kurve erreicht hat wie meine Tonlieferung. Der Lieferant musste fast einen Kilometer zurücksetzen, bis die beiden Fahrzeuge oben am Hemsley Hill aneinander vorbeikonnten.«

Patrick nickte. Wenn seine Vermutung stimmte und Bryce dahintersteckte, erklärte das, warum er die Anklage gegen mich fallengelassen hatte: weil er irgendwie herausgefunden hatte, dass ich die Finanzunterlagen besaß, die die zwei Jahrzehnte währenden, mit großem Aufwand betriebenen Steuerhinterziehungen durch Red Rock Capital nachzeichneten. Während wir wieder den Berg hinaufstapften, erklärte mir Patrick die Details. Die Scrapbooks hatten Papiere enthalten, die ein kaum nachzuweisendes Muster offenlegten: Vermögenswerte, die auf auffällige Weise verschwanden und dann sang- und klanglos an anderer Stelle wiederauftauchten. Zwischen Zügen aus seiner Zigarette stellte Patrick klar, dass die Informationen, die Naomi über viele Jahre angesammelt hatte, durchaus dazu angetan waren, große Unternehmen in den Ruin zu treiben und Männer mit Patagonia-Westen hinter Gitter zu bringen.

Wir gingen zu meinem Haus, und ich setzte Kaffee auf. Patricks Männerkörper wirkte fehl am Platz in meiner Küche. Ich sehnte mich danach, dass er sich in Jessica verwandelte, oder in irgendeine andere Frau, damit ich mich entspannen konnte. Während der Kaffee auf dem Herd zischte und brodelte, schielte Patrick immer wieder nervös auf sein Handy.

»Ich denke, Sie können sich glücklich schätzen, dass Sie so glimpflich davongekommen sind«, sagte er ernst. »Unglaublich, dass Sie so lange nicht mehr in die Scheune geschaut haben.«

»Na ja, ich habe eben versucht, die Geschichte hinter mir zu lassen und den Blick nach vorn zu richten.«

Patrick seufzte. Er hatte an meinem Tonfall erkannt, dass ich ihm die Schuld gab, weil er mir genau das geraten hatte.

»Meine eigenen Sachen haben sie auch mitgenommen – sogar meinen verdammten Pass, meine Geburtsurkunde, meine Versicherungskarte … alles! Das Einzige, was mir noch bleibt, ist die Besitzurkunde für mein Haus. Die hing zufällig am Kühlschrank.«

»Das lässt sich alles ersetzen«, sagte Patrick seltsam unbekümmert. »Es passiert doch ständig, dass solche Dokumente verloren gehen.«

»Schon, aber ich kann Bryce doch nicht mit dieser dreisten Aktion davonkommen lassen!«

Patrick nahm den Kaffeebecher entgegen, den ich ihm reichte. »Esther, ich habe mein ganzes Leben als Buchhalter für kleine Unternehmen gearbeitet. Natürlich ist mir nie etwas in diesem Umfang begegnet, aber auch bei kleineren Betrugsversuchen sind die Leute zu fast allem bereit, um sie zu vertuschen. Der Kerl hat Ihnen einen Gefallen damit getan, dass er diese brisanten Unterlagen wieder zurückgeholt hat. Sie haben die Verschwiegenheitserklärung unterschrieben, und dann ist da noch die einstweilige Verfügung. Ihnen bleibt gar nichts anderes übrig, als die Geschichte zu vergessen.« Er klang jetzt genauso gereizt wie ich.

»Ich habe noch Fotos von mehreren Doppelseiten auf meinem Handy.«

»Löschen Sie sie.«

»Nein«, stieß ich trotzig hervor und schob meinen Stuhl zurück. »Was ich mich immer wieder frage, ist, warum Naomi diese Finanzunterlagen überhaupt in den Scrapbooks haben wollte. Was hat sie damit bezweckt?«

»Keine dieser Fragen ist jetzt noch relevant.«

Ich straffte meine Schultern und reckte das Kinn. Es ärgerte mich, dass er wieder in diesem väterlichen Ton mit mir sprach. »Bryce gehört in den Knast!«

»Er hat die Anklage fallengelassen und seine Unterlagen zurückgeholt.«

»Er hat Naomi auf dem Gewissen.«

»Sie ist bei einem Skiunfall gestorben. Lassen Sie es gut sein.« Patricks Stimme war unnachgiebig.

»Aber er hat Steuern hinterzogen«, nörgelte ich. »Dafür muss er doch zur Rechenschaft gezogen werden!«

»Jeder schummelt mal.«

Wenn ich ehrlich war, hatte ich ohnehin keine aussagekräftigen Beweise. Von den Doppelseiten, die ich fotografiert hatte, enthielt nur eine Bankunterlagen, und das reichte vermutlich nicht. Mir wurde schwer ums Herz. Schweigend tranken wir unseren Kaffee, und mein fieberhafter Drang, die Scheune wieder zu füllen, verstärkte sich noch.

Patrick trank seinen Becher aus, schlug sich mit den Händen auf die Knie und stand auf.

»Versuchen Sie einfach, sich ein bisschen zu entspannen. Und versprechen Sie mir, dass Sie keinen Kontakt zu ihm aufnehmen.«

Ich nickte. In der Sekunde, in der Patrick aus der Tür war, wurde ich rückfällig, rannte zu meinem iPad und öffnete meinen Ordner mit den heruntergeladenen True-Crime-Podcasts. Ich musste mich abreagieren, brauchte ein Ventil für meine Wut. Nachdem ich eine Geschichte über spurlos verschwundene Personen aus meinem Fundus ausgewählt hatte, lehnte ich mich erleichtert zurück. Der Druck in meinem Gehirn ließ sofort nach, als die nasale Stimme des Podcasters erklang. Leise elektronische Musik untermalte die Story einer fast blinden, kettenrauchenden Mutter, die mitten in der Nacht ohne Schlüssel, Brille und Zigaretten aus dem Haus verschwunden war.

Die nächsten Stunden verbrachte ich damit, gierig die Beschreibungen von Menschen in mich aufzusaugen, die sich einfach so in Luft aufgelöst zu haben schienen. In meiner Vorstellung gab es irgendwo einen heruntergekommenen Nachtclub, eine Art Vorhölle mit düsterer Musik, in der alle diese Verschwundenen gezwungen wurden, Line Dance zu tanzen, bis ihnen endlich Gerechtigkeit widerfuhr. Es elektrisierte mich, mir auszumalen, wie sie sich alle dort versammelten: das Mädchen, das an seinem Geburtstag verschwunden war, der charismatische Freund, die fast blinde Mutter und die Studienanfängerin mit ihrem kurzen blauen Rock. Sie alle irrten durch den Nebel der Tanzfläche und schlürften billige Drinks aus dünnen roten Strohhalmen. Naomi war zwar nicht verschwunden, aber aus irgendeinem Grund wusste ich, dass auch sie dort war und sich in ihrer Moncler-Jacke im Takt der Musik bewegte. Wie alle anderen wartete sie darauf, dass ihr Gerechtigkeit widerfuhr.

Obwohl es gerade erst Mittag war, entkorkte ich eine Flasche Wein und hörte mir noch einen Podcast an, diesmal über ein Mädchen, das im südlichen Texas auf dem Weg von einer Freundin nach Hause verschwunden war. Die Stimme ihres Vaters ertönte, ein zittriger Bariton. Er erzählte, dass er seit sieben Jahren Flugblätter an der Straßenecke verteile, an der sie zuletzt gesehen worden sei. »Irgendjemand muss etwas wissen«, sagte er.

Ich leerte mein Weinglas und ließ meinen Gedanken freien Lauf, stellte mir Naomis Gesicht auf Flugblättern vor. Die Idee schlich sich an wie ein träges Gähnen: Es mochte mir untersagt sein, *mit* oder *über* die Duncans zu sprechen, aber ich konnte mich problemlos an eine Straßenecke in Asheville stellen und Zettel mit einem

Foto von Naomi verteilen. Ich wusste, dass sie dort an irgendetwas gearbeitet hatte, sie hatte mehrmals über ihr »besonderes Projekt« gesprochen. *Irgendjemand muss etwas wissen.* Leicht beschwipst und entsprechend euphorisch marschierte ich aus dem Haus und setzte mich in den Kleinbus. Auf dem Parkplatz der Craft School lud ich ein Foto von einer lächelnden Naomi bei der Einweihung eines WAC-Brunnens herunter, zoomte näher an ihr Gesicht heran, schnitt es aus und ging damit in den Kopierbereich der Bibliothek. Dort druckte ich das Foto so aus, dass es in der Mitte des Blatts zu sehen war, und schrieb mit dickem Filzstift darüber: KENNEN SIE DIESE FRAU? Unter das Foto kritzelte ich JEDE INFORMATION WILLKOMMEN, gefolgt von meiner Handynummer. Ich überlegte, ob ich Naomis Name hinzufügen sollte, entschied mich dann angesichts ihrer Neigung zu Geheimhaltung und Pseudonymen jedoch dagegen.

Bevor ich Richtung Asheville davonbrauste, rief ich Tabithas Instagram-Account auf. Mich überraschte, dass es keine neuen Einträge gab, ihre Chronik sah noch genauso aus wie das letzte Mal, als ich sie angeklickt hatte. Vielleicht hatte sie ihre digitale Detox-Phase verlängert. Gierig betrachtete ich die alten Bilder von ihrem jungen Körper und war kurzzeitig ein wenig beleidigt, weil sie die Videos von mir, wie ich sie malte, nie gepostet hatte. Die Stunden, die wir zusammen in den Hamptons verbracht hatten, erschienen mir wie ein diffuser Traum. Ich musste gegen das Verlangen ankämpfen, ihr eine persönliche Nachricht zu schreiben und ihr mitzuteilen, dass alles gut werden würde, dass ich herausfinden würde, was mit ihrer Mutter passiert war. Zum Glück hielt ich mich noch rechtzeitig zurück.

In Asheville wimmelte es von Kerlen in College-Sweatshirts, die grölend von Brauerei zu Brauerei zogen. Die meisten waren kernige Typen von der Sorte, die mehrere Warmhaltebecher besitzen und ihre Sonnenbrille an einer dicken Nylon-Schnur um den Hals tragen. Ich konnte mir zwar nicht vorstellen, dass einer von ihnen etwas über Naomi wusste, versuchte jedoch, mich von dem verzweifelten Vater aus dem Podcast inspirieren zu lassen, und drückte jeder Männergruppe eine meiner Schwarz-Weiß-Kopien in die Hand.

»Wer ist die Frau?«, fragte ein gedrungener, bereits lallender Typ mit Cargohose und zeigte mit seinem Trumm von einem Zeigefinger auf Naomis Gesicht.

»Eine Freundin von mir. Ich suche Informationen über sie«, antwortete ich angespannt.

»Wird sie vermisst?«

»Ja«, log ich.

Der vermeintliche Grobian betrachtete den Ausdruck und zeigte ihn dann mit überraschender Sorgfalt seinen Freunden, die alle den Kopf schüttelten und rülpsend weiterstapften. Ich beobachtete, wie der Kerl mit der Cargohose einige Meter entfernt stehen blieb, den Ausdruck faltete und in seine sich wölbende Gesäßtasche schob. Als Nächstes kam eine Runde junger Mütter an mir vorbei. Ich wurde grün vor Neid auf ihre erschöpften Körper, ihre Smart Watches, die fortwährend an ihren Handgelenken piepsten und sie an wichtige Termine erinnerten. Alles, was sie hatten tun müssen, um schwanger zu werden, war, mit ihren Ehemännern zu schlafen. Und ich? Wie sollte ich an mein Baby kommen? Am liebsten hätte ich diesen Frauen ins Gesicht gebrüllt. Stattdessen händigte ich ihnen mit verzweifeltem Lächeln einen meiner Ausdrucke aus. Die hübscheste Mutter, die einen beigefarbenen Bugaboo-Kinderwagen vor sich herschob, nahm die Seite entgegen und schüttelte traurig ihren Lockenkopf.

Irgendwann drückte ich einem Mann im Rollstuhl einen Zettel in die Hand, der von einer Frau im Batikkleid geschoben wurde. Sie warf einen Blick auf Naomis Gesicht und teilte mir mit, sie spüre, dass meine »vermisste Freundin noch unter uns sei«. Ich müsse einfach nur Geduld haben. Ich bedankte mich bei ihr und sah ihr dabei zu, wie sie den Rollstuhl davonschob. Ich stand erst seit zwei Stunden hier, spürte jedoch schon jetzt, wie pathetisch es war, dass ich in den Gesichtern von Fremden nach einem Funken des Wiedererkennens Ausschau hielt. Nach weiteren fünfzehn Handzetteln kam mir die Idee, mir meine Kopfhörer in die Ohren zu stecken und Podcasts zu hören.

Ich wählte die Geschichte eines Mannes aus, der nach einem Streit mit Freunden über das Thema Black Lives Matter spazieren gegangen war, um sich abzureagieren, und nie nach Hause zurückgekehrt war. Er war barfuß in die Nacht hinausgestürmt und hatte kurze Hosen getragen, mitten im Winter. Wie weit hätte er also kommen können? In der nächsten Folge ging es um einen Mann, der verschwunden war, nachdem er ein Hotelzimmer für den Junggesellenabschied eines Freunds gebucht hatte.

Danach wurde von einem dreizehnjährigen Mädchen berichtet, das eine Party besucht hatte und anschließend nicht nach Hause gekommen war. Die Polizei ging wie immer davon aus, dass sie freiwillig abgehauen war, und wartete sieben Monate, bevor sie anfing, ernsthaft nach ihr zu suchen. Sie wurde nie gefunden.

Ich verteilte weiter meine Handzettel und echauffierte mich über den roten Faden, der sich durch alle diese Podcasts zog: Die Hinterbliebenen der verschwundenen Personen waren von den Strafverfolgungsbehörden im Stich gelassen worden und daher gezwungen, selbst auf die Suche zu gehen. Väter engagierten Leichenspürhunde, Schwestern gingen von Tür zu Tür, Mütter verkauften ihren Schmuck, um sich Privatdetektive leisten zu können, und Zwillingsbrüder riefen sämtliche unbekannten Nummern auf ihrer Mobilfunk-Abrechnung an und flehten Walmart an, ihnen Zugriff auf die Aufnahmen der Überwachungskameras zu gewähren. Ich stand an meiner Straßenecke und fühlte mich wie eine von ihnen. Auch Naomi war von der Polizei im Stich gelassen worden. Es fiel mir nicht schwer, mir Bryce und seine Angelkumpels dabei vorzustellen, wie sie Beweise in irgendeinem Fluss in New Jersey versenkten. Nach weiteren zwei Podcasts brannten meine Waden, und ich konnte nicht mehr.

Ich betrat eine gut besuchte Bar, die nach einer Mischung aus Zedernholz und Schimmel roch, und setzte mich auf einen Barhocker in der Nähe des Fensters. Bestimmt gab es effizientere Methoden, um herauszufinden, was Naomi in Asheville getan hatte, aber es verschaffte mir eine eigenartige Befriedigung, zu wissen, dass ihr Gesicht nun über die ganze Stadt verteilt war, sicher verstaut in Hand- und Hosentaschen. Ich zog mein iPad hervor, loggte mich ins Internet ein und begann gemeinnützige Organisationen in der Gegend zu googeln, die Wasserprojekte umsetzten. Es gab etwa ein Dutzend.

Andererseits hatte mir Naomi erzählt, es sei in Asheville gar nicht um eins ihrer üblichen Wasserprojekte gegangen. Sie hatte etwas von Hydrokultur gesagt. Ging es um eine Cannabis-Farm? Ich googelte *Cannabis-Farm Asheville Hydrokultur* und bestellte dann ein Bier bei dem überdrehten, mit floralen Motiven volltätowierten Barkeeper. Anschließend machte ich mich daran, aus Versatzstücken, die ich im Internet fand, eine E-Mail zusammenzubauen, und hängte Naomis Foto an. HABEN SIE DIESE FRAU GESEHEN? Als ich bei meiner Google-Suche über *Craft Cannabis Asheville* stolperte, musste ich schmunzeln. Das war es bestimmt! Ich trank mein zweites Bier auf Ex, schickte die vorbereitete E-Mail an die angegebene Adresse und klickte auf *Absenden.* Gerade wollte ich eine Kellnerin im Ringelblumenkleid herbeiwinken, um meine Rechnung zu bezahlen, als ein großes Mannweib mit kalten blauen Augen und Grübchen, bei deren Anblick ich fast gestorben wäre, zur Tür hereinkam. Sämtliche Frauen, mit denen ich in den letzten Monaten geschlafen hatte, waren Versuche gewesen, mich zu reinigen – von Jessica, den Hamptons, Naomi. Aber das hier war etwas anderes. Wie sollte ich dieser Versuchung widerstehen?

Ich wartete, bis das Highland Pale Ale der neu Eingetroffenen serviert worden war, bevor ich mir eine der

Kopien von Naomis Gesicht schnappte und zu ihr hinüberging.

»Hi! Sorry, dass ich dich störe, aber hast du vielleicht diese Frau schon mal gesehen?«

Das Mannweib richtete seine harten blauen Augen auf mich und verschlang mich flüchtig mit seinem Blick. Ich war erleichtert – es handelte sich offenbar tatsächlich um eine Lesbe. Sie konzentrierte sich auf den Ausdruck in meiner Hand und gab ein niedliches kleines Seufzen von sich, als würde sie gerade sämtliche Terabytes ihres Gedächtnisses durchforsten. Die blauen Augen verengten sich, die Grübchen hüpften, und die Zunge erschien vor lauter Konzentration zwischen ihren Lippen. Sie wirkte so durchgeistigt, dass ich bereits glaubte, sie wüsste die Antworten auf sämtliche Fragen des Universums. Aber dann schüttelte sie den Kopf.

»Nein. Tut mir echt leid.«

Dieser Handzettel war die beste Aufreißmasche meines Lebens. Ich landete drei Häuserblocks weiter in einer an eine Junggesellenbude erinnernden Hippiewohnung inklusive Aktivkohlefiltern zur Wasseraufbereitung. Dort fickte mich das Mannweib fast zu Tode. Mit so viel Maskulinität konnte ich nicht mithalten, ich fühlte mich zum ersten Mal seit Langem eigenartig weiblich. Meine Gebärmutter hüpfte vor Freude, und ich malte mir bereits unser gemeinsames Leben aus. Wenn ein Penis involviert gewesen wäre, hätte ich das Kondom punktiert oder mir seinen Inhalt in der Ungestörtheit meines post-koitalen Toilettenbesuchs in die Vagina geschoben. Stattdessen servierte mir das Mannweib, das Larson hieß, am nächsten Morgen gekochte Eier und gedünsteten Grünkohl.

»Diese Freundin von dir, wie lange wird sie schon vermisst?«, fragte Larson und warf sich das Geschirrtuch über die Schulter. Ich schmolz dahin.

»Äh, seit ein paar Monaten.«

»Und wann hast du sie das letzte Mal gesehen?«

Diese Frage wurde früher oder später in jedem Podcast gestellt. Ich antwortete im oft gehörten Tonfall der Verzweifelten: »Als ich letztes Jahr in New York war, aber sie hat mir gesagt, dass sie hier in Asheville an einem Projekt gearbeitet hat, und ich versuche, ein besseres Gefühl dafür zu bekommen, was sie alles getan hat, bevor sie verschwunden ist …«

»Es tut mir so leid, Süße«, gurrte Larson tröstend und stellte zwei Keramikteller der East Fork Pottery auf den Tisch.

»Danke … Das Ganze nimmt mich ziemlich mit.«

Die Eier waren perfekt. Larson erzählte mir, dass sie leidenschaftlich gern koche und »über Beziehungen« das ganze Jahr Zugang zu knackfrischem Grünkohl habe. Ihre Arbeit hatte irgendwas mit neuen Technologien und grüner Energie zu tun. Es dauerte nicht lang, bis wir wieder im Bett landeten. Nach einer weiteren derben Runde kam Larson wieder auf das Thema Naomi zu sprechen.

»Was könnte das für ein Projekt gewesen sein, an dem deine Freundin hier gearbeitet hat? War sie so ein Outdoor-Typ?«

Bei der Vorstellung von Naomi in einem Kajak hätte ich beinahe laut gelacht.

»Sie war …« Ich korrigierte mich rasch: »Sie *ist* steinreich und steht auf philanthropisches Zeug – gemeinnützige Wassermanagement-Projekte, solche Sachen.«

»Wenn sie reich war, warum hast du deine Handzettel dann in der Innenstadt verteilt? Versuchs doch mal im Grove Park Inn.«

Das Grove Park Inn war das einzige Luxushotel in der Stadt, ein majestätisches altes Steingebäude, das ich bisher wie die Pest gemieden hatte, weil es mich zu sehr an die Schweizer Châteaus erinnerte, die ich mit Michael Valentine besucht hatte. Es verkörperte alles, was ich versucht hatte, hinter mir zu lassen. Die Terrasse mit Panoramablick und die Martinis für fünfzehn Dollar wirkten daher eher abschreckend auf mich, aber Larson hatte recht: Das Park Grove Inn war zweifellos das Hotel, in dem Naomi abgestiegen wäre.

»Würdest du mitkommen?«, fragte ich Larson mit mitleiderregender Stimme. Ich war immer noch halbnackt und wollte nicht, dass unser Vormittag schon endete.

»Ich muss zur Arbeit, Süße.«

Ich hasste es, wenn man mich Süße oder Engel oder Schätzchen nannte, aber Larson konnte sich alles erlauben.

»Außerdem sind wir ein bisschen übereilt in diese Sache hineingestolpert, ohne vorher über meine Lebensumstände gesprochen zu haben.«

Ich setzte mich auf und war plötzlich wie erstarrt.

»Ich bin in einer hierarchisch strukturierten Beziehung mit mehreren Personen. Und mit meiner Hauptlebenspartnerin Sharon verheiratet, die in Seattle lebt.

Zusätzlich habe ich drei regelmäßige Intimpartnerinnen hier in Asheville. Wenn wir die letzte Nacht wiederholen wollen, müsste ich dich erst bitten, meine Partnerinnen kennenzulernen. So lautet unsere Vereinbarung. Sie sind alle großartig, du würdest sie mögen. Da bin ich mir sicher.«

Larson sollte mir und meiner Tochter Eier kochen und uns mit Fakten über Windkraftanlagen langweilen! Ich hatte unsere Zukunft bereits vorausgeplant und brauchte sie für mich allein. Nachdem sich dieser Traum zerschlagen hatte, stand ich auf und suchte meine Hose.

Vor dem Buchladen auf der Lexington Avenue loggte ich mich ins Internet ein und checkte meine E-Mails. Ich hatte zwei Antworten: eine von Waterworks und eine von American Hydro Engineers. In keinem der Unternehmen kannte man Naomi, aber beide bekundeten mir mit schmalzigen Worten ihr Mitgefühl. *Es tut uns sehr leid, von der bedauerlichen Situation Ihrer Freundin zu hören.* Bei aller Liebenswürdigkeit war auch ein Anflug von Unbehagen herauszuhören: *Wir wünschen Ihnen viel Glück bei der weiteren Suche – geben Sie Bescheid, falls wir irgendetwas für Sie tun können.* Übermäßige Anteilnahme war auch eine Möglichkeit, sich Probleme vom Hals zu halten. Es war nun mal schwer zu akzeptieren, dass die düstere Vorhölle der Verschwundenen in nächster Nähe lodern konnte.

Ich fuhr den Hügel hinauf zum Grove Park Inn und verfiel in alte New Yorker Gewohnheiten, indem ich dem unglücklich dreinblickenden Hotelpagen geistesabwesend meinen Autoschlüssel zuwarf. Als ich das imposante Steingebäude betrat, war ich enttäuscht. Die alten Männer in North-Face-Westen und ihre in knallbunten Fleecejacken steckenden Ehefrauen hatten wahrlich nichts Glamouröses an sich. Seit meiner Rückkehr aus den Hamptons begleitete mich wieder die Sehnsucht nach glatterer Bettwäsche, höherem Wasserdruck und edlen Designerstücken. Das Grove Park Inn würde sie nicht befriedigen, das stand fest. Ich wusste, dass F. Scott Fitzgerald und seine Zelda zu ihren Glanzzeiten hier abgestiegen waren, und versuchte sie mir vorzustellen, wie sie vor dem riesigen steinernen Kamin saßen, Whiskey tranken und sich zankten, aber ein Pärchen mittleren Alters schob sich in mein Blickfeld. Die beiden wühlten sich hundeähnlich durch eine Plastikkühltasche und verhinderten jede Ehrfurcht vor der geschichtsträchtigen Vergangenheit des Hotels. Ich bestellte ein Glas Rotwein an der Hotelbar und trank den überteuerten Malbec, bevor ich einen der Handzettel mit Naomis Gesicht hervorzog.

Die brünette Barkeeperin hatte einen weichen Südstaatenaktzent und wirkte seltsam gestresst dafür, dass ich um Viertel nach eins am Mittag die einzige Person war, die sie bedienen musste.

»Nein, tut mir leid, diese Frau habe ich noch nie gesehen«, sagte sie und tippte weiter aggressiv auf ihrem Kassencomputer herum. Wo war ihr Mitgefühl? Warum triefte sie nicht vor Kummer über meinen Verlust? Vielleicht war sie soziopathisch veranlagt. Ich nahm mein zweites Glas Wein entgegen und schlenderte damit auf die Terrasse hinaus. Die Aussicht war so spektakulär und surreal, dass sie an einen Bildschirmschoner erinnerte.

Aber eine schöne Aussicht hatte ich zu Hause auch, dafür brauchte ich das Grove Park Inn nicht. Nach einigen Minuten kam ein rotblonder, sommersprossiger Hilfskellner an meinen Tisch, um mein bereits leer getrunkenes Weinglas abzuräumen. Erneut zog ich meinen Handzettel hervor. Er schüttelte stirnrunzelnd den Kopf, brachte mir jedoch wenigstens die angemessene Anteilnahme entgegen.

»Ich hoffe, Sie finden Ihre Freundin bald«, sagte er.

»Danke«, antwortete ich und meinte es auch so.

Vom Alkohol beschwingt ging ich die Treppe zum Spa-Bereich hinunter, wo ich bei der Empfangsdame erneut ein trauriges Kopfschütteln erntete. Es tue ihr aufrichtig leid, ob sie ein paar Handzettel in den Umkleidekabinen aufhängen solle? Es folgte der Barista im Shoppingbereich des Hotels, der an einen Flughafen erinnerte und sich in einem geschmacklos renovierten Seitenflügel befand. Hier war deutlich zu erkennen, dass die Zeiten von F. Scott und Zelda vorbei waren. Der Barista schüttelte bedauernd den Kopf, während im Hintergrund der Milchschaum zischte. Auf den mit Granit ausgekleideten Toiletten überlegte ich, ob ich für die Nacht eine Hotelsuite buchen sollte, um nicht nach Hause fahren zu müssen. Die leere Scheune und mein leeres Leben waren zu viel für mich. Aber wenn ich die Minibar leer trank, würde ich hinterher selbst dafür bezahlen müssen. Das war das Problem. Ich hatte Wohlstand immer nur als Anhängsel anderer erlebt, und meine monatlichen Hypothekenraten hatten bereits den Großteil von Naomis Geld verschlungen. Bevor ich mit einem schweren Seufzen die

Waschräume verließ, klebte ich noch einen Handzettel an den Spiegel über dem Waschbecken. Ich warf einen letzten Blick zurück, bevor die Tür zuging, und Naomis helle Augen trafen mich, als würden wir uns zum ersten Mal sehen.

Auf der Fahrt nach Hause erzählte der Podcast, den ich ausgesucht hatte, eine uralte Geschichte: Ein Mädchen fährt im Auto eines Fremden mit und wird danach nie wieder gesehen. Ich hörte kaum hin, war immer noch zu fest in die warme Decke der Anteilnahme gehüllt, die ich seit dem Verteilen von Naomis Handzetteln um die Schultern trug. Ich fühlte mich wie ein Weihnachtsmann, der in der Shoppingmall das Wohlwollen der Menschen einsammelte. Es musste sich um irgendeine abartige Unterform des Münchhausen-Syndroms handeln. Ich überlegte, ob es einen Namen dafür gab oder zumindest einen Eintrag in einer Medizin-Datenbank im Internet.

Es hatte mich schon immer berührt, Menschen zu sehen, die nach dem Verschwinden einer geliebten Person mit deren Foto herumliefen, noch ganz benommen von der Katastrophe, die in ihr Leben eingebrochen war. Das beste Beispiel war das Bild der hübschen weinenden Blondine mit dem Foto ihres vermissten Verlobten in der Hand, das nach dem Einsturz der Twin Towers am elften September auf dem Cover der *New York Post* abgedruckt gewesen war. Als ich nach Hammersmith kam, fuhr ich erst einmal auf den Parkplatz und googelte das Cover. Ich wollte es vor mir haben, wollte mich vom Pathos dieser verzweifelten jungen Frau inspirieren lassen. Nachdem ich die Beschreibung des Bilds eingegeben hatte, tauchte es sofort in den Suchergebnissen auf, zusammen mit Artikeln über die Abgebildete. Verdutzt nahm ich zur Kenntnis, dass aus der unschuldigen, schluchzenden jungen Frau im weißen Tanktop ein Jahrzehnt später die Geliebte von Tiger Woods geworden war, mit künstlicher Bräune und aufgespritzten Lippen. Vielleicht passierte so etwas unweigerlich, wenn man, ohne es zu wollen, zu einem Stück amerikanischer Geschichte hochstilisiert wurde. Heute trug die Betsy Ross der trauernden Witwen High Heels mit scharlachroten Sohlen.

15

Sechs Tage waren vergangen, und ich hatte noch keine Reaktion auf die verteilten Handzettel erhalten. Ich befand mich in einer Abwärtsspirale, und Patrick schien es zu spüren. Vielleicht hörte er es aber auch, denn die Tragödie dröhnte in Form von schaurigen Gewaltbeschreibungen aus meinen Lautsprechern, hallte den Berg hinunter bis zu seiner Hütte. Als er an meine Tür klopfte, sprang ich erschrocken auf und drehte den Podcast leiser, in dem es gerade um einen Doppelmord ging.

»Esther, sind Sie beschäftigt?«

»Was gibt es denn?«, fragte ich nervös zurück.

»Ich hatte mich gefragt, ob Sie mitkommen würden …« Er hielt zögernd inne. »Ich fahre heute zu meinem Sohn – Jupiter.«

Ich wusste nicht, wie ich reagieren sollte.

»Es würde mir viel bedeuten«, fügte Patrick hinzu.

Die True-Crime-Fetischistin in mir wollte Jupiter unbedingt kennenlernen. Gleichzeitig war ich auf der Hut vor Patricks Vaterinstinkten.

»Warum?«, fragte ich unverblümt und zog die Decke wieder über meine Knie.

»Na ja, ich glaube, ihr würdet euch mögen«, stammelte er. »Außerdem denke ich, dass es ihm guttun würde, mal mit jemand anderem zu reden.«

Ich biss mir auf die Innenseite meiner Wange.

»Bitte«, drängte Patrick.

»Wann denn?«

»Jetzt gleich.«

»Muss so ein zusätzlicher Besuch nicht erst abgesegnet werden?«

Patrick senkte verlegen den Blick zu Boden. »Ich hab Sie schon in der Haftanstalt angemeldet.«

Das letzte Mal, als ich in Patricks Auto gesessen hatte, waren wir vom Untersuchungsgefängnis nach Hause gefahren, und jetzt ging es wieder in den Knast zurück. Diese seltsame Parallele hing zwischen uns in der Luft, aber wir verloren beide kein Wort darüber. Nach einigen Kilometern entspannte ich mich, und meine Gedanken wanderten zu Jupiter. Wusste er, dass ich kam? Wurde er im Gefängnis abgezockt oder verprügelt? Oder war er selbst Teil einer Gang? Patrick lenkte den Jeep auf einen weiteren sonnenverbrannten Highway, und zwanzig Minuten später sahen wir das erste grüne Schild, auf dem in schneeweißer Schrift zu lesen war: MONROE COUNTY CORRECTIONAL INSTITUTE.

Wir fuhren auf eine heiße, staubige Asphaltebene voller melancholischer Autos. Als ich ausstieg, stellte ich fest, dass mein Bein auf der langen Fahrt eingeschlafen war. Humpelnd folgte ich Patrick zu dem weitläufigen Komplex. Kurz bevor wir das Hauptgebäude betraten, sah er sich nach mir um. »Heute ist Jupiters Geburtstag.«

»Oh.« Ich fühlte mich betrogen. Warum hatte er mir das nicht früher gesagt? »Hätte ich ihm ein Geschenk mitbringen sollen?«

»Sie sind doch hier«, antwortete Patrick. »Das reicht völlig.«

Bleierne Schwere senkte sich auf mich herab, als ich den Inhalt meiner Taschen an der Sicherheitsschleuse in ein rundes Tablett legte. Eine mürrische Wärterin nahm mich beiseite und begann mich abzutasten. Ich bekam eine Gänsehaut. Es fühlte sich gut an, berührt zu werden. Die Art, wie ihre teigigen Hände über die Falten meines Metallica-Shirts fuhren, erinnerte mich an Larsons Fummelei in ihrer Hippiebude. Als die Wärterin die Unterseiten meiner Arme streifte, schloss ich die Augen. Ich wollte geliebt werden. Und gebraucht. Als ich in die neongrelle Wirklichkeit des Besuchsraums zurückkehrte, traf mich die Erkenntnis, dass hier keine Liebe zu finden war. Warum hatte ich mich dazu bereiterklärt, mitzukommen? Weil ich auch diese Tragödie auspressen wollte wie eine Orange – ein Podcast im echten Leben, nur dass es hier noch finsterer zuging, in diesem Raum voller Verzweiflung und Schmerz.

Wir warteten auf wackligen Plastikstühlen, neben einem jungen Mädchen und dessen ausgezehrter Mutter. Eine ältere Dame saß hinter uns und summte vor sich hin, das Kinn nach vorn geschoben, als würde sie angestrengt über etwas nachgrübeln. Dann schwang die große Metalltür auf, und es kamen ungefähr ein Dutzend Männer in identischen blauen Overalls hereingeschlurft. Ich wusste sofort, welcher Jupiter war, weil er genauso aussah wie Patrick. Sein Alter überraschte mich. Aus irgendeinem Grund war ich davon ausgegangen, dass er noch immer ein Teenager war, vom alles entscheidenden

Moment seines Lebens in Bernstein gegossen. Stattdessen stand uns ein erwachsener Mann mit den zerklüfteten Gesichtszügen Patricks gegenüber. Ich betrachtete die feinen Fältchen um seine Augen.

»Hallo«, sagte ich dämlich, als Jupiter vor seinem Vater Platz nahm.

»Alles Gute zum Geburtstag, mein Sohn«, fügte Patrick fröhlich hinzu. »Das ist Esther, meine Nachbarin. Ich hab dir von ihr erzählt.«

Ich nickte lächelnd und kam mir vor wie ein Mitglied der traurigsten Familie der Welt.

»Alles Gute zum Geburtstag. Wie geht es Ihnen?«, fragte ich.

»Gut. Ich meine … Äh, ja, mir gehts gut.« Jupiter atmete geräuschvoll aus und rieb sich mit den Handflächen über die Knie. Er war nervös.

»Konntest du schon die neuste Folge anschauen?«, fragte Patrick.

Jupiters Gesicht hellte sich auf, und die beiden fingen an, über Star Trek zu plaudern. Es war ein typisches Vater-Sohn-Gespräch, eigentümlich und einzigartig. Jupiter lauschte der Theorie seines Vaters zu einem neu entdeckten Raum-Zeit-Portal, und als er antwortete, fühlten sich seine Worte zu leicht an, als könnten sie jederzeit vom Tisch abheben und zum gekippten Fenster hinausfliegen. Ich spürte seine Traurigkeit. Er hätte dringend eine Umarmung gebraucht, eine warme, speziell für ihn gekochte Mahlzeit. Woher kam diese plötzliche Weichheit in meinem Inneren? Ich rief mir in Erinnerung, dass er ein Mörder war, zwang mich, mir die

Menschen vorzustellen, deren Leben er beendet hatte, das Gewicht der Waffe in seiner Sporttasche, den Geruch der Schulmensa und die Schreie seiner Mitschüler. Aus dem Internet wusste ich, dass er damals siebzehn gewesen war. So kurz davor, erwachsen zu werden und der Tortur, die die Highschool für viele darstellte, zu entkommen.

»Honigschnecken für alle?«, fragte Patrick und wies mit dem Kinn auf den Verkaufsautomaten in einer Ecke des Raums. Jupiter nickte, und ich folgte seinem Beispiel. Patrick schlenderte daraufhin zum Automaten hinüber, und ich war plötzlich allein mit seinem Sohn.

»Ich bin froh, dass er jetzt jemanden hat, mit dem er befreundet sein kann«, sagte Jupiter leise, unfähig, mir in die Augen zu sehen.

War ich mit Patrick befreundet? Jupiter bemerkte mein Zögern nicht und fuhr fort: »Er ist hergezogen, um in meiner Nähe zu sein, und ich mache mir einfach Sorgen, wenn er da oben so ganz allein in seiner Hütte wohnt. Verstehen Sie?«

Vor meinem inneren Auge lief eine Diashow mit Bildern von Patrick ab: wie er die Schlange tötete, wie er in New York State die Kaution für mich hinterlegte und mich nach Hause brachte. Mir ging auf, dass er in vielerlei Hinsicht mein einziger Freund war.

»Er hat wirklich viel für mich getan.« Meine Augen füllten sich mit Tränen.

»Was ist passiert? Warum weint sie?«, fragte Patrick, als er mit drei in Zellophan verpackten Teigschnecken zum Tisch zurückkam. Er klang verärgert.

»Ich habe ihr nur gesagt, wie dankbar ich dafür bin,

dass du so eine gute Freundin hast«, verteidigte sich Jupiter.

Ich wischte mir die Tränen aus dem Gesicht.

»Es war lieb gemeint«, beteuerte ich. Patrick wirkte erleichtert.

»Als Kind war das mein Lieblingsgebäck«, wechselte Jupiter das Thema und zeigte auf die Zellophantüten in Patricks Hand.

»Die gute alte Honigschnecke«, sagte Patrick und legte vorsichtig je ein Gebäckstück vor uns ab. Dann verharrte er mit gesenktem Kopf. Betete er etwa? Irgendwann merkte ich, dass er leise etwas sang.

»… Happy birthday to you, happy birthday, lieber Jupiter …«

Jupiter tat ihm den Gefallen und senkte ebenfalls den Kopf, um die imaginären Kerzen auszupusten.

Schweigen legte sich über uns, schwer und befremdlich, während wir unsere viel zu süßen Honigschnecken aßen.

»Was machen Sie beruflich?«, fragte mich Jupiter schließlich und wischte sich klebrige Krümel vom Mund.

»Früher war ich Künstlerin. Jetzt verdiene ich mein Geld als Buchbinderin.«

»Ich wollte auch immer Künstler werden«, erklärte Jupiter begeistert.

»Jeder kann ein Künstler sein«, erwiderte ich und hoffte, dass ich genauso fröhlich klang wie er.

»Hier drinnen nicht«, widersprach Jupiter mit einem schiefen Lächeln.

»Doch, hier auch. Warum nicht?«

»Was für eine Art von Kunst haben Sie gemacht?«

»Gemälde«, antwortete ich.

Patrick blickte überrascht auf. »Sie haben mir nie erzählt, dass Sie Malerin waren!«

»Und gar keine schlechte«, sagte ich mit einem Lachen.

»Wer weiß, vielleicht wäre ich der nächste Picasso geworden, wenn ich nicht im Knast sitzen würde?« Jupiter schob ein selbstironisches Grinsen hinterher. Die Tragik seiner Aussage traf mich trotzdem mit voller Wucht. Er suchte meinen Blick, und plötzlich empfand ich Verständnis. Für einen kurzen Moment sah ich mich in seiner Position und trug an seiner Stelle den blauen Overall. Schließlich hätte ich beinahe Madeline umgebracht. Die Mauer, die ich so geschickt errichtet hatte, um meine Gedanken in Schach zu halten, begann zu bröckeln, und mir blieb nichts anderes übrig, als an meine eigene Tat zurückzudenken.

Nach dem Tod meiner Mutter hatte ich ein Jahr früher die Highschool beendet, weil ich so schnell wie möglich unser trauriges Haus in Ohio hinter mir lassen wollte. Wie durch ein Wunder bekam ich ein Vollstipendium für ein voruniversitäres Sommerseminar an einer Kunsthochschule in New York. Ich wohnte in einem Studierendenwohnheim in Harlem und besuchte meine Kurse. Abends, nach dem Aktzeichnen, ging ich mit Leuten, die ich nicht mochte, in billige Kneipen. Trotzdem las ich alle paar Stunden in Madelines bizarrem Blog zum Thema Haushalt und Inneneinrichtung und schaffte es nicht, meine Rachegelüste unter Kontrolle zu bekommen.

Dank des Blogs war ich darüber informiert, dass sich Madeline seit dem Tod meiner Mutter drei neue Appaloosa-Pferde und ein Quad angeschafft hatte und dabei war, ihre Küche neu zu gestalten. Sie veranstaltete immer noch ihre wöchentlichen Partys und lud regelmäßig Dutzende Fotos von ihren Ladies' Nights hoch, als wäre nie etwas geschehen – Bilder von Justine, Karen und Eleanor, schick herausgeputzt und mit beschwipstem Lächeln, die Finger orange vor künstlicher Bräune, in den Händen Gläser mit bräunlicher Flüssigkeit. Ich roch förmlich die Menthol-Zigaretten, und die verbitterten Worte meiner Mutter dröhnten wie ein Trommelwirbel durch meinen Schädel: *Irgendwann fackle ich ihr ganzes Haus ab, das schwöre ich.*

Der Tod meiner Mutter ließ mir noch immer keine Ruhe. Ich wusste, dass Madeline sie am Abend vor dem Unfall mit Piña Coladas abgefüllt hatte. Das Szenario spielte sich immer wieder vor meinem inneren Auge ab wie eine schlechte Seifenoper. Ich sah meine Mutter in ihrem billigen lila Kleid von Kohl's, wie sie noch einen Drink entgegennahm, dann Madelines verkniffenes Gesicht, während sie etwas Gemeines zu ihr sagte, etwas über meinen Vater oder über unseren rostigen Chevy Silverado. Vielleicht hatte sie auch von ihrem bevorstehenden Jamaika-Urlaub geschwärmt oder mit ihrer neuen Lederhandtasche von Chanel angegeben. Madeline wusste genau, wie sie das Messer im Körper meiner Mutter umdrehen musste, um die größtmöglichen

Schmerzen auszulösen. Ich hatte eine Million dämliche Streits und betrunkene Wutausbrüche erlebt, hatte die Geschosse mitbekommen, mit denen sich die beiden bombardierten.

Als Kind hatte ich Madelines Haus für den Gipfel des Erstrebenswerten gehalten, mit seinem Teppichboden, dem Pferdestall hinter dem Haus und dem Swimmingpool mit Glasdach. Madeline führte ihre Gäste gern herum und wies sie auf die Sahnehäubchen ihres Zuhauses hin, während meine Mutter genervt die Augen verdrehte. Die Vorhänge wechselten je nach Jahreszeit, der Teppichboden wurde alle drei Jahre erneuert, und Madelines geliebte Küche wurde fast ständig renoviert. Ich saß gerade verkatert im Dunkin' Donuts auf der Second Avenue und scrollte durch eine Reihe von Fotos von Madelines neuen orangeroten Terrassenmöbeln, als ich beschloss, dass kein Weg daran vorbeiführte.

Ich wägte meine Optionen ab. Da ich Madeline nach dem Tod meiner Mutter monatelang drangsaliert hatte, würde der Verdacht sofort auf mich fallen. Es musste also aussehen wie ein Unfall. Zurück auf der harten Pritsche meines Wohnheimzimmers ging ich noch einmal die aktuellsten Fotos im Ordner Ladies' Nights durch und entdeckte sie schließlich: die im Hintergrund brennenden Fackeln, die die Bar einrahmten. In meiner Fantasie tanzten Kanister mit Brennspiritus wie Showgirls um Madelines nierenförmigen Pool. Und als Madeline postete, sie wolle mit ihrem Mann Wayne nach Atlantic City verreisen, beschloss ich, dass die Zeit gekommen war.

Ich klaute den Führerschein meiner Mitbewohnerin, die bereits einundzwanzig war, und mietete einen Transporter bei U-Haul – die billigste und einfachste Möglichkeit, ohne viel Papierkram an einen Mietwagen zu kommen. Die Fahrt würde acht Stunden dauern, aber ich hatte mir zwei Subway-Sandwiches besorgt und wollte keine Pausen machen. Zunächst aber parkte ich in der Nähe des Ateliers, das die Uni, an der ich mein Sommerseminar machte, in Long Island City betrieb, zeigte an der Anmeldung meinen Studierendenausweis vor und achtete darauf, dass mein Gesicht von der Überwachungskamera erfasst wurde. Ein paar Minuten später verließ ich das Gebäude wieder durch den Notausgang, wo es keine Kameras gab. Falls es nötig werden sollte, hatte ich auf diese Weise ein gutes Alibi. Gegen zwanzig Uhr fünfzehn fuhr ich los.

In meiner Erinnerung ist die Fahrt eine verschwommene Zeitspanne voller Oldies im Radio und zerfallender Subway-Sandwiches auf meinem Schoß. Als ich die vertraute Ausfahrt nahm, machte es mich merkwürdig euphorisch, wieder in meiner Heimatstadt zu sein. Ich parkte den Transporter einige Häuserblocks von Madeline entfernt und ging kurz vor Morgengrauen die Straße entlang. Madeline hatte in ihrem Blogeintrag über den Flug um halb fünf Uhr morgens gejammert, daher wusste ich, dass niemand zu Hause war. Ich duckte mich hinter einen dornigen Strauch und beobachtete das Haus, vergewisserte mich, dass sich darin tatsächlich nichts regte. Vollkommene Stille. Nach einer Weile nahm ich meinen Mut zusammen, umrundete das Gebäude und schlich auf die Glastür zu, die zum Pool führte. Sie war abgeschlossen, aber ich wusste, wo Madeline den Schlüssel aufbewahrte: Er hing wenige Schritte entfernt unter dem Dachvorsprung der Gartenhütte. Zu meiner Erleichterung war er tatsächlich noch da. Ich steckte ihn ins Schloss, drehte ihn und öffnete lautlos die Tür. Der Geruch von kalter Asche und Chlor schlug mir entgegen. Wayne und Madeline hatten offenbar noch eine Party gefeiert, bevor sie aufgebrochen waren. Flaschen standen auf den Tischen herum, und überall lagen Zigarettenkippen auf dem Boden des gläsernen Anbaus. Rita, das Hausmädchen, würde bald kommen. Ich musste mich beeilen.

Ich nahm die Fackel, die den neuen orangeroten Gartenmöbeln am nächsten stand, und punktierte mit einem Flaschenöffner die Kartusche, um die nach Gas stinkende Flüssigkeit auf eine Ecke des orangeroten Liegestuhls tropfen zu lassen. Dann zündete ich den schmierigen Fleck mit einem Feuerzeug an und sah gierig dabei zu, wie die knallgelben Flammen an der Stoffauflage des Liegestuhls entlangzüngelten. Ich atmete tief ein, und der giftige Gestank beruhigte jedes Molekül meines Körpers. Nachdem ich mich noch einmal in Madelines Palast umgesehen hatte, in dem bald alles grau und verdorrt sein würde, hatte ich endlich das Gefühl, dass meine Mutter zur Ruhe kommen konnte. Das hier war für sie – die KitchenAid-Küchengeräte, die in der Hitze schmelzen, die vielen Reihen MAC-Lippenstifte, die zu klebriger Flüssigkeit zerrinnen, und die Vorhänge, die zu Staub zerfallen würden. Ich verließ das Haus durch die Glastür, dachte daran, sie wieder abzuschließen, und schlich die

Straße entlang zu meinem Wagen, genau in dem Moment, als die Morgendämmerung hinter den Nullachtfünfzehnhäusern der Sable Road erwachte.

Nichts in meinem Leben hat sich jemals so angefühlt: ich in diesem Umzugswagen, als würde ich auf einem bockenden Kometen in den Kosmos hinausreiten. Ich schaltete das Radio ein und fand einen Sender, auf dem gerade R. Kellys *Ignition (Remix)* lief. Mir kam der Song wie ein Zeichen vor – Ignition, also Zündung –, ich hatte das Richtige getan. Ekstatisch vor Freude fing ich an zu singen: *Hot and fresh out the kitchen, mama rollin that body* … Voller Liebe dachte ich an meine Mutter, und ihre schillernde Schönheit füllte die Fahrerkabine, in der ich auf dem Sitz hüpfte und das Lied mitträllerte. Dies war ihre Beerdigung, ihr Leichenschmaus, ihre Totenmesse und ihr Geburtstag, alles zusammen. Ich bekam gar nicht mit, dass an einer Ampel ein Auto neben mir hielt und der Fahrer durch meine Tanzbewegungen auf mich aufmerksam wurde. Als ich zufällig hinüberblickte, zuckte ein krampfartiger Blitz durch meinen ganzen Körper: Am Steuer saß mein Vater, der in aller Frühe in seinem silbergrauen Toyota Camry zur Arbeit fuhr. Er verengte die braunen Augen zu Schlitzen, als er mein Gesicht im Fenster des Umzugswagens erkannte. Ohne noch einmal den Kopf zu drehen, trat ich aufs Gaspedal, fuhr über die rote Ampel und starrte stur auf die Straße, bis ich die Grenze des Bundesstaats hinter mir gelassen hatte.

Madeline ließ sich in ihrem Blog ausführlich über die Ereignisse aus, erklärte von ihrem Krankenhausbett, dass sie zu verkatert gewesen sei, um den Flug nach Atlantic City anzutreten. Wayne sei ohne sie vorausgeflogen, und sie sei ins Bett gegangen und habe geschlafen, ohne etwas vom Rauchgestank mitzubekommen. Gerettet habe sie ihre Nachbarin Carol Gotwin, die das Lodern der Flammen gesehen und die Feuerwehr gerufen habe.

Madeline war so schnell wie möglich ins Krankenhaus gebracht und an ein Beatmungsgerät angeschlossen worden. Sie postete Dutzende Selfies von sich in dem beigefarbenen Klinikbett, begleitet von langatmigen Texten, in denen sie Gott dankte, den Verlust ihres Hauses betrauerte und betonte, wie gesegnet sie sei, weil ihre Pferde unverletzt geblieben waren. Aus der Lokalzeitung erfuhr ich, dass der Brand als Unfall eingestuft wurde, weil sie sich nicht daran erinnern konnte, vor dem Schlafengehen die Fackeln gelöscht zu haben. Nur mein Vater kannte die Wahrheit, er hatte sie in meinen Augen gelesen. Danach kehrte ich nie wieder nach Hause zurück.

Jupiter hustete und versetzte mich schlagartig wieder ins Monroe County Correctional Institute.

»Was hast du denn am Wochenende vor?«, fragte er Patrick. Die Frage überraschte mich, am liebsten hätte ich laut losgelacht. Patrick und ich waren Einsiedler, zwei Erbsen in derselben kläglichen Hülse. Leute wie wir hatten keine Pläne.

»Wir dachten, dass wir uns vielleicht ein Spiel der Tourists ansehen«, log Patrick. Als ob wir jemals zusammen nach Asheville zu einem Baseball-Spiel fahren würden.

»Oh Mann, das klingt toll«, sagte Jupiter sehnsüchtig.

Patrick warf mir einen vielsagenden Blick zu, und ich tat ihm den Gefallen und spielte mit. »Ja, die Tourists sind super.«

Kurz darauf verkündete ein Wärter missmutig, dass die Besuchszeit vorbei sei, und wir verabschiedeten uns unbeholfen.

»Es hat mich wirklich gefreut, Sie kennenzulernen«, sagte Jupiter. »Ich hoffe, Sie haben noch einen friedlichen Tag.«

»Ebenso«, antwortete ich, überrascht über seine Wortwahl.

»Passen Sie auf meinen Dad auf, ja?«

Ich nickte und hatte wieder einen Kloß im Hals.

Nachdenklich folgte ich Patrick hinaus in die sengende Hitze des Parkplatzes. Wir stiegen ins Auto und fuhren an dem Pförtnerhaus vorbei davon. Das Rauschen der Klimaanlage füllte die Stille zwischen uns.

»Es ist alles meine Schuld«, sagte Patrick irgendwann. »Das denke ich jedes Mal, wenn ich die Haftanstalt verlasse.«

Leider gab es kein Buch aus der Reihe *Hühnersuppe für die Seele*, das sich an die Väter von Schulattentätern richtete und aus dem ich ein paar tröstliche Sätze hätte zitieren können. Ich hatte keine Ahnung, was ich sagen sollte.

»Er war unglücklich, ich habe nicht rechtzeitig reagiert, und jetzt ist das unser Leben.«

»Aber es war seine eigene Entscheidung …« Ich wusste nicht, wie ich den Satz beenden sollte. Jupiter und ich waren uns in vielerlei Hinsicht sehr ähnlich, mit dem Unterschied, dass ich Madelines Tod nicht gewollt hatte. Er hingegen hatte gewollt, dass seine Klassenkameraden starben. Er hatte ein halb automatisches Gewehr in einen Kapuzenpullover gewickelt und in seiner Sporttasche verstaut, wohingegen ich nur darauf aus gewesen war, dass Madeline verlor, was ihr am meisten bedeutete: ihr Haus, ihre Sachen, ihre sinnlosen Luxusgegenstände.

»Es ist *nicht* Ihre Schuld«, sagte ich, und es klang selbst in meinen Ohren platt.

»Doch, ist es. Und jetzt kann ich nichts mehr für ihn tun, außer ihm diese verfluchten Honigschnecken zu kaufen. Und jedes Mal danke ich Gott dafür, dass mir zumindest das noch geblieben ist. Wie traurig ist das, bitte? Eine gottverdammte Honigschnecke ist das Einzige, das mir noch das Gefühl gibt, ein Vater zu sein.«

Patrick weinte fast.

»Sie konnten doch nicht wissen, was ihm damals durch den Kopf gegangen ist«, stieß ich mit unerwarteter Verzweiflung hervor, weil ich an das Gesicht meines eigenen Vaters zurückdachte, als er mich am Steuer des Umzugswagens gesehen hatte. Am liebsten hätte ich Patrick dazu gebracht, den Jeep nach Ohio zu lenken. Ich wollte meinem Vater sagen, wie leid es mir tat, wollte ihm erklären, dass ich niemanden hatte verletzen wollen. Dass ich jung und dumm gewesen war. Wenn ich gekonnt hätte, hätte ich die Zeit zurückgedreht und alles ungeschehen gemacht.

Patrick holte tief Luft. »Ich hätte damals merken müssen, was in ihm vorging. Aber egal. Tut mir leid, dass ich

Sie damit belaste. Und dass ich das mit dem Baseball-Spiel erfunden habe. Jupiter macht sich immer Sorgen, weil er denkt, ich würde dort oben in meiner Hütte versauern.«

Ich schnaubte. »Tun Sie ja auch.«

Er lachte. »Genau wie Sie.«

Als der Wagen endlich unsere steile Zufahrt hinaufjaulte, stieß ich einen Seufzer der Erleichterung aus. Was auch immer das heute gewesen war, es war vorbei. Ich achtete normalerweise peinlich genau darauf, nicht an das Gesicht meines Vaters am Morgen der Brandstiftung zurückzudenken, denn wenn ich es doch tat, musste ich mir meine Schuld eingestehen, und das kam einem völligen seelischen Zusammenbruch gleich. Patrick setzte mich mit seinem üblichen stummen Cowboygruß am Ende meiner Einfahrt ab und wartete noch, bis ich die Haustür aufgeschlossen hatte. Als ich die Rücklichter seines Jeeps den Berg hinunter verschwinden sah, ließ ich den Kopf hängen. Ich war vollkommen erschöpft. Nachdem ich rückwärts aufs Sofa gesunken war, überlegte ich, ob ich Hunger hatte oder nicht. Dann nahm ich plötzlich einen Geruch wahr, moschusartig und teuer. Bevor ich auch nur darüber nachdenken konnte, woher ich ihn kannte, hatte ich auch schon eine Hand vor dem Mund.

»Esther, ich werde Ihnen nichts tun. Ich bin nur hier, um mit Ihnen zu reden.«

In meiner Küche stand Bryce. Und hinter mir ragte ein rotgesichtiger Mann mit hässlichen Zähnen auf, der mir mit einem anzüglichen Grinsen seine behandschuhte Hand vor den Mund presste. Ich versuchte zu schreien, aber meine Lippen waren fest versiegelt. Bryce schüttelte den Kopf, als wollte er mich so zum Schweigen bringen, und sagte dann ruhig: »Erzählen Sie mir von den Scrapbooks.«

16

Bryce fühlte sich unwohl in meinem Haus, sein Ekel war offensichtlich. Er stand mit dem Rücken an die Speisekammer gelehnt da und ließ den Blick über die vollgestellten Arbeitsflächen gleiten, als wollte er überschlagen, wie viele ungespülte Gläser in meiner Küche herumstanden.

»Seit dem Tod meiner Frau habe ich viel über sie gelernt. Wie sich inzwischen herausgestellt hat, wollte sie nicht nur die Scheidung von mir, was keine große Überraschung für mich war« – er lachte –, »sondern hat auch zweihundert Millionen Dollar von Red Rock Capital gestohlen.«

Ich konnte nicht verhindern, dass ich verblüfft die Augen aufriss.

»Daher möchte ich Ihnen zunächst höflich eine Frage stellen, Esther: Wissen Sie, wohin das Geld verschwunden ist?«

Der rotgesichtige Mann nahm die Hand von meinem Mund, damit ich antworten konnte.

»Nein. Warum sollte ich? *Sie* haben mir meinen Pass gestohlen, meine Geburtsurkunde, einfach alles.«

Bryce wirkte vollkommen unbeeindruckt von meinen Vorwürfen. »Die Sammelalben, die Sie hergestellt haben, enthielten Dokumente, die es so aussehen lassen, als wäre *ich* derjenige gewesen, der Red Rock betrogen hat. Was absolut nicht der Fall ist. Ich habe sämtliche Finanzunterlagen genauestens mit einem Sachverständigen geprüft, konnte aber nicht herausfinden, wohin die Gelder verschwunden sind.«

»Vielleicht hätten Sie nicht mit Chrissy Ash vögeln sollen.«

In Bryce' Augen funkelte es, doch er ging mir nicht in die Falle. »Wissen Sie, wer ihr bei alldem geholfen hat?«

Ich hatte den beiden nichts anzubieten und schwieg daher. Bryce wirkte verärgert.

»Vielleicht sollten wir ganz vorn anfangen: Von wem haben Sie das Material für die Bücher bekommen?«

Der Mann mit den hässlichen Zähnen bohrte mir seinen Ellbogen in den Rücken, damit ich antwortete.

»Es ist geliefert worden, in einem Lastwagen. Kistenweise Papiere, Fotos, Schulaufgaben ... Ich habe eingeklebt, was Naomi mir geschickt hat.«

»Hatten Sie auch Kontakt zu der Person, die die Finanzdokumente erstellt hat, die Sie« – er malte Gänsefüßchen in die Luft – »*eingeklebt* haben?«

Ich schüttelte den Kopf und erhaschte durchs Fenster einen Blick auf einen mattschwarzen Mercedes, der hinter meinem Haus parkte. Hoffentlich landete ich nicht geknebelt in dessen Kofferraum.

Bryce sah seinen Begleiter an.

»Warum waren Sie in unserem Haus in den Hamptons? Hat Naomi Sie dorthin geschickt?«

Ich schüttelte den Kopf. »Ich wollte Beweise finden.«

»Wofür?«, fragte Bryce mit irritierender Ruhe.

»Dafür, dass Sie Naomi umgebracht haben.«

Bryce stieß ein gepresstes Lachen aus. »Sie denken, ich hätte sie umgebracht?«

Das Bild von Naomi, wie sie durch den Himmel flog, kehrte mit aller Macht zurück. Ich nickte.

»Aus heutiger Sicht hätte ich sie vielleicht tatsächlich umbringen sollen.«

»Wo ist das Geld?«, mischte sich der Rotgesichtige ein.

Was für eine dämliche Frage. Als ob Naomi Duncan zweihundert Millionen Dollar in meinem Garten verbuddelt hätte.

»Ich habe nicht den leisesten Schimmer«, sagte ich und wandte mich an Bryce: »Warum hat sie das Geld von Red Rock Capital gestohlen?«

Er blickte zur Decke. »Das geht Sie nichts an.«

Seine Dreistigkeit machte mich noch wütender, als ich ohnehin schon war. Er hatte selbst dafür gesorgt, dass es mich etwas anging, indem er hergekommen war. Und Naomi hatte auch dafür gesorgt, indem sie mir all die Kisten voller Unterlagen geschickt hatte. Ich konnte mich nicht länger zurückhalten.

»Es geht mich sehr wohl etwas an, denn ich weiß alles. Ich weiß, dass Sie an Heiligabend immer Lamm bestellen, kenne die Namen Ihrer Onkel und Tanten und die Unternehmen, in denen Ihre besten Freunde arbeiten. Ich weiß, dass Tabitha zu Gewalt neigt und dass sie in der Schule Französischunterricht hatte. Und ich weiß von Marcella-Marie.«

Bryce schien für einen Moment sprachlos zu sein, hatte sich aber schnell wieder unter Kontrolle. »Wissen

Sie, dass Sie mich an sie erinnern, Esther? An *Naomi*. Sie denken, Sie wüssten alles, dabei wissen Sie gar nichts. Ich werde Ihnen die Frage jetzt noch ein letztes Mal stellen: Haben Sie eine Ahnung, wer Naomi beim Erstellen der Finanzunterlagen geholfen hat?«

Ich schüttelte den Kopf.

Bryce räusperte sich. »Ich habe noch nicht entschieden, wie ich weiter mit Ihnen verfahren werde. Entweder, ich kümmere mich jetzt gleich um Sie« – er zuckte mit den Schultern und sah seinen Begleiter an –, »oder Sie finden selbst eine Möglichkeit, aus meinem Leben zu verschwinden. Und wenn Sie auch nur in Richtung meiner Familie atmen« – Er hielt inne und ließ seinen Blick über die Zimmerdecke schweifen –, »wäre sicher niemand überrascht, wenn Sie an diesem Balken dort baumeln würden.«

Panik durchfuhr mich. Das war nicht Chrissy Ash, die mich am Telefon anbrüllte, während sie Chardonnay in sich hineinkippte. Diese Bedrohung war echt. Bryce würde mich eiskalt umbringen.

»Also, schaffen Sie das mit dem Verschwinden, Esther Ray?«, fragte er.

Ich nickte. Bryce legte den Kopf schräg und lächelte. Dann drehte er sich zum Rotgesichtigen um und bedeutete ihm, er solle wieder meinen Mund zuhalten. Diesmal hatte er dabei einen getränkten Lappen in der Hand, und meine Umgebung versank im Nebel. Mein Herz hämmerte, und meine Gedanken schlingerten davon und zogen sich in ihre eigenen geheiligten Hallen zurück, als hätte ich gerade zehn Fläschchen Poppers geschnüffelt.

Als ich aufwachte, war es sieben Uhr abends. Mein Kopf dröhnte, und meine Lunge brannte. Langsam erlangte ich meine motorischen Fähigkeiten zurück und setzte mich auf. Der Inhalt meiner Regalbretter fehlte, meine Matratze war aufgeschlitzt worden, der Besenschrank ausgeräumt. Wischmopp, Eimer und nachfüllbare Öko-Putzmittel lagen auf dem Boden verstreut. Instinktiv rannte ich zur Küchenschublade und stolperte auf dem Weg über einen Besteckstapel. Die Polaroids waren noch da. Ich drehte eine Runde durch den Rest des Trümmerhaufens, in den sich mein Haus verwandelt hatte. Bryce, oder vermutlich eher sein rotgesichtiger Handlanger, hatte den Inhalt meiner Hausapotheke ins Waschbecken gekippt. Mein Schreibtisch war durchsucht worden, lose Papiere und Notizhefte lagen auf dem Boden. Alle Räume schienen vor Gewalt zu pulsieren. Wonach hatte er gesucht? Glaubte er ernsthaft, dass Naomi zweihundert Millionen Dollar in meinem Besenschrank versteckt hatte? Und womit war der Lappen getränkt gewesen? Mir war noch immer hundeelend.

Ich versuchte, die Puzzleteile zusammenzusetzen, aber meine Gedanken kreisten immer wieder um Bryce' gezwungenes Lachen, als ich ihm vorgeworfen hatte, Naomi umgebracht zu haben. Ich musste den Kopf freibekommen. Und ich musste so schnell wie möglich aus meinem zerstörten Haus heraus. Ohne nachzudenken, zog ich ein Sweatshirt über und schlüpfte in meine Wanderstiefel. Bei jedem Schritt befürchtete ich, mich gleich übergeben zu müssen. Ich beugte mich über die wild wuchernde Kudzu-Pflanze am Straßenrand und versuchte zu würgen, aber es kam nichts. Schließlich fand ich mich auf Patricks Veranda wieder, wo ich gegen seine Tür hämmerte. Keine Antwort. Sein Wagen stand nicht in der Einfahrt. Es machte mich wütend, dass er ausgerechnet jetzt, da ich ihn brauchte, nicht zu Hause war.

Benommen stapfte ich Richtung Hammersmith davon und irrte auf dem Campus der Craft School herum. Ich landete in der Bibliothek, in der es weiche, dick gepolsterte Sessel gab, auf denen ich mich zusammenrollen konnte. Ein paar Minuten später kam Ranger, ein Glasbläser, der abends in der Küche der Cafeteria arbeitete, mit einem Bücherstapel herein.

»Hey, Esther, was geht ab?«

»Nicht viel«, log ich.

»Du siehst aus, als hätte dich deine Lektüre umgehauen. Was liest du denn gerade?«, fragte er und zeigte auf die Bücher, die sich vor mir auf dem Tisch türmten.

Ich zuckte mit den Schultern, unfähig, eine Antwort zu formulieren. Ranger setzte seinen Stapel ab und griff nach einem der herrenlosen Bände.

»*Tontöpfe brennen – so geht es richtig.* Klingt kompliziert.«

Ich nickte.

»Sollen wir uns einen Kaffee holen?«

Ich nickte noch immer über seinen Kommentar zu dem Buch, und er wertete es als Zustimmung. Müde folgte ich ihm aus der Tür und fand mich auf der Terrasse vor dem Holzgebäude der Cafeteria wieder, wo ich in eine Tasse schwarzen Kaffee blies und Rangers

Beschreibung einer neuen Art von Diamantschere, die er sich zum Schneiden von geschmolzenem Glas bestellt hatte, lauschte. Immer wieder schweifte ich mit meinen Gedanken ab und spielte das Gespräch mit Bryce durch. Wer war der Buchhalter gewesen, der Naomi geholfen hatte? Wie als Antwort rauschte in diesem Moment Patricks Jeep Cherokee an der Craft School vorbei.

Ich stand auf, ohne mich von Ranger zu verabschieden, und machte mich erschöpft und mit gereiztem Magen auf den Heimweg. Als ich endlich den Berg erklommen hatte und Patricks Einfahrt entlanggewankt war, entdeckte ich Säcke mit Erde vom Baumarkt auf der Ladefläche seines Jeeps. Patrick selbst stand auf seinem Dach und entfernte Moos aus der Regenrinne. Er winkte mir zu, und ich trat näher an ihn heran und erklärte in schnellen Sätzen, dass Bryce auf der Suche nach Geld mein Haus verwüstet und mich betäubt hatte.

»Wir sollten lieber die Polizei rufen«, antwortete Patrick und warf einen weiteren grünen Klumpen auf den Boden hinunter.

»Die Polizei kann auch nichts tun«, sagte ich und dachte an die beiden Idioten, die vor meiner Tür erschienen waren, als ich die »Betreten verboten«-Schilder abgerissen hatte.

Plötzlich verlor Patrick das Gleichgewicht und geriet ins Rutschen. Es krachte, und dann steckte sein gesamtes rechtes Bein im morschen Dach seiner Hütte. Ich kletterte so schnell ich konnte auf die Metallleiter, um ihn wieder herauszuziehen.

»Diese Scheißhütte zerfällt immer mehr«, knurrte Patrick, dem es unangenehm zu sein schien, dass er auf meine Hilfe angewiesen war. Mühsam stemmte er sich hoch, und zusammen schafften wir es, sein Bein zu befreien und Patrick die Leiter hinunterzubugsieren. Zurück auf dem Boden betrachteten wir sein geschundenes, zerschrammtes Bein.

»Soll ich Sie ins Krankenhaus fahren?«, fragte ich.

»Ich hasse Ärzte«, stieß Patrick hervor und biss die Zähne zusammen.

Nachdem er auf mich gestützt in die Hütte gehüpft war, setzte er sich auf seinen weinroten Fernsehsessel und starrte auf das neue Oberlicht über der Küche. »Unglaublich, dass Bryce hier aufgetaucht ist. Sie haben doch alles getan, was er wollte! Sie haben die Papiere unterschrieben und ihn in Ruhe gelassen. Und er hat trotzdem Ihr Haus demoliert?«

Ich nickte.

»Warum glaubt er, dass *Sie* die zweihundert Millionen haben?«

»Ich habe nicht die geringste Ahnung. Moment mal, woher wissen Sie, dass das die Summe ist, die fehlt?«, fragte ich verwirrt.

»Ich konnte mir schon denken, dass es etwas in dieser Größenordnung sein muss.« Patrick schnaubte. »Wir sollten wirklich zur Polizei gehen. Damit, dass er Sie betäubt hat, ist er eindeutig zu weit gegangen. Mit so was kann man sich nicht selbst auseinandersetzen, das müssen Profis übernehmen.«

Es überraschte mich immer wieder, dass Patrick so fest

an Gesetz und Ordnung und die Macht der Strafverfolgungsbehörden glaubte. Ich ignorierte seinen Vorschlag einfach. »Als Sie die Hinweise auf Steuerbetrug in den Büchern gesehen haben, konnten Sie da auch erkennen, wohin das Geld geflossen ist?«

Ich gab Patrick eine Packung tiefgefrorene Erbsen.

Er schloss die Augen, als er sich das kalte Paket aufs Bein drückte. »Es wurde mithilfe einer Reihe von undurchsichtigen Briefkastenfirmen hin- und hergeschoben, später auch durch Blockchain-Unternehmen.« Patrick stieß ein heiseres Lachen aus.

»Was ist daran so lustig?«

»Im Nachhinein ergibt es Sinn.«

»Was ergibt Sinn?«

»Dass der Abzug des Gelds von Red Rock Capital so schwerfällig und offensichtlich war. Das Beiseiteschaffen erfolgte dagegen sauber und spurlos. Ich habe vergeblich versucht, nachzuverfolgen, wohin das Geld verschwunden ist.«

»Naomi wollte also, dass der Diebstahl bemerkt wird?«

Patrick nickte.

»Warum?«

Er zuckte mit den Schultern. »Um es ihm in die Schuhe zu schieben? Wen interessiert, was sie damit bezweckt hat? Lassen Sie es auf sich beruhen. Sie haben weder das Geld noch weitere Informationen für Bryce, das weiß er jetzt. Er ist wieder verschwunden und hat Sie am Leben gelassen. Amen.«

Am liebsten hätte ich Patrick geschüttelt. Oder ihm einen Sherlock-Holmes-Hut aufgesetzt und ihn mit

Amphetaminen vollgestopft, damit er mit mir zusammen ins Auto stieg und dem Rätsel der Familie Duncan auf die Spur kam. Ich wollte, dass wir zu Hercule Poirot und Veronica Mars wurden, ich wollte Miami Vice. Dazu musste ich die richtigen Worte finden, musste ihn aufpeitschen, damit er endlich den Hintern hochbekam. Gerade als ich den Mund aufmachen wollte, überkam mich eine neue Welle der Übelkeit. Ich setzte mich schwer atmend auf einen Stuhl und ließ den Kopf hängen. Patrick bemerkte es nicht. Sein ledriges Gesicht war vor Schmerz verzogen und sein Blick auf sein lädiertes Schienbein gerichtet. Mir wurde auf einmal bewusst, dass er nur ein alter Mann mit kaputtem Bein und ich ein seelisches und körperliches Wrack war. Wir würden überhaupt nichts auf die Spur kommen. Ich musste mich hinlegen.

»Geben Sie Bescheid, wenn Sie etwas brauchen«, sagte ich pflichtbewusst und stand auf. »Soll ich Ihnen was zum Essen runterbringen?«

»Das wäre echt toll«, antwortete Patrick kläglich, und ich bereute mein Angebot sofort: Ich hatte nichts zu Hause und musste erst losfahren und einkaufen.

»Klar, kein Problem«, murmelte ich.

Zurück in meinem Haus schob ich den Haufen zerbrochenes Keramikgeschirr im Eingangsbereich einfach mit dem Fuß beiseite, weil ich nicht genug Energie hatte, um aufzuräumen oder auch nur einen Gedanken daran zu verschwenden. Ich nahm meinen Autoschlüssel vom Haken und setzte mich für zwanzig Minuten benommen auf meine Veranda, bevor ich zu Walmart fuhr, um Gemüse zu kaufen. Ich würde eine Suppe kochen.

Im Supermarkt wurde ich wie immer daran erinnert, dass der Mensch Gottes größter Irrtum ist. Was für eine widerwärtige Kreatur er doch war, wie er dort seinen Einkaufswagen voller Lebensmittel herumschob, die er ohnehin bald wieder ausscheiden würde, Lebensmittel, die allesamt in Plastik verpackt waren, das niemals verrotten würde. Der Anblick der anderen Einkäufer erschöpfte mich endgültig. Vielleicht hatte Bryce recht, und ich sollte mir lieber ein reißfestes Seil kaufen und mich erhängen. Mein Kopf hämmerte. Ich betrat den Gang mit dem Obst und Gemüse und bedauerte es, diesen Supermarkt betreten zu haben. Ich bedauerte es, auf der Welt zu sein. Warum war der erste vorlaute Fisch damals aus dem Schlamm gekrochen und hatte die Entwicklung in Richtung Mensch in Gang gesetzt? Ich kaufte zwei Dosen Bohnen, einen Blumenkohl, eine Süßkartoffel, ein Pfund Tomaten und vier Zwiebeln, wobei ich mich immer wieder ermahnen musste, dass ich es Patrick schuldig war. Vielleicht war diese Suppe Grund genug weiterzuleben, zumindest für heute.

Zu Hause war ich zu faul, im Chaos das Schneidebrett zu suchen, und zerkleinerte die Zwiebeln daher direkt auf dem Tisch. Die Tränen schossen mir aus den Augen, und ich genoss es. Nachdem alles im Topf vor sich hin blubberte, legte ich den Holzlöffel neben den Herd und verzichtete darauf, den Tomatenmatsch wegzuwischen. Ich beschloss, dass ich nie wieder irgendetwas aufräumen oder wegputzen würde. Ich würde einfach auf einer zerschlitzten Matratze schlafen, in einem verwüsteten Haus, bis ich starb. Sobald die Suppe fertig war, suchte ich eine Tupperdose und schöpfte die heiße Flüssigkeit hinein. Als ich die Tür zu Patricks Hütte aufmachte, saß er noch genau so da, wie ich ihn zurückgelassen hatte.

»Ist was gebrochen?«, fragte ich besorgt.

»Nur geprellt«, antwortete Patrick mit aufgesetzter männlicher Tapferkeit.

»Und wenn das Bein doch gebrochen ist?«, schimpfte ich. »Sie sollten wirklich zu einem Arzt gehen!«

»Und Sie sollten die Polizei rufen.«

»Touché.«

Ich füllte die Suppe in eine Schüssel um und brachte sie ihm, zusammen mit einem Päckchen gefrorenem Mais für sein Bein. Dann begann ich, in der Hütte auf und ab zu gehen. Meine Nervosität war offensichtlich.

»Versuchen Sie, Bryce zu ignorieren«, riet mir Patrick. »Er ist ein verzweifelter Mann, der nach Antworten sucht, die es nicht gibt. Erholen Sie sich und denken Sie an etwas anderes.«

»Zu Befehl, Meister Yoda«, antwortete ich. »Wenn Sie mein Haus gesehen hätten, würden Sie allerdings auch Rache wollen.«

»Wenn mein Bein nicht im Eimer wäre, würde ich Ihnen beim Aufräumen helfen.«

»Darf ich Ihnen noch eine letzte Frage stellen? Was für ein Buchhalter müsste man sein, um eine solche Summe spurlos verschwinden zu lassen?«

»Ein sehr guter. Und einer, der sich mit FinTech auskennt. Wie gesagt, es waren Blockchain-Unternehmen involviert. Ich selbst weiß leider nicht viel darüber.«

Ich nickte. Patrick machte einen erschöpften Eindruck, deshalb half ich ihm ins Bett. Als ich mich zum Gehen wandte, gab er ein lautes Stöhnen von sich.

»*Mist.* Esther, ich habe Jup versprochen, bereits morgen wieder zu ihm zu fahren. Er hat wegen guter Führung zusätzliche Besuchstage bekommen, aber ich kann nicht fahren mit diesem Bein …«

»Ich bringe Sie hin«, sagte ich und wünschte mir, ich wäre Einsiedlerin geblieben und hätte mich nicht mit diesem anderen Bewohner meines Bergs angefreundet.

Wieder zu Hause zog ich mich nicht einmal aus. Ohne die Zähne zu putzen, kroch ich in mein malträtiertes Bett und fiel in einen tiefen, halluzinogenen Schlaf. Ich träumte, dass Naomi und meine Mutter zusammen Espresso Martinis tranken. Ich träumte von nächtlichen Partys und Studienfreunden, die ich seit Jahren nicht mehr gesehen hatte. Ich träumte von knallblauem Säureregen. Stunden später riss mich eine Reihe unerwarteter Piepstöne aus dem Schlaf. Mein Herz raste. Mich rief nie jemand an. Die Nummer war unbekannt. Vielleicht war es Bryce, der gekommen war, um mir endgültig den Garaus zu machen. Ich setzte mich auf und blickte aus den dunklen Fenstern. Es war nichts zu sehen. Keine Schergen, die darauf lauerten, mich zu töten. Kein mattschwarzer Wagen. Das Telefon klingelte immer weiter. Ich war schwach vor Angst und gleichzeitig viel zu einsam, um nicht dranzugehen.

»Hallo?«

»Hi.«

Dieses *Hi* kannte ich. Es war *Jessica. Jessica. Jessica.* Meine Jessica.

»Hi …«, murmelte ich.

Sie hielt meine Aufregung für Verwirrung und entschuldigte sich: »Sorry, ich vergesse immer, dass ich jetzt eine neue Nummer habe. Ich bin's, Jess. Wie gehts dir?«

Ich sah mich in unserem Schlafzimmer um. Federn aus den gemeinsam gekauften Kissen lagen auf dem Boden verstreut. Die Kommode war umgekippt. Keramikscherben säumten die Stufen nach unten.

»Super«, antwortete ich, was nicht einmal gelogen war. Ich hätte auch in einem Abwasserkanal inmitten von menschlicher Scheiße schwimmen können und wäre beim Klang ihrer Stimme trotzdem glücklich gewesen.

»Freut mich, dass es dir gutgeht.«

»Danke.«

»Tja …«

Meine Brust schnürte sich zusammen. Hoffnung ließ meinen Körper vibrieren wie die Saiten einer Gitarre. Gleich würde sie mir sagen: *Ich komme zurück nach Hause.* Ich würde eine dieser neuen schicken Matratzen bestellen, die in einem Karton geliefert werden, und dann würde ich die Suppenreste vom Herd schrubben. Schon bald würden wir wieder eine Familie sein und die magischen Worte sagen: *Wir sind glücklich.* Ich lauerte auf ihren nächsten Atemzug, spürte bereits den Satz auf ihrer Zunge. Er musste dort sein. Warum hätte sie mich sonst anrufen sollen?

»Ich wollte dir nur mitteilen, dass ich bald heirate.«

»Oh«, war alles, was ich hervorbrachte.

»Ich wollte unbedingt, dass du es von mir selbst erfährst, und nicht durch … Instagram oder so.«

»Danke«, murmelte ich und beendete dann abrupt das Gespräch und verzog mich unter die Bettdecke. Ich wusste, was für ein Kleid sie tragen würde: elfenbeinweiß und trägerlos. Ich wusste, welche Blumen sie in der Hand halten würde: Hyazinthen. Es würde eine Zitronentorte mit veganer Frischkäseglasur geben, und sie würde zeitnah unser Baby bekommen. Sie würde *unser Leben* einfach ohne mich führen. Und mir blieb nur ein zertrümmerter Bungalow.

Ich machte die Augen zu, wusste jedoch, dass ich keinen Schlaf mehr finden würde. Als wir unser gemeinsames Leben planten, hatte ich alles bereits vor mir gesehen: nicht nur den in der Nachmittagshitze welkenden Brautstrauß, sondern auch, wie sie mich ansehen würde, wenn wir beide siebzig waren und sie Hilfe beim Hereintragen der Einkäufe brauchte. Oder wie sich ihre Schultern entspannen würden, nachdem ich mich doppelt vergewissert hatte, dass in ihrem Salat im Restaurant keine Mandeln waren. Oder das Hyänenlachen, das sie von sich geben würde, während sie unserem Kind hinterherjagte. Jedes Mal, wenn ich versuchte, die Augen zu schließen, tauchten diese imaginären Bilder wie IMAX-Projektionen hinter meinen Lidern auf, voller brutaler Details. Also musste ich wach bleiben. Ich erstellte eine Liste mit allen Möglichkeiten, mich umzubringen. Bryce hatte recht: Niemand würde mich vermissen.

1. Kopfschuss (habe keine Waffe)
2. Abflussreiniger trinken (habe nur die Öko-Variante)
3. Am Shelton Trail von einem Felsvorsprung springen (könnte sogar Spaß machen)
4. Mit dem Auto vom Highway abkommen (zu sehr wie Moms Unfall)
5. Fön in der Badewanne (Klassiker)
6. Schlaftabletten (habe keine)
7. Erhängen (wie vorgeschlagen)
8. Mich im Brennofen in der Craft School verbrennen (unfair gegenüber den Mitarbeitern)
9. Pulsadern aufschneiden (ziemlich theatralisch)
10. Automotor in der Scheune laufen lassen (wäre passend, aber Scheune zu groß?)
11. Mich zu Tode fressen (gut für den Walmart)
12. Mich zu Tode trinken (würde definitiv Spaß machen)
13. Ertrinken (Fluss?)

Als mir die Ideen ausgingen, beschloss ich, meinen Kummer durch den Kummer anderer zu schmälern, und suchte mir einen Podcast aus, der sich als Evergreen herausstellte: Versicherungsbetrug. Es überraschte mich immer wieder, wie viele True-Crime-Podcasts mit Lebensversicherungen zu tun hatten. Es musste irgendwo eine Statistik zu diesem Thema geben: Wenn der Partner eine Lebensversicherung auf einen abschließt, ist es x-mal wahrscheinlicher, dass man vorzeitig stirbt. Diese Geschichte war besonders düster und handelte von zwei kalifornischen Großmüttern, die obdachlose Männer bei sich aufnahmen und sie bemutterten und bekochten, bis sie sie – zwei Jahre später, wenn die Versicherungsansprüche nicht mehr anfechtbar waren – mit dem Auto überfuhren. Dabei brauchten sie die Versicherungsprämie nicht einmal, denn sie waren schon betagt und hatten finanziell ausgesorgt. Es war nur die Gier, die sie antrieb. Gier war das Motiv so vieler Morde, dabei hätte das Hauptmotiv eigentlich Liebe sein müssen. Oder Eifersucht. Oder sogar Hass. Aber es ging immer nur um Ausschüttungen, Besitzurkunden, Schmuck und Aktien.

Die Verbitterung so vieler Familien ging darauf zurück, dass Besitztümer durch verschiedene Hände und Generationen wanderten. Ich dachte an Bryce, der meine Besenkammer nach Geld durchwühlt hatte. Hatte er eine Lebensversicherung auf Naomi abgeschlossen? Ich wünschte mir flüchtig, ich hätte Jessicas Liebe zu mir versichern können. Es war zwar armselig und traurig, aber ich hatte das Gefühl, eine Entschädigung zu verdienen. Auch ich war von einem Auto überfahren worden, wenn auch nur metaphorisch. Ich sah den Zeigern der Uhr dabei zu, wie sie sich auf acht Uhr dreißig zubewegten. Verärgert stellte ich fest, dass die Vögel immer noch fröhlich zwitscherten, ungeachtet meines Herzschmerzes, ungeachtet der Tatsache, dass Jessica wahrscheinlich gerade auf Pinterest nach Ideen für die Tischdekoration suchte. Ich trank ein Glas Wasser und machte mich dann bereit, Patrick abzuholen.

»Sie sehen ja schrecklich aus«, sagte Patrick, nachdem er einen Blick auf meine ungewaschenen Haare, meine eingesunkenen Augen und meine Kleidung vom Vortag geworfen hatte.

»Meine Ex heiratet.«

»Ist doch schön für sie«, antwortete Patrick ohne jeden Sarkasmus.

»*Ist doch schön für sie?*«, brauste ich auf.

»Ja. Ist es nicht gut, wenn die Leute glücklich sind?«

»Sie können mich mal mit Ihrer Zen-Scheiße!«

Patrick lachte prustend. »Mein Bein ist im Arsch und mein Sohn lebenslang hinter Gittern. Ich glaube, ich habe ein bisschen Zen-Scheiße verdient.«

»Ich denke, ich sollte Sie hinterher zum Arzt fahren.«

»Ich warte lieber noch einen Tag.«

Nachdem wir eine Weile geschwiegen hatten, murmelte Patrick, der offenbar noch mit dem Zustand seiner Hütte beschäftigt war: »Vielleicht sollte ich die Bude einfach abreißen.« Dann schaltete er das Radio ein. Pharrells wahnhafter Gute-Laune-Song *Happy* erfüllte den Innenraum des Jeeps. Patrick und ich verzogen simultan das Gesicht. Niemand war glücklich, schon gar nicht wir. Zumindest nicht hier und jetzt. Ich starrte in den wolkenlosen Himmel hinaus, dankbar, von meinem Haus wegzukommen, das von den konkurrierenden Wirbelstürmen Jessica und Bryce Duncan getroffen worden war.

Der Besuchsraum stank wie beim letzten Mal nach einer Mischung aus Schweiß und Desinfektionsmittel. Wir setzten uns in eine Ecke, und Patrick streckte das Bein nach vorn, als wollte er jemanden zum Stolpern bringen.

»Dad!«, rief Jupiter, als er in den Raum geschlurft kam. »Oh, Esther. Hallo. Ich wusste nicht, dass Sie auch mitkommen.«

»Ich hab mir das Bein auf dem Dach verletzt«, beeilte

Patrick sich, meine Anwesenheit und seine seltsame Sitzposition zu erklären. »Ich konnte nicht selbst herfahren.«

Jupiter riss erschrocken die Augen auf. »Tut es sehr weh? Müsstest du nicht zum Arzt?«

»Er weigert sich«, sagte ich.

»Komm schon, Dad!«

Patrick ging sofort in die Defensive: »Es ist nur geprellt, glaube ich. Du solltest mal den anderen Kerl sehen. Damit meine ich das Loch in meinem Dach.«

Jupiter holte tief Luft. »Die Hütte war schon baufällig, als ich das letzte Mal da war, und das ist … zwanzig Jahre her.«

»Bin schon dabei, alles in Ordnung zu bringen«, wehrte sich Patrick.

Es tat gut zu sehen, wie sehr sich Jupiter um seinen Vater sorgte. Ich lehnte mich zurück und wohnte dieser rituellen Darbietung der traurigsten Familie der Welt bei.

»Was gibts bei dir Neues?«, fragte Patrick seinen Sohn.

»Das Übliche. Ich passe auf meinen Arsch auf, wie immer.«

»Lass das.« Patrick wirkte schon jetzt genervt von Jupiters Sarkasmus.

»Nein, Spaß beiseite. Alles okay hier. Ich freu mich über die zusätzlichen Besuchstage.«

»Das ist echt toll, Jup. Ich freu mich auch.«

»Wie war eigentlich das Spiel?«, fragte Jupiter.

»Welches Spiel?«, fragte Patrick zurück.

»Das der Tourists.«

»Super«, log ich.

Jupiter sah uns zweifelnd an, als wüsste er, dass wir flunkerten.

»Wer hat gewonnen?«

»Wir.« Noch eine Lüge.

»Eine Runde Honigschnecken auf mich?«, fragte Patrick im Tonfall eines Großvaters in der Eisdiele, um das Gespräch in eine andere Richtung zu lenken.

»Ich gehe sie holen«, bot ich an, weil ich Patrick nicht beim Humpeln zusehen wollte.

»Nix da, das ist meine Lieblingsaufgabe«, sagte er und hinkte davon.

Jupiter sah mich an und ließ dann den Blick durch den deprimierenden Raum schweifen. »Ihr wart gar nicht beim Spiel, oder?«

Ich schüttelte den Kopf. Jupiter lächelte.

»Ist bestimmt seltsam für Sie, hierherzukommen.«

»Ihr Vater hat mich vor nicht allzu langer Zeit auf Kaution rausgeholt.«

Jupiter starrte mich überrascht an. »Was? Warum?«

»Ich dachte, er hätte es Ihnen erzählt.«

Jupiter schüttelte den Kopf und bedeutete mir, weiterzureden.

»Na ja, ich bin irgendwie … Also, ich habe an einem Projekt gearbeitet für eine Familie und mich in deren Haus aufgehalten – ob erlaubt oder unerlaubt sei dahingestellt. Ich habe nur versucht – das klingt jetzt verrückt –, einen Mord aufzuklären.«

»Wirklich?«

»Ja, und dabei habe ich mich wohl ein bisschen

verrannt. Ich war wie besessen von meiner Jagd nach Beweisen.«

Jupiter legte den Kopf schräg. »Mich hat meine Besessenheit fast umgebracht.«

Ich wusste nicht, was ich dazu sagen sollte.

»Die meisten Schulattentäter erschießen sich selbst. Wussten Sie das?«

Ich nickte. Es war, als hätte Jupiter die Liste gesehen, die ich letzte Nacht erstellt hatte.

»Ich denke jeden Tag, dass ich es hätte tun sollen. Obsessive Denkmuster sind weit verbreitet. Ich habe viel darüber gelesen, weil sie mich zu meiner Tat getrieben haben. Ich war unglücklich, weil ich gemobbt wurde. Aber das spielt jetzt keine Rolle mehr. Ich kann es nicht rückgängig machen, nur noch akzeptieren. Ich muss verdammt noch mal damit leben, dass ich getan habe, was ich getan habe. Man kann manche Dinge nicht kontrollieren. Nicht hier im Gefängnis, und auch nicht damals. Es ist, wie es ist. Ich meditiere viel. Meditieren Sie auch?«

Patrick kam mit drei Honigschnecken zum Tisch zurückgehumpelt. »Worüber redet ihr jungen Leute?«

Ich sah Jupiter an.

»Über Meditation«, antwortete er.

»War ja klar, du alter Hippie«, sagte Patrick. »Meine Zen-Scheiße habe ich von dir.«

»Tja, ihr habt mich Jupiter genannt.«

Patrick schnaubte verächtlich. »Deine Mutter hat dich Jupiter genannt. Sie stand auf Astrologie oder so was.«

Ich sah den Schmerz in Jupiters Blick aufflackern, als Patrick seine Mutter erwähnte.

»Jetzt iss erst mal«, sagte sein Vater und schob ihm eine Honigschnecke hin.

»Sie sollten es wirklich auch mal mit Meditieren versuchen«, drängte mich Jupiter.

Ich nickte ohne Begeisterung.

»Er hat sogar mich dazu gebracht«, gestand Patrick lachend.

»Die Scheiße funktioniert nun mal.« Jupiter hob die Hände.

»Ich benutze Bambus-Toilettenpapier und kompostiere meinen Biomüll, aber irgendwie schaffe ich es nicht, mein Gedankenkarussell zum Stehen zu bringen.«

Jupiter lachte. »Da gibt es bestimmte Techniken. Wenn einem ein störender Gedanke kommt, darf man ihn ruhig zulassen. Man benennt ihn, verstaut ihn in einer Schublade und atmet weiter. Wenn das nicht funktioniert, konzentriert man sich auf seinen Körper. Denken Sie zum Beispiel an Ihre Füße. Wie sie sich anfühlen.«

Patrick verdrehte kaum merklich die Augen, und ich stopfte mir ein Stück pappsüßen Teig in den Mund, um nicht antworten zu müssen. Aber nachdem wir wieder zu Hause waren, probierte ich es aus.

Jede meiner Partnerinnen hatte irgendwann auf ihre Weise zu mir gesagt: *Entspann dich, Schatz, atme tief durch, mach die Augen zu.* Ich hasste es, wenn man mir sagte, ich solle mich entspannen. Wenn ich webte oder Bücher band oder Ton auf einer Töpferscheibe formte, wurde ich ein wenig ruhiger, aber *einfach so abschalten* – das gab es bei mir nicht. Ich räumte ein Stück Boden frei, band meine Haare zu einem Pferdeschwanz, schloss die Augen und sah sie sofort vor mir: Jessica, wie sie im Jogginganzug in der Tür unseres Hauses stand und unser Baby auf dem Arm hielt. Dann spuckte Jessica Zahnpasta ins Waschbecken und lächelte strahlend, wie in einer Werbung für Zahnpflegeprodukte. Als Nächstes emaillierte sie Schmuckstücke und trug dabei ihr Narzissen-Kleid. Ich konnte es nicht erwarten, diese Bilder aus meinem Kopf zu verbannen, also tat ich, was Jupiter mir geraten hatte, und versuchte sie zu benennen.

Auf jede dieser wunderschönen Visionen kritzelte ich *Js Kram,* genau wie ich es bei den Umzugskisten in der Scheune getan hatte. Ich holte tief Luft und zwang mich, dieses Etikett auf ihr strahlendes Lächeln zu klatschen und die fiktiven Umschläge voller Glück, die ich gehortet hatte, unleserlich zu machen. Ich klatschte es auf meine Vorstellung von ihr, wie sie mit fünfundsiebzig Tüten ins Haus schleppte, wie sie im Bett lag oder am Fensterbrett stand, kritzelte wieder und wieder *Js Kram*. Es kam mir so ähnlich vor wie das Erstellen eines Scrapbooks: Meine Fantasien wurden eingeklebt und in eine alternative Realität verwandelt, eine, die ausschließlich ins Reich der sepia-getönten Sentimentalitäten gehörte und somit in die Vergangenheit.

Irgendwann verlangsamte sich das Karussell. Ich konzentrierte mich aufs Atmen. Auf meinen Körper. Auf den Druck, den der Boden auf meinen Hintern ausübte. Ich spürte, wie sich mein Brustkorb hob, wie die Luft kühl durch meinen Hals nach unten und warm wieder nach oben strömte. Und existierte einfach. Es war eine Erleichterung. Ein kleiner Teil des Drucks schien aus meinem Schädel zu entweichen wie Luft aus einem Reifen. Vielleicht konnte ich doch weiterleben. Vielleicht war diese Welt doch nicht nur dazu da, dass ich in ihr von der Decke baumelte.

Am nächsten Tag kam Patrick und klopfte an meine Fliegengittertür.

»Esther!«, rief er.

»Was?«, krächzte ich. Ich meditierte gerade wieder und versuchte, meine Müdigkeit zu vertreiben.

»Schlafen Sie noch?«

Ich gönnte ihm die Befriedigung nicht, mich bei meinem neuen Hobby erwischt zu haben, und grunzte daher nur und schlurfte zur Tür.

»Ich hab uns Karten besorgt.«

»Wofür?«, fragte ich und lud ihn ein, sich auf einen Stuhl auf der Veranda zu setzen. Sein Hinken war längst nicht mehr so ausgeprägt, stellte ich fest.

»Für das nächste Spiel der Tourists.«

Ich wusste sofort, dass Patrick die Tickets nur gekauft hatte, um wiedergutzumachen, dass er Jupiter angelogen hatte.

»Und wann ist das nächste Spiel?«

»Heute.«

»Was, wenn ich schon was anderes vorhabe?« Ich konnte nicht glauben, dass er mich ohne jede Vorwarnung damit überfiel.

Patrick sah mich aufrichtig zerknirscht an, und ich schämte mich für meine Reaktion.

»Habe ich nicht. Um wie viel Uhr?«

Patrick seufzte. »Um halb drei.«

Das war in eineinhalb Stunden.

Ich bat ihn, einen Stopp an der Tankstelle einzulegen, damit ich Sonnencreme kaufen konnte. Ich war seit meiner Kindheit nicht mehr bei einem Baseballspiel gewesen. Das ganze patriotische Drumherum machte mich nervös. Mein Vater hingegen hatte früher alles toll gefunden, was mit einem Ball zu tun hatte: Football, Basketball, Baseball. Ständig hatte im Hintergrund der Fernseher geplärrt, und die Männerstimmen der Kommentatoren waren im Haus auf- und abgeebbt. Ich selbst wäre nie auf die Idee gekommen, mir im Fernsehen irgendwelche Spiele anzuschauen, und obwohl ich auf Frauen stand, hatte ich nie Fußball oder Volleyball gespielt oder einen anderen Sport, den man mit Lesben in Verbindung bringt. Ich war Künstlerin. Ein Nerd. Und ich geriet schnell außer Atem. Wir parkten unten beim Fluss und gingen zu Fuß zum Stadion, weil Patrick die Parkgebühren nicht bezahlen wollte.

»Gehen Sie gern zu solchen Sportveranstaltungen?«, wollte er von mir wissen, als wir uns in die Warteschlange einreihten.

»Die Frage kommt ein bisschen spät.«

Patrick schnaubte.

»Ich bin froh, aus dem Haus zu sein«, schob ich hinterher und betrachtete das Gewimmel um uns herum.

»Jup war früher Halbspieler«, erzählte Patrick stolz.

»Cool«, antwortete ich, obwohl ich keine Ahnung hatte, was das war.

Wir bewegten uns im Schneckentempo vorwärts, umringt von Landeiern, bierseligen Kerlen und schreienden

Kindern mit Sport-Sonnenbrillen. Die Sonne brannte. Dann waren wir endlich drinnen und gingen zu unseren Sitzplätzen ganz oben auf der Tribüne. Wir standen auf, als die Nationalhymne gespielt wurde, und der feierliche Ernst der Zuschauer, die ihre Baseballkappen ans Herz drückten, erinnerte mich in seiner patriotischen Kommerzialität an Norman Rockwell. Ich nahm erstaunt zur Kenntnis, dass so etwas noch üblich war. Wussten denn noch immer nicht alle Bürger dieses Landes, welche Kriegsverbrechen wir begangen hatten? Hasste nicht jeder Amerikaner sein Land wenigstens ein kleines bisschen? Was war mit Waterboarding? Mit Guantanamo? Ich war erleichtert, als Patrick sich zu mir herüberbeugte und mich fragte, ob ich Nachos und Bier wollte. Ich nickte, und er hinkte genau in dem Moment davon, als sich die meisten jeansbekleideten Hintern wieder hinsetzten.

»Ich habe Budweiser genommen«, murmelte Patrick und reichte mir einen großen Plastikbecher.

»Zum Glück«, antwortete ich.

Die Langsamkeit des Spiels gefiel mir. Die meiste Zeit standen die Spieler auf dem leuchtendgrünen Feld herum und hielten Ausschau: nach dem Ball, dem Schiedsrichter, ihrem Trainer, dem Wind. Das erste richtige Krachen des Schlägers gegen den Ball fühlte sich ekstatisch an, die Menge jubelte. Die Nachmittagssonne schien schräg durchs Stadiondach, und ich spürte, wie mich die Energie mitriss.

»Hat Jupiter in der Highschool Baseball gespielt?«, fragte ich Patrick und tauchte einen Mais-Chip in den künstlich aussehenden weichen Käse.

Patrick schüttelte den Kopf. »Er hat nach der Middle School aufgehört, ungefähr zu der Zeit, als seine Mutter uns verlassen hat.«

Ich konzentrierte mich aufs Kauen, wollte jedoch unbedingt mehr darüber erfahren.

»Wie war sie so?«, fragte ich schließlich.

Patrick blickte zum wolkenlosen Himmel hinauf. »Monica? Na ja, sie konnte sehr witzig sein. Und sie war ein Freigeist. Leider hatte sie die Angewohnheit, sich in Dinge zu verrennen, genau wie Jup.«

»Was heißt das genau?«, hakte ich nach.

Patrick lachte. »Eine Zeitlang ist sie mit Make-up-Produkten hausieren gegangen.«

»Ah, so ein Schneeballsystem-Ding?«

»Multi-Level-Marketing nennt sich das«, sagte Patrick mit der Geringschätzung eines Buchhalters.

»Ach so.«

»Sie war eine gute Mutter. Aber nachdem diese Make-up-Geschichte nicht mehr funktioniert hat und dann auch noch ihr nächstes Projekt, bei dem sie Tiefkühlkost verkauft hat, pleite ging, hat sie sich einer Sekte angeschlossen.«

»Puh«, antwortete ich.

»Nicht ganz so schlimm wie Scientology, aber so ähnlich. Sie ist nach Utah abgehauen und hat sich kaum noch bei uns gemeldet, was Jup total fertiggemacht hat.«

»Meinen Sie, dass er deshalb …« Ich brach ab und bereute es, dass diese Worte meinen Mund verlassen hatten.

»Ich könnte ihr natürlich die Schuld für seine Tat zuschieben. Das wäre einfach. Die Wahrheit ist schwieriger zu schlucken. Ich war derjenige, der vor Ort war und hätte reagieren müssen.«

Die Gegenmannschaft erzielte einen Homerun, woraufhin eine Welle der Enttäuschung durchs Publikum schwappte.

»Was ist mit *Ihren* Eltern?«, fragte Patrick beiläufig.

Ich holte tief und theatralisch Luft. »Meine Mutter war schön, aber unglücklich. Und Alkoholikerin«, antwortete ich. »Sie ist bei einem Autounfall ums Leben gekommen, als ich fünfzehn war.«

»Das tut mir leid, Esther.«

Meine Augen füllten sich unerwartet mit Tränen, und die Stadionlichter fingen an zu tanzen. Ich wollte nicht hier im Publikum sitzen und um meine Mutter weinen wie in einer Szene aus einem schlechten Film. Patrick stieß unbeholfen mit seiner Schulter gegen meine, eine stumme und dennoch auffällige Geste.

»Und wie ist Ihr Vater so?«, fragte er, in der Hoffnung auf eine weniger deprimierende Antwort.

Ich drängte blinzelnd die Tränen zurück. »Mein Vater ist nicht mehr richtig da, seit meine Mutter tot ist. Er war nie der perfekte Vater, aber er hat trotzdem irgendwie die Familie zusammengehalten, hat mich rumgefahren und meiner Mutter alles bezahlt, was er sich nur irgendwie leisten konnte. Er hat viel gearbeitet, bis er dann … ich weiß auch nicht, er hat sich einfach in Luft aufgelöst, nachdem sie …«

»Seid ihr in Kontakt?«

»Wir schreiben uns Textnachrichten an Weihnachten und an Geburtstagen. Sein Geburtstag ist übermorgen.«

»Sie sollten ihn anrufen.«

Ich dachte an die Enttäuschung und Verwirrung zurück, die ich in den Augen meines Vaters gelesen hatte, als wir uns an der Ampel das letzte Mal sahen. Er wusste um meine Tat. Ich beschränkte mich aufs Schreiben von Nachrichten, weil wir am Telefon darüber hätten reden müssen. Dann würde unweigerlich auch Moms Tod zur Sprache kommen, und alle Gefühle, die wir erfolgreich verdrängt hatten, würden wieder an die Oberfläche gespült werden. Mein Vater und ich, wir waren genau gleich, was das betraf: Wir fraßen alles in uns hinein, bis wir platzten.

Die Gegenmannschaft erzielte einen Run, und das Publikum buhte lautstark. Die Kollektivität, mit der das geschah, erstaunte mich. Alle jubelten, als einem braunhaarigen Tourists-Spieler ein Strikeout gelang. Die Leidenschaft der Zuschauer hatte etwas Hirnloses an sich, das mich entspannte. Es gefiel mir, in der Masse unterzutauchen und eine von vielen Idiotinnen zu sein. Auch ich grölte nun mit, wenn wir einen Run erzielten. Im nächsten Inning stand ich auf, um eine Runde Bier für uns zu holen. Als ich zurückkam, pfiff Patrick gerade auf zwei Fingern und wirkte peinlich berührt davon, dass ich seinen Überschwang mitbekam. Ich gab ihm seinen Becher und setzte mich wieder. Wir amüsierten uns prächtig. Das Spiel zog sich mit der Elastizität eines Traums dahin, ein langer Nachmittag voller Jubel und Beifall.

Am Ende verlor unsere Mannschaft, aber ich fühlte mich trotzdem beschwingt und energiegeladen, als wir uns anschließend in Patricks Jeep durch die blauen Berge schlängelten. Ich überlegte, wohin all die Zuschauer wohl verschwunden waren. Die tobende Menge hatte sich zerstreut, und jeder hatte sich wieder in sein eigenes Schlafzimmer oder an seinen eigenen einsamen Küchentisch zurückgezogen.

»Das war echt schön«, sagte ich und meinte es auch so, als ich am Ende meiner Einfahrt ausstieg.

»Stimmt«, pflichtete mir Patrick bei. »Rufen Sie Ihren Vater an«, ermahnte er mich, während er wendete und wieder den Berg hinunterrollte.

Ich sollte also meinen Vater anrufen. Was wusste Patrick schon? Er hatte keine Ahnung, wie es bei mir zu Hause gewesen war nach dem Tod meiner Mutter – dass mein Vater quasi verstummt war und wochenlang nicht mehr gesprochen hatte, dass er Aufträge angenommen hatte, die ihn immer länger von zu Hause wegführten. Patrick wusste auch nicht, was ich damals im Blick meines Vaters hatte lesen müssen. Jedes Mal, wenn er mich ansah, lag darin ein tiefer, schrecklicher Schmerz. Eine Zeitlang hatte ich geglaubt, vielleicht sogar gehofft, dass er eine Ähnlichkeit zu meiner Mutter in mir erkannte und mich deshalb so ansah. Aber irgendwann war die Ahnung in mir erwacht, dass es noch einen anderen Grund geben musste. Reden wollte er grundsätzlich nicht mit mir. Nicht übers Abendessen, nicht darüber, wohin ihn seine Arbeit als Nächstes führen würde, und auch nicht über die Waschbären, die sich regelmäßig über unsere Mülltonne hermachten. Irgendwann tauchte ein Spanngurt über dem silbergrauen Container auf, daher wusste ich, dass er mir zumindest zuhörte. Es war immer Essen im Kühlschrank, und er kam zu meiner Abschlussfeier. Aber anwesend war er nicht. Nicht wirklich. Vielleicht war er depressiv. Um Hilfe bitten konnte er jedenfalls nicht.

Müde von der Sonne setzte ich mich aufs Sofa und zog mein Handy hervor. Ich wählte die Festnetznummer, nicht seine Handynummer. Der geschwungene gelbe Apparat mit Wählscheibe, der in der Küche stand, wackelte bei jedem Klingeln, das wusste ich noch. Man konnte nicht erkennen, wer anrief, also hatte er keine Ahnung, dass ich es war. Ich war mir nicht sicher, ob ich wirklich mit ihm reden wollte. Nach dem vierten Klingeln ertönte seine bleierne Stimme: »Hallo?«

Ich hielt mir die Hand vor den Mund. Nach all den Jahren war es einfach zu viel.

»Hallo?«, wiederholte er und fing dann an zu husten.

Meine Hand bewegte sich nicht.

»Hallo?«, fragte er aufgebracht.

Ich blieb stumm, und er legte auf. Ich saß da wie in Trance. Was hätte ich ihm erzählen sollen? Vielleicht von dem Baseballspiel. Das hätte ihm sicher gefallen. Ich konnte mich nicht dazu überwinden, ihn noch mal anzurufen.

Nachdem ich tief Luft geholt hatte, zog ich die Beine aufs Sofa und kreuzte sie zum Schneidersitz. Ich würde meditieren. Also konzentrierte ich mich auf meine Atemzüge und benannte die durch meinen Kopf irrenden Gedanken, wie Jupiter es mir beigebracht hatte. Als ich gerade in andere Sphären abgehoben hatte, riss mich mein Handy aus der Konzentration. Abrupt schlug ich die Augen auf. Mein ganzes Universum explodierte. Das war bestimmt mein Vater! Wir würden miteinander reden. Die Nummer war unbekannt, aber vielleicht gab es einen Grund dafür – dass er von einer Telefonzelle aus anrief oder ein neues Handy hatte, zum Beispiel. Fieberhaft überlegte ich, worüber wir sprechen könnten, falls zwischen uns unbehagliche Stille einkehrte. Dann meldete ich mich.

»Hallo?«

»Hallo!« Die Stimme einer alten Dame drang an mein Ohr.

»Wer ist denn da?«, fragte ich schroff.

»Oh, vielleicht habe ich die falsche Nummer. Es tut mir wirklich leid, wenn ich Sie gestört habe!«

Ich setzte mich auf und schob mein Handy an die richtige Position.

»Wer ist da?«, fragte ich wieder.

»Mein Name ist Becky Archer. Ich habe das Flugblatt mit Amandas Foto im Spa des Park Grove Inn gesehen. Geht es ihr gut?«

»Was?«, fragte ich.

»Diese Nummer stand auf dem Flugblatt unter Amanda Elliotts Foto. Dachte ich zumindest. Vielleicht habe ich sie falsch eingegeben?«

In meinem Kopf schrillte eine Glocke. Das Grove Park Inn. Die Flugblätter. *Naomi!*

»Nein. Nein! Die Nummer ist richtig! Entschuldigen Sie, ich war nur überrascht.«

»Das verstehe ich. Amanda hat das alte Haus meines Bruders am Walnut Hill gemietet, und ich wollte mich vergewissern, dass alles in Ordnung ist mit ihr.«

»Das Haus Ihres Bruders?«, platzte ich heraus.

»Ja, genau. Deshalb habe ich mich so gewundert, ihr Gesicht plötzlich an der Wand der Umkleide hängen zu sehen. Geht es ihr gut?«, erkundigte sie sich erneut.

War Amanda Naomi? Hatte mein Flugblatt tatsächlich etwas erbracht? Oder war die Anruferin nur eine demenzgeplagte Bingo-Spielerin, für die alle Frauen mittleren Alters gleich aussahen?

»Amanda hat sich schon eine Weile nicht mehr bei uns gemeldet, deshalb ist die Familie ein wenig in Sorge. Wären Sie vielleicht zu einem Treffen bereit?«, fragte ich, weil ich das Gefühl hatte, diese Sache nur persönlich einschätzen zu können.

»Natürlich, aber warten Sie mal: Wer sind *Sie*?«

»Ich … ich bin Amandas Tochter«, stotterte ich. »Mein Name ist Tabitha.«

»Ach, Sie Ärmste. Möchten Sie gleich heute vorbeikommen?«

»Sie wohnen in Asheville?«

»Ja, Summit Avenue 45.«

Ich warf einen Blick auf die Uhr. Es war erst sechs Uhr abends.

»Ich könnte in einer Stunde da sein.«

»Sehr gut. Allerdings muss ich um halb acht meinen Hund vom Hundefriseur abholen. Irgendwelche Unverträglichkeiten?«

»Was?«

»Gibt es irgendwas, was Ihnen nicht bekommt? Ich mache uns ein paar Häppchen.«

»Ach so. Nein, ich bin … äh, ganz normal.«

17

Becky Archers viktorianisches Haus war ein funkelndes Prachtstück, es war offensichtlich frisch gestrichen und besaß ein zentrales Türmchen mit Buntglasfenster und dunkelblauem Schindeldach. Ich stieg aus dem Kleinbus und stellte fest, dass der Rasen makellos gemäht war und ein großer Buddha in der Ecke des Gartens saß, die nach Osten zeigte. Es war definitiv eins der schöneren Häuser von Asheville. Ich war beruhigt: Diese Umgebung passte zu Naomi. Becky machte mir die Tür auf und war von Kopf bis Fuß in schwarzes Elasthan gekleidet. Ich schätzte sie auf Ende siebzig. Ihr Sportoberteil mit Kragen lag eng an den Schultern an, und ihre grauen Haare wurden von einem Stirnband zurückgehalten. Sie war schlank und wirkte durchtrainiert.

»Oh, da sind Sie ja, meine Liebe! Sie müssen vollkommen erschüttert sein!«

Ich nickte und genoss die Anteilnahme, die sie mir entgegenbrachte. Mein Münchhausen-Syndrom meldete sich mit einem artigen Knicks zurück: Ja, ich Ärmste.

»Kommen Sie doch herein und setzen Sie sich. Ich möchte vollkommen offen mit Ihnen sein: Ich kenne Amanda nicht besonders gut. Wir sind uns vielleicht dreimal persönlich begegnet. Hier, ich habe uns ein paar Häppchen vorbereitet. Alles gesunde Sachen. Ich hoffe,

Sie mögen Hummus. Er ist nicht frisch zubereitet, ich hasse es, hinterher die Küchenmaschine sauber machen zu müssen. Kennen Sie das: Wenn man die Dinger in der Spülmaschine wäscht, zersetzt sich das Plastik, und man hat es beim nächsten Mal im Essen!«

Ich verzog das Gesicht und folgte ihrer geschmeidigen Gestalt in einen großen Raum, während sie weiter vor sich hin plapperte. Mein Blick schweifte über afrikanische Masken, indigoblaue Sofakissen, peruanische Teppiche und Gebetsfahnen, die vor den Fenstern flatterten.

»Ich bin auf der Suche nach Informationen jeglicher Art. Was auch immer Sie wissen, könnte mir weiterhelfen.«

Becky zeigte auf ein bereitgestelltes Tablett mit kleinen Horsd'œuvres. Ich setzte mich und kam ihrer Aufforderung nach, mich zu bedienen. Nachdem ich mir ein Karottenstäbchen genommen hatte, tauchte ich es in den Hummus aus dem Supermarkt.

»Köstlich.«

Becky schien sich zu freuen.

»Also, mal sehen: Wie haben wir uns kennengelernt? Amanda hat mich angeschrieben. Ich hatte gerade das Haus meines Bruders Robert bei Sotheby's inseriert. Er ist vor zwei Jahren gestorben.«

Becky legte eine Pause ein, und ihr toter Bruder tanzte zwischen uns in der Luft.

»Das tut mir wirklich leid«, sagte ich, als mir endlich wieder einfiel, wie man sich in solchen Situationen verhielt.

»Es war ein äußerst trauriger Moment, als er von uns

ging. Robert war Rechtsanwalt, ein echtes Universalgenie. Und er liebte Bluegrass-Musik. Er war generös und hatte ein großes Herz, aber er war auch ein wenig einsam. Er hat alles in dieses Haus gesteckt und nannte es sein *Allerheiligstes.* Robert war schwul, müssen Sie wissen, aber er hat sich nie wirklich öffentlich geoutet, wie man so schön sagt.«

Warum erzählte mir Becky das? Lag es an meinem Outfit? Ich trug ein XXL-Shirt, Wanderstiefel und eine weite Hose. Dass ich lesbisch war, war vermutlich nicht zu übersehen. Erwartete sie von mir, dass ich mit ihr zusammen um Robert trauerte, meinen LGBTQ-Gefährten? Ich machte ein trauriges, verständnisvolles Gesicht und senkte leicht den Kopf. Es schien zu funktionieren. Becky hielt inne, um an einem Karottenstäbchen zu kauen.

»Robert hatte einen hervorragenden Geschmack, jedoch leider niemanden, dem er seine Schätze hätte vermachen können. Er liebte Auktionen und hat im Laufe seines Lebens eine wunderbare Kunstsammlung zusammengetragen. Na ja, wie auch immer, als Ihre Mutter das Haus im Internet sah, schrieb sie mir, dass sie es toll fände, aber nicht kaufen, sondern mieten wolle. Für zwei Jahre. Sie wollte bar im Voraus zahlen.«

»Das klingt ganz nach ihr«, sagte ich und dachte an die Geldsumme, die von Red Rock Capitals Bankkonten verschwunden war.

»Es war ein bisschen eigenartig, dass Amanda alles ohne Schriftverkehr und Mietvertrag abwickeln wollte, aber sie hat tatsächlich im Voraus bezahlt, und das Haus ist nicht günstig. Es ist ein echtes Juwel, ein Paradebeispiel moderner Architektur, und Robert hatte wirklich ein Auge für Details. Er hat mit seinem Architekten jahrelang an den Bauplänen gearbeitet. Ihrer Mutter hat es auf Anhieb gefallen, und das Geld war natürlich schön für mich. Sie wirkte wie jemand, den Robert gemocht hätte, wissen Sie. Das ist mir wichtig. Ich kann nicht einfach *irgendjemanden* dort wohnen lassen.«

Ich nickte und schwieg, aus Angst davor, Beckys verbale Diarrhö über den schwulen toten Robert erneut in Gang zu setzen. Sie stieß einen langen Seufzer aus. »Nachdem Ihre Mutter eingezogen war, habe ich nichts mehr von ihr gehört, aber ich dachte, das wäre etwas Gutes. Ich war vorher noch nie Vermieterin, müssen Sie wissen.« Sie schnaubte. »Vermieterin, was für ein schreckliches Wort! Das klingt so feudal.«

Ich lachte leichthin.

»Tja, wie gesagt: Ich bin davon ausgegangen, dass Ihre Mutter eine Weile auf Reisen ist. Sie hat mir erzählt, dass sie gern um die Welt jettet. Bestimmt ist das schon alles, was dahintersteckt. Wahrscheinlich macht sie gerade irgendeine Abenteuerreise und meldet sich bald zurück. Sie ist wirklich witzig, ein sehr direkter Mensch. Eine wunderschöne Frau, wenn auch ein wenig schwer zu durchschauen.«

Ich nickte.

»Sie haben ihr gutes Aussehen geerbt«, nuschelte Becky mit einer Selleriestange zwischen den Zähnen.

Ich nickte wieder. Es fühlte sich gut an, Amandas Tochter zu sein.

»Ich kann Ihnen gern den Zweitschlüssel mitgeben.

Jerry, mein Gärtner, sagt zwar, er hätte sie bei keinem seiner Besuche gesehen, aber ihre Sachen sind definitiv noch da.«

Ich schnappte nach Luft: Das Haus war immer noch von ihr gemietet, und sie hatte dort Sachen!

Becky nahm sich noch eine Selleriestange und sah mich ernst an. »Ich frage das höchst ungern, aber glauben Sie, dass ihr etwas Schlimmes zugestoßen ist?«

Da war nun also Becky und tauchte ihren Zeh in die Vorhölle, in die Line-Dance-Disco der Verschwundenen.

»Wir wissen es nicht. Wir versuchen einfach nur, sie zu finden.«

Naomis Vermieterin stand auf, um einen silberglänzenden Schlüsselbund aus der Küche zu holen.

»Das Haus ist am Walnut Hill, Hausnummer 40. Ich hoffe, Ihre Familie hält durch während dieser …« Sie zögerte. »Dieser verunsichernden Zeit. Falls Sie jemanden zum Reden brauchen: Ich bin hier und jederzeit für Sie da.«

Ich nickte, ohne sie anzusehen.

»Tut mir leid, ich muss jetzt leider zum Hundefriseur, weil der gleich zumacht. Sonst hätte ich Sie gern zum Haus begleitet.«

»Kein Problem. Kann ich Ihnen die Schlüssel später am Abend wieder zurückbringen?«, fragte ich und versuchte meine Erleichterung darüber zu verbergen, dass Sie nicht mitkommen würde.

»Ja, natürlich. Es gibt eine Alarmanlage. Warten Sie, ich suche den Code für Sie heraus. Den müssen Sie eingeben, bevor Sie die Tür aufschließen.«

Vor lauter Aufregung hätte ich fast ein Stoppschild überfahren. Ich hatte sofort den Motor angeworfen und mir nicht einmal die Zeit genommen, einen Podcast für die Fahrt herauszusuchen. Stattdessen erklang Gospelmusik aus dem Radio, und ich fühlte mich, als würden mich die Engel der Tragödie davontragen. Ich hatte keine Ahnung, was ich in Roberts Haus vorfinden würde, aber ich war eine Sammelwütige, die ihrer Schätze beraubt worden war und ihren Fundus nun wieder aufstocken wollte. Ich wollte sämtliche Sachen von Naomi, jeden Schnipsel.

Das Haus am Walnut Hill 40 war genau, wie Becky es beschrieben hatte: ein Paradebeispiel moderner Architektur, das versteckt am oberen Ende des Viertels Montford lag. Es war ganz aus Stahl, Beton und Glas errichtet und besaß eine große ovale Kieseinfahrt. Ich bekam eine Gänsehaut, als Chesters hässlicher Kleinbus knirschend darauf zum Stehen kam. Bevor ich den Zündschlüssel aus dem Schloss zog, verharrte ich und ließ den Gospelchor noch einmal anschwellen. Ich war kurz davor, Naomis Geheimnis zu lüften, das spürte ich. Nachdem ich ausgestiegen war, fiel mir als Erstes der große Zeitungsstapel auf der überdachten Eingangstreppe auf. Ich gab den Code der Alarmanlage ins Bedienfeld ein. So modern und puristisch die Architektur des Hauses war, so vielseitig und geschmackvoll war es eingerichtet. Alles wirkte genau richtig, als hätte es jemand für eine Wohnzeitschrift inszeniert. Im Foyer stand eine Sammlung handgeflochtener Körbe, und an der Wand hingen drei abstrakte Rothko-Drucke. Auf einem Eames-Büffet entdeckte ich einen kunstvoll gearbeiteten Tonkrug von einer bekannten lokalen Töpferkünstlerin.

Auf der großen Holzterrasse wehte einsam eine leere Kolibri-Futterstation. Die Marmorarbeitsplatte der Küchentheke war blitzsauber, und in der tiefen Keramikspüle stand eine trockene weiße Schüssel. Ich machte den Kühlschrank auf und fand einen Becher Joghurt und eine Flasche Orangensaft, die das Ablaufdatum überschritten hatten, sowie einen verwelkten Brokkolikopf. Dann ging ich ins Arbeitszimmer weiter, und dort lagen sie: Rosenquarze, die der Größe nach auf dem Fensterbrett aufgereiht waren, genau wie in den Hamptons und in New York. Naomi war also tatsächlich hier gewesen. Ein eiskalter Schauder kroch mir langsam den Rücken hinunter. Vielleicht war alles nur ein großes Versteckspiel, und ich hatte gewonnen, indem ich dieses Haus betrat?

»Naomi?«, rief ich ihren Namen in die Stille hinein.

Keine Antwort.

Ich ging die Treppe aus Metall und Glas in den zweiten Stock hinauf. Die Schlafzimmertür stand offen, und das Kingsize-Bett war mit meiner Lieblingsbettwäsche von Frette bezogen. Ich warf einen Blick auf den Nachttisch und entdeckte die übliche Mischung aus Schund- und Unterhaltungsliteratur, einen Stapel Tarotkarten, ein Sträußchen Salbei und einige Dokumente über WAC, nach denen ich griff, um sie genauer unter die Lupe zu nehmen. Es handelte sich um Vorschläge für Werbekampagnen und Lageberichte bezüglich eines Trinkbrunnens in Nepal – nichts wirklich Interessantes, aber weitere Beweise dafür, dass Naomi in diesem Haus gewesen war. Zwischen den Büchern entdeckte ich einen billigen Taschenkalender von OfficeMax. Ich zog ihn heraus und blätterte durch die Seiten. Der einzige Eintrag war ein hellblauer Klebezettel, der auf der Seite des dritten Februars klebte, der Tag nach Bryce' Geburtstag. In Naomis schräger Handschrift stand darauf das Wort *ABGANG*.

Ich bewegte mich wie eine ungeduldige Privatdetektivin durchs Haus, registrierte den Staub auf dem Boden, das trockene Handtuch, das an einem Türknauf hing. Ich berührte das Innere des weißen Waschbeckens im Badezimmer – auch hier war alles staubtrocken. Dann ging ich zum Kleiderschrank weiter, in dem auf samtbezogenen Kleiderbügeln drei an den MoMa Design Store erinnernde Saris hingen. So ein Wickelkleid hatte Naomi auch am Abend unseres Kennenlernens getragen. Auch einige ausgewählte Kaschmirteile hingen im Schrank. Dunkelviolette Unterwäsche war sorgfältig in einem der oberen Schrankfächer bereitgelegt. In der Nähe der Schlafzimmertür fand ich einige zusammengelegte Kleidungsstücke auf dem Boden, und nun sah ich auch, was die hintere Wand säumte: zwölf gewaltige Rimowa-Koffer. Meine Gedanken huschten zurück zu dem hellblauen Klebezettel: ABGANG. Ich ließ mich auf die Knie nieder und zog den Reißverschluss des ersten Koffers auf: Er war vollgepackt mit Kleidungsstücken, die nach Marie-Kondo-Art zu kleinen, effizienten Vierecken gefaltet waren. Ich öffnete den nächsten Koffer: Hosen, Blusen, Schlapphüte mit breiter Krempe, vakuumverpackte Tüten mit Kosmetikartikeln und Sonnencreme. Ich wühlte weiter.

Alle Koffer platzten fast vor mit neurotischer Sorgfalt gepackten und sortierten Gegenständen, als hätte Naomi vorgehabt, zu einer zehntausend Jahre währenden Reise aufzubrechen.

Der letzte Koffer in der Reihe war ein kleinerer Handgepäckkoffer, der sich bei näherem Hinsehen als leer erwies. Das Innenfach des Deckels fühlte sich beim Öffnen ungewöhnlich schwer an. Ich zog den Reißverschluss auf, und heraus purzelten Dutzende Bündel mit Geldscheinen und ein Reisepass. Hastig klappte ich den Pass auf und stieß ein schluckauf-ähnliches Lachen aus: Auf dem Foto war Naomi zu sehen, allerdings mit blonden Haaren und Pony, wie eine Figur aus der Zeichentrickserie Carmen Sandiego. Ich blickte auf den Namen: *Amanda Elliott.*

Ich war mir plötzlich sicher, dass Naomi noch am Leben war. Sie hatte ihren eigenen Tod inszeniert und war irgendwo dort draußen. Der Pass und die Koffer bewiesen, dass sie einen Plan gehabt hatte, und mindestens ein Pseudonym. Aber warum so viel Bargeld? Vielleicht war es für sie nur eine unbedeutende Summe, ein winziger Teil von dem, was sie gestohlen hatte. Bestimmt lag sie in eben diesem Moment mit einem Sonnenhut auf einer millionenschweren Yacht und las einen Thriller von Dan Brown. Es machte mir Spaß, mir ihre roten Haare in der Hitze eines südlichen Landes vorzustellen. Ihr Sonnenschutzprodukt mit rein natürlichen Inhaltsstoffen vermischte sich mit dem Schweiß auf ihrem Gesicht, und die Kühlbox neben ihr war mit Eis gefüllt. Stoßweise drang die Paranoia in meinen Tagtraum ein: Fürs Erste war ich Bryce einen Schritt voraus, aber wie lange noch? Ich musste jede Spur von Naomi aus diesem Haus tilgen, also brachte ich sämtliche Koffer in meinen Kleinbus. Nachdem ich die zwölf überdimensionalen Gepäckstücke hineingezwängt hatte, ging kaum noch die Tür zu. Auf keinen Fall würde ich irgendetwas zurücklassen!

Wieder im Haus belud ich meine Hosentaschen mit den Rosenquarzklumpen und holte die verbliebenen Kleidungsstücke aus dem Schrank. Anschließend warf ich den Kleiderstapel vom Boden, die Tarotkarten, den Taschenkalender und die Bücher vom Nachttisch auf den Beifahrersitz. Ich kehrte für eine letzte Räumaktion ins Haus zurück und leerte den Inhalt der Papierkörbe in einen Jutebeutel, den ich in der Küche gefunden hatte. Bevor ich den Schlüsselbund wieder zu Becky Archer brachte, ließ ich mir bei Ace Hardware einen Zweitschlüssel machen, für den Fall, dass ich etwas vergessen hatte und noch einmal ins Haus zurückmusste.

Ich parkte vor Beckys Haus und zuckte erschrocken zusammen, als sie – noch immer in schwarzer Sportkleidung und mit einem kleinen weißen Hund an der Leine – am Beifahrerfenster des Minibusses auftauchte. Mir rutschte das Herz in die Hose. Sie würde die Koffer bemerken und mich aufhalten.

»Entschuldigen Sie, ich wollte Sie nicht erschrecken! Ich war nur gerade mit Winston Gassi. Er war wirklich brav beim Hundefriseur.«

Am liebsten hätte ich ihr die Schlüssel zugeworfen und wäre gleich weitergefahren, aus Angst vor einem erneuten Redeschwall. Ich musste möglichst schnell meine

Schätze nach Hause bringen und jeden Zentimeter von Naomis Hinterlassenschaften genauestens untersuchen.

»Winston, komm mal her, du musst doch Tabitha kennenlernen! Zeig mal deine neue Frisur!«

Ich schnaubte entnervt.

Das Tier ließ sich widerwillig von Becky auf den Arm nehmen und blies mir kurz darauf seinen Dosenfutter-Atem ins Gesicht. Ich unterdrückte mühsam eine angewiderte Grimasse und streichelte das zitternde Etwas, das Becky mir entgegenstreckte.

»Und, haben Sie irgendetwas gefunden im Haus?«, fragte sie.

Ich seufzte. »Es war genau, wie Sie vermutet hatten: Sie ist nur auf einer ihrer langen Reisen, offenbar irgendwo in Madagaskar, wo sie nur eingeschränkt kommunizieren kann.«

Becky lächelte triumphierend. Um meine Behauptung zu untermauern, fügte ich hinzu: »Sie hat einen Brief an die Familie auf der Küchenablage vergessen, den sie wahrscheinlich noch zur Post bringen wollte. Die Briefmarke klebte schon drauf.«

Becky stieß einen verzückten Laut aus. »Sehen Sie, ich habe es Ihnen doch gesagt!«

»Stimmt. Vielen Dank, Becky.« Ich legte den Schlüsselbund in ihre Handfläche.

»Wissen Sie auch, wann sie wieder zurückkommt?«, fragte Becky. »Ich möchte Sie auf keinen Fall drängen, Amandas Mietvertrag läuft noch ein paar Monate, aber ich hätte schon einige Interessenten für das Haus, die es sich gern anschauen würden.«

Ich zögerte verunsichert. »Sie wird bald wieder hier sein.«

»Wunderbar. Würden Sie ihr bitte liebe Grüße von mir ausrichten?«

Ich nickte. Winston winselte, und Becky beugte sich plötzlich vor und ließ den Blick durchs Innere des Kleinbusses schweifen. Ich erstarrte. Sie sah direkt in die Richtung der Koffer und hielt mit geschürzten Lippen inne. Dann fiel ihr Blick auf den Beifahrersitz und den Bücherstapel, den ich vom Nachttisch geräumt hatte.

»Amanda liebt solche Schundromane«, sagte ich mechanisch, verzweifelt darauf aus, Becky von den Koffern abzulenken.

»Wirklich absurd, wie viele Bäume für Stephen King gefällt werden mussten!«, antwortete Becky und zeigte auf ein eselsohriges Exemplar von *Gone Girl*. »Dieses Buch hatte Ihre Mutter gerade gelesen, als ich sie kennengelernt habe. Sie meinte, es käme dem perfekten Buch sehr nahe. Bis auf das Ende, das fand sie unlogisch. Ich selbst lese solche Romane nicht. Mir sind Klassiker lieber. Ich habe Literatur am Vassar College studiert, wissen Sie? Robert und ich haben immer gern gelesen, vor allem ...«

Zu meiner großen Erleichterung fing Winston in diesem Moment an zu bellen und bewahrte mich davor, mir noch mehr Geschichten über Vassar und die Literaturklassiker oder den schwulen toten Robert und seinen guten Geschmack anhören zu müssen. Während Becky ihre Aufmerksamkeit dem Hund zuwandte, verabschiedete ich mich eilig von ihr und fuhr los.

Bevor ich auf die Straße einbog, drehte ich mich noch

einmal um und sah Becky mit wedelnden Armen hinter mir herrennen. Mir wurde schwer ums Herz. Ich überlegte, ob ich einfach aufs Gaspedal treten sollte, holte jedoch stattdessen tief Luft und ließ erneut das Fenster herunter.

»Eine letzte Sache ist mir noch eingefallen. Meine Nichte Courtney, natürlich nicht Roberts Tochter, sondern die Tochter meiner Halbschwester Angelica, hat gerade in der Innenstadt eine Salzgrotte eröffnet. Falls Sie mal Entspannung brauchen! Salz kann eine heilende Wirkung haben, das ist wirklich ein Lebenselixier«, sagte sie und drückte mir eine Visitenkarte in die Hand. »Sie und Ihre Mutter könnten die Grotte doch mal zusammen besuchen, wenn Amanda wieder zurück ist!«

Ich bedankte mich lächelnd und fuhr dann so schnell ich konnte davon. Eine Salzgrotte? Damit hatte ich nun wirklich nicht gerechnet. Asheville wurde seinem Ruf als Esoterik-Hochburg mal wieder vollauf gerecht. Sobald ich auf dem Highway war, warf ich die Visitenkarte aus dem Fenster.

Schon bald kehrte meine Paranoia zurück, und ich vermutete hinter jedem Fahrzeug Bryce oder einen seiner Handlanger. Immer wieder spähte ich zu den anderen Fahrern hinüber. Woher wussten diese Leute immer sofort, dass ich sie ansah? Ein Hals nach dem anderen drehte sich in meine Richtung. Ich fühlte mich umzingelt und verließ den Highway an der nächsten Ausfahrt, um den Rest der Strecke auf kleinen Seitenstraßen zurückzulegen. Während ich über unbefestigten Schotter und um dunkle Kurven rumpelte, überkam mich ein Gefühl der

Erleichterung. Der Kleinbus war vollgepackt mit Sachen von Naomi! Meine Vorfreude war beinahe sexuell. Ich malte mir aus, wie ich jedes Kleidungsstück von Naomi ausbreiten, mit den Fingern über die Siegel der Vakuumverpackungen streichen und sie dann aufreißen würde. Diesmal würde ich das Rätsel lösen, diesmal würde mir nichts entgehen.

18

Ich räumte den Kleinbus aus wie ein Hotelpage auf Koks, konnte es kaum erwarten, den Inhalt der Koffer auf dem Boden der Scheune auszubreiten. Hastig wählte ich einen Podcast über ein junges blondes Mädchen aus, das vor einer kanadischen Shoppingmall in ein unbekanntes Auto gestiegen und ein Jahr später in einem Straßengraben wieder aufgetaucht war. Ihre Geschichte wurde so mechanisch erzählt, dass ich mich an einen Enya-Song erinnert fühlte. Ich beschloss, Naomis Kleider in ordentlichen Reihen auszulegen. Sie hatte siebzehn Blusen eingepackt, allesamt in Creme- und Fliedertönen. Es gab sechs leichte Schlafanzüge von Vera Wang, zehn Paar Schuhe. Keine hohen Absätze. Nur Wanderstiefel, Turnschuhe und Sandalen. Vier schwarze, verschieden geschnittene Badeanzüge. Und was mich am meisten überraschte: Ein Koffer war mit Baby- und Kleinkindsachen gefüllt.

Um Naomis Geist heraufzubeschwören, platzierte ich die Rosenquarze der Größe nach sortiert auf meinem Arbeitstisch und öffnete die Packung mit den Tarotkarten. Von Jessica wusste ich, dass man den Karten Fragen stellen konnte, daher murmelte ich: »Wo steckt Naomi Duncan?« Ich zog eine Karte, auf der ein verschnörkeltes grünes Wagenrad zu sehen war. Darunter stand in Kursivschrift: *Rad des Schicksals.* Mir kamen wieder Naomis

Worte in den Sinn, und ich war mir plötzlich sicher, dass Gott – oder wer auch immer – das Ruder übernommen hatte. Ich ließ die glänzende Karte zurück auf den Stapel fallen. Die letzte Folge meines Naomi-Duncan-Podcasts hatte begonnen. Statt mich schlafen zu legen, grübelte ich über die ausgelegten Kleidungsstücke und Gegenstände nach. Ich öffnete einen Vakuumbeutel, der mit weißen Tabletten ohne Markenprägung gefüllt war. Dann wühlte ich mich durch den Inhalt der Papierkörbe, den ich aus Roberts Haus geborgen hatte, entdeckte jedoch nichts Interessantes, bis auf Apothekenquittungen für sieben Fläschchen Melatonin sowie eine Drogeriequittung für blonde Haarfarbe. Ich stellte mir vor, wie Naomi ein in der Drogerie gekauftes billiges Haarfärbeprodukt auf ihre perfekte rote Mähne auftrug. Das erschien mir absurd. Ich zählte die Geldscheine und kam auf knapp neunzigtausend Dollar. Alle diese Indizien schienen darauf hinzudeuten, dass Naomi nicht tot war, sondern sich irgendwo versteckt hielt. Ich ging in den Bungalow hinauf, fest entschlossen, wach zu bleiben. Aber mein Verstand streikte, ich war völlig übermüdet. Also legte ich mich für einen Moment aufs Sofa, wo ich prompt einschlief. Mehrere Stunden später schreckte ich ruckartig auf. Ich musste Kontakt zur Gerichtsmedizin in Aspen aufnehmen und irgendwie versuchen, an den Obduktionsbericht zu kommen. Falls Naomi ihren eigenen Tod vorgetäuscht hatte, musste es irgendwelche Spuren geben, irgendeinen Hinweis. Ich fuhr nach Hammersmith und suchte im Internet die Telefonnummer heraus. Nachdem ich ungeduldig gewartet hatte, bis es auch in Colorado

Morgen geworden war, wählte ich die Nummer. Eine Frau mit heiserer Stimme meldete sich.

»Gerichtsmedizin Aspen, guten Morgen.«

»Hallo, ich bin Tabitha Duncan, die Tochter von Naomi Duncan. Ich wollte fragen, ob es möglich ist, eine Kopie des Obduktionsberichts meiner Mutter zu bekommen. Sie ist im Winter bei einem Skiunfall ums Leben gekommen.«

»Ach je, das tut mir leid. Es gibt einen Online-Antrag, den Sie ausfüllen und uns dann faxen können, zusammen mit einer Kopie Ihres Personalausweises oder Ihres Führerscheins. Dann schicken wir Ihnen das Protokoll des Gerichtsmediziners zu. Dieser Service kostet allerdings fünfundzwanzig Cent pro Seite. Wäre das für Sie in Ordnung?«

Ich antwortete mit einem unbestimmten *Hmm* und notierte mir die Faxnummer, hatte jedoch keine Ahnung, wie ich an Tabithas Führerschein kommen sollte.

Der Gedanke an Naomis Tochter ließ mich innehalten. Sie musste unbedingt erfahren, dass ihre Mutter noch am Leben war! Ich hätte es auf jeden Fall wissen wollen, wenn meine Mutter damals ihren Autounfall überlebt hätte. Vielleicht wäre ich dann ein anderer Mensch geworden – meine inneren Wunden wären irgendwann verheilt, und ich hätte ein vollkommen anderes Leben führen können. Ich spürte das unkontrollierbare Verlangen in mir, Tabitha zu sehen, zumindest online, also verschlang ich förmlich die neuen Fotos, die sie auf ihren Accounts gepostet hatte. Eine Freundin von ihr hatte ihren Geburtstag im Cipriani in New York gefeiert, und

Tabitha trug zu diesem Anlass ein goldenes Kleid und blickte spöttisch auf die Perrier-Flasche in ihrer Hand hinab. Sie machte sich über ihre eigene Enthaltsamkeit lustig. Einen Tag später hatte sie ein Foto von sich auf dem Ledersitz eines Privatjets gepostet, bei dem sie mit ihren blaulackierten Nägeln gegen ihr Kinn trommelte und auf die Zuckerwattewolken hinausblickte. Das nächste Bild zeigte Tabitha vor dem Eiffelturm. Obwohl ich kein Mädchen im Teenageralter war, durchzuckte mich die Begierde wie ein Blitzschlag. Ich wollte nicht sie, ich wollte wie sie sein. Tabitha war so geschickt darin, ihre Follower neidisch zu machen und die Fassade eines unerreichbaren Lebens zu errichten. Aber ich kannte die Wahrheit, konnte sie in den grünen Tiefen ihrer Augen erkennen: Sie war unglücklich. Ganz sicher wollte sie die Wahrheit über ihre Mutter wissen. Sie brauchte diese Information.

Ich schrieb ihr eine Nachricht: TABITHA, HIER IST ESTHER. ICH MUSS DIR ETWAS MITTEILEN: DEINE MUTTER IST NOCH AM LEBEN. ICH HABE BEWEISE. RUF MICH AN, DANN ERKLÄRE ICH DIR ALLES. HIER IST MEINE NUMMER. Ich klickte auf *Absenden* und stieß einen Seufzer aus, erleichtert darüber, das Richtige getan zu haben.

Als ich gerade vom Parkplatz fahren wollte, klopfte Ranger, der Aushilfskoch, an mein Fenster. Ich zuckte zusammen.

»Lust auf Mittagessen, Esther? Es gibt Lammbraten.«

Mein Magen knurrte. Ich hatte nichts mehr gegessen, seit Becky mir ihren mitleiderregenden Hummus vorgesetzt hatte. Nach all dem Herumfahren, dem Ein- und

Ausladen von Rimowa-Koffern und meiner fieberhaften Detektivinnenarbeit, hatte ich mir eine ordentliche Mahlzeit verdient.

Roboterartig folgte ich Ranger die Treppe hinauf in die mit silberglänzenden Geräten vollgestellte Küche der Cafeteria. Der Geruch war überwältigend. Ein vollkommener, köstlicher, vollmundiger, höhlenmensch-mäßiger, lebensbejahender Duft: *Lammbraten!*

»Ach, hallo, Esther!«, zwitscherte Lily, die in der Textilwerkstatt arbeitete.

Ich war so auf den Lammbraten fixiert gewesen, dass ich sie gar nicht gesehen hatte. Sie trug ein gelbes Tanktop, und die riesige tätowierte Libelle, die sich auf ihrer Brust niedergelassen hatte, starrte mich an. Ich fröstelte. Warum brauchte jeder in der Welt des Kunsthandwerks ein Tier- oder Pflanzen-Tattoo, um seine Verbundenheit mit der Natur auszudrücken?

»Wie schön, dass du uns Gesellschaft leistest!«

Panik stieg in mir auf. Bei was würde ich den beiden Gesellschaft leisten?

»Die Diashow von meinem Steinweb-Trip nach Schweden gefällt dir bestimmt«, sagte Lily. »Das Lammfleisch habe ich vom Bauernhof meines Freunds mitgebracht. Der Duft ist unglaublich, oder?«

Jetzt verstand ich: Ich musste eine Diashow über mich ergehen lassen, wenn ich Lammbraten wollte. Mein Magen beschloss, dass ich eine Runde Steinweben ertragen konnte. Gierig wartete ich auf meinen Teller.

Der Aufenthaltsraum war schon verdunkelt, und ein verschwommenes Bild von Lily, wie sie mit einem

Rucksack vor einem uralten Landhaus stand, war an die Wand projiziert. Lily hatte eine hohe, schrille Stimme und fing an, die Feinheiten der alten Wikingertradition zu erklären, Steine als Gewichte an den Webstuhl zu hängen, um die nötige Spannung der Kettfäden zu gewährleisten. Die Bilder gefielen mir. Sie hatten etwas Archaisches an sich und waren allesamt leicht verschwommen, als hätte Lily eine Zeitreise gemacht, um der Vergangenheit ihr Wissen zu entlocken. Wie immer, wenn es um Kunsthandwerk ging, wurde ich sofort ruhiger und betrachtete selig die Aufnahmen, während Lily von ihren Erfahrungen berichtete. Doch als die Lichter angingen, und ich meinen Lammbraten aufgegessen hatte, schlüpfte ich hinaus – Gott bewahre, dass ich mich hätte unterhalten müssen!

Bevor ich endlich den Kleinbus nach Hause lenkte, ging ich noch einmal auf Instagram. Ein roter Kreis war in der oberen Ecke meines anonymen Accounts erschienen. Ich hatte noch nie vorher eine Nachricht erhalten. Als ich sie öffnete, las ich: JETZT BIST DU GELIEFERT, DU SCHLAMPE. ICH HABE GERADE MEINEM DAD ERZÄHLT, DASS DU MICH KONTAKTIERT HAST. ICH HOFFE, ES GEFÄLLT DIR IM GEFÄNGNIS! Ich stellte mir vor, dass mir ein Amboss auf den Kopf fiel, wie in einem Cartoon. Warum wollte Tabitha nicht erfahren, was wirklich mit ihrer Mutter passiert war? Warum hatte sie stattdessen Bryce gesteckt, dass ich ihr geschrieben hatte? Wie sollte ich ihr jetzt von dem gefälschten Reisepass und dem Haus in Asheville erzählen, oder von den vielen Koffern und dem hellblauen Klebezettel, auf dem in der Handschrift ihrer

Mutter ABGANG stand? Ich ließ den Motor an und sah, dass ich fast kein Benzin mehr hatte. Mir blieb nichts anderes übrig, als den Berg hinunter zur Texaco-Tankstelle zu fahren. Meine Gedanken kreisten wie wild um meine Chancen, zu entkommen. Wie nah konnten mir Bryce' Schergen inzwischen sein? Wie viel Zeit hatte ich mit Lilys Schweden-Fotos vergeudet? Ich trat das Gaspedal voll durch. Während die Bäume an mir vorbeischossen, kam mir meine Todessehnsucht plötzlich vollkommen absurd vor. Jetzt, da es ernst wurde, wünschte ich mir nur noch, am Leben zu bleiben. Und Naomi zu finden.

Die Texaco-Tankstelle erinnerte mich immer an ein Ed-Ruscha-Gemälde – sie war wie eine historische Briefmarke in Rot-Weiß-Blau, ein Relikt aus der Vergangenheit, das aus irgendeinem Grund noch funktionstüchtig war. Mein Tank war fast voll, als ich ihn bemerkte: einen mattschwarzen Mercedes mit getönten Scheiben in der Nähe der Autostaubsauger. Bryce war hier – oder sein Handlanger vom letzten Mal! Ich überlegte, ob er mir wohl zu Becky Archer gefolgt war. Wusste Bryce, dass Naomi noch lebte? Langsam drehte ich den Kopf, um keine Aufmerksamkeit auf mich zu lenken. Der rotgesichtige Mann, der mir den Mund zugehalten hatte, stand im Tankstellengebäude an der Kasse und bezahlte gerade einen Monster-Energydrink. Neben ihm entdeckte ich einen kleineren Mann im identischen Anzug. Das Handy des Rotgesichtigen klingelte, und er ging dran und schien ein wichtiges Telefonat zu führen. Vielleicht war Bryce am anderen Ende der Leitung.

Ich musste mir unbedingt Zeit verschaffen. Nachdem

ich meine Kreditkarte durch den Automaten gezogen hatte, um mein Benzin zu bezahlen, wühlte ich auf der Rückbank herum. Was lag dort, was ich gebrauchen konnte? Ich fand meinen Werkzeugkasten und schnappte mir die Ahle, dasselbe Werkzeug, mit dem ich die Löcher für die Seiten der Scrapbooks gestanzt hatte. Dann schlich ich über den lädierten, mit Ölflecken gesprenkelten Asphalt und hieb die Ahle mit einer einzigen fließenden Bewegung in den Reifen des Mercedes. Ich kalkulierte, dass mir diese Aktion ungefähr eine halbe Stunde Vorsprung verschaffen würde.

Ich hatte keine Ahnung, wo ich hinfahren sollte, wusste nur, dass mich Bryce' Monster-Energy schlürfendes Killerkommando an die Decke hängen würde wie einen Kronleuchter. Ich raste nach Hause und fing hektisch an, ein paar Sachen zusammenzupacken. Plötzlich erschien eine Gestalt in der Scheunentür. Ich schrie vor Schreck.

»Esther?«, fragte Patrick und ließ den Blick über die am Boden ausgebreiteten Kleiderstapel schweifen. Mein manischer Zustand war ihm sicher nicht entgangen. »Was sind das für Sachen?«

»Ach, hallo! Äh, ich sortiere gerade ein paar alte Kleider aus, weil ich sie spenden möchte.«

Patrick sah mich misstrauisch an.

»Die Sachen haben meiner Ex gehört«, log ich. Angesichts der vernichtenden Neuigkeit, dass Jessica bald heiraten würde, klang das logisch, wie ich fand. Patrick schien nicht überzeugt zu sein.

»Was gibts denn?«, kam ich ihm rasch zuvor.

»Der Dachdecker sagt, dass ich ein komplett neues Dach brauche. Im Moment ist eine Isolierplane drauf.«

Ich nickte. Er musste so schnell wie möglich aus der Scheune verschwinden. Der Rotgesichtige konnte jede Minute hier sein. Wie lang dauerte es, einen platten Reifen zu wechseln?

»Hätten Sie Lust, später zum Abendessen zu kommen? Ich koche gerade mein Chili.«

»Ich kann nicht.« Jetzt schrie ich beinahe.

Patrick wirkte verletzt. Es war mir egal. Er musste aus der Scheune verschwinden.

»Ich muss … meinen Vater anrufen. Er äh … hat heute Geburtstag, und ich muss mich noch mental auf das Gespräch vorbereiten.«

Patrick hatte einen äußerst ausgeprägten Familiensinn, und es war seine Idee gewesen, dass ich meinen Vater anrief, also konnte er nichts dagegen einwenden und akzeptierte die Ausrede. Zum Glück, denn ich wollte ihn nicht in Gefahr bringen. Meine Angst vor Bryce' Männern war stärker als mein schlechtes Gewissen beim Anblick von Patrick, wie er enttäuscht den Berg hinunterhumpelte. In wirbelsturmartiger Hast packte ich den auf dem Boden verstreuten Inhalt wieder in die Koffer. Marie Kondo konnte mir gestohlen bleiben. Dann stopfte ich die Gepäckstücke hinten in den Kleinbus. Ich würde Bryce und seinen Männer nichts überlassen. Nachdem ich zum Bungalow hinaufgerannt war, betrachtete ich die zerstörten Überreste meines Zuhauses. Eigentlich wollte ich nur die Polaroidfotos mitnehmen. Mit einem Buttermesser trennte ich das Klebeband ab.

Als ich die Hand an den Knauf der Haustür legte, stieg der alte Drang in mir auf, alles in Brand zu stecken und zu vernichten. Noch eine Existenz, die in Flammen aufging. Es wäre so einfach. Ich ging zum Herd und nahm den langen silbergrauen Stabanzünder, den ich für den Grill auf der Terrasse benutzte. Der kleine Butangasbehälter am unteren Ende war voll, ich musste nur die Kunststoffwand einschlagen und den Brandbeschleuniger auf den hölzernen Esstisch laufen lassen. Dafür konnte ich das Hackbeil benutzen, mit dem Jessica und ich immer Fleisch zerteilt hatten. Ein einziger Hieb würde genügen. Ich wollte davonfahren, während Flammen in meinem Rückspiegel züngelten. Es sollte vorbei sein, dieses alte Leben mit allem, was dazugehörte. Ich hob das Beil, hielt jedoch inne, weil mir das Geräusch trockenen Gestrüpps unter den Reifen des Kleinbusses einfiel. Der Wald war braun, es hatte schon ewig nicht mehr geregnet. Wenn ich das Haus in Brand steckte, würde weitflächig die gesamte Vegetation mit ihm verschwinden. Das war Patrick gegenüber nicht fair. Er hatte schon so viel verloren. Ich holte tief Luft und ging mit schweren Schritten zur Tür.

Draußen roch die Luft klar und frisch. Ich war stolz auf mich, weil ich das Beil wieder weggelegt hatte. Ein Fortschritt. Langsam rollte ich die Zufahrtsstraße hinunter, um Patrick nicht zu erschrecken. Je weniger er wusste, desto besser. Ich blieb auf den kleineren Seitenstraßen und war mir sicher, dass mir die von Bryce angeheuerten Schläger noch nicht auf den Fersen waren. In Hammersmith hielt ich zuerst bei der Bank. Ich hatte mein Haus nicht niedergebrannt, also würde ich es nun stattdessen komplett abbezahlen, immerhin trug ich einen Koffer voller Bargeld mit mir herum, so schnell würde das nicht mehr vorkommen. Ich parkte hinter dem Gebäude und schleppte den Handgepäckkoffer mit den neunzigtausend Dollar durch die Tür der First Citizen Bank. Die ältere Angestellte mit der Reba-McEntire-Frisur sah mich erstaunt an, als ich die Geldscheine auf dem Tisch stapelte.

»Sie wollen die Hypothek komplett zurückzahlen?«

»So ist es.«

»Gut. Einen Moment, bitte«, sagte sie und tippte auf ihrem Computer herum.

»Hier steht, dass noch 42285 Dollar offen sind.«

Ich nickte. Falls Naomi tatsächlich mit zweihundert Red-Rock-Millionen auf irgendeiner Yacht herumschipperte, konnte sie den Verlust verkraften. Die Reba-McEntire-Kopie saugte die Wangen ein, während sie mein Bargeld durch die Zählmaschine jagte. Ich sah auf die Uhr.

Nachdem die Maschine wieder stillstand, säuselte die Angestellte: »In Ordnung, unterschreiben Sie bitte hier und hier.«

Ich ließ den Stift übers Papier gleiten und spürte, wie kiloweise Gewicht von meinen Schultern abfiel. Schulden bildeten die brutale Aura dieses Landes. Jeder lief mit dem erdrückenden Joch dessen herum, was er der Bank schuldete. Als ich mit großen Schritten die Filiale verließ, fühlte ich mich wie ein neuer Mensch. Ich fühlte mich leicht. Fürs Erste war ich frei. Als Nächstes musste ich mein Handy, mein iPad und den Kleinbus loswerden.

Ich startete den Motor und fuhr zum Highway. Ausnahmsweise wollte ich keinen Podcast hören, ich wollte voll und ganz präsent sein, wollte mir das Licht einprägen, den Geruch nach Gummi und Hitze, der im Bus hing. Dabei rief ich mir in Erinnerung: Ich lief nicht vor Bryce davon, ich war auf dem Weg, Naomi zu finden, mich in ihren mütterlichen Schoß zu flüchten. Dies war meine zweite Chance. Ich war immer davor zurückgeschreckt, davon zu fantasieren, was passiert wäre, wenn meine Mutter nicht verunglückt, sondern einfach in die Nacht verschwunden wäre. Wenn sie sich vielleicht einen reichen Mann geangelt und selbst ein schickes Haus gehabt hätte, mit KitchenAid-Geräten und dickem Teppichboden. Ich malte mir aus, wie sie jetzt aussehen würde, mit Mitte fünfzig, barfuß in der leeren Stille eines Hausfrauennachmittags. Schön. Gelangweilt. Wahrscheinlich gebotoxt.

Als ich die Brücke über dem South Toe River erreichte, hielt ich auf dem Seitenstreifen. Ich trat an die Brückenbrüstung, und nachdem ich ein kleines Dankesgebet an die geistlosen Gegenstände gesprochen hatte, die mich an diese Welt gekettet hatten, warf ich mein iPad und mein Handy in den gurgelnden Strom hinunter. Wieder überkam mich ein Gefühl der Freiheit. Niemand konnte mich mehr erreichen. Als Nächstes war Sally's Schönheitssalon an der Reihe. Ich war schon Tausende Male an dem heruntergekommenen Wohnwagen vorbeigefahren, der bei näherer Betrachtung aussah, als würde er gleich platzen. Seine Ecken wurden nur noch mit Bauschaum zusammengehalten, er sah aus wie eine

Dose Croissant-Teig zum Aufbacken. Ich hatte immer schon wissen wollen, wer Sally war. In meiner Vorstellung war sie eine Art Miss Piggy der Berge, die in einem schweinchenrosa Universum aus Puder und Haarspray lebte. Es standen keine anderen Autos auf dem Parkplatz. Ich stellte den Kleinbus hinter einem Müllcontainer ab, wo er von der Straße aus nicht zu sehen war. Ein diffuses Klingeln war zu hören, als ich die Tür öffnete.

»Hallo, Schätzchen, wie gehts denn heute?«

Die Frau, die mich so begrüßte, hatte es mit dem Haare-Färben eindeutig übertrieben und schien mehrere Frisuren gleichzeitig auf dem Kopf zu tragen. Sie wirkte fast schon überrascht darüber, dass ich zur Tür hereinkam. Kaugummi kauend stand sie auf und ließ ihr Handy in ihre Tasche gleiten. Sie war nicht Miss Piggy, eher eine Person, die bei Appleby's verlangte, den Geschäftsführer zu sprechen.

»Gut«, antwortete ich. »Sind Sie Sally?«

Ein amüsierter Ausdruck trat in das Gesicht der Frau. »Ich bin Melissa. Sally ist jetzt schon seit … neun Jahren tot. Ich hab den Salon nach ihrem Tod übernommen, aber es wäre mir respektlos vorgekommen, den Namen zu ändern. Sally war ein echt netter Mensch.«

»Oh«, sagte ich.

»Was kann ich für Sie tun?«

»Schneiden und färben.«

Melissa nickte, und ich nahm vor dem Spiegel Platz, auf dem Stuhl, auf dem sie bis gerade eben gesessen und auf ihrem Handy herumgescrollt hatte. Er war noch warm von ihrem ausladenden Hinterteil.

»Was hatten Sie sich denn vorgestellt?«

»Einen blonden Bob«, antwortete ich und gab ihr Naomis Reisepass.

Melissa betrachtete das Foto und nahm dann eine Strähne meiner schwarzen Haare zwischen ihre Neon-Fingernägel.

»Das wäre aber eine ziemlich krasse Veränderung«, wandte sie ein und schnalzte mit der Zunge. »Sicher, dass Sie bereit dafür sind?«

Ich nickte.

»Tja, wie heißt es so schön?«, sagte Melissa und sah mich mit ihren hellblauen Augen an. »Wer nicht wagt, der nicht gewinnt!«

Ich beschloss, dass ich Melissa mochte.

Was den blonden Bob anging, hatte ich keine Wahl. Ich musste das Land verlassen, und es blieb keine Zeit mehr, einen neuen vorläufigen Reisepass für mich selbst zu beantragen. Ich musste mit Naomis Pass ausreisen, oder vielmehr mit Amandas. Melissa arbeitete schnell. Schon bald hatte ich einen Heiligenschein aus Alufolienstreifen auf dem Kopf, und sie zog sich mit ihrem Handy in den Hinterraum des Wohnwagens zurück, während die Haarfarbe meine Follikel bekriegte. Ich betrachtete mich in dem gesprenkelten Spiegel. Meine Augen waren eingesunken. Ich war erschöpft, hatte noch keinerlei Ahnung, wo ich hinsollte. Ich schlug die erste Seite des Reisepasses auf und versuchte, mir Naomis Geburtsdatum einzuprägen. Als ob mich die Zollbeamten ausfragen würden wie die Türsteher eines Clubs. Ich betrachtete erneut das Foto. Es war nicht zu leugnen: Amanda sah älter aus als ich. Was mich beruhigte, war unsere ähnliche Knochenstruktur, und die Frisur würde hoffentlich die Unterschiede verschleiern.

Melissa schmierte eine weitere Schicht zähflüssige Blondierung auf meine Haare. Ich sah auf die Uhr.

»Wie lange muss die Farbe noch einwirken?«, fragte ich, während sie geschäftig um mich herumschwirrte.

»Ihre Haare sind pechschwarz, das dauert.«

Nachdem ich eine Stunde lang die Porträtfotos aus den Achtzigern angestarrt hatte, die an den Wohnwagenwänden klebten, war mir immer noch kein besserer Plan eingefallen, als nach Madagaskar zu fliegen, an den Ort, an dem der neuste WAC-Brunnen gebohrt worden war. Vielleicht hatte Naomi eine Spur aus Rosenquarz und Gebetsperlen hinterlassen, der ich von dort aus folgen konnte. Melissa kehrte zurück, um meine Haare erneut in Augenschein zu nehmen.

»Schätzchen, könnten Sie mir noch mal das Foto zeigen?«

Ich drückte ihr erneut den Reisepass in die Hand.

Sie fing an, energisch durch die Seiten zu blättern. »Gibt es hier nicht noch mehr Bilder?«

Ich legte den Kopf schräg. »In Pässen ist eigentlich immer nur eins«, antwortete ich und versuchte, meine Überraschung über ihr Unwissen zu verbergen.

Sie seufzte und durchsuchte ein letztes Mal frustriert die Seiten.

»Ups«, sagte sie und bückte sich, um einen Klebezettel aufzuheben, der herausgefallen war.

Er war genauso hellblau wie der Zettel, auf dem das

Wort ABGANG gestanden hatte. Melissa schob ihn wieder zurück zwischen die Seiten und gab mir den Pass.

»Noch vierzig Minuten, denke ich, dann können wir die Haare auswaschen.«

Ich wartete, bis sie wieder im Hinterraum verschwunden war, und zog dann den Klebezettel hervor. Wie hatte er bei Melissa so leicht herausfallen können, wohingegen ich ihn beim Durchblättern des Passes nicht bemerkt hatte? Melissa war mein rettender Engel. Ich hob den Zettel hoch und las, was darauf stand: FLUG. Es folgte eine in Naomis ordentlicher Handschrift notierte Telefonnummer sowie die Zahlen 4762.

»Melissa?«, rief ich nach hinten.

»Ja, Süße?«

»Könnte ich kurz Ihr Handy benutzen? Ich habe gerade gemerkt, dass ich meins zu Hause gelassen habe.«

Melissa zögerte. »Äh, ja, warum nicht? Hier ist es.«

Kurz darauf erschien sie mit ihrem abgenutzten Samsung Galaxy neben meiner Schulter. Das Display war voller Schminkreste und fettiger Fingerabdrücke. Sie sah mir dabei zu, wie ich die Telefonnummer eingab. Das Freizeichen ertönte, und ich bekam Panik. Was, wenn die Nummer Bryce gehörte? Was, wenn das alles eine Falle war, eine Verschwörung gegen mich, in die auch Melissa eingeweiht war? Es klingelte immer noch. Meine Gedanken drehten sich im Kreis, ich hatte so viele Fragen. Dann ertönte eine muntere Computerstimme: »Herzlich willkommen bei der Hotline für gebuchte Passagiere von VistaJet. Bitte geben Sie jetzt Ihren vierstelligen Buchungscode ein, gefolgt von der Rautetaste.«

Hastig gab ich die 4762 ein. Beschwingte Jazzmusik erklang. Melissa schien es langweilig geworden zu sein, mich zu beobachten. Sie schlurfte in den Hinterraum und schaltete einen kleinen Fernseher ein.

»Hallo, Ms. Elliott, tut mir leid, dass Sie so lange warten mussten. Rufen Sie an, um eine Zeit für Ihren reservierten Flug festzulegen?«, erkundigte sich eine butterweiche Stimme.

Ich wusste nicht, was ich sagen sollte, und stieß daher nur ein »Ja« hervor.

»Wunderbar. Wann würden Sie denn gerne starten?«

»Heute?«, fragte ich krächzend.

»In Ordnung. Wenn Sie beim ursprünglichen Flugplan bleiben und von Asheville abfliegen möchten, müsste ich kurz dort anrufen und die Verfügbarkeit abfragen. Würden Sie bitte kurz dranbleiben?«

»Natürlich.«

Die Jazzmusik setzte wieder ein. Angst schwappte in meinem Magen herum, aber ich beschloss, mich einfach treiben zu lassen und mitzuspielen.

»Hallo, Ms. Elliott, ich habe soeben die Bestätigung erhalten. Um 17:45 Uhr wäre noch ein Startplatz frei. Ich hoffe, das passt Ihnen.«

»Äh … ja, natürlich.«

»Sehr gut. Sie müssen sich wie üblich einfach nur im Privathangar melden, die Einfahrt liegt zwischen Airport Road und Hudson Road. Gate N7. Unser Mitarbeiter wird Sie von dort zur Maschine bringen.«

»Perfekt«, sagte ich und schnappte mir einen Kugelschreiber aus dem Pizza-Hut-Becher am Rand des

Spiegels. Ich war völlig überwältigt. Dies war Naomis ABGANG. Zumindest einer davon. Ich hätte zu gern gefragt, wohin ich fliegen würde, hatte jedoch Angst, mich zu verraten. Es durfte niemand merken, wie wenig ich wusste. Außerdem spielte es nicht wirklich eine Rolle. Alles war besser, als am Deckenbalken meines Hauses zu baumeln.

Melissa kam zurück und inspizierte meinen mit Alufolie gespickten Kopf.

»Noch eine halbe Stunde. Dann waschen wir es raus.«

Ich sah auf die Uhr. Mir blieben noch zweieinhalb Stunden bis zum Abflug. »Sehr gut«, sagte ich.

»Möchten Sie, während Sie warten, geschminkt werden oder die Nägel gemacht bekommen?«

Ich senkte den Blick auf den Reisepass in meinem Schoß, blätterte zu Naomis Foto und sah, dass ihre Augen mit Kajal umrandet waren.

»Ja, könnten Sie mich schminken wie auf diesem Bild?«

Melissa lächelte. »Natürlich. Wer ist das eigentlich?«

Sie war nicht dumm und hatte sofort gemerkt, dass auf dem Foto nicht ich zu sehen war.

»Meine Mutter. Sie ist vor einigen Jahren gestorben, und ich bin heute Morgen aufgewacht und habe beschlossen, dass ich wie sie aussehen möchte. Heute wäre ihr Geburtstag gewesen.«

Die Antwort war mir spontan eingefallen, sie war unüberlegt und riskant. Melissa hätte im Reisepass nach dem Geburtsdatum blättern und die Diskrepanz bemerken können. Aber sie lächelte nur teilnahmsvoll. Ich hatte ein schlechtes Gewissen wegen all der Lügen. Andererseits war heute tatsächlich der Geburtstag meines Vaters. Manchmal prallten Lügen aufeinander und bildeten neue Wahrheiten.

»Schätzchen, ich werde dafür sorgen, dass Sie genau aussehen wie sie!«

Melissas Hände rochen nach Zigaretten, als sie sich daranmachte, mein Gesicht zu verwandeln. Sie war deutlich geschickter als Desirée aus Nashville. Immer wieder machte sie einen Schritt nach hinten, kniff ein Auge zu und glich das Passfoto mit mir ab. Sie betonte meine Wangenknochen mit dunklem Rouge und schminkte mir dann Smokey Eyes, genau wie Naomi sie auf dem Foto trug. Nachdem sie mit meinem Gesicht fertig war, wusch sie die Blondierung aus und schnitt mir einen Bob mit Pony. Anschließend zückte sie einen uralten gelben Föhn, um mir die Haare trocken zu pusten. Jetzt sah ich tatsächlich aus wie Naomi auf dem Passfoto. Ich bezahlte und gab Melissa fünfhundert Dollar Trinkgeld. Sie sah aus, als würde sie gleich in Ohnmacht fallen.

»Süße, so viel müssen Sie wirklich nicht …«

Doch, musste ich.

Ich stieg wieder in den Kleinbus und wusste, dass ich auch ihn schnellstmöglich loswerden musste. Nach zwanzig Minuten auf dem Highway hielt ich an einem Aussichtspunkt, von dem aus man den French Broad River überblickte, und kletterte nach hinten auf die Rückbank, um ein Outfit auszuwählen. Wenn ich als Naomi an einem Flughafenhangar erscheinen wollte, musste ich auch so gekleidet sein wie sie. Ich zog eins ihrer

Leinenkleider und einen fließenden, orange bestickten Schal hervor und setzte mir eine Prada-Sonnenbrille auf. Dann stopfte ich meine eigenen Kleider in den Koffer. Ich erhaschte einen Blick auf mich im Fenster des Kleinbusses und erkannte mich nicht wieder. Ob Jupiter sich wohl genauso gefühlt hatte, als er das blaugestreifte Polohemd ausgesucht hatte, das er am Tag des Amoklaufs tragen wollte? Ich hatte zwar keine Waffe, fühlte mich aber dennoch, als hätte ich den Pfad der Gewalttätigkeit betreten.

Ich ging nach vorn zum Rand der Aussichtsplattform. Die Strömung war stark, und das Wasser sah grau und amorph aus wie Elefantenhaut, die sich in der Sonne ausdehnte. Ich atmete tief ein, ging zum Bus zurück und startete meine Darbietung, indem ich die Motorhaube öffnete und mich mit dämlichem Gesichtsausdruck davorstellte. Ich war die blonde Jungfrau in Nöten, eine archetypische Szene, pures Hollywood. Ein LKW-Fahrer wurde langsamer, hielt jedoch nicht an. Eine an die Frauen von Stepford erinnernde Südstaaten-Mutter mit zwei kreischenden Kindern auf der Rückbank ihres Cadillac Escalade stoppte ihren Wagen und fragte, ob es mir gutging. Ich antwortete, es sei alles in Ordnung. Ich wollte nicht sie, sondern jemanden, der sich bezahlen ließ, der bereit war, Stillschweigen zu bewahren, schließlich versuchte ich zu verschwinden. Ich betete, dass das richtige Fahrzeug anhielt, bevor der mattschwarze Mercedes auftauchen würde. Ein Mann in einem grauen Subaru Forester wurde langsamer. Ich lächelte mitleiderregend, aber er fuhr weiter. Die Zeit wurde allmählich knapp. Endlich fuhr ein Mittzwanziger in einer heruntergekommenen Limousine an den Straßenrand und fragte mit sonnenverbranntem Gesicht und breitem Blue-Ridge-Mountains-Akzent: »Haben Sie Probleme mit Ihrem Auto, Ma'am?«

Die Szene erinnerte an einen Porno. Ich war Mythos und Sünde zugleich. Und ich brauchte Erlösung. Ich nickte und antwortete in höherer Tonlage als sonst: »Ja, und ich muss zum Flughafen! Gibt es vielleicht die Möglichkeit, dass Sie mich hinfahren? Ich zahle Ihnen vierhundert Dollar.«

»Vierhundert Dollar?«

Der sonnenverbrannte Jüngling machte ein Gesicht, als hätte er im Lotto gewonnen.

»Fünfhundert, wenn Sie versprechen, dass Sie keiner Menschenseele verraten, dass Sie mich mitgenommen haben.«

Er machte große Augen. Er war sicher heiß auf das Geld, aber was ihn wirklich antörnte, war die Telenovela, die ich für ihn inszenierte. Mit stolzgeschwellter Brust fing er an, meine Koffer in seinen Wagen umzuladen. Er war jetzt ganz in seiner Rolle. Mein Gepäck passte nur mit Mühe und Not in den Kofferraum, er musste ihn mit einem ausgeleierten Spanngurt zubinden. Zwei der Koffer ragten ein Stück heraus, gut sichtbar für jeden, der uns hinterherfuhr.

»Wie heißen Sie?«

»Ich bin Amanda.«

»Und ich bin Buck«, antwortete er und bog vom Parkplatz der Aussichtsplattform auf den Highway ein. Ich spürte, wie Buck den Blick auf meine Beine senkte.

Als er meine unrasierten Waden sah, richtete er ihn rasch wieder auf die Straße. Es gab keine anständigen Männer, das hatten mich Hunderte Stunden Podcasts gelehrt. Nicht nur Fremde in schrottreifen Limousinen waren gefährlich. Der Täter konnte genauso gut der Freund des Bruders, der Kollege des Vaters, der Sohn des Nachbarn sein. Frauen im Kleid waren vor keinem dieser Kerle sicher, nicht einmal, wenn sie unrasierte Beine hatten. Ich lehnte mich auf dem Beifahrersitz zurück. Würde ich es zulassen, wenn Buck versuchte, mich zu vergewaltigen? Oder würde ich ihn umbringen? Buck wirkte nervös, er drehte einen Kenny-Chesney-Song lauter: *Beer in Mexico.*

»Wohin geht denn die Reise?«, fragte er und wies mit dem Kinn über seine Schulter nach hinten, wo meine Koffer gestapelt waren.

»Nach Kalifornien«, log ich. Blondinen, die Probleme mit ihrem Wagen hatten, wollten immer nach Kalifornien. Buck nickte nur. Sechs Kenny-Chesney-Songs später waren wir angekommen. Es war das erste Mal, dass ich den Privatjet-Bereich des Flughafens aus der Nähe sah. Buck ging es offenbar genauso. Wir näherten uns einer Schranke, und ich nannte dem Wachmann meinen Namen: *Amanda Elliott.* Er strich mich brav von seiner Liste, ohne mich auch nur nach meinem Reisepass zu fragen. Buck fuhr weiter auf der schwarzen Asphaltpiste.

Ein Mitarbeiter in dunkelblauem Polohemd und beigefarbener Hose kam schwungvoll auf unseren Wagen zu. Er war attraktiv, schien es mit der Gesichtspflege jedoch ein wenig zu übertreiben. Misstrauisch beäugte er Bucks heruntergekommene Limousine. Ich nickte ihm zu und zeigte wortlos auf die Koffer, weil ich beschlossen hatte, dass es am besten war, den Mund zu halten. Dann holte ich fünf druckfrische Hundertdollarscheine aus dem Handgepäckkoffer und gab sie Buck mit einem dankbaren Kleinmädchenlächeln. Ich überlegte, ob ich noch einen Schritt weitergehen und ihm einen Kuss auf die Wange drücken sollte. Nein, dafür stießen mich Männer zu sehr ab. Die Nummer mit der Jungfrau in Nöten war ja schön und gut, aber an dieser Stelle war Schluss.

»Möchten Sie im Flugzeug warten? Uns bleibt noch circa eine Viertelstunde, bis wir starten können«, sagte der Mitarbeiter mit einem schneeweißen Lächeln, während er meinen letzten Koffer auf seinen Rollwagen lud. Ich nickte mit dem Selbstbewusstsein einer Millionärin und steckte ihm ein Trinkgeld zu. Geld lenkt von der Wahrheit ab, es verhindert unangenehme Fragen. Als wir uns Richtung Hangar in Bewegung setzten, wollte mir mein Begleiter auch noch den Handgepäckkoffer abnehmen. Ich schüttelte den Kopf. Es war mir lieber, wenn ich das Geld immer in meiner Nähe hatte. Wir betraten die große Flugzeughalle, und ich geriet in Panik: Das Flugzeug war winzig! Auf keinen Fall konnte es einen Ozean überqueren. Wohin würde ich also fliegen? Vielleicht war dies nur ein Urlaub, den Naomi geplant hatte, und ich würde mich in Kürze in Aspen wiederfinden, oder in den Hamptons, direkt vor Bryce' Nase. Schweigend ging ich an Bord und versuchte, meine Beunruhigung zu verbergen.

Auf dem Tischchen neben meinem Sitz standen eine Flasche Mineralwasser mit Kohlensäure und eine

Obstschale bereit. Ich verspürte das seltsame Bedürfnis, ein Foto davon zu machen – ich wollte meine Dekadenz in Pixeln erfassen, sie auf Instagram posten, ein TikTok-Video daraus machen. Das war das Problem, wenn man wohlhabend war: Reichtum war einsam und langweilig, wenn man ihn nicht zur Schau stellen konnte. Tabitha hatte das von klein auf verinnerlicht. Ich setzte mich und versuchte so zu tun, als wären Privatjets mein zweites Zuhause. Schließlich hatte ich im Zuge meiner Arbeit für Michael Valentine genügend wohlhabende Frauen beobachtet, um zu wissen, wie sie den Hals hielten, wenn sie sich langweilten, wie sie voller Desinteresse das Kinn vorstreckten oder mitten im Gespräch diskret einen Blick auf ihr Mobiltelefon warfen. Ich versuchte mich an sämtliche Beobachtungen zu erinnern, mich von der Polonaise aus unglücklichen reichen Frauen in Designerkleidern inspirieren zu lassen.

Der Mitarbeiter von vorhin steckte den Kopf zur Tür herein, um mir mitzuteilen, dass wir startklar waren. Mit einer geschmeidigen Bewegung schloss er die Tür, und die Maschine setzte sich in Bewegung. Ich hielt fast während des gesamten Flugs die Luft an, starrte krampfhaft auf die Landschaft hinunter und versuchte herauszufinden, was das Ziel unserer Reise war. Die Berge gingen langsam in Flachland über, und es folgte ein Flickenteppich aus braunen Feldern, dann Schwimmbäder in grünen Gärten, Vorstädte mit kleinen Häusern und schließlich dichte Wolken. Die Wolken waren ganz unterschiedlich beschaffen, mal flauschig und weich, mal röhrenförmig oder gestrichelt. Endlich – das Flugzeug setzte zur

Landung an – machte der Pilot eine Durchsage: »Syracuse sieht wunderbar aus heute Abend.«

Syracuse sah vor allem aus wie eine ganz gewöhnliche amerikanische Stadt. Warum zur Hölle hatte Naomi einen Flug hierher gechartert? Verärgerung stieg in mir auf. Die Räder des Flugzeugs berührten den Boden, und ich reckte den Hals, um die schwarze Asphaltfläche zu überblicken. Nirgendwo war ein Unheil verheißender mattschwarzer Mercedes zu sehen, auch kein Polizeiwagen. Ich entspannte mich ein wenig, und das Flugzeug rollte langsam in einen roten Hangar. Ein Mann mit Schnurrbart und neongelber Windjacke tauchte auf, um uns winkend einzuweisen. Der Pilot kam aus dem Cockpit und öffnete die Tür.

»Ma'am, es geht erst in etwa fünfunddreißig Minuten weiter, vielleicht wollen Sie so lange in der Lounge warten?«, schlug er vor und wies mit der Hand zur Treppe.

Die Reise ging also weiter. Ich lächelte dankbar und versteckte meine Erleichterung hinter der Prada-Sonnenbrille, während ich dem Mann mit der Neonjacke in die sogenannte *Lounge* folgte. Es handelte sich um eine verglaste Kabine, die mir nicht annähernd luxuriös genug vorkam. Sechs Flaschen FIJI-Wasser standen ungekühlt auf einem Holztisch, ein graues Sofa war vor der Glaswand platziert, und an einer Säule hing ein altmodisches Schnurtelefon, flankiert von zwei halb vertrockneten Pflanzen. Ich setzte mich aufs Sofa und beobachtete, wie der Mann mit dem Schnurrbart meine Koffer aus dem Bauch der kleinen Maschine lud, mit der ich gekommen war.

Es war angenehm, nicht von anderen gestressten Reisenden umgeben zu sein. Meiner Mutter hätte es bestimmt gefallen, im Privatjet zu reisen. Wenn ich mit Michael Valentine wieder einmal in einem Schweizer Schlösschen residiert oder die Villa einer Kunstsammlerin besichtigt hatte, verspürte ich oft das Bedürfnis, meine Mutter heraufzubeschwören und ihr zu zeigen, dass ein dicker Teppichboden und orangerote Terrassenmöbel nicht den Gipfel der Wohnkultur darstellten. Es gab noch so viel mehr zu entdecken.

»Es wird leider weitere vierzig Minuten dauern, bis es losgeht. Brauchen Sie irgendetwas?«, meldete sich der Schnurrbärtige und steckte den Kopf zu mir herein.

»Danke, ich habe alles«, antwortete ich. Ich konnte es kaum erwarten, ins nächste Flugzeug zu steigen.

Ich wollte in einer großen weißen Wolke verschwinden und noch einmal ganz von vorn anfangen. Es gab so viele Leben, die hinter mir zurückblieben. Wo Jessica wohl gerade steckte? Saß sie auf einem Sofa und las Hochzeitsblogs? Patrick hantierte wahrscheinlich in seinem Garten herum, und Jupiter war im Gemeinschaftsraum der Haftanstalt und schaute *Star Trek*. Und wo war mein Vater? Vielleicht stand er in der Küche und aß ein Steak, während im Hintergrund Football lief. Es war immer noch sein Geburtstag. Ich hatte ihm nicht die übliche oberflächliche Nachricht geschrieben, und mein Handy trieb jetzt am Grund des South Toe River. Mein schlechtes Gewissen versetzte mir einen Stich. Die Handynachrichten, die wir uns zweimal im Jahr schickten, waren alles, was uns noch geblieben war. Wie ein Zombie stakste ich an den durstigen Pflanzen vorbei zum Festnetztelefon und wählte seine Nummer. Während ich auf das Freizeichen wartete, entleerte ich eine der FIJI-Flaschen auf die trockene Erde.

»Hallo?«

Wieder erwischte mich seine Stimme eiskalt, wieder fühlte ich mich nicht vorbereitet. Ich lehnte mich schwer gegen die Säule. »Alles Gute zum Geburtstag, Dad.«

Er schwieg eine Sekunde. Dann: »Danke, Es. Danke, dass du mich zurückrufst.«

»Was?«, fragte ich, noch immer aufgewühlt von seinem vertrauten Timbre. »Wann hast du mich denn angerufen?«

»Vor ein paar Stunden.«

Plötzlich konnte ich es hören – seine Atemzüge klangen schwerfällig und rau. Etwas stimmte nicht.

»Was ist los?«

»Tja, Kleines, ich habe Lungenkrebs. Dachte, das solltest du wissen. Ich hatte mir vorgenommen, es dir bis zu meinem Geburtstag zu sagen. Das ist hiermit erledigt.«

Ich rutschte an der Säule entlang nach unten. »Soll ich nach Hause kommen?«

Er schnaubte verächtlich. »Nein. Ich wollte es dir nur mitteilen.«

»Es tut mir so leid, Dad! Bist du sicher, dass ich nicht nach Hause kommen soll?«

»Wird sowieso Zeit, dass ich abkratze. So sehe ich das. Haben sich die vielen Zigaretten endlich ausgezahlt.«

Die Finsternis in der Seele meines Vaters erinnerte mich an meine eigene. Wir waren uns gespenstisch ähnlich. Keiner von uns kam zurecht im Leben. Wir waren einsam, hatten Angst. Ich versuchte, den stummen Vulkan in meinem Inneren zu besänftigen, der die Schuld an seiner Raucherlunge anderen in die Schuhe schieben wollte: Phillip Morris, dem Kapitalismus, den Politikern, dem Marlboro Man. Dann befreite ich mich aus dem Wirrwarr irrationaler Schuldzuweisungen und staunte darüber, dass er mich angerufen hatte. Er rief sonst nie an. Ich auch nicht. Alles, was wir versäumt hatten, stürmte auf mich ein – wichtige Ereignisse, Zahnarzttermine, Frühstücke, Weihnachtsgeschenke, Fotos von Sonnenuntergängen, Fischotter-Memes, all die albernen Dinge, die Familien miteinander teilten. Wir hatten einander nur eines geschenkt: Abstand.

»Da ist noch was, Es. Es hat mit deiner Mutter zu tun.«

»Hm?«, grunzte ich, unfähig, mich verbal zu äußern. Ich war noch immer wie erschlagen von allem, was uns entgangen war.

»Du erinnerst dich doch noch an ihren Autounfall, oder?«

Ich presste ein »Ja« hervor.

»Ich weiß, dass du immer Madeline die Schuld gegeben hast, weil sie Caroline betrunken gemacht hat.«

Bei der Erinnerung an den Umzugswagen kniff ich die Augen zu. Es war das letzte Mal gewesen, dass ich sein Gesicht gesehen hatte.

»Nein, das war doch gar nicht …«

»Doch. Ich weiß, dass du ihr die Schuld gegeben hast. Aber die Sache ist die: Deine Mutter … Scheiße, Es.«

Er bekam einen schrecklichen Hustenanfall, und ich

wartete, bis seine Lunge wieder frei war und er weiterreden konnte.

»Der Unfall hat sie nicht umgebracht.«

Ich spürte, wie meine Seele einen Riss bekam. Eine Million Sonnenuntergänge prasselten auf mich ein, und der Raum kippte zur Seite. Das Universum wuchs im Zeitraffer heran wie ein Pilz in einem Naturfilm von David Attenborough. Meine Mutter lebte noch! Sie war irgendwo dort draußen, genau wie Naomi.

»Sie lebt?«

Mein Vater hustete wieder. »Nein, Es, sie lebt nicht. Sie hat sich … Sie hat sich dazu entschlossen, zu sterben. Der Unfall war nicht tödlich, er hat sie nur ihre Beine gekostet. Die Ärzte haben ihr die Wahl gelassen: Wenn sie ihr die Beine von der Hüfte abwärts amputiert hätten, wäre sie in der Lage gewesen, weiterzuleben.«

»Und sie hat … sie hat sich dazu entschieden zu …« Ich brachte den Satz nicht zu Ende.

»Ich hätte es dir schon damals erzählen müssen. Aber sie hat mir das Versprechen abgenommen, es für mich …«

»Sie ist *freiwillig* gestorben?« Ich rang um Fassung.

»Ja.«

Wie egoistisch musste eine Mutter sein, um den Tod zu wählen? Wie eitel? Wie schwach?

»Durfte ich sie deshalb nicht im Krankenhaus besuchen?«

Mein Vater schwieg. Dann hustete er. »Sie dachte, sie würde es sich bei deinem Anblick anders überlegen.«

Etwas Hartes war in meiner Brust aufgeplatzt, und ich fing an, wie ein Kind zu heulen.

»Was bedeutet das?«, stieß ich schließlich halb erstickt hervor.

»Das bedeutet, dass du Madelines Haus nicht hättest abfackeln müssen«, antwortete er lachend. »Auch wenn sie es durchaus verdient hatte.«

Ich stimmte mit einem gurgelnden, tränenerstickten Lachen in sein sarkastisches Bellen ein.

»Und es bedeutet … na ja …, dass es mir leidtut«, fuhr er ernst fort. »Ich war so wütend auf deine Mutter, dass ich auch auf dich sauer war, obwohl du gar nichts dafür konntest. Das war nicht in Ordnung. Das weiß ich inzwischen.«

Ich dachte an seine Wut nach ihrem Tod zurück. An das Klappern ihrer Sachen, die er schwungvoll in den metallenen Mülleimer geworfen hatte. An die eisigen, stummen Abende, die zwischen uns verstrichen waren.

»Meinst du, es hat ihr leidgetan?«, fragte ich. »Dass sie den Tod gewählt hat, meine ich?«

»Ich weiß es, ja«, antwortete mein Vater. »Sie hat es mir selbst gesagt, ganz zum Schluss, als es kein Zurück mehr gab.«

Wir schwiegen beide. Die Schönheit meiner Mutter war ihr Verhängnis gewesen. Dieses Betty-Draper-Lächeln. Ihre perfekten Haare, ihre Colaflaschen-Silhouette. Das alles hatte ihr mehr bedeutet als ich. Oder mein Vater oder irgendetwas anderes auf der Welt.

»Ich hätte es dir früher erzählen sollen.«

Was hätte ich mit dieser Information getan, wenn ich sie früher erhalten hätte? Ich ging alternative Versionen von mir selbst durch, als würde ich *Wer ist es?* spielen.

»Danke, dass du es mir jetzt erzählt hast, Dad«, sagte ich voller Wärme und Überzeugung. »Ich hab dich lieb.«

Er weinte. »Ich dich auch.«

Wir ließen die ungewohnten Worte zwischen uns in der Luft hängen. Mein Blick schweifte durch die Lounge am Flughafen von Syracuse. »Kann sein, dass ich für eine Weile verschwinde. Nur dass du es weißt.«

»Ich auch«, sagte er mit einem traurigen Lachen. »Vielleicht machen wir es beim nächsten Mal besser. Pass auf dich auf, Kleines.« Er legte auf.

Ich saß auf dem Boden. Mein Vater würde sterben; meine Mutter hatte den Tod gewählt; mein Vater liebte mich; meine Mutter hatte es vorgezogen, mich nicht zu sehen. Was bedeutete das alles? Ich war mir nicht sicher. Aber ich fühlte mich irgendwie leichter, wie angefüllt mit Helium – als bräuchte ich kein Flugzeug mehr, um den Ozean zu überqueren.

»Ms. Elliott, der Flug ist jetzt bereit.« Der Mann mit der Neonjacke war wieder in der Glastür erschienen.

Ich stand auf, dankbar dafür, dass die Prada-Sonnenbrille mein verheultes Gesicht verdeckte. Dann ging ich auf die bereitstehende Maschine mit ihren glänzenden Tragflächen zu. Sie war größer als die letzte. Ich hoffte, dass sie vor der Leere davonfliegen konnte, die in meinem Inneren herrschte. Als ich die Treppe fast zur Hälfte erklommen hatte, drehte ich mich um.

»Warten Sie, ich muss noch etwas erledigen!«

»Kein Problem«, sagte der Schnurrbärtige mechanisch.

Wieder zurück in der Wartelounge griff ich nach dem Telefonhörer und wählte.

»Hallo?«

»Dad, bist du dir sicher, dass ich nicht kommen soll? Vielleicht würde es dir guttun!«

»Es, nein«, antwortete er und hustete keuchend. »Ich habe große Schmerzen. Und wenn ich ehrlich bin, bin ich bereit zu gehen.«

»Ganz sicher?«, fragte ich flehend. Bestimmt konnte ich veranlassen, dass der Privatjet einen Umweg flog. In ein paar Stunden konnte ich schon in Ohio sein und seine runzlige alte Hand halten, während er diesen Planeten verließ. Ich würde ihm während seiner letzten Tage oder Stunden eine vorbildliche Tochter sein. Vielleicht würde es uns beide von unseren Sünden erlösen.

»Ich … ich wollte einfach nur, dass du es weißt. Und ich wollte deine Stimme hören.«

»Ich habe ein Flugzeug, ich könnte …«

»Es, ich habe es mir genau so gewünscht. Okay?«

Ich schluckte. »Okay.«

»Pass auf dich auf, Kleines.«

Er legte auf.

Zittrig stieg ich erneut die Treppe hinauf und ließ mich ganz hinten auf einen Sitz plumpsen. Als das Flugzeug abhob, dachte ich an all die Stunden, in denen ich mir True-Crime-Podcasts angehört hatte. An die unzähligen Geschichten über Gewalt, die die Menschen miteinander verbanden wie die harten, metallenen Glieder einer Kette. Ich hatte diesen Geschichten gelauscht, weil ich die Gerechtigkeit hatte beschleunigen wollen. Weil ich mir gewünscht hatte, dass jede verschwundene Frau aus dem beengten Raum ihrer Opferrolle herausgebrochen wurde und das bekam, was ihr zustand. Ich hatte mich nach Rache gesehnt, nach einem Gruß aus der Hölle, danach, wieder zu fühlen, was ich gefühlt hatte, als Madeline Lancasters Haus durch mich zu Staub und Asche zerfallen war. Dabei war meine Mutter selbst schuld gewesen. *Sie* hatte beschlossen zu sterben. Ich konnte niemand anderem die Verantwortung dafür zuschieben. All das Gift, das durch meine Adern floss, war von mir selbst produziert.

Ich lehnte den Kopf gegen die champagnerfarbene Kopfstütze des Sitzes und beobachtete, wie die Wolken unter mir zerstieben und der Himmel immer dunkler wurde. Dabei ging ich in Gedanken die spärlichen Bilder durch, die ich noch von meiner Mutter im Kopf hatte: wie sie Kleider in einem Kaufhaus anprobierte, lachend in ihrem Auto saß, betrunken auf einer von Madelines Partys tanzte. Mir war auf einmal speiübel. Ich rannte zur Toilette und würgte, jedoch ohne mich erleichtern zu können. Der Pilot machte eine Durchsage, die ich nicht verstand. Welche Stadt hatte er gerade genannt? Und warum hatte er gelacht? Am liebsten hätte ich an die Cockpittür geklopft, aber dafür war ich zu schwach. Wie gern hätte ich jetzt Naomi an meiner Seite gehabt und sie mit Fragen gelöchert: Wohin war diese Maschine unterwegs? Was war mit Marcella-Marie passiert? Wie hatte sie auf der Skipiste ihren eigenen Tod vorgetäuscht? Und warum hatte meine Mutter beschlossen zu sterben? In meinem Kopf herrschte undurchdringlicher Nebel, ich fühlte mich, als hätte ich Fieber. Ich versuchte mich damit zu trösten, dass ich gerade die letzte Hürde nahm, um tatsächlich zu Naomi zu gelangen. Wir waren für immer miteinander verbunden, weil wir Bryce entkommen waren und unseren von dunklen Geheimnissen belasteten Familien. Zusammen würden wir noch einmal von vorn anfangen. Ja, vielleicht war es wirklich Schicksal, unbequem und unnachgiebig.

19

Der Flug kam mir endlos vor. Ich war zappelig. Nachdem der Schock über die Entscheidung meiner Mutter und den bevorstehenden Tod meines Vaters durch meinen Körper gesickert war, hatte ich das Gefühl, ein bis ins kleinste Molekül veränderter Mensch zu sein. Ich hatte Angst, dass ich mich nicht wiedererkennen würde, wenn ich das nächste Mal in den Spiegel sah. Als ich den Blick auf meine Hände senkte, kamen sie mir fremd vor. Ich wünschte mir verzweifelt, an etwas anderes denken zu können. Der am Vordersitz befestigte Bildschirm bot eine Reihe von Filmen, auf die ich mich regelrecht stürzte.

Zur Auswahl standen Dutzende Superheldenstreifen, aber durchtrainierte Kerle in knallengen Anzügen konnten mir gestohlen bleiben. Ich wollte auch nichts Trauriges, weshalb ich mich schließlich für *Hustlers* mit Jennifer Lopez entschied. Titten und Ärsche – perfekt, um das Gehirn auszuschalten. In dem Film spielte J.Lo Ramona, eine Stripperin, die mitten in der Finanzkrise von 2008 ihr Geschäft damit machte, Wall-Street-Banker abzuzocken. Ich konnte der Handlung kaum folgen, aber es gefiel mir, wie sich die Oberschenkel der Frauen beim Poledance anspannten. Außerdem hatte es etwas Kathartisches, wie die Finanzhaie in rasanten Bildern ihres Geldes beraubt wurden – Kreditkarten wurden heimlich durch Kartenleser gezogen, während kühle Drinks die Kehlen hinunterflossen. Das Ganze erinnerte an Robin Hood: Nehmt von den Reichen und gebt es den Armen. Als der Film zu Ende war, bewegte ich den Cursor noch einmal zurück zum Vorspann. Dort stand es in weißer Schrift: *Nach einer wahren Begebenheit.* Ich spürte, wie es auf meiner Haut kribbelte. Wie immer bei echten Verbrechen öffnete sich vor mir eine schillernde Höhle voller Möglichkeiten. Sesam öffne dich. Jeder konnte so ein Verbrechen begehen.

Ich sah mir den Film ein zweites Mal an, und diesmal stellte ich mir Naomi anstelle von Jennifer Lopez vor. Mit einem glitzernden strassbesetzten Stringtanga räkelte sie sich auf der hell erleuchteten Bühne, umgeben von Red-Rock-Capital-Scheinen. Ein erregender Anblick. Einige Szenen später verwandelte sich Naomi plötzlich in meine Mutter, und ich riss entsetzt die Augen auf, konnte das Bild jedoch nicht mehr aus meinem Kopf verbannen. Meine Mutter wäre die perfekte Stripperin gewesen. Sie hatte Geld geliebt, genau wie ihren eigenen Körper. Aber sie hasste alles Schlüpfrige. Meine Mutter im neonfarbenen Stringtanga, meine Mutter mit Strähnchen im Haar, meine Mutter mit entblößten Brüsten – diese Bilder wollten einfach nicht mehr aus meinem Kopf verschwinden. Ich schloss die Augen, um sie loszuwerden. Wie hatte sie diesen Unfall überleben können?

Ich musste einen neuen Film auswählen, musste mich ablenken, damit ich nicht an die zerquetschten Beine meiner Mutter dachte, die sich im Krankenhausbett lila verfärbten, während ihr die Ärzte ruhig und sachlich die beiden Möglichkeiten erklärten: sterben oder amputieren. War in diesem Moment ihr ganzes Leben noch einmal vor ihr abgelaufen? Hatte sie auch an mich gedacht? Und was war mit meinem Vater? Warum hatte er mit der Wahrheit gewartet, bis er selbst auf dem Sterbebett lag? Hätte er mich nicht früher mit ins Boot holen können? Wir hätten sie gemeinsam hassen können, uns Baseballspiele im Fernsehen anschauen, auf der Terrasse grillen. Eine Bindung zueinander aufbauen. Ich überflog die Filmliste und klickte auf *Ocean's Eleven* – noch ein Film über Gauner, die die Reichen schröpften. Wieder rasant aufeinanderfolgende Filmszenen und dazu ein ständig essender Brad Pitt. Während ich beobachtete, wie er sich auf einem Hotelparkplatz einen Burger in den Mund schob, fiel mir mein eigener Magen ein. Ich war völlig ausgehungert.

Es gab keine Flugbegleiterin, die versalzenes Essen in einem Rollwagen herumschob. Ich wollte Fürsorge, sehnte mich danach, dass mir jemand den Nacken massierte, mich mit einer der Kaschmirdecken zudeckte, die zusammengefaltet bereitlagen. Meine Einsamkeit verschmolz mit meinem Hunger zu einem siedenden Klumpen. Ich hatte wieder das Gefühl, mich übergeben zu müssen. Also zog ich die Schuhe aus und ging im leeren Flugzeug auf und ab. Ganz hinten, unter der glänzenden Bar in Schildpatt-Optik, war ein Kühlschrank mit Glasfront eingebaut. Ich war wie vor den Kopf gestoßen: Er enthielt unter anderem Dutzende Weinflaschen, zwei Teller mit Antipasti, Tatar, Salat. Endlich Abendessen! Mir lief das Wasser im Mund zusammen, als ich die

Teller auf einem Tablett zu meinem Sitz trug. Nachdem ich gierig alles verschlungen hatte, sah ich mir *Ocean's 12* an, kippte Champagner in mich hinein und knabberte Cracker und Oliven.

Irgendwann schlief ich ein. Als ich wieder aufwachte, hatte ich keine Ahnung, wie lang ich im Reich der Träume geweilt hatte. Ich blickte aus dem Fenster und sah wieder nur Wolken. Die Monotonie der Reise zermürbte mich. Irgendwann – vor den Flugzeugfenstern war es dunkel – verkündete der Captain, dass wir einen Zwischenstopp zum Auftanken einlegen würden. Ich könne an meinem Platz bleiben, wir würden unsere Reise gleich im Anschluss fortsetzen. Genervt wartete ich, bis wir wieder gestartet waren. Ich wollte mir keine Hollywoodstars mehr ansehen, die sich in künstlichen Kulissen bewegten. Wenn ich doch nur ein iPhone voller Fotos dabeigehabt hätte, die ich hätte durchscrollen können! Das war es zumindest, was alle anderen taten, wenn sie sich auf langen Flügen langweilten – sie gruben sich durch die emotionalen Schneewehen ihres Lebens. Andererseits wusste ich, dass meine nur aus Kummer und Schmerz bestanden. Trotzdem, ich brauchte Ablenkung. Also zog ich Naomis Handgepäckkoffer, der neben mir unter dem Vordersitz verstaut war, hervor und durchsuchte seinen spärlichen Inhalt: Rosenquarze, Salbeisträuße, Geldscheinbündel, Naomis Nachttisch-Thriller und meine Hygieneartikel – eine Zahnbürste, Zahnpasta-Tabs und eine Bambus-Haarbürste. Schließlich zog ich Naomis Lieblingsbuch hervor, *Gone Girl* von Gillian Flynn. Ich hatte seit dem College, wo *Frankenstein* von

Mary Shelley Pflichtlektüre gewesen war, keine Erzählliteratur mehr gelesen. In meinen Augen war Fiktion manipulativ und steckte voller Übertreibungen, aber ich brauchte etwas, womit ich meinen Verstand beschäftigen konnte, und schlug daher die zerlesenen Seiten auf. Im ersten Kapitel ging es um den Ehemann. Nick hasste seine Frau, oder er hatte Angst vor ihr, diesbezüglich war ich mir nicht sicher. Jedenfalls war er ein egoistischer, trauriger Mensch, und es gefiel mir nicht, die Welt aus seiner Perspektive zu betrachten. Vielleicht mochte ich Romane deshalb nicht: weil sie Männer dreidimensional darstellten und mich zwangen, die Hüpfburg der Männlichkeit zu erklimmen, die ich normalerweise so bereitwillig ignorierte. Ich las weiter und hätte das Buch fast fallen gelassen: Das zweite Kapitel war aus der Sicht der Ehefrau erzählt, und diese Ehefrau hieß Amy Elliott. Verblüfft griff ich nach dem Reisepass, der aufrecht in meiner Hosentasche steckte, und schlug die erste Seite auf. *Amanda Elliott*. Der Nachname war sogar identisch geschrieben. Auch der blonde Bob stimmte überein. Und *Amy* war eine Kurzform von Amanda. Was zur Hölle hatte Naomi getan? Sie hatte sich selbst zum *Gone Girl* stilisiert!

Die fiktive Amy verschwand an ihrem fünften Hochzeitstag spurlos, und Nick war der Hauptverdächtige. In meinen Augen war er eine armselige Witzfigur, denn er vögelte eine jüngere Frau und kam nicht mit der Wandlung seiner Gattin klar, die sich von der temperamentvollen Schönheit mit dem zwanglosen Lachen, die er in New York City geheiratet zu haben glaubte, zu einer perfektionistischen, ehrgeizigen Typ-A-Persönlichkeit entwickelt hatte. Wobei er mit seiner Kritik nicht ganz Unrecht hatte, denn Amy erwies sich tatsächlich als boshaft, manipulativ und rachsüchtig. Sie täuschte ihre eigene Ermordung vor, indem sie ihr Blut auf dem Boden verteilte und es sofort danach wieder aufwischte, wobei sie genügend unsichtbare Blutreste für die Spurensicherung übrig ließ. Außerdem freundete sie sich heimlich mit der schwangeren Dorfidiotin an, um ihr Urin zu stehlen, und schrieb rückwirkend Tagebuch, wobei sie Verfehlungen ihres Ehemanns beschrieb, die es nie gegeben hatte. Kurz, sie machte es der Polizei unmöglich, jemand anderen als Täter in Betracht zu ziehen als Nick. Es war offensichtlich, dass er seine schwangere Ehefrau auf dem Gewissen hatte, die panische Angst vor ihm gehabt hatte.

Was mich an dem Roman am meisten faszinierte, war, dass die Handlung wie ein Videospiel angelegt war, wie eine atemlose Schnitzeljagd. Bevor Amy mit Nick in das trostlose North Carthage in Missouri gezogen war, war sie in New York Journalistin gewesen und hatte psychologische Persönlichkeitstests erstellt. Sie mochte Rätsel, Andeutungen, Hinweise und dachte sich jedes Jahr an ihrem gemeinsamen Hochzeitstag eine Art Schatzsuche für Nick aus, an deren Ende er sein langweiliges Männergeschenk erhielt – Briefpapier mit Monogramm oder eine lederne Aktentasche. Aber am fünften Jahrestag war diese Suche plötzlich so konzipiert, dass Amy verschwand und Nick ungewollt ein belastendes Indiz nach dem anderen aufdeckte, das ihn als Mörder erscheinen ließ: einen Schuppen voll unnützer Dinge, die er angeblich mit einer längst überzogenen Kreditkarte bezahlt hatte, die blutige

Mordwaffe, das Tagebuch mit fiktiven Horrorgeschichten über sein eheliches Verhalten.

In meinem Kopf begann eine Alarmglocke zu schrillen. Die Scrapbooks mit ihrer eigenartigen Mischung aus belastenden Finanzunterlagen und Familienfotos bildeten die gleiche Art von vermeintlich süßem, in Wahrheit jedoch vergiftetem Geschenk. Ich schloss die Augen. Naomi hatte ihren Abgang ursprünglich für den Tag nach Bryce' Geburtstag geplant. Wenn sie tatsächlich an jenem Tag verschwunden wäre, hätte die Polizei die Scrapbooks entdeckt und festgestellt, dass die Finanzunterlagen ein reichlich merkwürdiger Zusatz für ein harmloses Familienalbum waren. Die Beamten hätten einen Spezialisten hinzugezogen, und es hätte nicht lang gedauert, bis dieser ein Muster erkannt und die jahrelange Steuerhinterziehung seitens Red Rock Capital aufgedeckt hätte. Es wäre alles da gewesen, sämtliche Beweise, die die Ermittler brauchten, um Bryce hinter Gitter zu bringen.

Zwei Stunden später hatte ich den Roman verschlungen. Am Ende beschloss Amy, dass sie ihren Ehemann vermisste, und kehrte in die gemeinsame Protzhütte in Missouri zurück, bedeckt mit dem Blut eines Ex-Freunds, dem sie unterstellte, sie entführt zu haben. Sie war gleichzeitig Heldin und Opfer und schwängerte sich mit dem Sperma, das sie Nick heimlich abgezapft und eingefroren hatte, um ihn für immer in einer toxischen Familienhölle einzusperren. Ich klappte das Buch zu und schloss die Augen, dachte daran zurück, wie Becky Archer auf dem Gehweg in Asheville gestanden und mir ihren Hund Winston in den Kleinbus gehalten hatte. Was hatte sie noch gleich zu mir gesagt, als sie den Bücherstapel auf dem Beifahrersitz entdeckt hatte? Dass Naomi das Ende von *Gone Girl* nicht gefallen habe.

Ich verfiel in fieberhafte Betriebsamkeit und sprang auf, um mich im Flugzeug umzusehen. Die Flachbildschirme an den Sitzen boten nur eine Auswahl an Filmen an, keinen Internetzugang. In einer Nische hinter der Bar fand ich schließlich ein weißes, an der Wand montiertes iPad neben einem Telefon, an dem das Logo AT&T prangte. Ich nahm das iPad und stellte fest, dass ich die Beleuchtung in der Kabine steuern, Musik ein- und ausschalten, mit dem Flugkapitän sprechen und mich ins WLAN einloggen konnte. Ich googelte *Betty Archer*, fand jedoch nur LinkedIn-Profile von anderen Bettys. Also probierte ich es mit einer Kombination aus ihrem Namen und ihrer Adresse. Wieder nichts. Mir fiel die Salzgrotte ihrer Nichte ein. Ich suchte danach, und dort war sie, in all ihrer Asheville-typischen New-Age-Pracht: *Willkommen in unserer Salzgrotte! Wir nennen unser einzigartiges Salz gern »salz-gewordenes Sonnenlicht« oder »salz-gewordene Liebe«, denn Salz existiert in uns allen und erhellt unser Leben. Salz ist die physische Repräsentation von purer Sonnen- und Lichtenergie. Kommen Sie und genießen Sie die »Suppe der Muttergöttin«!* Ich schnaubte verächtlich. Dann entdeckte ich ganz unten die Telefonnummer. Ich griff nach dem At&T-Telefon und gab sie ein. Die Empfangsdame, die sich meldete, war zwar nicht Beckys Nichte selbst, gab mir jedoch bereitwillig Becky Archers Nummer, ohne auch nur nach meinem Namen zu fragen.

Ich wartete auf das Freizeichen.

»Hallo?«

»Hallo, Becky, hier ist Tabitha, Amandas Tochter.«

»Ach, hallo, meine Liebe! Wie geht es Ihrer Mutter?«

»Sehr gut«, log ich.

»Das freut mich zu hören. Ich habe schon versucht, sie zu erreichen, weil nächste Woche ein potenzieller Käufer in der Stadt ist. Ich glaube, er wäre genau der Mensch, den Robert sich für sein Haus gewünscht hätte, ein Cellist des L.A. Philharmonic. Ein total witziger Typ. Aber ich habe leider nichts gehört von Ihrer Mutter. Ich habe sie mehrmals angerufen und ihr Textnachrichten geschrieben.«

»Ja, ich weiß, sie ist schlecht zu erreichen. Ich habe mit ihr gesprochen und soll Ihnen ausrichten, dass Sie ihm gern das Haus zeigen können«, behauptete ich. »Sie ist noch ein paar Wochen auf Reisen.«

»Oh, super.«

»Ich versuche gerade ...« Ich brach ab, weil ich nicht wusste, wie ich die Frage am besten verpackte. »Ich bin gerade dabei, ein Geschenk für meine Mutter auszusuchen, und stehe im Buchladen. Sie hatten mir doch erzählt, dass sie bei *Gone Girl* das Ende nicht mochte. Wissen Sie noch, was sie genau gestört hat?«

Becky überlegte. »Ach so, ja. Es ist mir nur in Erinnerung geblieben, weil sie es mit so viel Nachdruck gesagt hat. Sie meinte, sie fände das Buch ganz toll, nur das Ende sei völlig unlogisch, denn warum hätte die Hauptfigur derart aufwendig ihre Ermordung und die Beschuldigung ihres Manns inszenieren sollen, wenn sie gar keinen Plan für danach hatte?«

Winston bellte im Hintergrund, und ich nutzte die Gelegenheit, um mich zu verabschieden: »Vielen Dank, Becky, Sie haben mir sehr geholfen!« Ich legte auf.

Gone Girl war die Blaupause für Naomis Vorhaben gewesen, nur dass sie auch ein Leben *nach* dem schrecklichen Ehemann geplant hatte. Es hätte ihr niemals gereicht, sich in ein schäbiges Motel zu flüchten und zuzusehen, wie das Kartenhaus zusammenstürzte.

Mir ging mit einem Mal ein Licht auf: Naomi hatte diese Spur aus Brotkrumen – beziehungsweise hellblauen Zetteln – *für mich* hinterlassen, weil sie wissen wollte, ob ich sie finden konnte. Dies war *meine* Schnitzeljagd! Deshalb hatte sie so beharrlich den Köder namens Schicksal vor mir baumeln lassen. Ich stellte mir vor, wie sie am Flughafen auf mich warten würde, mit dicken weißen Rosen von der Monsanto-Sorte, künstlich und falsch. Wir würden zu ihrem wartenden Auto gehen und mit zweihundert Millionen Dollar zur freien Verfügung in den Sonnenuntergang davonbrausen.

Endlich kam ich mir in der luxuriösen Umgebung dieses Privatjets nicht mehr wie eine Hochstaplerin vor. Naomi hatte Hinweise gestreut, es war alles ein Spiel gewesen. Sie hatte den Pass mit dem Klebezettel für mich hinterlassen und diesen Flug für mich gebucht. Das hier war *mein* Abgang. Ich fühlte mich plötzlich unantastbar und griff nach dem iPad, um die Kommunikation mit dem Piloten zu aktivieren. »Entschuldigen Sie bitte: Wie lautet der Flughafencode unseres Ziels?«

Eine einfache Frage, die meine Unwissenheit nicht preisgab.

»MLE«, meldete sich eine fröhliche Stimme. »Wenn alles glattgeht, sind wir in vier Stunden da, am frühen Morgen Ortszeit.«

Ich tippte *MLE* in die Suchmaschine. Das Erste, was ich sah, war ein Foto von einer Landebahn, die eine schmale, von türkisblauem Wasser umgebene Insel durchschnitt. *Velana International Airport, Malediven.* Ich begann, gierig alles über die Malediven zu verschlingen, was ich finden konnte. *Die Malediven sind ein Inselstaat im Indischen Ozean.* Der Archipel sah aus wie eine exotische Buntglasscheibe: wogendes Blau und Türkis, durchbrochen von warmem, gelblichem Licht. Auf den Fotos waren Luxusresorts mit schilfgedeckten Hütten zu sehen, weiße Leinentischdecken auf Holztischen, riesige Blüten, kleine weiße Boote.

Als Nächstes googelte ich *Passkontrolle Malediven.* Ich hatte panische Angst davor, an der letzten Hürde zu scheitern und wieder zurückgeschickt zu werden. Als Tourist auf den Malediven bekam man bei der Einreise automatisch ein dreißigtägiges Visum. Reisepässe mussten mindestens noch ein halbes Jahr gültig sein. Ich warf nervös einen Blick in meinen: Er musste erst in neuneinhalb Jahren verlängert werden. Es gab kein Auslieferungsabkommen mit den Vereinigten Staaten, dafür fünf verschiedene Meeresschildkrötenarten. Hauptexportgut war gefrorener Fisch. Zu meiner Erleichterung gab es keine giftigen Schlangen. Nur ein kleiner Teil der 1196 Inseln war bewohnt.

Die letzten Stunden zogen sich wie Knete. Ich wollte das enge Flugzeug verlassen, wollte rennen, mich bewegen.

Meine Anspannung hinausschreien. Ich rief eine Landkarte der Malediven auf und überlegte, auf welcher der vielen Inseln Naomi wohl wartete. Am liebsten wäre es mir gewesen, ich hätte ein Foto von ihr am Frühstücksbüffet eines schicken Hotels oder auf einem Liegestuhl am Strand entdeckt. Die Foto-Naomi sollte mir erklären, warum sie so besessen von *Gone Girl* war. Stattdessen googelte ich alte Bilder von ihr bei WAC-Veranstaltungen und auf einem grünen Rasen in den Hamptons. Irgendwann war ich es leid, ihr steifes Lächeln der Vergangenheit anzustarren. Unsere Zukunft sollte endlich beginnen! Unruhig ging ich im Flugzeug auf und ab. Dann setzte ich mich im Schneidersitz auf den Boden und versuchte zu meditieren – vergeblich. Es gab keine Ruhe für mich. Schließlich flüchtete ich mich in einen weiteren Film.

Ich hätte hinterher beim besten Willen nicht mehr sagen können, worum es darin genau ging. Der Bösewicht des Films war ein niederträchtiger Oligarch, der die Zeit kontrollieren oder zumindest die Kausalität von Objekten umkehren konnte. Mir gefielen die Szenen im Zollfreilager, in dem seine Zeitmaschine stand. Vor einigen Jahren hatte ich mal einen Nachmittag im Zollfreilager in Genf verbracht, weil ich mit Türkischrot den Hintergrund eines Gemäldes von Michael Valentine hatte ausbessern müssen. In dem harmlos aussehenden grauen Gebäude hatte sich unversteuerte Kunst im Wert von über hundert Milliarden Dollar befunden, und die Luft hatte einen ganz besonderen Geruch gehabt, war sauberer gewesen als in jedem Museum. Vollkommene Reinheit.

Ich atmete tief ein und blickte aus dem Flugzeugfenster.

Fiktion und Realität schoben sich ineinander. Ich fühlte mich wie eine düstere Heldin, die unterwegs war in ihr neues Leben. Naomi hatte mir die Tore geöffnet. Das Flugzeug tauchte schlingernd unter die Wolken ab, und ich blickte auf eine endlose Fläche knallblauen Meerwassers hinab. Wir sanken immer tiefer und landeten schließlich. Mir war flau im Magen. Nachdem wir einige Minuten langsam über den Asphalt gerollt und dann zum Stehen gekommen waren, trat der Kapitän mit seiner weißen Mütze in der Hand aus dem Cockpit. »Es war uns eine Ehre, Sie an Bord zu haben, Ms. Elliott.«

»Vielen Dank für … äh, den ruhigen Flug«, stammelte ich, griff nach dem Handgepäckkoffer und ging auf die offene Tür zu. Auf der Schwelle blieb ich überwältigt stehen, während der immer wieder durch die Lüftungsanlage gepumpte Flugzeugsauerstoff sich mit heißer, salziger Meeresluft vermischte. Ich suchte die Landebahn nach Naomi ab. Ihren aufleuchtenden roten Haaren. Einem Rosenstrauß. Irgendetwas. Aber es war niemand zu sehen.

»Ich glaube, Ihr nächster Flug steht schon am Hafen bereit«, sagte der Pilot als Reaktion auf meinen suchenden Blick.

Mein nächster Flug? Ich war also immer noch nicht angekommen? Ich zwang mich zu einem Lächeln, setzte meine Sonnenbrille auf und machte mich auf den Weg die Treppe hinunter. Eine Minute verstrich, dann erschien ein Mann, der ein Baumwollhemd unter seiner orangefarbenen Weste trug, um mich zu begrüßen und mir mein Handgepäck abzunehmen. Diesmal protestierte ich nicht. Ohne ein Wort fing er an, einen offenen Jeep mit meinen Koffern vollzuladen. Dann rasten wir über den Asphalt davon.

Der Jeep bremste vor einer kleinen verglasten Kabine, in der ein Mann mit Albert-Einstein-Augenbrauen und verschwitzter Uniform meinen Pass kontrollierte. Ich hielt die Luft an. Mein Make-up von Sally's Schönheitssalon war längst verschmiert, aber meine Frisur war genauso wie auf dem Foto. Ich gab mir Mühe, selbstbewusst zu wirken und die diamantene Gewissheit von Amy Elliott bei ihrer Flucht aus North Carthage auszustrahlen. Der Mann blätterte durch das Dokument, sah mich an und knallte dann umstandslos einen Gummistempel auf eine der babyblauen Seiten. Mir wurde schwindelig vor Erleichterung. Sobald ich wieder im Jeep saß, lenkte ihn der Fahrer nach rechts, und wenige rumpelnde Minuten später befanden wir uns in einem glitzernden Hafen, der vollgeparkt war mit Wasserflugzeugen. Sie sahen aus wie die überdimensionalen Spielzeuge eines reichen, verwöhnten Kleinkinds.

Der Anblick der auf den Wellen tanzenden Flugobjekte behagte mir nicht. Nervös stand ich davor, während drei Männer meine Koffer in ein Wasserflugzeug mit grünen Tragflächen luden. Am liebsten hätte ich sie gestoppt – die Gepäckstücke erschienen mir bei Weitem zu schwer. Stattdessen holte ich nervös Luft und hielt den Mund. Unterdessen wurde der achte Koffer durch die kleine weiße Luke bugsiert. Ich schloss die Augen und konzentrierte mich auf meine Atmung, wie Jupiter es mir beigebracht hatte. Die Luft, die ich in meine Lunge sog, roch köstlich, sauber und frisch. Formelhafte Zeilen aus *Der Zauberer von Oz* gingen mir durch den Kopf, von Dorothy und Kansas, roten Schuhen und Wirbelstürmen. *Ich war weit weg von zu Hause.* Als ich die Augen wieder aufmachte, war auch der letzte Koffer in dem winzigen Flugzeug verschwunden.

Ein großer Mann mit dem arroganten Gang eines Piloten kam mit am Hals hängender Sonnenbrille und Klemmbrett in der Hand auf mich zu.

»Guten Morgen!«, sagte er gut gelaunt in holprigem Englisch. Dann zog er einen Schlüsselbund hervor und bedeutete mir, in das auf dem Wasser wippende Fahrzeug zu steigen. Ich zögerte und überlegte, was passieren würde, wenn ich mich gegen diesen Weiterflug entschied. Vielleicht konnte ich einfach hier auf der Flughafeninsel bleiben. Doch dann ließ ich mich wie bei sämtlichen bisherigen Stationen dieser Reise einfach mitziehen und erklomm die wacklige Metallleiter. Kaum war ich angeschnallt, machte das unerträglich laute Wasserflugzeug auch schon einen Satz nach vorn und erhob sich, der Schwerkraft und jeglicher Logik trotzend, in die Lüfte. Unruhig glitten wir mal höher, mal tiefer über das leuchtendblaue aufgewühlte Meer.

Ich übergab mich vier Mal, in heftigen, sauer schmeckenden Schüben. Der Pilot drehte sich mit breitem Lächeln zu mir um und zog die Augenbrauen hoch, als könnte er so meinen Magen beruhigen.

»Geht schon wieder«, stieß ich hervor und vergrub mein Gesicht in der Papiertüte, die er mir gegeben hatte.

»In einer halben Stunde sind wir in Naru«, verkündete er.

Naru, wiederholte ich lautlos und erbrach mich erneut. Wieder schossen die Augenbrauen des Piloten nach oben, und wieder bedachte er mich mit einem beruhigenden Lächeln. Inzwischen war mir völlig egal, wohin wir flogen. Lieber wäre ich abgestürzt, als noch eine Minute dieses ständigen Rüttelns zu ertragen.

»Da ist es!«, sagte der Flugkapitän kurz darauf und wies mit seinem langen, dünnen Finger auf einen kreisförmigen Anleger, der aus einer grünen Insel ins Wasser ragte. Ich erkannte nur einen Wirbel aus grünen Blättern und pool-blauem Meer.

Mit vom Würgen feuchten Augen hielt ich erneut nach Naomi Ausschau, doch es stand niemand auf der langen Spirale aus sonnengebleichten Holzplanken.

Während die Insel immer näher rückte, suchte ich weiter nach ihr, streckte den Hals, um dem weißen Sandstrand zu folgen, bis er in dichten Regenwald überging. Wo war sie? Das Flugzeug landete mit einem letzten Schlingern, ruckte erst nach vorn und dann wieder zurück. In meiner Kehle sammelte sich die Galle. Der Pilot sprang aus der Luke und ließ beim Ausladen der Koffer die Muskeln spielen. Ich stolperte unterdessen auf den Landungssteg hinaus, ließ mich auf die Knie nieder und spuckte Speichel in das Gatorade-blaue Wasser.

Nachdem er den letzten Koffer schwungvoll auf den warmen Holzplanken des Stegs abgestellt hatte, klatschte der Captain theatralisch in die Hände.

»Danke«, murmelte ich und entließ einen letzten

speichel getränkten Klumpen Erbrochenes in den blauen Ozean.

Der Pilot kehrte ins Flugzeug zurück, um kurz darauf mit einer Plastikflasche Wasser wieder aufzutauchen, die er neben meiner gekrümmten Gestalt abstellte. Mir fiel ein, dass ich ihm noch Trinkgeld geben musste.

»Viel Glück«, sagte er mit einem Lachen.

Dann startete er knatternd den Propeller und war weg. Und ich blieb mutterseelenallein auf einer Insel mitten im Nirgendwo zurück. Kein Handy. Kein Computer. Keine Möglichkeit, irgendjemanden zu kontaktieren. Als auch das Dröhnen des Wasserflugzeugs langsam leiser wurde, hob ich den Blick und hielt nach einem anderen Flugzeug Ausschau, das herabstoßen und mich wie ein Pelikan vom Steg schnappen würde. Aber am Himmel war nichts zu sehen außer einer kleinen grauen Wolke, die sich verstohlen vor die Sonne schob. Mir dämmerte, dass ich einen Fehler begangen hatte.

Ich leerte gierig die Wasserflasche und stand auf. Was sollte ich jetzt tun? Ich war von Männern in Westen, Khakihosen und Uniformen von Ort zu Ort befördert worden, doch jetzt war niemand mehr hier. Sollte ich auf dem Steg warten, bis mir irgendein Willkommensgruß dargebracht wurde? Bis ein Hotelpage in Boardshorts auftauchte? Gab es irgendwo ein magisches iPad mit Anruf-Button, wie auf meinem Flug nach Male, oder würde ich den Dschungel betreten müssen wie in einer Folge von *Lost*? Nachdem mir klar geworden war, dass mir nichts anderes übrig blieb, setzte ich mich schließlich in Bewegung, ließ meine Koffer auf dem Landungssteg zurück und wurde sofort von den Geräuschen der Insel überfallen: Grillen, Vögel, summende Insekten, die raschelnde Symphonie vom Wind bewegter Blätter. Nach einigen Minuten beschrieb der Pfad, dem ich folgte, eine Kurve und führte zu einem weiteren weißen Sandstrand. Und dort stand es, ein riesiges Haus auf Stelzen. Plötzlich wusste ich mit unverrückbarer Gewissheit: Sie war dort drinnen. Meine Füße bewegten sich wie im Zeitraffer, als ich die Treppe hinaufeilte, die nicht direkt am Boden, sondern etwas erhöht begann.

Ich öffnete die große Tür aus geschnitztem Holz.

»Hallo?«, rief ich in die geflieste Eingangshalle hinein.

Es dauerte eine Weile, bis sich meine Pupillen weiteten und an das Dämmerlicht gewöhnten. Die schweren Leinenvorhänge vor den Fenstern waren zugezogen, aber an den Seiten drangen Sonnenstrahlen durch. Das Haus war edel und geschmackvoll eingerichtet – Wände in verschiedenen Cremetönen, gewölbte Decken mit glänzenden Balken aus dunklem Holz.

»Hallo?«, rief ich noch einmal.

Dann hörte ich das schrille, unzufriedene Weinen eines Babys.

»Hallo?«, fragte eine Frauenstimme vom Ende des Flurs zurück. Mein Herz setzte einen Schlag aus. *Naomi.* Ich sammelte mich und strich meine von der Reise zerknitterte Kleidung glatt. Dann holte ich tief und erleichtert Luft. Ich hatte die Schnitzeljagd gewonnen und war hier, um meinen Preis entgegenzunehmen. Insgeheim rechnete ich mit Konfetti oder Luftballons, die von der Decke auf mich herabregneten. Oder zumindest einem

Fünfsterne-Dinner. Ein paar Sekunden später erschien eine Frau mit langen schwarzen Haaren und sanften, verträumten Augen. Sie wirkte, als hätte ich sie gerade von einem Vormittagsschläfchen aufgeweckt. Sie war jung, vielleicht Mitte zwanzig. Es war nicht Naomi.

»Tut mir furchtbar leid«, stammelte ich, als mir klar wurde, dass ich gerade Hausfriedensbruch begangen hatte. Ich war einfach so über diese Insel spaziert und in dieses Haus eingedrungen.

»Amanda?«, fragte die Frau hoffnungsvoll und rieb sich die Augen.

»Ja?«, antwortete ich, ohne nachzudenken.

»Oh. Gott sei Dank sind Sie endlich hier, wir haben uns alle Sorgen gemacht!«, sagte sie mit leichtem Akzent, den ich als osteuropäisch einordnete.

»Wo ist Naomi?«

Die Haltung der jungen Frau wurde steif, sie sah mich verwirrt an. »Naomi kenne ich nicht. Ich bin Susanna und habe mich für Sie um Marcella-Marie gekümmert. Die Adoptionsagentur hat mich engagiert, und nachdem wir Sie nicht erreichen konnten, bin ich länger geblieben …«

»Marcella-Marie?«, platzte ich heraus. War sie hier? Lebte sie noch? Wie alt müsste sie jetzt sein? Elf oder zwölf?

»Sie kann es kaum erwarten, Sie kennenzulernen!«

Ich folgte Susanna, die unaufdringlich nach Lavendel duftete, den kühlen Flur entlang zu einem großen Raum mit fließenden weißen Vorhängen. Dort stand ein Bettchen aus Mahagoni, in dem ein etwa sechsmonatiges

Baby lag und mit seinen Ärmchen und Beinchen strampelte. Ich schnappte nach Luft.

Susanna räusperte sich leise. »Marcella-Marie, hier ist jemand für dich – Amanda, deine Mutter.«

Mir entwich unwillkürlich ein Atemstoß.

»Ich lasse Sie beide eine Weile allein«, sagte Susanna mit der Hand auf der Türklinke.

20

Ich saß auf dem Boden und starrte in das runde Gesichtchen des Babys, das absolut vollkommen war. Die Augen des kleinen Mädchens funkelten und verrieten eine Mischung aus Neugier und Misstrauen. Ich hielt ihr meine Hand hin. Sie ergriff prompt meinen Finger und steckte ihn sich in den Mund. Ich fühlte mich auf wundersame Weise akzeptiert. Mein Blick schweifte durch den Raum, registrierte die weichen Teppiche und das Vogel-Mobile, das über dem Bettchen hing. Dies war eindeutig nicht das Kind, das ich auf den Fotos für die Scrapbooks gesehen hatte. Susanna hatte von einer Adoptionsagentur gesprochen. Und sie hatte mich als *Mutter* dieses Babys bezeichnet. Ich starrte es an und spürte, wie sich etwas in mir regte. Ich wollte es auf dem Arm halten. Also hob ich Marcella-Marie aus dem Bettchen. Sie roch nach Gras und Morgentau und schmiegte sich sofort an meine Schulter. Ihr Gewicht fühlte sich zutiefst befriedigend an.

Susanna öffnete die Tür einen Spalt. »Ich wollte Ihnen nur sagen, dass ich schnell zur Farm hinüberlaufe und ein paar Lebensmittel besorge. Kommen Sie so lang allein zurecht?«

Ich nickte, dankbar dafür, einen Moment für mich zu sein und darüber nachdenken zu können, was ich jetzt tun sollte. Nachdem die Haustür zugefallen war, zählte ich bis zehn und ging dann mit Marcella-Marie im Arm in den Flur hinaus. Im ersten Stock gab es sieben Zimmer. Sämtliche Türen standen offen, und die Einrichtung war identisch: Betten mit Kopfteilen aus Treibholz, keine Bettwäsche, Badewannen, die aussahen wie zweigeteilte Straußeneier. Die Handtücher lagen in ordentlichen Rollen in den Regalen bereit, und an den Wänden hingen goldgerahmte Inselgemälde. Mir dämmerte, dass dieses Gebäude ein Hotel oder eine Frühstückspension gewesen sein musste, was die ein wenig zu herrschaftlich geratene Eingangshalle und die vielen Flure erklärte, die sich auf gespenstische Weise glichen.

Marcella-Marie fing an zu weinen, und ich beruhigte sie, wie es Mütter seit Jahrtausenden tun: indem ich sie sanft auf- und abschaukelte. Sobald ihr rosa Lächeln zurückgekehrt war, ging ich die große Wendeltreppe hinunter und steuerte das hintere Ende des Gebäudes an, wo ich eine große, fast schon industriell wirkende Küche entdeckte, in der man sicher für Dutzende Personen gleichzeitig Frühstück machen konnte. Die Wände waren in einem fröhlichen Gelbton gestrichen, und durch das große Fenster sah man einen glitzernden Pool.

»Wo zum Teufel ist Naomi?«, fragte ich das Baby.

Marcella-Marie antwortete mit einem Speichelbläschen, das rund wie eine Murmel war.

Am Edelstahlkühlschrank hing eine Broschüre, auf der in knallgelber Kursivschrift NARU FARMS stand. Ich griff danach und öffnete sie hastig. Hochglanzfotos von verschiedenen Gemüsesorten starrten mir entgegen. Auf der zweiten Seite war eine Karte von der Insel abgebildet, mit einem goldenen Stern in der rechten oberen Ecke. Der Stern war mit *NARU FARMS* beschriftet. Unter der Überschrift *Über uns* las ich, dass in Naru etwa vierzig Landwirte und Wissenschaftler aus der ganzen Welt lebten und arbeiteten. Sämtliche Erzeugnisse waren biologisch, nachhaltig und saisonal. *Die Farm ist auf Hydrokulturen spezialisiert und widmet sich der Entwicklung neuer Technologien zur Bekämpfung der aktuellen Klimakrise und der Ausnutzung steigender Meeresspiegel.* Die Härchen an meinen Armen stellten sich auf. Das hatte Naomi also gemeint, als sie von Hydrokulturprojekten gesprochen hatte! Ich schob die Broschüre in meine Tasche und setzte meine Hausbegehung fort.

Ich schob eine Glastür auf und fand mich auf einer riesigen Terrasse wieder. Warme Meeresluft schlug mir entgegen, und ich blickte auf das überirdische Blau des Ozeans. Das Wort PARADIES zuckte wie eine Leuchtreklame durch meinen Kopf. Das Baby sah mich an und blinzelte. Marcella-Marie brauchte einen Sonnenhut. Ich flüchtete mich unter den Schatten des Hausdachs und ließ mich auf einem hölzernen Liegestuhl nieder. Das Baby schloss die Augen. Auch ich war erschöpft und entspannte für einen Moment meine Glieder. Sofort glitt ich in einen dunklen Tunnel hinab. Ich weiß nicht, wie lange ich mit dem Baby im Arm geschlafen hatte, als ich die Haustür zufallen hörte. Susanna war wieder da.

»Ach, hallo!«, trällerte sie. Am Arm trug sie einen Korb voll tiefgrüner Farmerzeugnisse. »Alle sind total aufgeregt, weil Sie hier auf der Insel sind! Die Crew würde Sie morgen gern zum Abendessen einladen, wenn Sie sich dazu in der Lage fühlen, und Ihnen das neue Hydrosystem zeigen. Sie sind hier so etwas wie eine Heilige.«

Ich nickte. Susanna sah mich prüfend an. Die Sonne stand bereits schräg am Himmel.

»Ich kann Marcella-Marie heute Abend ins Bett bringen, wenn Sie sich erst mal ausschlafen möchten. Morgen früh warten eine Menge Papiere auf Sie, die durchgesehen werden müssen.«

»Ja, vielleicht sollte ich mich tatsächlich hinlegen.« Mir fielen meine Koffer am Anleger ein. »Scheiße, ich muss noch meine Sachen holen!«

»Brauchen Sie Hilfe?«, fragte Susanna, sichtlich überrascht von meinem Kraftausdruck. Sie nahm mir das Baby aus dem Arm.

»Ich schaffe das schon.«

Während ich den hölzernen Strandweg entlangging, schlüpfte ich aus meinen Kleidern und sprang ins kristallklare Wasser. Wie ein Bleigeschoss traf mich die Erkenntnis: Naomi war nicht hier. Und ich hatte eine Entscheidung zu treffen. Ich wog meine Optionen ab und blickte der grausamen Tatsache ins Auge, dass ich nichts besaß, wofür es sich gelohnt hätte, zurückzukehren. Keine Freundin. Keine Eltern. Keine Arbeit. Kein Auto. Mein Haus war abbezahlt, ich war vollkommen ungebunden. *Ich war frei.* Ich trocknete mich mit meinem Kleid ab und raffte meine letzte Kraft zusammen, um die Koffer vom Landungssteg zum Haus zu zerren, einen nach dem anderen, über den sandigen Weg und anschließend die Holztreppe hinauf.

Ich schlief wie ein Stein und wachte voller Panik auf.

Es dauerte einige Sekunden, bis mir die Reise wieder eingefallen war, eine Reise, bei der ich wie eine Flipperkugel von Ort zu Ort und von Flugzeug zu Flugzeug gerollt war. Ich putzte mir in dem riesigen Badezimmer die Zähne, wobei ich mich auf den Rand der lächerlichen Straußenei-Badewanne setzte. Meine blondierten Haare waren verfilzt vom Salzwasser, mein Gesicht so rot wie seit Langem nicht mehr. Ich ließ die Wanne einlaufen und legte mich hinein. Anschließend blickte ich erneut in den Spiegel – schon besser. Während meines gestrigen Bads im Meer hatte ich eine Entscheidung getroffen: Von nun an hieß ich Amanda Elliott. Nachdem ich eine Leinenhose und eins von Naomis weißen Spaghettiträger-Hemdchen angezogen hatte, ging ich nach unten.

»Guten Morgen«, sagte Susanna. »Sie haben sechzehn Stunden geschlafen!«

»Ich war todmüde«, antwortete ich defensiv. Ich hatte keine Ahnung, welche Informationen sie über Amanda besaß und wie ich mich verhalten sollte.

»Sie haben eine lange Reise hinter sich, ich weiß«, beruhigte mich Susanna.

Marcella-Marie trommelte mit ihren winzigen Fäustchen auf die Platte ihres Hochstuhls und blickte nur kurz in meine Richtung. Ich küsste sie auf den Kopf, wie es Mütter tun.

»Etwas Rührei?«, fragte Susanna.

Ich nickte, und sie befüllte meinen Teller. Ich machte mich heißhungrig darüber her. Susanna wartete, bis ich fertig gegessen hatte, und öffnete dann zögernd den Mund. »Es tut mir leid, dass ich Sie an Ihrem ersten

Morgen damit belasten muss, aber es lief hier alles ein bisschen … Na ja, als wir die letzten fünf Monate nichts von Ihnen gehört haben, war ich gezwungen, ein paar Entscheidungen zu treffen. Allerdings konnte ich längst nicht alles abarbeiten, weil für viele Dinge Ihre Unterschrift nötig ist. Es sind dringende Angelegenheiten, die leider nicht warten können.«

Als ich gestern im türkisblauen Meer geschwommen war, war mir bewusst geworden, dass ich mir einen Grund für meine – oder vielmehr Amandas – lange Abwesenheit ausdenken musste. Also log ich: »Ich lag mit Lupus im Krankenhaus.«

»Oje, wie schrecklich!«, antwortete Susanna mit aufrichtiger Sorge.

Lupus war die Diagnose, die ständig in *Dr. House* auftauchte. Wenn wir zusammen die Serie geschaut hatten, hatte sich Jessica häufig darüber beklagt, dass es »verdammt noch mal *immer* Lupus« war.

»Jetzt bin ich wieder wohlauf, aber eine Zeitlang ging es mir sehr schlecht. Das ist auch der Grund, warum ich nicht erreichbar war.«

»Na ja, wenn Sie gesundheitliche Fragen oder Probleme haben, gibt es eine Insel weiter einen sehr guten Arzt. Er untersucht Marcella-Marie alle zwei Wochen.«

»Gut zu wissen«, murmelte ich. In mir regten sich Gewissensbisse, weil ich bisher noch keinen Gedanken an Marcella-Maries ärztliche Versorgung verschwendet hatte. Wie sollte ich ihr eine gute Mutter sein? Ich wusste rein gar nichts über Babys, war vollkommen unvorbereitet. Krampfhaft versuchte ich, all die anderen Fragen zu verdrängen, die mir plötzlich durch den Kopf schwirrten – wann ihre Schlafenszeiten waren, wann sie gefüttert werden musste. Was, wenn sie sich verschluckte und keine Luft mehr bekam? Was, wenn sie mich ablehnte?

Susanna führte mich zu einem holzgetäfelten Büro, auf dessen Schreibtisch sich die Post stapelte. Ich gab mir Mühe, mich mit größtmöglicher Selbstverständlichkeit auf den robusten Schreibtischstuhl zu setzen und nach dem obersten Umschlag zu greifen – als ob dies mein Arbeitszimmer wäre, mein Leben, mein Bleistiftspitzer, mein silberfarbener Kugelschreiber.

»Auf lange Sicht werden Sie sicher jemanden einstellen, der sich mit den Verwaltungsaufgaben befasst, aber die Leute von der Farm dachten, dass Sie vorerst bestimmt trotzdem an sämtlichen Entscheidungen beteiligt sein möchten. John hat sich um das Organisatorische gekümmert, was die Farm betrifft, aber der ganze finanzielle Kram ist einfach nicht seine Baustelle.«

»Das verstehe ich. Ich mache mich jetzt gleich an die Arbeit«, antwortete ich und seufzte innerlich. Die vielen Geschäftsbriefe machten mir Angst. Ich schaffte es ja kaum, meine Privatpost zu öffnen.

»Eine Sache noch zum Personal: Ernie kümmert sich normalerweise um das Haus und den Garten, ist aber gerade nicht da, weil er seine Tochter besucht. Es wusste ja niemand, dass Sie kommen …«

»Kein Problem. Wirklich nicht.«

Susanna ließ mich allein, damit ich mich durch den Poststapel arbeiten konnte. Die meisten Briefe hatten mit *Naru Farms* zu tun. Es dauerte nicht lang, bis ich verstanden hatte, dass Naomi unter dem Pseudonym Amanda Elliott für 22,6 Millionen Dollar die Insel mitsamt der darauf angesiedelten Hydrofarm gekauft hatte. Auf dem Stapel fanden sich Schreiben von ihrer Schweizer Bank und von Lieferanten sowie Kreditkartenabrechnungen und Quittungen, die allesamt meine Unterschrift erforderten. Es machte mir Spaß, meinen neuen Namen immer wieder aufs Papier zu setzen, ihn abzuschießen wie einen Pfeil.

Nach zwanzig Minuten erschien Susanna wieder im Büro. Sie machte ein zerknirschtes Gesicht. »Entschuldigen Sie, wenn ich Sie darauf anspreche, aber in meinem Vertrag stand ursprünglich nur, dass ich Marcella-Marie aus dem Waisenhaus in Warschau hierher begleiten und anschließend eine Woche bleiben sollte, bis sie sich eingelebt hat.«

»Ach, habe ich noch nicht veranlasst, dass Sie die zusätzlichen Monate bezahlt bekommen?«, fragte ich im zerstreuten Tonfall einer überforderten Chefin.

Susanna schüttelte den Kopf.

»Das tut mir leid! Wie viel schulde ich Ihnen?«, fragte ich.

»Das müssten um die fünftausend sein.«

»Dollar?«

Susanna nickte, und ich stand auf und ging hinauf in mein Zimmer. Kurz darauf kam ich mit mehreren Geldbündeln aus dem Handgepäckkoffer wieder. Susanna war die Erleichterung anzusehen.

»Danke, dass Sie länger geblieben sind und sich um mein Kind gekümmert haben. Das bedeutet mir viel«, sagte ich in hoffentlich mütterlichem Tonfall und wandte mich wieder dem Papierstapel auf dem Schreibtisch zu.

»Soll ich mit Marcella-Marie zum Strand gehen, während Sie die Post abarbeiten?«

»Gute Idee!«, antwortete ich mit einem herzlichen Lächeln.

Nachdem Susanna gegangen war, fiel mein Blick auf einen Haufen ungeöffneter Pakete und wattierter Umschläge auf dem Boden neben der Tür. Ich machte mich daran, sie mit einem Küchenmesser zu öffnen, und fand Babyartikel, Windeln, Spielzeug, neuen Lesestoff in Form von Thrillern und ein MacBook Pro. Es folgten zwei neue Prada-Sonnenbrillen, ein iPad, Küchengeräte und Matcha-Pulver – alles Dinge, die in meinen Augen typisch waren für Naomi. Und in einem steifen weißen Umschlag mit Regierungsstempel entdeckte ich zwei druckfrische maledivische Pässe. Einer war auf Amanda Elliott ausgestellt, der andere auf Marcella-Marie Elliott. Wir waren in Sicherheit.

Ich öffnete das MacBook und richtete es ein, wobei ich meinen Fingerabdruck als Legitimierung benutzte. Dann hielt ich zögernd inne. Ich hatte mir genügend Podcasts angehört, um zu wissen, dass man extrem vorsichtig sein musste, wenn man das Internet benutzte, nachdem man untergetaucht war. Aber ich konnte einfach nicht anders und loggte mich in meinen früheren E-Mail-Account ein. Ich hatte Dutzende ungelesene Mails. Die meisten stammten von Patrick. Wenn ich sie öffnete, waren sie als gelesen markiert, das war mir klar, deshalb musste ich mich mit den Betreffzeilen begnügen:

»ESTHER, WO STECKEN SIE?« »HAT BRYCE IHNEN ETWAS ANGETAN???« »LEBEN SIE NOCH?« Mein Magen geriet unvermittelt in Aufruhr. *Patrick*. Er war der Einzige, den ich zurückgelassen hatte.

Meine Gedanken wanderten zurück zu meinem Abgang: dem am Aussichtspunkt geparkten Kleinbus, der Verwüstung in meinem Haus, meinem in den South Toe River geworfenen Handy. Kein Wunder, dass Patrick besorgt war und mit Großbuchstaben und Fragezeichen nur so um sich warf. Zu gern hätte ich ihn wissen lassen, dass es mir gutging, doch das wäre zu riskant gewesen. Vielleicht beobachtete Bryce meinen Account. Ich loggte mich wieder aus und googelte meinen Namen: *Esther Ray*. Es war erst dreieinhalb Tage her, dass ich aufgebrochen war, aber es gab bereits einen aus zwei Absätzen bestehenden Artikel in der Lokalzeitung, in dem es hieß, ich sei verschollen, und man gehe von Selbstmord aus. Die Polizei habe eine Liste gefunden, in der ich Möglichkeiten zur Selbsttötung aufgezählt hätte, und es war sogar eine Stellungnahme meiner trauernden Ex-Freundin Jessica abgedruckt: *Ich weiß, dass sie eine schwere Zeit durchgemacht hat. Ich habe ihr von meiner bevorstehenden Hochzeit erzählt und fühle mich schrecklich deswegen. So als hätte ich ihr den letzten Stoß versetzt.*

Ich musste laut lachen. Hoffentlich hatte ich ihr die Hochzeit vermasselt. Ein eigenartiges Gefühl der Befreiung überkam mich. Esther Ray war tot. Ich konnte problemlos in dieses neue Leben schlüpfen und noch einmal ganz von vorn anfangen.

Susanna kehrte vom Strand zurück und steckte den

Kopf zur Tür herein. »Die Farmleute wollen wissen, ob Sie heute Abend zum Essen kommen.«

Ich blickte auf und nickte. »Sehr gern.«

Alles anderes als eine Zusage wäre unhöflich gewesen, das war mir klar. Ich war trotzdem nervös. Würden die Mitarbeiter der Farm merken, dass ich nicht Amanda war?

»Marcella-Marie macht gerade ihr Mittagsschläfchen.«

»Sehr gut«, antwortete ich.

Nachdem ich mich eine weitere Stunde durch die Post gequält hatte, ging ich zum Strand. Die Luft war heiß und stickig. Es roch nach Regen. Ich zog mich aus und rannte ins Meer, ließ mich vom Salzwasser tragen und schloss die Augen. Ohne sie heraufbeschworen zu haben, tauchten mit teleskopartiger Intensität Bilder von Naomi vor mir auf: die rote Moncler-Jacke im Schnee, der blaue Himmel, das Knacken ihres Genicks. Sie hätte Marcella-Marie nie im Stich gelassen. Es gab nur eine mögliche Schlussfolgerung: dass sie tatsächlich tot war.

Ich kehrte ins Haus zurück, duschte und zog eins von Naomis weiten Leinen-Outfits an. Dann versuchte ich, Amandas Make-up auf dem Passfoto zu imitieren. Als ich endlich fertig war, zwängte ich mich mit Susanna und Marcella-Marie in einen gelben Strandbuggy, und wir holperten die unbefestigte kleine Straße entlang, die hinter dem Haus begann. Geschickt lenkte Susanna den Buggy um die von dichter Vegetation überwucherten Kurven. Nach kurzer Zeit erreichten wir eine Reihe großer Glasgebäude mit beschlagenen Scheiben, die vor lauter Grünpflanzen fast zu platzen schienen. In der Mitte des Areals stand ein mit Blinklichtern dekorierter offener Pavillon aus Holz. Grüppchen von Mitarbeitern schlenderten herum, allesamt in legerer Kleidung und mit Bierdosen oder Weingläsern in der Hand. Aus zwei Boxen, die eine improvisierte Bar flankierten, dröhnte Van Morrison, und es herrschte eine unverkennbar ausgelassene Stimmung – dies war eine Party.

Ein Mann im roten Hemd hob sein Bier. »Amanda ist hier!«

Die Versammelten grölten vor Begeisterung. Mir stieg das Blut in den Kopf. *Amanda ist hier.* Der Mann in Rot kam zu mir an den Buggy, um sich mit breitem australischen Akzent vorzustellen: »Ich bin Luke. Freut mich riesig, Sie endlich kennenzulernen!«

Luke nannte seinen Namen, als müsste er mir etwas sagen, als hätten wir bereits stundenlang miteinander telefoniert. Ich setzte mein breitestes, herzlichstes Lächeln auf. Hoffentlich merkte er nicht, dass er es mit einer ganz anderen Person zu tun hatte.

In einer verschwommenen Abfolge von Umarmungen und geschüttelten Händen lernte ich siebenunddreißig Personen kennen. Sie alle bekundeten mir, ihrer großzügigen Wohltäterin, auf die eine oder andere Weise ihre Dankbarkeit dafür, dass ich die Farm vor der Hilton-Gruppe gerettet hatte. Offenbar war deren Plan gewesen, die Insel und das ehemalige Hotel in ein ökologisch verheerendes Luxusresort umzuwandeln.

»Ich finde es wirklich erstaunlich, dass Sie das Projekt so rückhaltlos unterstützen, obwohl Sie vorher noch nie einen Fuß auf die Insel gesetzt haben!«, sagte Diwa, eine Wissenschaftlerin aus Manila, während sie mir Wein nachschenkte. Es fühlte sich gut an, ein wenig beschwipst zu sein.

»Ich glaube fest an die Bedeutung der Arbeit, die Sie hier Tag für Tag leisten«, beteuerte ich so Naomi-mäßig ich konnte.

»Als Sie plötzlich von der Bildfläche verschwunden sind, waren wir alle ein bisschen nervös, das muss ich zugeben«, fuhr Diwa mit einem Lächeln fort. »Saunders dachte, die Käuferreue hätte Sie gepackt, und Sie hätten es sich anders überlegt.«

Ich winkte lachend ab und erwähnte beiläufig meine Lupus-Erkrankung. Diwa drückte daraufhin aufmunternd meinen Arm und schenkte mir erneut nach. Susanna ging zum Buggy, um nach Marcella-Marie zu sehen, die während der Fahrt in ihrer Babyschale eingeschlafen war. Dann kehrte sie auf ihren Platz neben Luke zurück, der ihr den Arm um die Schultern legte. Susanna fing meinen Blick auf und befreite sich verschämt aus Lukes Umarmung, um zu mir zu kommen und mir mitzuteilen, dass mit Marcella-Marie alles in Ordnung sei.

Einige Minuten später kam auch Luke mit einem Bier in der Hand herüber. »Was ist das für ein Gefühl, endlich hier zu sein?«, fragte er mich.

»Ein sehr schönes«, antwortete ich.

»Wissen Sie, was echt komisch ist? Sie haben sich am Telefon komplett anders angehört!«

Ich erstarrte und wandte den Kopf ab. Er sollte nicht merken, dass ich fieberhaft nach einer Antwort suchte.

»Der Empfang war wohl nicht immer der beste«, sagte ich unbestimmt.

Luke legte den Kopf schräg. »Was wollen Sie jetzt eigentlich mit den alten Farmgebäuden machen? Für die Hydrokulturen sind sie nicht zu gebrauchen.«

Die Frage war offenbar ein Test. Ich lächelte. Irgendetwas musste ich antworten, also stieß ich einen entnervten Seufzer aus und verkündete: »Wissen Sie was, Luke? Meiner Ansicht nach sollten wir sie einfach abfackeln.«

Luke sog überrascht die Luft ein, schien sich dann jedoch zu entspannen. »Eine sehr gute Idee!«

Offenbar hatte ich das Richtige gesagt – zumindest richtig genug. Luke schlenderte davon, aber es war nicht zu leugnen, dass er misstrauisch war. Ich musste auf der Hut sein. Und ich musste irgendwie herausfinden, wie viel Kontakt Naomi vor ihrem Tod mit diesen Mitarbeitern gepflegt hatte.

Irgendwann stand der grauhaariger Saunders, der Älteste der Gruppe, auf und hielt eine kleine Ansprache.

»Wir sind alle sehr dankbar für Ihre Unterstützung, Amanda. Ich bin mir immer noch nicht sicher, ob unser Deal fair ist. Eines kann ich Ihnen dennoch versprechen: Wir werden tun, was wir können, um unseren Teil der Abmachung einzuhalten. Ihnen wird das frische Gemüse nie ausgehen!«

Ich hob mein Glas. »Unser Deal ist ein absoluter Gewinn für mich. Ich freue mich schon auf das nächste gemeinsame Kapitel!«

Alle klatschten, und wir brachen zu einer angeheiterten Führung durch die Hydrokulturen auf, die von schmalen LED-Leisten beleuchtet wurden. Ich gab bewundernde Laute von mir und war aufrichtig gerührt von der Begeisterung, mit der die Landwirte und Wissenschaftler mir die Salatköpfe und die schäumenden Entsalzungsbecken zeigten. Das Ganze erinnerte mich an eine Präsentation in der Craft School, an die hemmungslose Freude von Kunsthandwerkern darüber, etwas mit den eigenen Händen geschaffen zu haben, etwas, das nützlich war und Bestand hatte.

Auf der Fahrt zurück zum Haus vertraute mir Susanna mit jugendlich geröteten Wangen an, dass sie sich in Luke verliebt hatte.

»Er ist einfach unglaublich! Witzig und intelligent zugleich. Es gefällt mir, wie sehr er sich für diese gute Sache engagiert.«

Ich lächelte.

»Aber, Amanda … Ich muss Ihnen noch etwas sagen.«

Ich schluckte.

»Ich muss zurück zu meiner Familie. Es ist Monate her, dass ich sie gesehen habe, und meine Cousine hat gerade ein Baby bekommen. Ich muss nach Polen, zumindest für eine Weile.«

Sie war den Tränen nah.

»Schon gut, natürlich müssen Sie zurück«, tröstete ich sie und malte mir nervös aus, wie es wohl werden würde als Vollzeitmutter von Marcella-Marie. Ich war noch nicht bereit.

»Aber danach will ich wieder herkommen«, kündigte Susanna an.

»Luke zuliebe?«, fragte ich.

Susanna blickte zu mir und nickte. »Und Marcella-Marie zuliebe.«

»Sie werden hier immer eine Arbeit haben, die auf Sie wartet«, sagte ich mit meinem neuen großzügigen Wohltäterinnen-Lächeln.

Eine Zeitlang fuhren wir schweigend dahin.

»Darf ich Sie etwas fragen?«

»Natürlich«, antwortete Susanna.

»Wissen Sie, was mit Marcella-Maries leiblichen Eltern passiert ist?«

Susanna spähte nach hinten auf das schlafende Baby und sagte nur ein Wort: »Autounfall.«

Mein eigenes gebrochenes Herz wurde in die dunkle Nacht hinaufkatapultiert und landete als graue Sternendecke auf der schlummernden Marcella-Marie.

»Sie hat Glück gehabt«, sagte Susanna leise. »Sie hat überlebt, und sie ist hier.«

Genauso fühlte ich mich auch.

21

Den Großteil meiner Zeit verbrachte ich von nun an mit Marcella-Marie, aber ich googelte auch nach wie vor gern meinen Namen. Gierig verschlang ich jeden Schnipsel über die arme Esther Ray, die Selbstmord begangen hatte, nachdem sie von der bevorstehenden Hochzeit ihrer Ex-Freundin erfahren hatte. Eine lesbische Liebestragödie, ein Szenario wie aus einem Schundroman. Alle posteten Erinnerungen an mich, betonten, wie sehr sie mich gemocht hatten, was für eine brillante Malerin ich doch gewesen sei, wie witzig, wie sarkastisch, wie schön. Es war, als würde ich einem Podcast zur Entstehung verhelfen, einem Podcast, in dem ich das strahlende, unschuldige Opfer war. Und dann behauptete Memphis Emerald auch noch allen Ernstes bei Instagram: *Esther war eine dieser Freundinnen, die einem auch noch das letzte Hemd gegeben hätten.* Ich lachte so laut, dass ich Marcella-Marie aufweckte, die heulend in ihrem Bettchen herumzukrabbeln begann.

Tabitha wiederum hatte – versteckt zwischen Unmengen von Selfies – endlich das Porträt gepostet, das ich von ihr gemalt hatte, mit dem mehr oder minder kryptischen Begleittext: *R.I.P. Karma is a bitch.* Das war gut. Wenn sie mich für tot hielt, galt das Gleiche für Bryce. Tabithas Follower fuhren voll auf das Gemälde ab, ich verbrachte gut zwanzig Minuten damit, in ihren Kommentaren zu schwelgen und mein Ego mit all ihren dämlichen Emojis zu füttern. Als Nächstes googelte ich Bryce Duncan und las die Meldung, dass er wegen seines bevorstehenden Steuerhinterziehungsprozesses unter Hausarrest stehe. Er saß also jetzt in seinem eigenen minimalistischen Gefängnis fest.

Ich trollte endlos im Internet herum und entdeckte, dass sogar Madeline Lancaster eine Beileidsbekundung gepostet hatte. *Was für eine Tragödie. Ich hoffe, Esther hat endlich ihren Frieden gefunden und ist jetzt bei ihrer Mutter im Himmel.* Nach allem, was mir mein Vater erzählt hatte, war ich mir nicht sicher, ob meine Mutter wirklich im Himmel weilte. In einem Punkt war ich mir sehr wohl sicher: dass ich keinen Wert legte auf Madelines Anteilnahme. Es gefiel mir, dass ich mich jetzt ebenfalls im düsteren Nachtclub der Verschwundenen befand und einen Line Dance Richtung Hölle tanzte. Ohne Leiche würde es nie konkrete Beweise für mein Ableben geben. Auf manchen Internetplattformen wurde bereits getuschelt. Maggie Billings, mit der ich ein Wohnheimzimmer geteilt hatte, postete: *Esther ist schon mal untergetaucht – damals, als sie plötzlich aus New York verschwunden ist. Monatelang hat niemand mehr was von ihr gehört, und später kam raus, dass sie voll auf dem Kunsthandwerkstrip war. Vielleicht ist es diesmal genauso …*

Niemand würde je erfahren, ob ich zusammen mit meinem iPad und meinem Handy auf dem Grund eines Flusses dahintrieb oder irgendwo in den Adirondack Mountains Schweißen lernte. Und genau diese Ungewissheit quälte die Leute am meisten, das wusste ich aus unzähligen Podcasts. Die Angehörigen mit den größten Schuldgefühlen waren die, die es bereuten, der verschwundenen Person an der Tür nicht noch eine letzte Frage gestellt zu haben: *Wer geht außer dir auf die Party? Brauchst du Geld für ein Taxi?* Wenigstens gab es von mir eine Liste mit infrage kommenden Selbstmordmethoden, und ich hatte gute Gründe gehabt, mein Leben zu beenden. Diese Gründe schufen eine gewisse Distanz und machten ein unerwartetes Wiederauftauchen unwahrscheinlicher. So fiel es leichter, mein Verschwinden als Ergebnis meiner ungelösten Probleme ad acta zu legen.

Es tröstete mich, dass ich es noch geschafft hatte, meinen Vater vorzuwarnen. Der Online-Chor, der meinen Tod besang, schien nichts von seinem Krebsleiden zu wissen, zumal er weder einen Facebook-Account besaß noch eine E-Mail-Adresse. In keinem der poetischen Nachrufe auf die einfühlsame, vom Pech verfolgte Esther Ray wurde er auch nur erwähnt. Er würde sang- und klanglos von dieser Erde verschwinden, genau wie zuvor meine Mutter. Mir kam der Gedanke, dass ich es im Grunde genauso gemacht hatte wie sie: Ich hatte beschlossen, meiner bisherigen Existenz ein Ende zu setzen. Es auf diese Weise tun zu können, verlieh mir eine Macht, von der ich nie zu träumen gewagt hätte. Für einen Abgang wie meinen brauchte man Geld, sorgfältige Planung und eine ausgeklügelte Inszenierung – dank Naomi hatte mir das alles zur Verfügung gestanden. Die Wahlmöglichkeit meiner Mutter war natürlich eine ganz andere gewesen. Ich konnte ihr noch immer nicht verzeihen, dass sie mich verlassen hatte, verstand jedoch inzwischen den Reiz, den es haben konnte, sich davonzustehlen.

Die meisten Posts, die ich über mich im Internet fand, amüsierten mich. Nur einer nicht: der von Michael Valentine. Eines frühen Morgens entdeckte ich, dass er auf seinem Instagram-Account einen langen, vor Schleim triefenden Beitrag gepostet hatte, begleitet von einem Foto von uns bei einer Vernissage im Centre Pompidou in Paris. Auf der Aufnahme legte er den Arm um mich, und hinter uns hing ein Bild, das ich gemalt hatte, während er sich in St. Tropez vergnügte. *Esther Ray war ein unglaubliches Talent, das schmerzlich vermisst werden wird. In meinem Atelier habe ich ihre seelischen Kämpfe unmittelbar miterlebt, daher überrascht mich die Neuigkeit von ihrem vorzeitigen Ableben leider nicht. Ihr zu Ehren werde ich fünfhundert Dollar für die Hotline der Suizidprävention spenden und lade euch dazu ein, ebenfalls diese großartige Einrichtung zu unterstützen. Ich hoffe, wir können uns alle einen Moment Zeit nehmen, um die Menschen um uns herum wertzuschätzen. Sagt euren Freunden, wie viel sie euch bedeuten, schickt die Nachricht ab, die ihr schon immer schreiben wolltet, erledigt den lange aufgeschobenen Anruf! In Liebe, euer Michael Valentine.*

Fünfhundert Dollar? Seelische Kämpfe? Am liebsten hätte ich sein Atelier weitere tausend Male niedergebrannt. Wie ein Blitz zuckte die Erkenntnis durch meinen Kopf: Durch meinen angeblichen Tod spielte es keine Rolle mehr, dass er Aufnahmen von mir besaß, wie ich die Leinöl-Lappen in Brand steckte. Mit Marcella-Marie auf dem Arm rannte ich ins Badezimmer hinüber. Sie jammerte vor sich hin, während ich die Polaroids hervorkramte, die noch im Außenfach des Handgepäckkoffers steckten. Ruhig ging ich mit ihnen zurück ins Büro, wobei ich darauf achtete, nicht auf Rachels jugendlichen Körper hinunterzublicken. Ich kramte einen leeren Umschlag hervor, schob die vier Fotos hinein und tippte am Computer einen Brief an die New Yorker Polizei, in dem ich Michaels Hang zur Pädophilie ausführlich erläuterte. Ich durfte nicht riskieren, ihn von den Malediven aus abzuschicken, und gab den Umschlag daher Susanna mit. Sie versprach, ihn zur Post zu bringen, sobald sie in Polen war.

Sie verließ die Insel per Motorboot, was offenbar der übliche Reiseweg war. Wasserflugzeuge waren nur etwas für steinreiche Touristinnen mit Schweizer Bankkonten. Als der Motor des weiß-grünen Boots aufheulte, drückte ich Susanna noch einmal tausend Dollar in die Hand. Sie warf mir einen zutiefst dankbaren Blick zu, dabei wäre ich ihr eigentlich noch viel mehr schuldig gewesen. Schließlich war sie diejenige, die auf dieser Insel alles zusammengehalten hatte. Sie versprach, bald wiederzukommen. Marcella-Marie weinte zwei Tage durch, und ich glaubte schon, den Verstand zu verlieren. Dann schien sie sich mit dem Verlust abzufinden. Ich lernte jeden Tag dazu, und meine Liebe zu ihr wuchs und wuchs. Tief in meinem Inneren gab es immer noch eine Esther, die auf dem Absprung war und jederzeit das Propellerknattern von Naomis Ankunft erwartete. Ich war mir nicht sicher, ob ich mich darüber freuen würde. Die Befürchtung, Marcella-Marie wieder zu verlieren, würde überwiegen. Doch mit jedem an ein orangerotes Sorbet erinnernden

Sonnenuntergang über dem Meer wurde ihr Auftauchen unwahrscheinlicher. Dies war jetzt meine Familie.

Ich beschloss, dass ich irgendwie meine Zeit füllen musste – ich konnte nicht den ganzen Tag Windeln wechseln und mir YouTube-Videos darüber ansehen, wie man Gemüse zu bekömmlichen Babybreis verarbeitete. Podcasts über ungelöste Mordfälle wollte ich mir nicht mehr anhören. Ich wollte meinen eigenen Schmerz nicht mit dem anderer Leute betäuben, sondern ihn an mich heranlassen, um ihn nach und nach verarbeiten zu können. Dafür musste ich zunächst meiner Mutter verzeihen, und meinem Vater. Ich musste lernen, in der Gegenwart zu leben und auf meine Atmung zu achten, musste für Marcella-Marie da sein, die sich eines Tages mit ihrer eigenen Trauer über den Autounfall ihrer Eltern auseinandersetzen würde.

Ich bestellte Leinwände und Ölfarben, die erst nach zwei Wochen auf Naru eintrafen. Ich hatte beschlossen, das Meer zu malen, das die Essenz dieser gleißend hellen Inselwelt bildete – ein niemals endendes Projekt, denn das Licht schuf ein ständig wechselndes Kaleidoskop aus Farben. Die Ironie des Ganzen war mir bewusst: Ich, die Pyromanin, war fasziniert vom Auf- und Abwogen des nassen Blaus um mich herum. Unterdessen fanden Marcella-Marie und ich allmählich unseren Rhythmus. Wir verbrachten die kühleren Vormittage am Strand, machten nach dem Mittagessen eine Siesta, und am frühen Abend stellte ich ihren Laufstall auf die Terrasse, damit sie herumkrabbeln konnte, während ich malte. Wir waren zwei schwache, zerbrechliche Seelen. Die Wunden schmerzten noch, aber ich war glücklich. Nur der Gedanke an Patrick vermochte es, die wohlige Wärme meines neuen Lebens zu durchbrechen. Es schnürte mir die Luft ab, an ihn zu denken. Er war mein einziger Freund gewesen, und nun glaubte er, ich sei tot. Schlimmer noch, er glaubte, ich hätte mich umgebracht. Er, der gescheiterte Vater, würde die Schuld bei sich suchen, das wusste ich. Ich hatte keine Ahnung, wie ich das wiedergutmachen konnte.

Ich versuchte, ein normales Leben zu führen auf Naru, aber ich hatte kein Vorbild, nach dem ich mich richten konnte. Weder war ich Mutter, noch kannte ich mich mit Umweltwissenschaften oder Hydrokulturen aus. Wenn Luke oder ein anderer Farmmitarbeiter mir eine fachbezogene Frage stellte, verfiel ich in Schweigen und tat so, als müsste ich erst darüber nachdenken, aber hinter meiner vorgeblichen Ruhe verbarg sich nackte Angst. Ständig wurden finanzielle Mittel benötigt: für neue Generatoren, neue Bootsstege, neue Geräte. Ich hinterfragte nichts, sondern stellte in Naomis Kleidern und mit Amandas Unterschrift Schecks aus und betete, dass niemand hinter mein Geheimnis kam. Geld ließ die meisten Fragen verstummen. Nur in meinem Kopf dröhnte es, denn dort geisterte lautstark mein Name herum, so wie Jessicas Name es einst getan hatte: *Esther, Esther, Esther.*

Ich loggte mich immer noch regelmäßig in meinen E-Mail-Account ein. Zwar öffnete ich die Nachrichten in meinem Postfach nie, aber sie waren wie Botschaften von einem fremden Planeten für mich, informierten mich über die Stundenpläne kunsthandwerklicher Hochschulen oder über Vernissagen in Galerien und Museen. Als ich eines Abends mit einem Glas Wein am Schreibtisch saß, entdeckte ich eine E-Mail von Brenda Millwater. Mühsam versuchte ich mich zu erinnern, woher ich den Namen kannte. Dann fiel es mir siedend heiß ein: Brenda war die Privatdetektivin, die ich engagiert hatte, um das attraktive Gothic-Kindermädchen der Duncans ausfindig zu machen. Elena Tester. Die Betreffzeile lautete schlicht: *Gefunden.* Der schlummernde Vulkan meiner Faszination für True Crime brach wieder aus. Ich konnte nicht anders, ich musste die E-Mail öffnen.

Die Aufgabe war ein harter Brocken: Elena Tester lebt mehr oder weniger versteckt in Toronto, und zwar unter dem Namen Ansley Worther. Sie arbeitet als FinTech-Beraterin für ein Unternehmen namens Henrot. Ihre Privatadresse ist als Yonge Street 250, Toronto, Ontario gelistet, und ihre Telefonnummer lautet: +1416585393.

Ich kopierte den Text und löschte dann die E-Mail aus meinem Postfach. Sollten Bryce oder die Polizei meine Online-Aktivitäten überwachen, wollte ich nicht, dass sie über Elenas Kontaktdaten stolperten. Falls irgendjemand die Antworten auf meine noch offenen Fragen kannte, dann war es diese Frau. Sie war am Tag, als Marcella-Marie gestorben war, das diensthabende Kindermädchen gewesen, und ich wusste inzwischen, dass die zweite Tochter der Duncans der Ausgangspunkt von allem war. Marcella-Marie war die Perle in dieser maledivischen Muschel. Ich dachte an die Fotos aus den Scrapbooks zurück, an Elena Testers tätowierten Oberkörper. Leicht erregt googelte ich ihren neuen Namen. Ein professionelles Porträtfoto für ihre Firma in Toronto tauchte vor mir auf – sie lächelte, ihre Haare waren jetzt kastanienbraun. Das Einzige, was noch an ihre frühere Aufmachung erinnerte, war ihr Eyeliner, der immer noch ein wenig zu dunkel war für die Vorstandsetage eines seriösen Unternehmens. Sie sah gut aus.

Nach einigem Stöbern im Internet fand ich heraus, wie ich mithilfe eines VPN mit nordischem Namen einen nicht zurückverfolgbaren Anruf tätigen konnte. Das MacBook gab an gluckerndes Wasser erinnernde Töne von sich, als ich die Nummer wählte.

»Ansley Worther«, meldete sie sich nach dem vierten Klingeln.

Ich hatte nicht damit gerechnet, sie so einfach zu erreichen. Unter welchem Namen sollte ich mich vorstellen? Amanda Elliott schied aus.

»Äh, hallo.«

»Wer ist denn da?«

»Ich bin eine Freundin von Naomi Duncan.«

»Wer ist da?«, wiederholte Ansley mit scharfer Stimme.

»Ich, ähm … Ich habe für Naomi Duncan gearbeitet und hätte ein paar Fragen zu Marcella-Marie.«

Ansley verstummte. Dann knurrte sie: »Wer zur Hölle sind Sie?«

Ich gab nach und sagte ihr die Wahrheit: »Ich bin Esther Ray.«

Ansley schnalzte mit der Zunge. »Oha. Die Frau mit den Scrapbooks.«

Ich seufzte. Irgendwie war es erleichternd, kurzzeitig wieder ich selbst sein zu können.

»Scheiße. Tut mir leid, dass ich so abweisend war.«

Jede Härte war aus Ansleys Stimme verschwunden. »Ich dachte, Bryce hätte Sie auf mich angesetzt. Naomi hat mir alles über die Scrapbooks erzählt.«

»Oh«, antwortete ich überrascht. »Bei der Arbeit daran sind ein paar Fragen aufgetaucht.«

»Das kann ich mir vorstellen.«

Nachdem ich Ansley einmal davon überzeugt hatte, dass ich vertrauenswürdig war, schien sie froh zu sein, jemanden zum Reden zu haben. Die Ereignisse jenes regnerischen Sonntags in Manhattan sprudelten geradezu aus ihr hervor: Tabitha hatte einen Wutanfall im Park bekommen, weil Naomi sich geweigert hatte, bei H&H vorbeizugehen und Bagels zu kaufen. Ihre aggressive Stimmung hatte so schwer in der Luft gehangen wie die hohe Luftfeuchtigkeit. Als sie wieder zurück in der Wohnung gewesen waren und Ansley gerade nach der Wäsche geschaut hatte, war alles blitzschnell gegangen: In ihrer rasenden Wut hatte Tabitha ihre kleine Schwester vom Hochstuhl gerissen und sie mit dem Kopf voran auf den Marmorboden fallen gelassen. Sie war sofort tot.

»Ich kam direkt, nachdem es passiert war, in die Küche. Ein Blick in Tabithas Gesicht genügte. Es war nicht das erste Mal, dass sie gegenüber dem Baby gewalttätig geworden war«, erzählte Ansley so ruhig und gefasst, als würde sie unter Eid aussagen. »Naomi war in der Nähe, aber sie hat nicht mit so etwas gerechnet und die Mädchen für einen Moment aus den Augen gelassen.«

»Warum haben Naomi und Bryce es als plötzlichen Kindstod hingestellt?«, fragte ich.

»Um Tabitha zu schützen. Naomi ist vollkommen

durchgedreht in den Wochen danach. Sie hat um ihr Baby getrauert und sich selbst die Schuld gegeben, und Bryce hat sie überredet, sich in psychiatrische Behandlung zu begeben.«

»Deshalb gab es also zwei Jahre lang kein Material für die Scrapbooks.«

Ansley stieß einen kleinen Seufzer aus. »Genau. In der Klinik bekam sie starke Medikamente und hat nicht mehr viel mitbekommen. Um es kurz zu machen: Während sie noch völlig benebelt war, hat Bryce ihr eine Reihe von Schriftstücken vorgelegt, die ihm die volle Kontrolle über ihr Geld verschafften. Er hat sich alles unter den Nagel gerissen. Und als sie aus der Klinik kam, hat er sie erpresst: damit, dass er die Wahrheit über Tabithas Tat erzählt, wenn Naomi irgendetwas gegen ihn unternehmen würde.«

»Verstehe«, sagte ich leise und verstummte nachdenklich. Ich musste es erst einmal verarbeiten, dass Naomi Tabitha zuliebe all die Jahre geschwiegen hatte. Tabithas Modelkörper kam mir in den Sinn, ihre Selbstinszenierung in den sozialen Medien. Sie war wie ein grausamer Geist, heimtückisch und auf schonungslose Weise selbstverliebt. Diese junge Frau füllte ihre Brutalität in Flaschen ab und verkaufte sie als Make-up, sie verbarg ihre finstere Seite im grellen Rampenlicht. Und trotz alledem hatte ihre Mutter sie weiterhin geliebt und war bei ihr und Bryce geblieben, um sie nicht in Verruf zu bringen. Ich war grün vor Neid.

»Immerhin hat Bryce ihr Geld zur Verfügung gestellt, um WAC zu gründen und um ihre Projekte umzusetzen.

Ich glaube, das hat sie am Leben erhalten«, sagte Ansley traurig.

Sie erklärte mir, dass Naomi nach ihrem Klinikaufenthalt panische Angst vor Bryce' Skrupellosigkeit entwickelt hatte und fast schon paranoid gewesen war. Sie hatte Elena davon überzeugt, New York zu verlassen und sich eine neue Identität aufzubauen. »Ihre Befürchtung war, dass er mir nachstellen würde, weil ich die Wahrheit kannte.« Sie seufzte. »Sie hat angeboten, dass sie mir woanders das Studium bezahlt, also habe ich schließlich zugestimmt und bin nach Toronto gezogen. Wir sind all die Jahre in Kontakt geblieben. Ich glaube, ich war in gewisser Hinsicht ihre einzige echte Freundin, weil ich wusste, was damals wirklich passiert ist.«

Ich ließ mir alle diese neuen Informationen schweigend durch den Kopf gehen und fragte dann, wie Naomi es geschafft hatte, die zweihundert Millionen Dollar zur Seite zu schaffen. Ansley lachte. »Die Idee dazu ist uns vor ungefähr zehn Jahren gekommen, bei einem nächtlichen Telefonat. Ich arbeite in der FinTech-Branche und kenne mich ganz gut mit IT und Finanzen aus. Sie wollte wiederhaben, was ihr rechtmäßig zustand, und zwar auf eine Weise, die Bryce dumm dastehen lässt. Ich habe ihr vorgeschlagen, es wie eine Mischung aus Steuerhinterziehung und Veruntreuung aussehen zu lassen. Und dann hat sie diesen Thriller gelesen.«

Ich sog scharf die Luft ein. »*Gone Girl*.«

»Ja. Danach war sie besessen von dem Gedanken, Bryce auf ähnliche Weise dranzukriegen. Die Leute sollten glauben, er hätte sie umgebracht. So kam sie auf die

Idee mit den Scrapbooks, in denen sie belastende Finanzunterlagen unter die Familienfotos und Erinnerungsstücke mischen wollte. Ich habe versucht, sie auf den Boden der Tatsachen zurückzuholen, aber ihr Plan wurde immer komplexer und aufwendiger. Ein anonymer Hinweis an die Finanzaufsicht hätte es auch getan.«

»Wissen Sie, welche Pläne sie für danach hatte, wenn sie erst einmal im Besitz des Geldes war?«, hakte ich nach, weil mich brennend interessierte, ob Ansley von Naru wusste. Oder dem Baby im Nebenzimmer. Oder meinem neuen Namen.

Ansley klang traurig, als sie antwortete: »Nein, ich habe keine Ahnung. Das war Teil unserer Abmachung. Ich weiß nur, dass sie nach Bryce' Geburtstag verschwinden wollte. *Ich bekomme eine zweite Chance!* Das hat sie immer wieder zu mir gesagt, und ich habe sie zum Schweigen gebracht, damit sie es mir nicht versehentlich doch noch erzählt. Ich wollte lieber unwissend bleiben, so war es sicherer.« Ansley hielt inne und fuhr dann leise fort: »Sie war so dicht dran. Das macht ihren Tod noch tragischer.«

Das Bleigeschoss in meinem Bauch rührte sich. Es stimmte also, Naomi war tot.

Ansley erzählte weiter: »Ich wollte es zuerst nicht wahrhaben und dachte, der Skiunfall würde zu ihrem Plan gehören. Ich bin sogar zusammen mit einem Privatdetektiv nach Aspen gefahren. Aber es war wirklich ein Unfall. Sie ist gestorben, einfach so. Ich habe ihren Leichnam gesehen. Nur eineinhalb Monate, bevor …«

Schweigen kehrte zwischen uns ein. Mir brannte

noch eine Frage auf der Zunge, eine, die an mir nagte, seit ich unverhofft Mutter geworden war.

»Warum war Naomi schließlich doch bereit, Tabitha zurückzulassen? Das verstehe ich irgendwie nicht, nachdem sie all die Jahre so einen großen Aufwand betrieben hat, um ihre Tochter zu schützen …«

»Na ja, Naomi hatte schon Gewissensbisse, trotz allem, was Tabitha getan hat. Bis es zu dem Streit in Kenia kam, bei dem Tabitha sie im Hotel die Treppe hinuntergestoßen hat. Naomi hat sich nicht ernsthaft verletzt, es war nichts gebrochen oder so, aber der Vorfall hat sie wachgerüttelt. Ihr ist endlich klargeworden, dass sie ohnehin nichts tun kann, um ihrer Tochter zu helfen. Naomi musste sich selbst in Sicherheit bringen, das war längst überfällig.«

Ich dachte an mein Gespräch mit Tabitha zurück, an die Kälte, mit der sie bei ihrer Schilderung der Kenia-Reise das Wort *gestritten* gesagt hatte. Jetzt wusste ich, warum.

Meine letzte Frage war eigennützig und quälte mich wie ein juckender Ausschlag. »Wissen Sie, warum sie *mich* ausgesucht hat? Um die Scrapbooks herzustellen, meine ich.«

Ansley lachte belustigt. »Sie hatte einen Mann bei einem Dinner kennengelernt, irgend so ein selbstverliebtes Arschloch. Offenbar hat er sich die ganze Zeit über Sie echauffiert und betont, wie verrückt und rachsüchtig Sie doch wären. Naomi ließ das aufhorchen. Sie hat sehr empfindlich darauf reagiert, wenn ein Mann eine Frau verrückt genannt hat. Nachdem der Kerl erwähnt hat,

Sie würden jetzt in der Nähe von Asheville Bücher binden, war sie richtig aufgeregt. Ihre Astrologin hatte ihr nämlich geraten, ihr nächstes Projekt nach Asheville zu verlegen. Das war für sie ein Wink des Schicksals.«

Der Klebezettel flackerte vor meinem inneren Auge auf. ABGANG. Meine Brust schnürte sich zusammen. Durch die Leitung waren jetzt leise Stimmen zu hören.

»Ich muss leider Schluss machen, wir haben ein Meeting. Momentan bin ich im Büro, aber wir können uns später weiter unterhalten, wenn ich zu Hause bin.«

Ich kam auf ihr Angebot zurück. Wir telefonierten oft. Sie war tatsächlich eine Lesbe, noch dazu frisch geschieden. Ihre Mutter war Armenierin, ihr Vater Pakistani. Sie liebte die Fernsehsendung *CSI* und beschwerte sich gern über ihre dämlichen Kollegen. Bei unserem vierten oder fünften Telefonat fragte ich sie, ob sie mir einen Gefallen tun und die Besitzurkunde meines Bungalows auf einen anderen Namen transferieren könne, ohne Spuren zu hinterlassen. Ansley lachte nur. »Kinderspiel«, sagte sie. Eine Woche später bekam Patrick im Postamt in Hammersmith einen wattierten Umschlag ohne Absender und Poststempel ausgehändigt, in dem die Besitzurkunde meines Hauses und eine Honigschnecke steckten.

Niemand sonst kann Ihr Leben leben, nur Sie selbst. Das hatte Naomi am Telefon zu mir gesagt, um mich über meinen Liebeskummer wegen Jessica hinwegzutrösten. Und nun war ich hier und lebte Naomis Leben. Wir waren beide Gespenster, zwei verrückte Frauen, die miteinander verschmolzen waren. Vielleicht war dies eine eigenartige Form der Wiedergeburt. Vielleicht war es tatsächlich Schicksal, dass das alles passiert war. Während die Monate auf Naru dahinzogen und ein regenfeuchter Winter in einen gleißenden Sommer überging, ließ ich mich vom Strom meines neuen Glücks mitreißen, wenn auch mit zwiespältigen Gefühlen. Hoffentlich hatte ich das alles wirklich verdient. Die Angst, dass diese perfekte Welt einstürzen könnte, flimmerte immer am Rand meines Sichtfelds, ein pulsierendes Unbehagen.

Also tat ich, was Naomi getan hätte: Ich eröffnete unter einem neuen Pseudonym ein Bankkonto, auf das ich regelmäßig Geld überwies. Außerdem kaufte ich heimlich ein Motorboot und stattete es mit Benzin, Lebensmitteln und anderen notwendigen Dingen aus. Und ich ließ uns neue Pässe ausstellen. Falls meine Vergangenheit wie eine Sonneneruption über mich hereinbrach, würden wir bereit sein. Es war alles für unseren Abgang vorbereitet.

Dank

Ich möchte zunächst meinem Vater danken, der liest, was auch immer ich ihm vorlege. Und meiner Mutter, die nach wie vor darauf besteht, jede einzelne Manuskriptversion auszudrucken. Außerdem Max, meinem ewigen Lektor. Vielen Dank auch an Klara, die mein Buch an jenem Berliner Nachmittag in einem Rutsch durchgelesen hat. Rebecca danke ich für ihre scharfsinnigen Anmerkungen, Alexa für ihre Zuversicht, als ich sie dringend brauchte, Fred fürs frühe Lesen und Karen dafür, dass sie immer weiß, wo sich die Geschichten verbergen. Meiner Penland-Familie werde ich auf ewig dankbar dafür sein, dass sie mir die Berge geschenkt hat. Meine Agentin Eleanor darf auch nicht unerwähnt bleiben: Ich danke dir für alles! Und nicht zuletzt gilt mein Dank Jo, Ansa und Nico und dem ganzen genialen Team von Sceptre.

CALLA HENKEL
Ruhm für eine Nacht

»Ein spannender Thriller. Calla Henkel hat einen lebhaften, lässigen Stil, ihre Vergleiche sind oft so bissig wie lustig und pointiert.«
Frankfurter Allgemeine Sonntagszeitung

Eigentlich kehren die ungleichen Freundinnen Zoe und Hailey New York den Rücken, um im Berlin der Nullerjahre Kunst zu studieren. Hailey auf der Suche nach Erfolg; Zoe, um über den Tod ihrer besten Freundin hinwegzukommen. Immer tiefer tauchen sie ins Berliner Nachtleben ein und versuchen, sich in der Szene einen Namen zu machen. Schließlich eröffnen sie einen illegalen Club in ihrer Wohnung, die ihnen die Krimi-Autorin Beatrice überlassen hat, und veranstalten immer wildere Partys. Schon bald verschwimmen die Grenzen zwischen Wirklichkeit und Fiktion, denn sie fühlen sich beobachtet: Benutzt Beatrice sie als Vorlage für ihren neuen Roman? Die beiden jungen Frauen beschließen, ihre Geschichte selbst zu inszenieren – mit einer blutigen Wendung.

Roman
Hardcover, 448 Seiten
Aus dem Amerikanischen von Verena Kilchling
ISBN 978-3-0369-5908-5

DARIA SHUALY
Lockvogel

»Eine coole Detektivin, gut schattiert wie
eine detaillierte Zeichnung. Daria Shualy ist eine
leichtfüßige, ironisch-witzige Erzählerin.«
Frankfurter Rundschau

In Tel Avivs heißestem Sommer seit fünfzig Jahren macht sich die Privatdetektivin Masi Morris auf die Suche nach Jasmin Schechter – die Tochter einer der reichsten Familien des Landes und die Frau von Masis bestem Jugendfreund. Vor einem Jahr war Masi noch der aufsteigende Stern in der Sondereinheit der Tel Aviver Polizei, doch wegen unangemessenen Verhaltens fiel sie so tief, wie sie aufgestiegen war. Nun steht sie bei der Suche nach Jasmin Schechter ohne Dienstmarke und mit geringen Mitteln da. Doch was zunächst als Problem erscheint, entpuppt sich schnell als Vorteil: In Israels Hinterhöfen, wo die Reichen tun und lassen, was sie wollen, ist es besser, ohne Spielregeln zu spielen. Und darin ist Masi unschlagbar.

Kriminalroman
Hardcover, 432 Seiten
Aus dem Hebräischen von Ruth Achlama
ISBN 978-3-0369-5030-3

Auch als eBook erhältlich
www.keinundaber.ch

ANTOINE WILSON
First Class

»Ein Thriller über Geld, Schicksal, Identität, Fakt und Fiktion, Moral und Manipulation. Spannend, schockierend, schnell.«
WELT AM SONNTAG kompakt

Alles beginnt damit, dass Jeff dem namenlosen Erzähler des Romans in einer Flughafenbar seine Lebensgeschichte vorlegt, und zwar, wie er einen Mann vor dem Ertrinken rettet und sich nach und nach in dessen Leben einnistet. Obwohl der Erzähler an Jeffs Aufrichtigkeit zu zweifeln beginnt, kann auch er sich der fesselnden Geschichte von Täuschung und scheinbar glücklichen Zufällen, in der die Grenzen zwischen Fakt und Fiktion immer wieder verschwimmen, nicht entziehen. Denn Jeffs Aufstieg in der Gesellschaft könnte schillernder nicht sein. Doch zu welchem Preis?

Roman
Hardcover, 356 Seiten
Aus dem Amerikanischen von Eva Regul
ISBN 978-3-0369-5002-0